魅丽文化 飞言情工作室

盛夏晚晴天 Ⅲ

shengxia
wanqingtian

柳晨枫／著
LIU CHENFENG WORKS

江苏文艺出版社
JIANGSU LITERATURE AND ART PUBLISHING HOUSE

图书在版编目（CIP）数据

盛夏晚晴天．3/ 柳晨枫著．-- 南京 ：江苏文艺出版社，2013.6

ISBN 978-7-5399-6266-5

Ⅰ．①盛… Ⅱ．①柳… Ⅲ．①言情小说－中国－当代 Ⅳ．① I247.5

中国版本图书馆 CIP 数据核字（2013）第 109574 号

书　　名	盛夏晚晴天Ⅲ
作　　者	柳晨枫
出版统筹	黄小初 邹立勋
选题策划	飞言情工作室
责任编辑	胡小河　姚　丽
文字编辑	缪　丹　李萌慧
责任监制	刘　巍
装帧设计	粉粉猫　李　娟
出版发行	凤凰出版传媒集团 凤凰出版传媒股份有限公司 江苏文艺出版社
集团地址	南京市湖南路 1 号 A 楼，邮编：210009
集团网址	http://www.ppm.cn
出版社地址	南京市中央路 165 号，邮编：210009
出版社网址	http://www.jswenyi.con
经　　销	江苏省新华发行集团有限公司
印　　刷	湖南新华精品印务有限公司
开　　本	880 × 1230 毫米　1/32
字　　数	315 千字
印　　张	9.5
版　　次	2013 年 6 月第 1 版，2013 年 6 月第 1 次印刷
标准书号	ISBN 978-7-5399-6266-5
定　　价	24.80 元

（江苏文艺版图书凡印刷、装订错误可随时向承印厂调换）

盛夏晚晴天 Ⅲ

shengxia wanqingtian

目录

盛夏晚晴天

shengxia wanqingtian Ⅲ

目录

第一章 美人与英雄的相遇

蓝天白云，山峰绵延，层峦叠嶂，瀑布如蛟，飞流奔放，五彩池上，色彩斑斓，幽绿中透着蓝，蓝中泛着橙，橙中映着赤，赤中蕴着黄，斑斓耀眼，摄人心魄。

这里的美，就像是伫立在风景之上的女子一样，百看不厌，百读不倦。

长衣广袖，黑发如瀑，额头高洁，眉展眸靓，美得惊心动魄，轻灵自然，淡淡的妆容，白色的长袍，一袭古装，却将她的袅娜身姿衬托得淋漓尽致。

女子面朝老虎海，目光沉静，似是空无一物，又似繁华看尽。

“灵儿，难道在你的眼里，除了他，我不值得你多看一眼吗？”

男子的声音悦耳动人，和他的声音相比，他的帅气勃发，更是不遑多让，典型的古典美男子，黑发如瀑，风流倜傥间，一丝愁云，眼睛里带着淡淡的悲伤，语气虽不哀怨，但是那温和的询问，正是具有撩拨少女心弦的强大杀伤力武器。

“印天，你我若有缘，早已相爱，事到如今，何须此问？”

女子淡淡一笑，万物失色，只见她这么开口时，身形一跃，凌空而起，如同仙子一般，沿着江面，噌噌而过，那山那水仿佛如同人间仙境。

“OK，very good，收工！”

掌声在这一刻哗啦啦地响了起来，虽然不够恢宏，但是背后每一个人都在认真地鼓掌，然凌波而起的女子，则因为钢丝的垂钓，眉头微微地皱着，但是明亮的脸庞上却是倔强地不露出来一丝痛苦。

“快，快把 Jioce 放下来！”

原本风流倜傥，器宇轩昂的古典男子，此刻露出来一副焦急的模样，早已没有了画中人的优雅，而是浓眉皱起，将吊钢丝的乔明娇赶紧放在平地之上，后面一群剧组人员也是忙得一塌糊涂，只有那边刚刚演了一场落水戏的女子，似是真的瑟瑟发抖一样，端着咖啡，一动不动，安然的脸上，一双眸子带着怨恨地看着这边。

“恭喜，Jioce！”

有人张开双臂，乔明娇一副不怎么乐意的模样，让他抱了抱。那个人是导演，显然他早已习惯了乔明娇的个性，一点都不觉得为难，反而热情地给了她一个拥抱。

导演刚松开手，经纪人 Leo 早已抱着乔明娇的外套飞奔而来，也给了她一个拥抱。

“肯定大卖！”

乔明娇横了 Leo 一眼，叫道：“你吃大蒜没刷牙，离我远一点！”

Leo 不以为意，乐呵呵地拥抱之后，松开了乔明娇，外套还没有拿出来，已经被那边的男主角林靖琛给拿了过去，披在了她的肩头。

“恭喜你，Jioce！”

明朗而热情的林靖琛，伸出长臂就要抱她，乔明娇一个转身躲开了，不在意林靖琛眼底受伤的神情，走向那边的保姆车，拿起一瓶饮料，仰头咕噜咕噜地灌了下去。

“阿娇？”

俊朗的脸上，露出来的受伤神情，和刚刚戏里的模样，竟然没有区别，正是他的表演真切，才会让镜头一次通过，那边导演正为此要表扬林靖琛呢。

“别叫我阿娇，别用这种眼神看我，我刚说过的台词你忘了？”

乔明娇一脸骄傲地开口，毫不客气地剿灭了追慕者的心思，转身就准备钻进车子里休息。

“为什么？你不是因为和我……才和 Jerry 分手的吗？”

林靖琛显然无法接受她不爱自己的事实，英俊的脸上肌肉有些僵硬，眼神悲戚。

“你真的没心没肺，还是与谁都逢场作戏？”

林靖琛的台词和剧本里的一样，都发自肺腑的模样，这让乔明娇险些呛到了，只见她艳丽的小脸笑得更加勾魂。

“拜托，我可不和你这样的小男生谈恋爱！”

林靖琛家里极有钱，估计和她一样，是一个特爱演戏的戏苗子，进来的时候桀骜不驯，和他丰神俊朗的外表完全不搭调。所有人都不看好他，而他进到娱乐圈，似乎就是为了谈恋爱，被称为乔明娇第二。

也许正是因为有着相似的家庭背景，在乔明娇借用他和前男友分手，这家伙不知道哪根筋搭错了，硬是如剧本里那样甩了那边坐着的女二号，非要和她玩亲亲。

“我不是小男生！”

乔明娇的话大大地刺伤了眼前男子的尊严，林靖琛露出男人霸道和凶狠的一面来。

“但是你没内涵。”

乔明娇说得更不客气了，哗的一声，拉上保姆车的车门，才不管他什么脸色呢，几天几夜没休息好，累死她了，好久不拍电视剧，这电视剧真不是人拍的啊。

乔明娇嘟囔了一声，准备睡觉之前，不忘记打开手机，桌面上一个正用小手捂住嘴巴的大眼睛女孩，满脸淘气的模样，甜甜嫩嫩的，像个水蜜桃，看见就想咬一口。乔明娇看着不由得咧嘴笑了。

想给宝贝侄女打个电话，又太累了，她索性打了个哈欠，寻找个舒服的姿势，大睡一觉了。

车子颠簸着，一张明媚的脸，如同是古装里的仙女一般，精灵中透着无可挑剔的美艳，睡得香甜，抱着抱枕的她，一点都没有富家千金的娇贵，反而这一刻像是一个舟车劳顿的乞丐一般，就算是你这个时候把她拉出去卖了，她也不会反抗的。

“Jioce，起床了！”

吵死了，乔明娇不由得翻了一个身，带着一种不耐烦的口吻，挥开了经纪人Leo的魔掌。

“苍蝇似的，走开！”

乔明娇嘟囔了一声，又准备睡去。

“Jioce，戏杀青了，庆功宴就等你了，快点起床吧，你都睡了三天了！”

公司刚刚换过来的男经纪人Leo，让乔明娇不胜其烦，像娘娘腔似的语调让她终于火大地甩开枕头。

“叫什么叫，再叫我给你找个男朋友去！没看到姑奶奶正睡得香吗？什么庆功宴，我不去，你什么时候见我出席过？”

乔明娇一副女王的姿态，让Leo有些不太适应，不好再说些什么，只得转身离开。

而他一走，乔明娇已经清醒过来，大眼睛里露出狡黠，如宝贝侄女乔夏岚那般，清澈明亮，天生清纯而诱人。

电视剧杀青，拎包走人，乔明娇向来特立独行，但总有人比较熟悉她一些的，所以在她穿着一身轻便而低调的秋装，准备偷偷溜走时，挡住了她的去路，此人不是别个，正是他们所拍摄的这部网游同名电视剧《仙剑》的女配角。

“大牌就是大牌啊，不是我们这种小角色能比得上的！”

似是玩笑，又似挑衅，女配角王佳一，也是本剧的主要演员之一，但是因为乔明娇的到来，掩去了她的光芒不说，还导致了林靖琛的变心，这口气她怎么咽得下去？

“过奖，我还要赶时间，麻烦让一下。”

乔明娇皮笑肉不笑，一向喜欢化繁为简的她不喜欢这种纠缠。

但是王佳一端着酒杯，哪里有让步的意思。乔明娇皱眉，不想和她多说什么，索性与之擦肩而过。

却不料只是碰了一下肩头，王佳一便哎呀一声叫了出来，酒水泼到乔明娇的肩头以及行李箱上，她本人则是摇摇欲坠，一个不稳靠在了门边。

乔明娇脸上盛放的怒气，如同是午夜的昙花，她转脸看向矫情的王佳一，不客气地开口道：“Linda，《仙剑》已经杀青了！”

王佳一的英文名叫Linda。此时被乔明娇如此不冷不热地一说，她火气噌噌地往上冒。

“你什么意思？”

乔明娇眉毛一扬，嗤笑道：“我的意思是，戏结束了，别演了。”

顿时，王佳一花容失色，真的被她给气到了，偏偏她演戏天分高，又有家世背景，无论经纪公司还是制片，都对她另眼相看，没少招人妒忌，像今天这种情况，也不过是家常便饭而已。

王佳一立刻委屈万分地哭了起来，乔明娇更是不耐烦了，转身就走，险些撞到一个人，那人正是郭导演。

“Jioce，这是准备去哪里？”

郭导演人到中年，眼光变得更加毒辣，挑人也是很有脾气的，对于乔明娇倒是青睐有加。乔明娇一时间有些尴尬，但不改初衷，仍旧是要走。

“郭导辛苦了，我酒精过敏，那些应酬什么的，我又不懂。”

能够由刚才的冷艳变成眼前嘻嘻一笑，如同十八九岁的纯情小女生一般，只有乔明娇才能做得出来。

“这样吧，庆功宴不来没关系，反正都是剧组的人，咱们也就放松放松。明天的记者发布会，你过去吧！”

郭导演怎么愿意错过这个活广告牌呢？看着乔明娇笑靥如花，他可没有放手的打算。

“不去。”

当机立断，没有任何迟疑，乔明娇的拒绝就是这么直接。郭导脸上的表情微微有些不太好看，皱眉正准备开口时，一边的王佳一早就说话了。

“郭导，Jioce 就是个大忙人，又有身份和地位，估计不愿意抛头露面，明天我和阿琛去不就好了吗？”

乔明娇扫了一眼王佳一，她说得客气周到，完全没有邀功的姿态，但是这种上镜出头的机会，很多人想要都要不到呢。

“对啊，就让他们两个去就好了，观众都好奇是什么样的新秀演女妖呢！我这张大众脸，早就有人不买账啦！”

乔明娇话锋犀利，从小到大不会吃亏。王佳一被她气到，正准备说话，郭导开口道：“这么着吧，明天要么你参加发布会，要么去和孙长明他们参加那个什么慈善义演，你选一个，反正我们剧组要抽出两个人。”

郭导够狡猾，慈善义演，吃力不讨好，而乔明娇却是眸子一亮：“那我就去慈善义演好了。”

不理会郭导那张仿佛吃了大便似的脸，乔明娇笑得明艳动人，提着行李箱飘然而过时，还补了一句：“祝这部戏票房飘红！”

乔明娇就这样离开了剧组，不知道羡煞了多少人，有人说她是一个精灵，有人说她是一个妖女，有人说她是一个骄傲的女王，有人说她是一个出污泥而不染，身处娱乐圈，却从不被娱乐圈的规则所限制的天之娇女。

呵呵，慈善义演？不就是去绵阳唱几首歌吗，然后她就可以自由自在地去旅游了。乔明娇对于理想的追求和对于自由的追求总是那么执着，当然这是在她没有遇到聂轻鸿之前。

绵阳，山城，一座在那个黑暗的日子里，留给世人伤痛记忆的城市，渐渐地进入人们的视野，而灾后建设，除了房屋需要重建，还有更重要的一方面，就是心理建设。

乔明娇没有那么伟大，也没有那么自私，她答应做的事便会用心去做，此刻坐在飞机上的她，正用心地温习着几首励志歌曲。

同时，某军区特种兵精英队伍，正由一架军用飞机运载着，向云南丽江出发。

将近二十名特种兵，让并不狭窄的机舱里充斥着一种压迫感和心理威慑感。

这些面容肃穆的年轻男子，脸上露出淡淡的好奇，却是目光流转，一个接着瞥向一个，最后，所有的目光都落在了那个坐在最前排，目光清冷，面容冷硬，帅气得如同雕塑的男人身上。

秋天，穿着单层迷彩服的男人，就像是钢铁铸就的一般，那种绝对的硬度让人有种肃然起敬的感觉。

“队长——”

旁边有个胆大的人终于开了口，用肩膀蹭了蹭身边如同铁柱子似的男人。后者一脸清冷，从鼻间冷哼一声：“说。”

嗖——冷冰冰的感觉，让所有人都感觉到飞机似乎遇到了强冷空气。

“那天那个女人是谁？”

终于身边胆子大的吴强开口询问。那天他们居然看见有个漂亮女人来基地找队长，脸上表情十分哀怨，真是让他们好奇极了。

但问完之后，他立刻就后悔了——咔嚓一声，吴强一只手臂被一只铁手抓住，只听得关节要脱臼的声音，其他的人都倒吸了一口冷气。

“啊——队长，饶命，饶命……”

吴强凄惨地叫着，狼狈不堪，哪里有精英特种兵的风范，龇牙咧嘴的同时保证着：“我再也不多问了，我再也不乱看了，我再也不乱说了！”

砰——人被推开，若不是有安全带，吴强估计自己非得摔个狗吃屎不可。

而这个时候，其他人看了他一眼，没有一个表示同情的，相反，全部是忍俊不禁。

从绵阳到汶川，乔明娇并没有想象的那么娇贵，同行的孙长明是资深的老演员，是个能吃苦耐劳的汉子，他对乔明娇另眼相看——从车上到了住处，乔明娇并没有挑剔，下来就唱，淋漓尽致，声情并茂不说，还能够和小朋友打成一片，尤其是那些七七八八的小玩意儿，显然是早就准备好了的。

面对孙长明那赞赏的目光，乔明娇并不敢实话实说，这些都是她的宝贝侄女挑剩下的小玩意儿。

当然，看着孩子们虽然不够晶莹剔透，但同样有着天真和淡淡畏怯的笑脸，乔明娇并没有嫌弃他们脏，更没有嫌弃他们是土包子，一边同来的剧组同事，马不停蹄地帮她拍下这一动人的画面。

“我看，这比那个发布会的宣传效果还要好！”

孙长明看着裹了外套，累得额头上冒出汗珠的乔明娇，更是刮目相看地赞赏道。他虽然没有乔明娇名气大，甚至所演的角色都是配角，但在圈子里也算是赫赫有名的老前辈了。

“谢谢，我来这里可不是为了那劳什子的宣传。孙哥，给。”

乔明娇打开绿茶的瓶盖，自己没有喝，而是递给孙长明。孙长明满脸笑容地开口道：“今年最佳女主角的提名名单中，我想你的名字会再度出现的。”

三年前乔明娇一度息影，她的演艺事业陷入了低迷。很多人猜测是因为乔家破产，或者是因为她感情不顺利，所以导致后来她再度出现在荧幕上时，似乎精神欠佳，作品没有特别出彩的。

而今年乔明娇显然又恢复了往日的状态，这和她的心情有着很大的关系。

电话响起来时，乔明娇长发一甩，看了一眼手机桌面，已经笑了出来。

“小姑姑，我和妈妈在旅游。”

夏岚的声音，让乔明娇笑得更加明媚起来，她看了一眼孙长明后，转身找了一个安静的地方和侄女好好煲电话粥。

而煲完电话粥后，她决定立刻起程去丽江。

“不回去吗？”

孙长明得知乔明娇已经准备出发去丽江时，不由得有些惊讶和费解，这个时候乘机多上镜的话，对于她好处多多啊。

“告诉郭导，就说我去谈恋爱了，顺便找找灵感。”

乔明娇潇洒转身，不给孙长明打电话汇报的机会，关机的同时，已经打车赶向了机场。

丽江，那个吸引着无数游客接踵而至的地方，有一个小小的柔软的小人儿正在那儿等着她呢。

乔明娇不由得闭上眼睛开心地笑了，只是笑完之后，略微有些感慨。

什么时候，她也可以遇到那个可以让她至死方休，不离不弃的人呢？

“你呀，不知道谁能够配得上，一个人太优秀了，就高处不胜寒啊。”

以前有个好心的大姐，不在乎她名气有多大，语重心长地对她说，而乔明娇也这么认为。可是，自从大哥和夏晚晴遇上后，乔明娇便改变了这种想法，优秀又如何，有钱又如何，感情的世界，没有那么多的差异，只有真正的吸引。

从相遇的那一刻开始便注定难以割舍的吸引。

那些稚嫩的，快速包装出来的小男生；那些成熟的，在娱乐圈摸爬滚打的男星，总有不错的，可是身在其中，乔明娇却感觉不到爱情的珍贵，犹如一顿快餐，爱已经成为奢侈品。

“小姑姑，妈妈肚子不舒服，我们回家了。”

这边乔明娇刚下飞机，那边夏岚的电话便已经打了过来，而且之前给她发了短信，由于乔明娇太早关机没有看到，致使她扑了个空。

自然乔明娇没有白来一趟的理由，而是欣然和夏岚说了再见之后，果断地换了一张本地的电话卡。

乔明娇到达丽江是傍晚时分，华灯初上，小旅店里音乐悠扬，一派温和恬淡的气息，无怪乎那么多的驴友前赴后继。

即使是晚上，也习惯带着墨镜的她，寻了一处看似生意不错的旅店住下，准备好好玩几天再回去。

“对不起，那间住人了，现在只有东北角那间是闲置的。”

现在算不上什么旅游旺季，但是乔明娇没有料到会达到人满为患的程度，更何况一向喜欢阳光的她，想要一间向阳的房间都没有。

“退房，南边那间。”

突然，一个穿着徒步鞋和深蓝色防雨服的男人，交出了房卡。乔明娇大喜过望，转头看着那人时，脸上不由得多了几分感激。

“真是天助我也，先生，祝您出门捡到金元宝！”

那男子有些消瘦，眉骨突出，眼睛深陷，乍一看有些非我族类的感觉，总觉得过于阴冷，有些像树荫下的青苔。

乔明娇这么一笑，自然是光彩夺目，尤其是她这话更是活泼，那男人也露出一抹淡淡的笑容，似是有些着急一般，看了她一眼，又看了门外，然后看了一眼腕表。

“好了，我就要这位先生退出的那间。”

乔明娇带着笑容，满脸喜悦，真是心想事成。那男人仔细地打量了她一眼，乔明娇担心他认出自己来，连忙转过脸去。

“那间睡着不舒服。”

男人的口音有点怪，普通话不够标准。他说这话时，旅店老板不高兴了。

“怎么会呢？我们这里虽然小，但舒适程度可是那些五星级酒店都比不上的。”

那男人看老板有些着急和不满，于是不再多说，递过房卡，退房。

乔明娇拿到那张还留有余温的房卡，噔噔地向上走时，似乎能够感觉到那个男人别有深意地看了她一眼，莫非被认出来了？乔明娇走得更快了。

进到房间，她将行李放好，冲进浴室，好好地清洗一路上的风尘，流水哗啦啦地响着，淹没了一扇窗户被人打开的声音。

暮色四合，一道高大的身影，如同是草原上奔驰的雄狮，矫健而灵敏，高大而威猛，却落地无声，除却窗户被拉开时发出轻微的声响，若不是屏住呼吸特别聆听，你不会察觉到有人进入了房间。

“女人花，摇曳在红尘中……”

不知道为何，乔明娇心情愉快时，偏偏喜欢唱这首歌，或许是从小就没有妈妈疼爱，或许内心深处一直留有某个遗憾，所以才会对男人有一种天生的不信任感，才会导致她的感情万紫千红，却是只开花不结果。

“嗯？没了？”

正在洗澡的乔明娇发现居然没有沐浴露了，不由得皱起眉来，只得随便擦了擦头发。怕着凉，于是，她裹了淡粉色浴巾出来。

一股冷风从窗口吹了进来，乔明娇不由得打了个寒战，抬眼看到窗帘被掀起，觉得有些奇怪，难道刚才自己把窗户打来了吗？

以她多年出游的习惯来说，为了防止有人爬窗偷窃，她基本上都会把窗户给锁死的。

旅店虽然不是最高档的，但地毯还是相当不错的，她进来时，旅店人员刚刚整理一新，还喷了淡淡的空气清新剂，但是乔明娇却感觉到了一种被入侵的气息。

地毯有一处微微凹陷不说，而且她刚刚从行李箱中掏出的丝巾，好像也换了位置，即使被风吹走，也该向门口的位置飘去，而不是落在靠近床头的位置吧。

多年来养成的警惕机警习惯，让她不由得如同发现了老鼠的猫咪一般，既兴奋又小心翼翼。

哼，偷到本姑娘头上来了！

乔明娇微微一笑，将浴巾裹得更紧了一些，扯了扯头上的浴帽，一张清丽耀眼的小脸上露出危险的气息来。

“你问我爱你有多深，我爱你有几分……”

乔明娇一边哼着曲子，一边赤脚挪着步伐，并且顺手从行李箱的最里层取出防狼电棒，这东西她还没有用过呢，今天尝尝鲜。

悄然靠近房间里那个做工考究的红木衣柜，犹如训练有素的特警一般，她并没有立刻打开衣柜的门，而是在考验小偷的耐性。

但是里面的人显然比她更有耐性，就在乔明娇怀疑自己是不是判断失误而忍不住去打开衣柜的门时，一只手臂突然猛地伸出来，还没有明白是怎么回事呢，纤细的手臂便被人扣住，疼痛的感觉立刻袭来。

不知道这家伙是干什么的，手上的老茧硌人不说，整个手就如一副铁钳子，力大无比。当乔明娇意识到这一点时，她已经叫出声来了："啊！疼——"

乔明娇一声娇呼，泫然欲泣的同时，意在转移那人的注意力，另外一只手早准备把防狼电棒给戳过去。

但没有料到的是，那人在她喊痛的时候，已经松开了手。

一个如同是从电视里走出来的欧美身形的俊美男人，高大而充斥着张力和压迫感，脸庞具有东方特色，神情却如同是撒旦一般，突然间闯入眼帘，让乔明娇的眸子一亮，心头一动，自然没有料到这小偷会长得这么养眼。

但是凭着直觉，判断这人绝非善类，于是，乔明娇素手一扬，挥舞过去的防狼电棒，毫不留情地触到了男人的胸口。她如拼了命一般，追求一击即中。

怎料那人似乎没有反应一般，在她用力去戳的时候，眉心一皱，一只大手顺力一扯，那电棒便从乔明娇的手里，如同是握不住的铁球一般，被夺了过去。

这一惊非同小可，出师未捷不说，乔明娇自然明白现在自己的处境，不由得暗叫糟糕的同时，张嘴就要喊救命。可那个男子的出手速度更加惊人，她一个"救"字还没有喊出口，只觉得自己身子一轻，人已经被那男子给裹入了怀里，那长着老茧的大手，突然间捂住了她的嘴巴，让她嗯嗯地发不出声来。

手肘不由得用力去顶，但是这男人好像是钢铁做的一般，那腹部居然结实得让她感觉不到是撞在人的身体上，这一下事情可大了，遇上危险分子了。

乔明娇的脑海里迅速地闪过各个镜头。想弄清楚怎么回事的她，努力抬头想让自己获得自由时，那男人开口说话了。

“别动，我不是坏人。”

不是坏人，那为什么一手快要把她的腰给勒断了？不是坏人，那为什么会用大手捂住她嘴巴，害她快要窒息了？乔明娇又急又恼，还想挣扎，却听得那男人的声音约莫比刚才多了一些喑哑：“再动，浴袍就掉了。”

这句话比刚才那句解释更有用，乔明娇自然明白现在的样子何其尴尬而狼狈，心头更是紧张，但听了他的话后放弃了挣扎。

但是那男人并没有松开捂住她嘴巴的手，而是仅留给她一丝可以呼吸的空间。他就这样挟持着她，转身走向床边，用脚踢了一下地上的东西，那是刚刚乔明娇忙乱之余扯掉在地上的。

乔明娇能够感觉到他的冷静和沉着，似乎根本不在乎有她这么一个人似的。眼看他向床头靠近，她更是着急起来。

一着急便忍不住又开始挣扎的乔明娇，换来男人皱眉的表情。她仰头想看清楚他的模样，却只看到他的下巴，刚毅得如同是一道悬崖般。

他的力气奇大，被他钳制住，就感觉像是老鹰捉住了小鸡一般，乔明娇急得满头大汗，眼里也露出淡淡的恐慌来。

“我是来找一样东西的。我放开你，别惊动他人。”

背后的男声更加沙哑了，钢铁般的身子，散发的热度，隔着单层的衣服，传递到乔明娇裸露在外的肌肤上。她心里更急了，这种气氛太危险。

乔明娇点头，那人果然双手一松，给了她自由。

一旦获得了自由，乔明娇怎么肯乖乖地待着，但是她并没有立刻表现出惊慌失措，而是一手谨慎地抓紧了松垮下来的浴巾后，一双明媚的眸子，毫不客气地盯住男人的脸。

这个男人虽然看起来不像坏人，甚至帅气得像海报上的模特，但是他那抬头一瞥的目光，以及压迫感十足的身形，都让她觉得十足的危险。

他的脸上就像戴着面具似的，在她虎视眈眈地盯着的情况下，居然无动于衷，自信无比地去翻找她的行李箱。

“喂！”

看着他认真地将她的内衣都取出来一一检查，乔明娇有些难以控制自己的情绪，叫了一声。

他没有抬头，那冷硬的脸部更显得棱角分明。他顺手将包装袋和内衣放在一边，并不显得轻狂，动作麻利。

这人是干什么的？一双眸子好奇地盯着他看，他却有恃无恐一般，继续翻找，直到全部翻完后，终于顿了一顿。

“你找什么？”

乔明娇抑制不住好奇，再加上这怪异的气氛，让她不得不发问。只见他终于抬头，那双眸子迎上她好奇的水汪汪的眸子时，很快地闪开，然后什么都没有说，又继续翻找这房间里的床。

当他俯身去翻找那张床时，乔明娇抓住机会快速地向着房门口跑去。就在她到达门口的时候，身后之人的速度比她更快，他伸手一扣的同时，按上她刚刚打开了一条缝隙的门。

“救命啊！救——嗯——”

乔明娇急得真想踢人，她没有料到这个家伙速度会这么快，力道比刚才还大，捂住她唇瓣的大手，粗糙而有力，害得她感觉唇瓣都快被磨烂了。

“别喊，不然小心你的性命！”

突然腰上一沉，有一个圆柱形的洞口，硬硬地抵在了她的纤腰上。顿时，乔明娇一愣，等到恍然大悟时，脸色不由得转为煞白，没有料到这个家伙居然有枪。

凉意袭来，她感觉到了某种惊恐的同时，那双捂紧她唇的手，却微微地松懈了一些。乔明娇转头不可思议地看着他，只见他低头间，浓眉紧皱，似乎看着一个麻烦的生物一般，有些无可奈何地道：“听着，我不会害你。”

鬼才信你不会害我呢！枪都拿出来了，居然还说不会害她？乔明娇心头一颤，却是计上心来。当演员时练就的特技让她即刻便泪眼迷蒙，豆大的泪珠从眼眶里滚落，她颤抖着点头。

这一招居然出乎意料地有效，乔明娇看到了背光的那张男性面孔微微一怔，他的眸子里露出一丝震撼来。

既然如此，那就再接再厉，乔明娇逼出更多眼泪，就那么可怜兮兮地看着他，内心深处却是希望有人赶紧过来营救自己。

“那不是枪，是这个。”

突然，他伸出大手，做出手枪的姿势，那一刻他的声音还是如刚才那般冷酷，可是乔明娇却感觉他似乎是因为吓坏了她而在安慰她似的，尽管他掩饰得很好，可是他的声音里，还是泄露了一丝颤抖。

“我怕。”

乔明娇索性把戏演到底，看着男人皱眉有些无可奈何的样子，一颗心终于微微地安定下来，确认这人应该不是有心要害自己。

就在这时，门外响起一阵敲门声，正是旅店老板的声音。

“乔小姐，你在里面吗？”

看来刚才她喊的那一声还是被人听到了，乔明娇心头一喜，但身子被眼前冷面的男人给箍住，不给她自由。

“回答他。”

男人似乎习惯于用命令的口吻说话，带着不容置疑的决绝，但是乔明娇又怎么会这么容易听话呢？只见她无辜的眸子一转，显得单纯又无知。

门外的敲门声更响了。

“小高，你有没有听错？”

“没错，是喊救命啊。”

乔明娇的手被男人猛地扣紧，她迎上他犀利如刀的目光，准备咬他一口脱身。

但是她算好了房门会马上被推开，发现这个男人的情景，却没有算准这个看起来冷硬到没有感情似的家伙，突然间将她向墙壁上一推，高大的身形就势倾下，还没有来得及惊呼，人已经被拦腰抱起，双足腾空，丰润有力的唇，就像是他手上的茧子似的，毫无预兆地压住了她的唇。

火热的吻，超出了乔明娇的想象，她睁大眼睛。因为他故意压下了脑袋，所以挡住了推门而入的四道视线。

情况有些出乎她的意料，这个男人的吻更是让她有种无力招架的感觉，僵硬而夸张。

激烈的啃噬让她唇瓣顿时疼痛不堪，他并没有撬开她的贝齿，只是那样粗鲁地又亲又啃，肆无忌惮到要将她一口吃下去似的。乔明娇又惊又恼，很想挣扎，但是他的身子完全将她压在了墙壁上，犹如铜墙铁壁般的禁锢，让她根本没有机会反击。

“嗯，这个……”

“我们……啊，走错房间了。”

房间里的画面太过劲爆，吓坏了刚刚打开房门的两人。他们猛然关上门，逃一般地转身离去，而那个吻并没有即刻结束。

乔明娇恨不得张嘴咬死这个臭男人，但是她的小嘴完全被压制住了，让她懊恼而羞愧，浑身气得僵硬。当她愤怒地瞪向他时，他身上似乎有什么东西滴滴地响了两声，那个吻，猝然结束。

“冒犯了。”

他的唇忽地撤离，那嘶哑的声音，眼神里露出一抹尴尬来，脸上微微有些绯红，手放开了她。乔明娇想也没想，一巴掌啪地就挥了过去。

乔明娇觉得眼前这个男人，肯定不是一个正常的男人，因为在她打了他一巴掌后，他似乎感觉不到半点疼痛似的，那双眸子更没有任何情绪。

而乔明娇在打了他一巴掌之后，赶紧扯住快要掉下来的浴巾。面前的男子毫无欲望一般，转身便走，方向却是窗口。

“一个女孩子在外，还是不要这么逞强比较好。”

男人的声音没有多少情绪，但是他说出来的话，让乔明娇微微一怔，他这是什么意思？是在关心她吗？

只见高大如他，却敏捷如同嬉戏于山林间的猿猴一般，长臂一伸，窗户应声被打开，高大的身形凌空一跃，就这样跳下去了。

乔明娇一时忘记了紧张和害怕，赶紧跟了过去，这里是二楼，虽然不是特别高，但若是一个正常人跳下去，很容易受伤的。这个家伙似乎一点都不怕，就那样跳了下去。

乔明娇跑到窗户边时，只看到那个男人轻轻着地，似乎旁边还有两个人接应，三道身形就像是暗夜里的鬼魅一般，沿着墙角快速地移动，却并没有发出任何声响。若非她这样特别注意，很少会有人看到这边角落里刚刚发生的一幕。

这些人是做什么的？这房间有什么玄机？乔明娇感觉到有点怪异，关上窗户的时候，越发觉得不安全。

想想那个之前退房的男人说的话，乔明娇当机立断，收拾东西，准备退房。

那个男人搜查得极快，但是并没有弄得特别乱，乔明娇碰到自己的内衣时，感觉有点怪怪的。虽然她是演员，拍过吻戏、床戏，甚至裸戏，而且她也并不是那种心理特别脆弱的小女生，可是刚才当那个家伙拿出她的内衣时，仍然感觉到尴尬和着急，可那个家伙却完全不当回事一般。

不知道他要找的是什么，乔明娇看了一下被他拉开的被子，好奇地找了找，并没有发现什么特别的。

转身收拾好一切，乔明娇毫不迟疑地提起行李箱就准备走，却看到那根袭击歹人未果的防狼电棒。

防狼电棒被丢在一角，乔明娇有些失望，这东西好像不怎么管用啊，打到人家身上，似乎没有什么效果。

但是想想那个男人的威猛，乔明娇又想到了一种可能——

也许他是奥特曼。

她歪头撇撇嘴，如果是夏岚问她这样的问题，她一定会如此回答。拾起防狼电棒时，感觉到下面的地毯凸出来一些，电棒并不是平躺着的，若是平时，乔明娇肯定想也不想就拿起属于自己的东西就走了。

可是刚才的事情让她不由得想到了警匪片里的故事，可能是演戏演出来的职业病，这世上可是没有什么不可能的。

乔明娇顺手掀开了地毯，果然看到有块地板被撬起的痕迹，虽然经过人为刻意地压下，但好像因为刚刚被电棒砸了一下，有一角翘了起来。

掀开木板，下面是一个深蓝色的丝绸袋子，这让乔明娇心头一紧。

猎奇心理让她毫不迟疑地打开了袋子，这一看之后，可是感觉到心脏怦怦地快要跳出来了。

并不是乔明娇没见过钱，正是因为她从小到大见过的东西太多了，才会一眼就认出袋子里那耀眼刺目的东西，正是钻石。

这些钻石大小不一，却是一种罕见的天然钻，若是经过打磨后零售，这些东西少的不说，上亿也是有可能的。

乔明娇心头一颤，一时间有些拿不定主意，不知道该怎么办。

很显然刚才那个男人是来拿这东西的。如果她猜得没错的话，这东西极有可能是之前那个退房的男人留在这里的。

想到此处，乔明娇自然明白这些钻石十有八九是通过非法途径获得的，现在要怎么办呢？

私吞？乔明娇嗤笑一声，乔家可不缺这种要命的钱。

交给警察叔叔？那将意味着有一堆的麻烦让她没有时间好好玩乐，还有可能陷入某种莫名的危险之中，这可不仅仅是钻石，还是定时炸弹呀。

正这么想着的时候，有人敲门。

没有多想，乔明娇先把钻石藏了起来，顺手放进行李箱的小兜里，顿时觉得行李箱重了许多似的。

用脚抚平了地毯，然后拿起防狼电棒，乔明娇打开房门时，看到除了旅店老板之外，还有一个穿着夹克衫，脖子上戴着铂金项链，头发梳得油光发亮的男人。

相由心生，这种男人一看就不是什么好东西。

“老板，你来得正好，我正准备找你呢。你这房间太不安全了，刚才有贼进来，把我的行李翻了个遍！”

乔明娇一脸气恼的样子，熟练的演技让她一点都看不出来是在作假。她着急又恼火地兴师问罪，让店老板身后的男人脸色大变。

“怎么会有贼？那贼呢？”

乔明娇还没有回答，那个男人已经推门走了进来，完全没有意识到自己的行为有多么无礼。他四下望了一遍，发现房间内并没有什么动静后，狐疑地看了乔明娇一眼。

“哪里来的贼？刚才……”

店老板想起刚刚看到的劲爆场面，难道那个男人是贼？店老板一脸惊恐的样子。

“是啊，刚才如果我喊救命，可能就没命了。这地方我不住了，你这是黑店。”

乔明娇索性一不做，二不休，将责任全推到了刚才那个男人身上。一想到被他抱住，又莫名被吻，她恨不得再用力擦一擦唇。他到底会不会接吻啊，弄得她感觉唇瓣都要被人啃破了。

“哎，这话可不能乱说，我们这里一向治安都很好的。”

店老板在这边说时，那个男人已经着急地问道：“那个贼去哪里了？”

乔明娇看着眼前这个面色一变，露出狠戾的男人，那目光仿佛要吃了她一般，不由得用带着又怕又恼的语气道：“就从那窗户处跳下去了。如果不是我随机应变，早被他掐死了。”

不，应该说是用枪给打死了。不过，乔明娇突然间想到他用手指代替枪的模样，似乎怕吓到她一般。

那个男人虽然冷酷，可是浑身上下并没有散发出眼前这个男人那种令人一看就不舒服的狠戾之感。

果然她话音一落，那男人赶紧去窗口看了一眼，但是下面哪里还有人影。

站在门口的店老板开了口：“这位先生，这间房还要换吗？”

换房间？此时，乔明娇已经猜到了个大概。

那男人听了，不耐烦地道：“当然要换，现在她都退房了，我就搬到这间来住好了。”

看情形，乔明娇好像没有机会把钻石给放回去了，当然，她也不认为继续待在这里是安全的，说不定马上又有什么事情发生，更何况她可是把钻石给拿了出来，任凭她平日里演了多少戏，这种事情真实发生时，也难免会慌乱起来，她可不是女侠。

“那好，小姐，北面那个房间也不错，要不你今晚就住在那边好了？要是不放心，我给你叫保安在外面守着。”

店老板可不想被人说他的旅店是黑店，可乔明娇哪里还肯继续住啊。

“不了，我换一家吧，刚才被吓得魂都快没了，再住这里，会做噩梦的。”

虽然没有丢魂，但是乔明娇多少是感觉到惊悚的，抬腿就准备走，却不料后面那个男人叫了一声：“等一等，把你的包打开给我看看！”

乔明娇一愣，没有料到这个男人这么机警谨慎，不觉心头一冷，若是被他看到了那些钻石，会怎么想呢？

“你这是什么意思？我凭什么要把包给你看啊？”

乔明娇气恼地走出房间，正准备加快步伐，不料那人突然拽住了她的行李箱，不让她走。

“喂！你不要太过分了！”

那店老板也是一愣，显然没有料到会出现这种情况。

“你出去，我和这位小姐有话要说！”

那男人居然毫不客气地命令起旅店老板来，而老板自然是个怕事的人，居然立刻就走了。

乔明娇一看急了，这要是被身边的男人发现自己拿了钻石，那还不是吃不了兜着走啊。

“喂！你放开我！”

乔明娇怎么挣得过那男人，正有些着急，拐角楼梯口走出三个人来。

那三个人就像是三根柱子般，高矮胖瘦、步伐，还有模样，都整齐如一。他们身上散发着一种压迫感，与之前走掉的那个男人给人的感觉一样。

“怎么回事？”

中间的男人，一张国字脸，器宇轩昂，一看就是降魔除恶的脸，而他说这话时，已经狐疑地看着乔明娇身边的男子。

“这个人莫名其妙地要搜我的包。”

乔明娇自然知道利用形势，见三人来得正是时候，于是毫不客气地拽走了自己的行李箱，然后横了那男人一眼。

一旦安全，乔明娇便不客气了，提着行李箱准备立刻离开。在摸不清谁好谁坏的情况下，她还是赶紧离开这里最好，说不定两边都不是什么好人。

那三个人并没有拦住她的去路，目送她下楼后，挡住了准备追去的铂金男人。

等到乔明娇办完退房手续时，站在中间的男人才给另外两个人使了个眼色。等到两人退去后，那国字脸的男人才返身回去，路上只见他一手捂住了耳朵，对着蓝牙话筒，用有些调侃的口吻道：“聂队，艳福不浅啊，是个美女。”

而电话那端的男人，此刻正板着一张英俊的面孔，嘴唇微微抿起，目光沉静，似乎永远都那么波澜不惊一样。

“看着她安全离开，那些人还会回来的。”

听到聂轻鸿如此吩咐时，这边一脸俊朗的张朝阳有些警惕地道：“聂队，也许是个美人计，说不定被她调包了呢！”

这种可能并不是没有，但是那边聂轻鸿已经用极为笃定的语气给否决了。

“除非正巧被她发现，否则绝不可能拿走，相信我的判断。”

他说得干脆果断，这边张朝阳有些无所谓地笑着调侃道：“聂队，刚才有没有怦然心动的感觉啊？是个超级大美女呢，好像在哪里见过。”

电话的这端，聂轻鸿的脸上，肌肉微微地抽动，没有人看他的变化，包括身边的小邵，都没有发觉。

“我是在追查赃物，不是在泡妞。”

滴——信号中断，张朝阳扬扬眉，刚才正义凛然的样子消失了，而是带着一抹遐想，这么漂亮的一个美女，被聂轻鸿遇到，估计也和路人甲乙丙丁没啥区别吧，那是什么样的定力呢？

乔明娇退了房后不敢迟疑，提着行李箱回望了一眼这家旅店，心跳还有些急促。刚才那个铂金男人，还有那三个突然出现的男人都太诡异，平时有人看到她，一定会尖叫一声“阿娇”、“Jioce”，或者是“乔明娇”。

但是刚才那些人的目光中，惊艳一闪而过，好像都不认识她，那些人肯定不是寻常的人。

现在钻石在她这里，她还是赶紧溜吧。

“队长，你刚才没有搜到，而那个女人又不可能带走的话，那就只有一个可能，钻石还在房间里。”

此时，丽江某间旅馆内，穿着便装的特种兵精英分子之一，人称小邵的邵志安在分析着问题。当然，他的语气里还有淡淡的狐疑，刚才队长进去不久后就出来了，肯定是遇到了意外状况。

浴室的灯亮着，甚至还有水珠透过关得不够严实的窗户渗出，滴落在蹲在窗户下面的小邵脸上。一个既危险又相对安全的时间点，队长进去，等于万无一失。

但是没有料到队长很快就出来了，刚才房间里的情况他并不清楚，只是隐隐听到了一句救命。当小邵问聂轻鸿时，聂轻鸿的脸上波澜不惊，看不出任何破绽。聂轻鸿没有在房间里安上监听装置，可见他出来得很匆忙。

一个大胆的念头在脑海里闪过，只是小邵聪明地没有往下说，而是继续本职工作。

只是两名跟着乔明娇的队员可不这么认为。

“喂，三儿，你说刚才队长居然没有搜到，是不是因为这个女人太美了，一时间看花了眼，忘了正事啊？”

一个相对活跃大胆的队员，看着那道正在拦出租车的身影，早已没有了刚才的一本正经，而是带着某种遐想，大胆地猜测道。

“去你的！队长那百毒不侵，不花不闻的样子，估计潘金莲和孙二娘躺在他面前都是一样，虽然这个女的漂亮了一点，好像在哪里见过似的。”

另外一个显得正经一些的，脸上一唬，总觉得哪里不对劲，但又说不上来。

“谁知道呢！小邵说是挑在美女洗澡的时候进去的。啧啧，队长偏心眼，把我们支开，自己去与美人相约。”

黄三仍旧是无畏大胆地猜想着。乔明娇的美，那可不是普通级别的美，平时他们要执行任务，和女人打交道少，正是血气方刚的年纪，虽然纪律严明，但是看到这么漂亮的美女，难免会心猿意马。

“是，队长！我们马上回去！”

黄三身边的萧卫没有理会队友的猜想，而是赶紧转身，冷声命令道：“走了，搜房！”

黄三一听，立马收回心思，转身跟着萧卫回来了。

此刻，旅店里呈现出一种压抑的氛围。聂轻鸿虽然一身便装，但是那种气势，还是会有种鹤立鸡群的突兀感。那边被张朝阳控制住的铂金男人，此时目露惊悚：“你们是什么人？”

聂轻鸿看也不看他一眼，而是目光犀利地四处打量着房间的每一个角落，旁边带着探测仪器的吴强，早已快速地进行地毯式扫描。

“你们是特警队？”

张朝阳啪地打了一下那男人的脑袋，口吻里带着一抹痞痞的味道：“刚才趴在地上搜什么呢？不要告诉我你在找蟑螂！”

特警队？哼！怎么能和他们比呢？一边的小邵骄傲地睨了那铂金男人一眼，正是笃定无比地等待着结果，既然队长说不可能被那个女的带走，那么只有趁这个机会，一举抓获，有了钻石，才能进行下一步的交涉。

但是随着搜查的范围越缩越小，直到那边的吴强咦了一声之后，所有的人神情为之一振，包括那个铂金男人，心也提到了嗓子眼。

“队长，你看。”

此时，吴强不像平时那般嬉皮笑脸了，而是蹲在那里，挡住铂金男人的视线。聂轻鸿看着被掀起的地毯，浓密的眉毛不由得皱紧，难道世上真有这么巧的事情，就让那个小女人给碰上了？

“怎么了，货被提走了？”

旁边张朝阳语调一扬，带着某种意味，威胁似的看了那铂金男人一眼，又看了聂轻鸿一眼，心中有一个想法，越来越清晰——那批价值不菲，可以和贩毒分子谈判的钻石没有了。

当然，张朝阳说这话时，斜视着铂金男人，那男人脸色也成了猪肝色，却是带着一种笃定的语气道："肯定被那个女人带走了！"

几名队员都用一种看死人的目光看着那铂金男人，接着看向聂轻鸿，这可是在队长的眼皮底下拿走东西的，那个女人还真是不怕死呢。

"把他和法拉利一起押回去，顺便盯着警局那边有没有人去。"

聂轻鸿看都不看众下属一眼，而是冷酷地下达命令后转身，眉头已经比刚才皱得更紧了。那双水汪汪的大眼睛，那裹着浴巾，却敢拿着防狼电棒去袭击他的女人，倒是真有可能做这种事情。

"队长，怎么办？"

大美女带走了钻石，现在根本没有地方打探消息，还是队长特别叮嘱护送她离开的，吴强又忍不住好奇起来。

"我记下了车牌号，队长。"

看着聂轻鸿阴沉的表情，萧卫还是觑了吴强一眼，自然地补充了他要的讯息。

此时，乔明娇坐车到半路后，准备去警局的念头已经打消了。这黑灯瞎火的，她跑过去可不是个好时机，尤其是刚才那些人如果有心跟踪，不知道会怎么想她呢。

"停车。"

虽然拿着价值不菲的钻石，但是乔明娇从小到大都生活在豪门富庶之家，对于飞来横财，她并没有心脏病突发的危险，反而有一种冒险刺激的感觉。

就在这时，乔明娇透过车窗，看到那边正准备徒步行走的驴友团，于是马上喊了一声停车。

而这样半路下车，导致了后面追踪她行程的人遇到了重大难题。

"队长，找到了那个司机，他说那位乘客已经在半路下车。下车地点并不是任何酒店门口，更不是警局。"

"队长，这事要不要交给特警队？"

黄三看这情形，忍不住给冷着脸的队长提供一个可行性的建议，但是只换来聂轻鸿似是轻描淡写的一瞥。

“找到她的电话号码，直接卫星跟踪。”聂轻鸿对一边的吴强吩咐道。

吴强自然明白，早已向旅店的老板问清楚了乔明娇的电话和身份证信息。

“乔斯？身份证是假的！”

当吴强把这个事实公之于众时，所有的人都不由得疑惑地看向聂轻鸿，似乎在说，队长，你的判断终于出错了。这可是从来没有过的事情，聂轻鸿什么时候判断失误过。

“电话号码呢？”

聂轻鸿波澜不惊，似乎没有看到一道道目光正注视着自己似的，问得掷地有声。

嘟——嘟——嘟——

连续三声，手边早已备好了卫星跟踪系统，但是那边的人死活不接。

乔明娇现在像是一条哈巴狗似的跟着那群驴友，但始终保持一段距离，因为近了怕被人发现自己是乔明娇；远了，一个人确实不安全，徒步去香格里拉，这个愿望太缥缈，她也不过是跟着驴友们自娱自乐罢了。

明星，在获得了无上的荣耀时，想要保护自己的隐私，想要获得绝对的自由，那多少是有些不切合实际的。

“喂，那位美女，走快点！”

明明落下了那么远，但是偏偏有人看在她是美女的份上，跑了回来找她。这真让人没辙，更糟糕的是，那个年轻的男孩看起来朝气蓬勃，也是个网游迷，显然玩过《仙剑》，更知道《仙剑》的代言人是谁。

“你怎么那么像一个人……是乔明娇吗？”

男孩脸上露出极度兴奋的表情来，嗓门大得很，后面跟来的一个背包女生，不在乎此时是黑夜，突然尖声叫了起来。

“天哪，Jioce！”

乔明娇真后悔没有在自己的脸上抹把灰，或者是给自己弄个艺妓脸谱，那样也许他们就认不出来了。

不过这种情况她早已料到：“你们认错了，很多人都说我像呢！不过，我可不是什么大明星，我叫乔斯。我也是有身份证的人哦！”

乔明娇说着就去掏身份证，却在这个时候听到手机铃声响了起来。

是个陌生的电话号码，有些不想接，索性不理会。

“哈哈，你真逗！我要看看你身份证。说真的，你真像啊，我这里有Jioce的照片呢！”

那女孩这么说时，已经去拿自己的手机了。但是乔明娇哪里敢让她对比啊，看了一眼自己那即将电量告罄的手机，最终还是接听了。

“不好意思啊，我有个重要的电话要接。看来是玩不成了，家里人催我回去。”

不给那女孩子对比的机会，乔明娇转身边走边接听了电话。

“喂，哥，有什么事这么着急啊？我现在回去就是了。哦，好好，我手机没电了，先不多说了啊！”

挂断电话后，乔明娇还转头向后面的年轻男女挥了挥手，而那对男女后面显然又有一堆人赶了回来。不远处的手电筒投射出道道光束，如同一个露天舞台，照耀出郊外的一草一木。这些人如果认出她是乔明娇，估计她想自由自在旅行的愿望就要泡汤了。

乔明娇继续往前走着，反正刚出了郊区没多远，她也没那么害怕。

电话这边，数道目光一起看向脸色依旧没多少变化的聂轻鸿。

“跟踪到了吗？”

聂轻鸿不理会旁边队友们的目光，问着同样用好奇目光看着自己的吴强。吴强心想，刚才队长接电话时的表情好古怪啊。

“哦，跟踪到了，但时间太短，差一点点就能确定具体位置。”

“什么方向？”

“郊区，缓慢地移动。向城外？步行？”

吴强有些不可思议地睁大了眼睛，然后匪夷所思地看向队长，会不会判断错误？如果真的是嫌疑犯的话，应该想尽办法逃之夭夭才对，而且更应该直接拒绝接听任何陌生人打来的电话啊！

乔明娇的行为，完全正常，没有拿了飞来横财的自觉，反而有种逍遥自在的超脱感。

这种情况别说队长会判断错误，他们也会认为不可能。

“队长？”

吴强看了看沉吟不语的聂轻鸿，忍不住叫了一声。他们没有时间磨叽了，所有的任务都必须干脆利索地完成，直面危险，以迅雷不及掩耳的速度突击。可是，这一次显然有些棘手，如果消息传出去，那还不丢人丢大了？

“不怕一万，就怕万一，我看还是追踪下去吧。”

张朝阳看着聂轻鸿，如此提醒着，后者没有说话，继续拨打手机。

乔明娇看着陌生的电话号码，本来心情很好的她突然发飙了。

“喂，你是谁？到底有什么事？如果再打过来，我就告你骚扰哦！”

不知道为何，总感觉电话那端似乎有种危险而恐怖的东西存在似的，可能自己真的无法把那一堆钻石当做玻璃球，乔明娇微微有些自省，是不是应该先报警再说？

“是我。”

声音干脆直接，似是无情而僵硬，冷酷得毫不拖泥带水，那语气似乎她就该认识他似的。

而乔明娇却是真的如同电话那端的人所料，很自觉地认出了他的声音——这不就是那个闯进她房间的男人的声音吗？

“是你？你又想干吗？我告诉你，本小姐可不是好惹的，有话快说，有屁快放！”

乔明娇秉持着不能露出破绽的风格，每一句话都说得够嚣张，尤其是想到那个粗鲁的吻，更觉得自己该把话说得更狠一些。

电话这边的人不自觉地皱眉，耳朵离电话远了一点，而离聂轻鸿最近的张朝阳，显然听到了那边女子的声音，清脆直接，丝毫没有畏惧铁血男人的自觉，一个没忍住，笑了出来。

张朝阳这一笑立刻引来其他人的惊讶。聂轻鸿英俊无比的脸上，黝黑健康的麦色皮肤下，微微地有一抹因为尴尬而产生的红晕。

“我是负责国际缉毒案件的，中国特别援助小组的队长，聂轻鸿。”

聂轻鸿说这话时，似乎在考虑那边的人是否会相信。而他身边的队员个个睁大了眼睛，队长是不是疯了？在完全不了解对方的身份前，把自己的名号给报出去，如果那个女人是和贩毒分子一伙的，岂不是等于给敌方通风报信吗？

电话那端有三秒钟的沉默，乔明娇显然没有料到会是这么一个答案，心中早已震惊不已，但是有了几分信任。

“所以呢？”

乔明娇依旧镇定，倒是让电话那端的人眼底闪过一丝果然如此的神采来。

“所以，如果钻石在你手里，最好立刻告诉我，不然你会很危险。”

聂轻鸿这么说时，旁边的吴强惊诧了，队长，你这是透露机密啊！有没有搞错，怎么能随便把这话出来呢？

其他人更是一脸看着队长中风了的惊奇表情，队长是不是脑袋短路了？

乔明娇这一次迟疑了，她没有料到聂轻鸿会猜得这么准，似乎笃定她拿了钻石似的语气，虽然他加了如果，但是在没有确定的情况下，估计是不可能如此直言不讳地说出来的。

而他的模样，让乔明娇居然相信起来，这种信任来得很是自然，也许和他身上散发的气场很有关系。长这么大，除了乔津帆，她并不容易相信人。

但这个叫聂轻鸿的男人，却让她产生了信任感，虽然被他占便宜地讨了一个吻。那可是除了演戏之外，第一个货真价实的异性之吻，粗鲁而直接，想到这一点，乔明娇有些懊恼。

因为这股懊恼，乔明娇没有回答聂轻鸿的话。

这边聂轻鸿的脸上依旧波澜不惊，众部下个个看景似的看着他们队长与电话那端的人沉默地博弈。

“不要闹情绪。”

突然，聂轻鸿语出惊人，惊得旁边几个队友都瞪大了眼睛。虽然聂轻鸿的声音依旧冷冷的，可是这句话怎么听都觉得怪怪的，怪得让众人面面相觑，也让电话这端的乔明娇鬼使神差地没有继续别扭下去。

“我在郊外，距离公路收费站三千米的地方，有一根没有电线的电线杆，你自己过来拿。”

乔明娇不自觉地用同样干脆而直接的语气说，像是命令一个虾兵蟹将似的，大有报复一下这个男人的快感。

毫无预兆地挂断电话，众人更是用比以往任何时候都八卦而兴奋的目光，看着他们威严冷酷的队长大人。

“队长。”

在聂轻鸿和乔明娇通话的时候，吴强早已利用他彪悍的专业技术，接通了信号的同时，窃听了二人对话的内容，热血方刚的年轻男子们，这一刻有些说不出来的激动。

那个女人是外星人吗？一定是。不然怎么敢在面对队长时，居然如此大胆而直接。

最诡异的是队长大人说的那句“不要闹情绪”——有JQ，有猫腻，有细节！

然而，聂轻鸿却不理会吴强等人投过来的好奇目光，启动蓝牙话筒。

“把机舱里的车子开出来。”

“队长，我们陪你一起去吧？”

“是啊，队长，你一个人去多危险啊！万一遇到歹徒了怎么办？”

聂轻鸿冷冷地横了这些人一眼，毫不客气地吩咐道：“各就各位，换回制服，随时准备突袭和围剿。”

强行压下的威仪，在这一刻让聂轻鸿不由得皱紧了眉头。什么时候看到一群属下如此八卦过，聂轻鸿的脸黑得难看，刚才乔明娇说的话，清晰地在脑海里回响着。

虽然只见过一面，这个小女人的形象，却是鲜明地印在了脑海里。

乔明娇带着一抹挂断电话后恶作剧的喜悦，调皮地伸了一下舌头，然后看着那边两个还恋恋不舍，百分之九十九怀疑她真实身份的年轻男女道：“你们先走吧，我朋友待会儿接我回去。我看是不能和你们一起走了。”

乔明娇赶人，那个年轻的女孩却是拿着相机对她就拍了起来。

“真的太像了啊！不行，我明天得去问一问！”

虽然如此，但那对年轻男女还是走了。当然，如果刘德华突然跑到你面前，你也会觉得一定是自己认错人了，所以在那两个人走后，乔明娇笑得狡猾而开心，转脸看了一眼时间，略微有些惊愣，万一这晚上来的是个歹徒怎么办？

但是，直觉这个东西又让人无比自信，就像她坚信自己的演艺生涯一定会辉煌无比一样。

那种气质的男人，那种语气、身手、模样，乔明娇想着想着，不由得想到了他粗糙的大手，捂住她嘴巴时的感觉，那种感觉现在想想，有些奇怪。她之所以没有那么害怕，是因为他身上散发出来的气场，让她内心深处有些安全感。

乔明娇正胡思乱想着，并没有觉得时间飞逝，只是当一辆黑色轿车由远及近，慢慢地靠近时，一种期待中却有些警备的意识，让她不由得靠向了一边。

车子停在乔明娇的身边，她心头一紧，因为她已经意识到了从车子里走出来的男人并不是自己等待的那个人。

掉头就走，但乔明娇没有特别慌张，而是选择了那条刚刚已经看了无数遍的小径，可是身后的人，已经有备而来地加快了步伐。

“站住！”

大晚上的戴墨镜，不仅仅是她乔明娇的特权，还有一类人也喜欢戴——见不得光的人。

乔明娇心头一紧，不由得暗骂了一句，那个叫聂轻鸿的家伙怎么这么慢啊？

如果只是比谁的墨镜酷，乔明娇自然是不怕的，但是偏偏她又一次感觉到了生活如戏剧一般不可思议，或许说是更印证了一句话——人生如梦。

当乔明娇看到一样叫做枪的东西出现在面前的男人手里时，她心头一凛，真希望是自己入戏太深，对面是某个演对手戏的男星而已。

上来就拿枪，不是亡命之徒，就是不怕死的，也许早已杀过很多人，乔明娇手里渗出冷汗来，脸上却是露出一抹惊讶而不可思议的表情。

“帅哥，你这是干什么？”

通常在剧本里，看到歹徒脸的人，都只有一个下场——死。此时，乔明娇神经紧绷，脸上却没有表现出什么，心里奇怪这人怎么追了过来。

“把钻石交出来！”

男人的声音是货真价实的阴森，绝非演戏，车子的驾驶座上，又有一个男人走了出来，没有戴墨镜，可是乔明娇看着他活动手腕的模样，心里越发叫糟糕了。

明目张胆至此，可见歹徒有多么嚣张。

“呵呵，二位真会开玩笑。什么钻石啊？是这个吗？”

乔明娇装傻充愣的能耐还是有的，只见她毫不犹豫地把脖子上的项链掏了出来，那上面的钻石，可是货真价实的。

两个男人一愣，自然没有想到乔明娇的项链上竟镶嵌着一颗如此价值不菲的钻石。

“把你身上的那一包钻石拿出来！”

“那个蓝色袋子的底部有卫星跟踪芯片。”

两个男人一前一后地说着，并没有电视里那种恐吓威胁的语气，可是乔明娇却知道他们会比电视里更逼真地要了她的命。如果将钻石交出去，未必有好下场，但是不交出去，那就绝对不可能有好下场了。现在她唯一能做的，就是拖延时间。

她真的没有料到那个袋子里会有卫星跟踪芯片，现在的高科技犯罪实在让人匪夷所思。她当时只看到一堆钻石，颗颗坚硬，哪里会去看袋子的底部是不是有别的东西。

认栽，乔明娇的心已经越来越沉。

“那个，帅哥，能不能把那个东西收回去，看着怪吓人的。”

乔明娇自然注意到这两个人虽然凶狠，但是看到自己时有露出惊艳的神情，不然，可能他们会直接上来抢，这一点认识让乔明娇庆幸的同时，却更加紧张了。

“不要耍花样，不然小心这张脸，嘣——就开花了！”

后下车的男人居然还带着一种开玩笑似的笑容，乔明娇更加觉得毛骨悚然了，心底闪过一个强烈的愿望——聂轻鸿，快来。

“哪里敢耍花样啊！两位大哥，我只是一时贪心。”

乔明娇一边说着一边把行李箱打开，然后煞有介事地翻起来，故意往深处挖，那模样似乎真的要找一样珍贵的东西。

持枪男子微微有些松懈，盯着乔明娇翻找东西，和身边的人对了一下眼色，他们自然有自信对付这个女人。

远远的，一辆军用吉普快速地靠近目的地。似乎感觉到了一般，乔明娇向那边看了一眼。

“快点！”

那男人不耐烦起来，乔明娇甚至可以听到扣动扳机的声音，手上慢慢地渗出冷汗来。她努力告诉自己，不要紧张。

“把枪先收起来。”

旁边的男人用命令的口吻，吩咐拿枪的男人，因为不远处的车声，让他们不得不有所顾忌。

“咦，不在这里？”

乔明娇有些奇怪似的皱眉，正准备继续演下去，突然，行李箱就被那个男人一把扯了过去。

那人看了乔明娇一眼，冷笑一声，自己去搜。

果然他和乔明娇是一个思路，向着行李箱深处摸去，只是他会把东西一样一样地扔出来。

“帅哥，那些都是名牌啊！”

乔明娇故作无知的语气换来那个男人的一瞥，似乎是看怪物似的看着她。她不以为意，能拖一秒就拖一秒。

但是，明明不远处有一个黑影，明明听到了发动机的声音，怎么那车子还没有过来？

殊不知，聂轻鸿何等机警，早在数千米之前，已经用望远镜观察到了前面的路况。

此时高大的身形，仝身武装，正从路边的树林里绕过来。

“东西在你身上？”

突然，那男人抬头，看着穿着一条牛仔裤和一件薄外套的乔明娇，如果藏了一包钻石，很容易会被发现的。

“就在包里。我怕弄丢了，特意藏在角落里，你再找一找。”

乔明娇说这话时，顺便拍了拍自己的外套，口袋瘪瘪的，怎么可能在身上呢？

那人继续搜，乔明娇知道他很快就可以搜到，不由得着急起来，姓聂的，你快来啊！

乔明娇急得额头直冒汗，从行李箱里掏出来的东西越来越多，很快钻石就会被找到的。

果然，一袋沉重的东西随着那男人把行李箱倒过来时，砰地掉在了地上。

此时，两个男人脸上露出如释重负的神色，乔明娇见此情形，扭头就向灌木丛中跑了过去，她可不认为这两个人会饶了她。

“站住！”

身后的男人掏出手枪的声音如此清晰，乔明娇心头一冷，心里说不清楚是害怕还是不相信，难道自己就这么莫名其妙地挂了？

就在此时，只觉得犹如一道光似的东西从树林里噌地闪过，乔明娇还没有来得及思考，就听闻身后的人中弹的声音，顿时，她就愣住了。

“趴下！”

聂轻鸿的声音中带着一种黏性，明明冷硬如斯，可是听在乔明娇的耳朵里，犹如天籁一般。

多年的演艺生涯让她反应尤为敏捷，她第一时间趴下，子弹从头顶飞过，让她感觉不太真实。

树林里那个高大的身影，子弹从他手中的小型手枪射出，那一刹那，在乔明娇的眼里，他便犹如天神一般出现了在她的面前。

射人先射马，擒贼先擒王，这是千古不变的真理。乔明娇看到那把黑色的手枪，划出一道优美的抛物线，坠入路边的草丛时，又听到了扳机扣动的声音。

然而，聂轻鸿犹如把玩着带有魔法的玩具手枪一般，每一发子弹都精准无比，男人吃痛的声音，在黑夜中，伴随着血腥的味道，尤为突兀。

“啊——”

乔明娇不知道自己哪里来的胆子，忍不住扭头看着捂住双手疼痛不已的两个男人，他们脸上露出痛苦的表情，把目光投向她。顿时，乔明娇觉得有种毛骨悚然的感觉。

就在乔明娇起身准备逃离那两个男人可以掌控的范围，向聂轻鸿靠近时，之前用手枪对着她的那个男人，突然间如饿虎扑食似的向她扑来。

刚刚准备站起声来的她，只感觉到脚上一紧，整个人便因为脚踝突然被抓而失去平衡，眼看就要摔个狗吃屎，不由得娇呼一声。

一只有力的手臂及时架住了马上就要倒下的身子，聂轻鸿人高腿长，凌厉的姿势，单膝半曲，正好抓住了她的同时，手中的小型手枪早已被换到了另一只手上，抵在那个抓住她脚踝的男人的脑门上。

急促的呼吸声，伴随着扣动扳机的声音响起。

“一——”

“二——”

聂轻鸿并没有喊出“三”，就在那个男人试图用更大的力气钳制住乔明娇时，扳机扣下，子弹飞出枪膛，鲜血的腥味顿时充斥周围，犹如一场诡异阴森的梦境。

虽然只是一只手支撑着她的身子，但是乔明娇能够感觉到聂轻鸿浑身肌肉绷紧的力度，在他面前，她似乎轻若羽毛一般。当那个男人放开她脚踝时，她已经被聂轻鸿给提了起来，并且顺势搂在了怀里。

枪指向旁边那个不动声色，转身准备逃跑的男人。

子弹离开枪膛的声音，轻微而清晰，一声压抑的声音，乔明娇蓦然回头，看到那个试图逃跑的男人，脚踝处已经鲜血汩汩地往外流，整个人险些跌倒。

一只手扳过她的头，粗糙的带着厚茧的手掌似乎散发着一种好闻的气味，有泥土的芬芳，抚摩过草丛的气味，还有他身上那种淡淡的清冽而独特的气味。

"闭上眼睛。"

冷酷的声音带着一种绝对的威慑力，乔明娇如同是被施了魔咒，闭上眼睛，脸颊贴向聂轻鸿的胸口。这一刻，她居然感觉到无限的安宁，就像是陷入了一个不可思议的梦境。

噗——噗——

这是子弹射入皮肉，绽放出死亡的妖冶的声音，乔明娇几乎不敢相信，身边这个将她保护在怀中的男人，就这样毫不迟疑地枪击了那两个男人。

乔明娇自然明白那两个男人的双手，估计早就染了无数鲜血，但是还是没有料到会被如此果决地枪毙。

任凭乔明娇胆子再大，此刻也无法接受，两只手不自觉地抱紧了聂轻鸿。似乎能够感觉到她的紧张，他那只揽在她腰上的手，更加大了力气。就这样，乔明娇脚不着地地被他抱着，感觉到他的脸转向自己时，一种从来没有过的亲密让她的心怦怦地跳得如此剧烈。

"黄蜂和水蛭已经被击毙，艳阳天跟上！"

他的声音无情而冷酷，可是此时听在乔明娇的耳朵里就是那么好听。

"清洁工速度跟上，打扫现场！"

他每发出一道命令，侧着脸颊靠向蓝牙话筒的时候，他的气息都吐在了乔明娇的额头上。乔明娇不知道自己这一刻是不是着魔了，软软地赖在他的怀里，一动都不想动，甚至如果就此死了，也此生无憾。

如果在过去的二十八年中，乔明娇不知道什么叫爱上一个人时心动的感觉的话，那么这一刻她似乎知道了；如果在她的人生中，过去的一切叫做顺水顺风的话，那么这一刻，她觉得自己终于遇到了她一直想要仰望的山峰。

聂轻鸿，这三个字重重地压在心上时，乔明娇甚至忘记了身处在死亡气息中，反而有一种破土而生的蓬勃生机感。

经过改造的小型吉普车，快速地冲到了这条并不宽阔的马路边。

其中一个人是张朝阳，另外一个人是萧卫。

张朝阳快速检查现场之前，先看了一眼抱住乔明娇站在那里没有走过来的聂轻鸿，这是不是有点怪异呢？

"队长，她没事吧？"

还是萧卫想得深远，看聂队抱得这么执着，已经联想到了香消玉殒的后果。

"拿钻石，清理现场。"

聂轻鸿无视那两个人的疑惑和追问，波澜不惊地吩咐道。

乔明娇只听到后备箱被打开，重物放进去的声音，看到萧卫开着那辆歹徒开过的车子，领头前进时，地面上并没有血迹，只有一层怪怪的似液体的东西，并散发出刺鼻的味道。

此时，张朝阳已经拿出了蓝色袋子下的卫星跟踪芯片，顺手一捏，那芯片应声变成了废品。

"真没有想到，被这个女人带走了。"

张朝阳显然以为乔明娇昏迷了，或者是受伤了，而说这句话时不由得打量起她哪里受伤了。

"上车，回去，准备交易。"

聂轻鸿并没有给出任何关于乔明娇的评价，就在他抱着她，犹如托住一根羽毛般向吉普车走过去时，乔明娇突然挣脱了他的怀抱。

"等一等！"

张朝阳看着从聂轻鸿怀里蹦下来的女人，不可思议地看着聂轻鸿，然后又看着那个从行李箱里取出一个小皮包的乔明娇。

"身份证、护照，全部在这里呢！"

那个行李箱她是不要了，但是这些东西不能不要。

抬头，乔明娇一双明亮而认真的眸子，迎上聂轻鸿那充满匪夷所思的目光后，终于意识到了一件事——

刚才他们都以为她吓晕了吗？

乔明娇是有些腿软，心头那种劫后余生的紧张感还在，但是此刻充盈在内心的某种情绪，让她战胜了那份恐惧。当迎上张朝阳和聂轻鸿的目光时，她才恍然大悟，自己赖在聂轻鸿怀中的行为，此刻想来，太过不正常。

一向遇事无所畏惧的乔明娇，脸上浮现一抹红晕，在这肃杀萧瑟的夜晚，在车灯的照射下，她的美吸引着每一个观众的视线。

张朝阳摸了摸鼻子，什么都没有说，看了一眼聂轻鸿，后者似乎只是那一眼的惊讶之后，再也没有什么情绪。

“你一个人很危险，短时间内最好不要单独外出。”

聂轻鸿指出的这个事实，若是从前的乔明娇从来都会不以为意，但是现在却有了最鲜明的教训和认识。

乔明娇点头，迎上聂轻鸿那张冷酷俊逸的脸，低头间握紧了手包，天知道她何时有过如此窘迫听话的时候。

“上车。”

车门打开，聂轻鸿的身形犹如一道屏障，高大到带着绝对的安全感。乔明娇二话不说就钻进了车里，至于香格里拉、西双版纳，都成了遥远的幻景。

就在乔明娇意识到聂轻鸿要关上车门而坐到前排时，她不由得叫了一声。

“聂轻鸿。”

聂轻鸿准备关上车门而去的身形一顿，不自觉地再度打开车门，看着她，包括前排坐在驾驶座上的张朝阳，都忍不住好奇地望了过去。

“我怕。”

乔明娇这句话，三分假，七分真。怕什么？怕他坐到前排去。

这种心思，她可不能说出来，所以“我怕”这两个字，可谓巧妙得很。

高大的身形矗立不动，乔明娇那双小鹿似的眸子，就那么无辜地看着聂轻鸿，有人说乔明娇演什么像什么，这话一点都没错。

聂轻鸿虽然面容冷酷，可是他那高大的身躯还是坐在了后排。

张朝阳那双眼睛像扫描仪似的扫描着后排的每一个角落。

聂轻鸿正襟危坐，和刚才的冷酷喋血相比，此刻显得有些过于严谨，整个人看起来有些巍峨而不可靠近。乔明娇以为这是错觉，但是再看了一眼后，确认是事实。

聂轻鸿在竖立防线吗？

他看出了她的心思吗？

就在乔明娇目光流转间，有一辆车子迎面驶过，借着车灯，她看到聂轻鸿那张冷酷的脸上，有一道长约一寸的疤痕，还在往外渗着血。

那是刚才他快速奔跑，低身潜行时，不慎被树枝划伤的，这样的伤对于钢铁般的聂轻鸿而言根本不算什么。

但是对于乔明娇而言，那就不一样了。

“能打开一下灯吗？”

头顶有灯，但是她找不到开关。聂轻鸿纹丝不动，而张朝阳早已应声打开了车灯，同时不禁补充了一句：“乔小姐准备带这一包钻石去哪里呢？”

乔明娇正在翻着包的手，微微一顿，她答得从容不迫：“准备在歹人防备最薄弱最意想不到的时候，交到警察叔叔手里去。”

是的，这是她的计划，在别人都意想不到的时候把钻石交出去，可惜计划胎死腹中不说，若不是聂轻鸿及时赶到，她真的要英年早逝了。

乔明娇甚至想到了灵堂上自己的遗像，以及狗仔们各种各样的报道，心里不由得一惊。前面的张朝阳听了以后，有些不可思议地道：“你知道它值多少钱吗？没想过自己拿着？”

乔明娇似乎听到了一个天大的笑话一样：“这些钻石的原始价值至少上亿，不过经过打磨和商业炒卖后，其价值不可估量，但这包东西就是定时炸弹，你会搂着炸弹当爆米花吗？”

“哈哈——”张朝阳没忍住笑了出来，刚刚击毙了两名歹徒的紧张气氛，似乎荡然无存。

乔明娇拿着Hello-Kitty图案的创可贴，转头看向聂轻鸿的脸，那张冷峻的脸，似乎微微有些许的柔和，那道伤疤不仅不损他的俊美，反而让他看起来更加迷人了。

就在乔明娇伸手探向聂轻鸿时，一只大手猛地抬起，抓住她纤细的手臂。那凛然而警惕的神色，睥睨的眼神，让乔明娇一怔。

“干什么？”

冷酷的声音，乔明娇听了以后，却一点都没有被排斥的自觉，反而成了一种习惯。

“疼！”

纤细的手臂被抓，乔明娇蹙起眉头，眼底闪过一丝隐忍疼痛的神色，好不可怜。

聪明，张朝阳坐在前排，耳朵比平时要灵敏好几倍，跟雷达似的，生怕错过任何一个细节。

果然，聂轻鸿松了手，补充一句：“不需要。”

若是别的女人，估计早被这冷冷的三个字给击退了，但是谁让聂轻鸿身边坐的人是乔明娇呢。

“我可不是怕你破相而伤心，我是怕你影响市容。看在你刚才救我一命的份上，我决定原谅你之前的不礼貌行为。”

乔明娇这么说时，已经看到聂轻鸿脸上微微僵硬的神情，她眼明手快，将创可贴贴在了他俊美的脸颊上。

“不许撕掉！”

乔明娇一声娇喝，却是甜糯动人，有一种别样的明丽和俏皮。就在聂轻鸿伸手要扯掉那创可贴时，她的两只手已经抓住了他的大手。

张朝阳恨不得把这个镜头给录下来，让聂轻鸿这宝贵的一瞬间，永远铭刻在每一个战友的脑海里。

难道这就是传说中的美女与野兽的组合？张朝阳迎上聂轻鸿那冷冽的一瞥，车子险些开到阴沟里去了。

聂轻鸿准备抬起的手，被一双柔软温热的小手抓住，一时间居然忘记了挣扎，或者说，他一向对女色无动于衷的行事风格，让他觉得不做任何回应，才是最合情合理的。

第三章 今生只为遇见你

乔明娇的一双手本就修长柔软，根根莹润，如同葱白一样，和那只修长而带着茧子的大手形成了鲜明的对比。

“你知道那些钻石的价值？看起来是个行家啊！”

聂轻鸿不动声色地推开乔明娇的那双小手，忍不住想去扯掉脸上的那片创可贴，声音里带着一种凛然的气势，就像是审犯人一样。

乔明娇迎上聂轻鸿那张没有多少情绪的脸，眼看着他修长的大手就要扯去创可贴了，于是懒得回答他的问题，而是一双眸子盯着他的手，有些担心他会这么不给面子地撕下来。

“我这里还有很多哦！”

乔明娇心思一动。她的话让聂轻鸿的脸不自觉地变得僵硬起来。她平日里演戏磕磕碰碰也是有的，包里准备了整整一打创可贴，除了Hello-Kitty的，似乎还有别的花纹的。

聂轻鸿的手放了下来，他不理会前面张朝阳隐忍着腹痛似的闷笑，而是冷冷地看着乔明娇道：“回答我的问题。”

聂轻鸿没有任何情趣地继续保持威严，而乔明娇见他没有再去撕创可贴，有些放松下来，很有成就感地坐直了身子，之后才回答他刚才的那个问题。

“我学过宝石鉴赏。如果猜得没错的话，这些都是D级钻石，成色顶级，FL的净度。”

乔明娇这么一说，那边忍着笑容的张朝阳也不由得接了一句话。

“好眼力！这些钻石是南非矿产上为数不多的顶级钻石，有两颗分量极重的粉钻，如果精心处理流入市场，每一颗至少可以卖到三亿的价格。”

这个数字远远超出乔明娇的预料，再听得张朝阳那骄傲的口吻，自然是明白这些钻石的重要意义。

“所以你刚才应该偷偷贪污一颗，我们不会发现的。”

张朝阳这么说时，迎上聂轻鸿的眼神，赶紧闭嘴，好像有点太放松了啊。

聂轻鸿看着乔明娇恍然大悟的样子，补充一句：“人为财死，鸟为食亡。”

乔明娇不由得转头看了一眼，就算是贴了一片可爱的创可贴都透露出一种威严和冷酷的聂轻鸿，很是认真地澄清道：“我可对这些东西没兴趣。”

乔明娇说这话时，眼角都带着一种受了委屈似的娇嗔，连她自己都没有察觉到，是多么美丽动人。

“没说你。”

聂轻鸿一抬眼，正好和后视镜里张朝阳的目光对上，张朝阳迅速转移了视线，干咳一声，踩下油门，开得更快了。

“聂队，你好像右边脸颊也受伤了啊！”

张朝阳好死不死地开口，不理会聂轻鸿那如同M16枪口的目光，好心得不能再好心地提醒道。

乔明娇怎么会没有听出张朝阳话中调侃的意味，但还是忍不住凑过去看聂轻鸿右边的脸颊，果然有一道血痕，虽然不明显，但无疑也是树枝刮的。

“没事，不用贴。”

聂轻鸿说得极快，乔明娇还没有行动，便已经被他那森然冷漠的样子给镇住了。

前面的张朝阳快要抱着方向盘哭了，因为他快憋成内伤了。

“刚才……谢谢你。不然，我估计真的要抱着一堆钻石等待世界末日了。”

乔明娇察觉到张朝阳的揶揄，倒是考虑到了聂轻鸿的面子，没有勉强他，而是诚心感谢。她长这么大，演了那么多戏，什么侠女、英雄、白马王子的还见得少吗？但是唯独这个黑面冷煞的男子，让她有一种很真实的感觉。

“这是我们应该做的。”

聂轻鸿回答得中规中矩。乔明娇听了觉得有些挫败，这个男人完全是个绝缘体吗？

她陷入了沉默，微微皱眉，没有注意到旁边坐着的聂轻鸿眉心也一直紧紧地皱着。

“队长，豹子已经联系上了。”

突然，蓝牙耳机里有个声音响了起来，聂轻鸿迅速投入到了工作之中。

“保持联络，随时更新地址。”

一路上，聂轻鸿在不停地下着命令，指挥部下做好准备工作，直到快要到达目的地时，才算停了下来。

乔明娇不自觉地看着他的侧脸，那种硬挺而果决的容颜，犹如上帝雕琢的艺术品一样，这是一个不折不扣的大男人，他的眼里是不是根本没有儿女私情呢？

他们到达的目的地是一片旷野，平地上停泊着一架直升机，机身旁边站着一排铁血男儿，他们荷枪实弹，穿着迷彩服，个个威风凛凛，脸上涂抹了油彩，犹如随时准备扑向猎物的猛兽。在看到吉普车到来时，他们一个个都露出了期待和信任的表情。

队长出马，还不马到功成？

“到了，聂队、乔小姐。”

张朝阳将吉普车很精准地停在了众队员的面前，他又快活，又精神地打开车门，那副殷勤的样子，让那边站着的队友们觉得有些奇怪，何时见过张副队这么狗腿，俨然是一副队长的司机模样。

乔明娇自然是要下来的，至于聂轻鸿，眉头紧蹙，却是没有说话，似乎在思考什么问题，起身下车时，显然忘记了脸颊上的创可贴。

队员们看到乔明娇下车时，已经有些羡慕队长英雄救美了，可等看到他脸上那片Hello-Kitty的创可贴时，险些拿不稳手中的冲锋枪。

“队长？”

吴强没忍住，差一点把眼珠子都给瞪出来了。没错，他们威风凛凛的队长脸上，贴的创可贴，很卡哇伊。

“嗯？”

聂轻鸿眯起眸子，用一种惯有的目光看着随便走神的吴强。

吴强眨眨眼，有些无辜地道："队长，我们都准备好了，随时准备出发！"

但是聂轻鸿的目光如同统领着森林百兽的狮王的目光，带着威严和不满，这些个兵蛋子今天的状态明显不对劲。乔明娇看着聂轻鸿盛怒的脸，有些小心翼翼，刚才是不是太过分了，那片创可贴确实有点影响他的形象啊。

"张队领她去那边。"聂轻鸿一脸肃穆，吩咐等着看好戏的张朝阳。

过了一会儿，他蓦然明白了是怎么回事后，怒喝一声："立定！"

聂轻鸿并没有任何狼狈的感觉，像是他的脸上只不过落了一片树叶一般从容，尤其是他喊了那一声立定后，环顾了所有的队员一眼，那些个刚刚还满脸八卦的队员，顿时犹如被人下了咒语一般，昂首挺胸，一脸正气凛然的样子，目不斜视。

"很好笑吗？"

聂轻鸿目光凛冽如同刀刃一般，落在每一个队员的脸上，只见他们眸子如同星子，璀璨明亮，但已经没有了那份嬉笑的肆意。纪律严明、服从指挥，这一刻在他们身上体现得淋漓尽致。

"回答我，好笑吗？"

他声音铿锵有力，踱步看着自己的部下，统率万军的气度，让人俨然忘记了他的脸上有什么特别的东西。

"不好笑！"

异口同声，声音辽阔，有一种鼓舞人心的气势。顿时，乔明娇感觉到如同身处金戈铁马的战场一般，当然，那只是戏，纵使荧幕前的千军万马，都难以匹敌此时的热血沸腾。

"大声点，听不到！"

聂轻鸿再度环视一周，似乎这些就是最差劲的劣等兵一样。

"不好笑！"

声音比刚才的更有气势，似乎连周围的虫儿鸟儿都被吓跑了，那种感觉肃穆、威严，似是空气里都充斥着一种生死搏斗时才有的冷凝。

"现在是晚上十点三刻，还有两个小时就要进行交易了，五分钟时间准备，四点钟方向，出发！"

聂轻鸿对收敛了八卦心思的队员感到很满意，而后带着一种不可侵犯的语气，号召他的队员们进行一场生死搏斗。

顿时，乔明娇觉得自己的行为太过幼稚，于是不由得多看了聂轻鸿一眼。

他神情肃穆，一边看着腕上的秒表计时，一边抬头看着队员们鱼贯而入，敏捷地钻入机舱，那种姿态何曾受过她的影响。

这个对于乔明娇的魅力无动于衷的男人，让乔明娇对他更多了一份欣赏和在乎。

也许他不是她想象中的另一半，但是他却已经闯入了她的内心，那种负责而认真的工作态度，那种凛然而果决的处事风格，那种波澜不惊的气度，正是乔明娇所欣赏的男子该拥有的。

“聂队。”张朝阳看着转身就要上机舱的聂轻鸿，终于耐不住性子叫出声来。

聂轻鸿转身看着他时，脸上带着惯有的肃穆：“你送她到特警队去。”

这一下张朝阳不乐意了，他一个堂堂的副队长，缉毒办案的核心人物，竟然让他送女人回去？！

“喂，姓聂的，你当我是个摆设吗？”

张朝阳看了一眼乔明娇，快步跟了过去，对乔明娇露出一个笑容道：“美女，你自己跟特警队回去吧。”

那边全副武装的特警人员，显然已经准备回去，张朝阳说完就走，生怕聂轻鸿就此把他留下来一般。

聂轻鸿似乎对于张朝阳的反应见怪不怪，而是看了一眼他钻入机舱内的身影后，即刻就要跟上。

乔明娇不由得着急起来，这个男人似乎已经将她遗忘了一般，难道军人纪律严明，感情也是迟钝的吗？

她有一种强烈的感觉，如果他就此离去，或许她不过是他办案生涯中一个小小的意外，一转眼即会消失的路人甲而已。

那不是她想要的结果。

“聂轻鸿。”

乔明娇在聂轻鸿就要转身的一刹那，快步走了过去，表情认真而严肃，看着他脸上留下的那个属于她的记号，嘴角扬起一抹淡淡的笑容，但那双眸子却带着一种少有的肃穆，肃穆得让聂轻鸿的脸上微微出现了淡淡的疑惑。

“我叫乔明娇。”

乔明娇认真地自我介绍完后，迎上他那双冷酷却明净的眸子，嘴角钩起一抹狡黠的笑容。

她的名字，聂轻鸿或许不会知道，但是她主动说出真实姓名的原因，他应该已经明了了吧？

“刚才抱歉，害你被笑。”乔明娇认真地道歉，看着那张英俊的脸上，Hello-Kitty似乎在对她微笑一样。

“时间到了，再见。”

乔明娇看到了聂轻鸿的眼底闪过躲避的光芒，除却正义凛然之外，除却冷酷无情之外，他似乎转身太快。

“聂轻鸿！”

乔明娇再喊一声，带着一种淡淡的甜美与娇嗔。聂轻鸿的步伐没由来地一顿，他没有转头，而是乔明娇快他一步，挡住了他的去路。

“还有事？”

聂轻鸿皱着眉，那英俊的脸上，虽然严酷，乔明娇却感觉到了他的凛然与刻意保持距离的冷漠。

突然间靠近他，在聂轻鸿还没有来得及弄明白她要做什么时，乔明娇伸出手道：“我帮你撕下来，免得他们笑话你。”

那语气就像是一个温柔的小妻子一样，乔明娇知道什么叫一鼓作气，不给聂轻鸿后退的机会，手指已经触摸到了他脸颊上的创可贴。

“别动哦，会疼的。”

乔明娇意识到聂轻鸿可能会后退，一只手抓住了他的手臂，这样生猛直接的态度，让原本钻入机舱没有等到队长现身的队员们，忍不住起了好奇心。

聂轻鸿身子有些僵直，乔明娇认真地看着那片创可贴，小心翼翼撕开的同时，唇瓣微微张合，温暖的气息落在聂轻鸿的颈项上，从后面看，一柔一硬，竟是一幅美好得令人妒忌的画面。

黄三没忍住向外面看了一眼，然后脑袋就再也不愿意转回来。张朝阳直接挡住了门，一边吴强忍不住也站了起来。

“好了。”

乔明娇一笑，对聂轻鸿的配合感到很满意，就在她两眼带着笑意，手指拈着撕下来的创可贴，似乎就准备离开时，她突然间的一个动作令所有人都愣住了。

这并不是乔明娇做过最大胆的事情，却是最让她脸红心跳又非做不可的事情——

柔软的唇瓣，触碰到那丰润的曾经粗鲁地吻过她的双唇时，她眸子明亮，带着一种猫儿偷到了腥似的得意和开怀。

“加油，保重！”

聂轻鸿的脸，鲜有地僵硬了，或者说是石化了。英俊冷酷的脸上那种情绪，和气恼相比，更多的像是愣住。在刺眼的灯光下，看不出他麦色的皮肤上是否浮现红晕，但是乔明娇看到了他眼底的那一丝尴尬。

“完了完了，队长被吃掉了！”

吴强终究没有忍住，开口说出的话，让原本肃穆的队友们更是好奇地想夺舱门而出，张朝阳更是在聂轻鸿冷着脸走过来时，赶紧推了一把身边碍事的吴强。

“各就各位，快！”

从来没有人像这一次这么听张副队的指挥，别看他一派威严，长相俊朗，很有正义感的样子，人可有点不着调，与冷酷嗜血的队长相比，这张队长的威慑力可就差远了。

乔明娇看着与自己擦身而过的聂轻鸿，那高大的身影僵直而快速地离开，步伐矫健得让她感觉他在逃避，心里隐隐有些落寞，这样，他会记得她吗？

飞机的螺旋桨掀起巨大的旋风，绿色的羽翼在夜色中腾空而去。机舱里，正襟危坐的队员们，昂首挺胸，抱紧了手中的冲锋枪，但是气氛却并不是压抑的冷酷，更不是那种奔赴险境的紧张。

聂轻鸿的目光带着寒冰，环视一周。

“一个小时后，达到目的地，任何人不许再开小差，明白吗？”聂轻鸿掷地有声地道。迎上一双双明亮的眼睛时，他的目光还是没有刚才那么冷酷威严，不自觉地闪了一下。

“明白！”

虽然个个如临大敌似的谨慎模样，但这嘹亮的回答，怎么听都有些装模作样的意味呢？

"嗯，休息。"

队长一声令下，大家识趣地闭上眼睛，但是谁睡得着啊，吴强小心翼翼地睁开一只眼睛，看到副队长张朝阳索性两只眼睛都睁着，目标正是他们的队长大人聂轻鸿。

聂轻鸿一脸淡然地闭目休息，喉结微微耸动，就像是一只威风凛凛的雄狮一般，散发出一种让人难以置信的从容不迫的气场。

吴强收回视线，看到黄三也睁开眼睛瞅过来，想笑，但忍住了。

"都看够了没有？"

突然，聂轻鸿一声冷哼，所有的人都不寒而栗，但是却证实了一件事——他们队长大人终于有不淡定的时候了。

乔明娇坐在特警队的车上，不理会两个已经第N次看着自己的特警队员，显然他们看到了她真实的身份证，也知道她是谁了。

她现在只有一个想法，那就是获得聂轻鸿的联系方式。

"他们是上面派来的，具体的联系方式我们不能透露，也不知道。"

男特警的答案在乔明娇的意料之中，她有些后悔，刚才应该更厚脸皮一点，要了聂轻鸿的联系方式。

但是她知道，这基本上不太可能。

丽江之行，给乔明娇的人生添上了浓墨重彩的一笔。她身边的那些人，没有人知道她经历过一场黑白分明的相遇，生死劫难的动情。

"Jioce，就算是为了进军好莱坞，夺得奥斯卡奖，也不用这样夸张吧？"

身为乔明娇的经纪人，Leo不知道该庆幸，还是该担心。

休假回来后，乔明娇工作更加卖力了，比之年轻时的动人与清纯，现在更有几分老练与从容，美丽如她，拥有了比三年前更多的粉丝。

别说粉丝们激动，经纪人激动，导演激动，就连乔老夫人都不得不为孙女儿骄傲了。

但是这也不是件事，眼看夏岚已经五岁了，妈妈肚子里的小弟弟或者小妹妹即将出生，而将要过二十九岁生日的乔明娇，感情生活却越来越平静。

"我是想趁年轻的时候多赚些养老金。"乔明娇不以为意地撇撇嘴，很是认真的样子。但是谁会相信乔家的女儿需要赚养老金呢？

其实只有她自己知道，一旦闲下来，总会想到那么一个人，一个出现在她精彩的人生里，突兀、冷酷，却是一个极度内敛的男人，不属于她的世界，却吸引着她，让她难以忘记。

乔明娇很清楚地知道，如果自己不采取行动的话，那个叫聂轻鸿的男人将会从自己的生命中消失。而她并没有立刻去寻找这个男人，或许是因为她还在做着最后的挣扎，试图要忘记他。

但是越是这样，她便越发现聂轻鸿是无可取代的。身边的同仁，无论是歌星、影星，或者是那些试图想包养她的娱乐圈大亨，个个在她的眼里都是不屑一顾的。

“Jioce，你是不是失恋了？”

Leo的大胆猜测，换来乔明娇的皱眉。她不由得费解地瞥了他一眼，道：“何出此言？”

Leo见乔明娇没有鄙视他，反而胆子更大了一些：“以前你是拍完戏就走人，现在是拍完戏就发呆。只有失恋的人，才会经常因为想着一个人，而不自知。”

虽然Leo有点娘娘腔，但也算是乔明娇的闺中密友，所以他说得很直白。

乔明娇的心弦被触动了，难道一个聂轻鸿对于她的影响真的就这么大吗？

既然忘不掉，那就去努力追求吧。

一想到他那冷酷的英俊脸庞，一身淋漓的冷酷，如同天神模样地现身，生死危难时的保护，那种冲动就越来越强烈，但是茫茫人海，她在万众瞩目的明处，而他在哪里呢？

他们是否还有缘相遇？

晚上，乔明娇被小侄女夏岚给叫到了电脑前上网。

“小姑姑，我们视频吧。”

此时，夏岚坐在外公家那没有多少温情线条的书房内，一点也不在乎外公的膝盖是不是被她的小屁股给坐疼了，而是用她最新掌握的聊天工具，和乔明娇进行一次远程对话。

“这个是外公送给我的生日礼物。”

夏岚把书房内唯一的娃娃——一只粉色的流氓兔给揪下来，抱在怀里。

“这个是外公。”

夏岚拿着一个相框，用粉嫩的小手指，指着相框内那个冷漠如钢铁般的男子说。乔明娇心头一动，第一次和小侄女聊天开了小差。

靖荣的身旁，站着一个英俊出色的年轻人，即使和其他那些身穿迷彩服的男人融入在灰白的相框中，脸上涂了油彩，但乔明娇还是第一眼就认出了他是谁——

聂轻鸿，原来你就在那里。

“小宝贝，来给姑姑再看看哦。哇，外公真帅啊！”

乔明娇夸张地和夏岚聊着天。那边夏岚抱着相框，仰头对着一脸柔和的靖荣道：“外公，小姑姑说您是个帅哥呢！”

窘！乔明娇一脸黑线，夏岚把相框给拿走了，镜头里只看到她的米奇小绒衣后背，米老鼠在对着自己龇牙咧嘴地笑着。

乔明娇觉得她还是去找一找嫂子吧。

“嫂子，有没有那么一个男人，让你想一想就觉得心头很踏实，这辈子交给他都没问题？”

正在喝着牛奶的晚晴抬眼看了一眼明显有些古怪的小姑子，却是浅浅地笑了，目光自然地落到那个正在做饭的背影上。此时晚晴快要临产了，胃口倒是不挑，但是老公还是每天都回来得很早，摒除了公务上的繁忙和劳碌，只想给她最好的照顾。

“喏，津帆就是。”

晚晴笑得很是温和，享受地喝着牛奶。

再看看乔明娇，她睁大双眼，无奈地道：“我也想找这样一个人，就算有点木讷、冷酷。”

晚晴终于放下杯子，看着乔明娇的眼神有些怪，最后带着好奇地问道：“找到了？”

乔明娇看着嫂子那双黑白分明的眸子，索性豁出去了：“这个得嫂子帮我找。”

京城，某军区，特种兵训练集中营，士兵们正在日复一日地进行训练，马上要过年了，天气变得更加寒冷起来。

“队长，你家里来电话了。”

勤务员跑了过来，叫走了刚刚训练完毕的聂轻鸿。冬天到了，却依旧穿着单薄制服的聂轻鸿，显得更加魁梧英挺，而他那张英俊的脸，不知道是被晒黑了，还是什么原因，有些臭。

“队长好像不怎么喜欢回家呢！”吴强看着聂轻鸿离去的身影，用手肘戳了戳黄三。

“家里有母夜叉？”黄三说着，两人相视一笑，随后他不由得又加了一句，“如果母夜叉是那天那个美女就好了。”

乔明娇刚到北京，一下飞机就打了个喷嚏，可能是天太冷，她穿得太少了。

聂家，寸土寸金的皇城根儿，紫禁城比邻之所，虽然没有某些富豪的阔绰豪宅，但是那里却是一处极其幽静，却彰显地位的非凡府邸。

这里是聂家人的养生馆，也是一处不可多得的人间天堂。聂家，军人后代，个个精神抖擞，男的帅气，女的漂亮，自然和基因有关系，也和一直留着的尊贵血统有关系。

车子开到低调的犹如平常四合院的小角门的门口之后，沿着巷子停下来。车内走出的人，高大威武，简单地套了一件军大衣，和玉树临风相比，他的巍峨与挺拔，更有一种力度十足的美感。

当然，这也是聂夫人最满意的地方。

“快去看看，你哥来了！”

聂夫人让用人把餐桌摆满，菜品丰盛无比，连平日忙于公务的聂老爷子都早早地来到了客厅，戴着老花眼镜，翻着报纸。

“妈，您这也太偏心眼了吧？”

曾经玩世不恭，甚至因为深爱之人连牢房都进了的聂小严，此刻还是江山易改，本性难移，懒散地跷着二郎腿，一动不动。这聂家，除了他媳妇，谁也不待见他。

“啧啧，怎么说话的啊？你嫂子和靖靖马上出来了，你想让你老婆念叨？”

聂夫人有些没辙，只得打出一张有用的牌来——这个人不是别人，自然是聂小严好不容易娶到的妻子靖媛。

“好，我马上去就是了。您在这里皇帝不急太监急有什么用呢？哥又不是傻瓜！”

聂小严起身，一副不能苟同的语气，说出来的话，让聂夫人更是气结，不由得往那边的卧室看了一眼，又看了一边的用人道：“去叫大少奶奶、二少奶奶过来吃饭。”

用人连忙应声走了。

聂小严看到一袭军装回来的聂轻鸿时，懒散地叫了一声哥，算是打了招呼。

“还以为你不会回来呢，原来也没有那么大的胆子啊。军嫂真不容易，结婚大半年没见到老公长什么样子，更不知道姓甚名谁。”聂小严话里有话。

高大的身形顿住，冷酷的脸上更多了一份寒意，即便看着笑容满面的聂夫人，聂轻鸿的脸色也不好看。

“妈，又有什么事情？”

很显然，电话里说是生病了的妈妈在撒谎，目的只有一个，他不是猜不到，只是不想这么僵持下去。

“唉，我说你这孩子还在生气呢？怎么像是妈欠了你一屁股债似的？难道要和妈一辈子呕气下去？”

聂夫人听着儿子说的那个“又”字，不由得来了火气，眼里都起了一层水汽。儿子都三十好几了，却是一心扑在公务上，不是查案就是训练，在刀枪之间穿梭，把生死看得那么淡薄，她怎么能不担心，怎么能不心疼？

“妈，我不是那个意思。我这不是回来了吗？”

聂轻鸿脸上的表情微微柔和了些，但是还是显得很冷硬，尤其是在看到那抹纤细的如同黛玉般的女子身影时，眉头不由得皱了起来。

“大包包（伯伯）。”聂小严的女儿聂浅浅叫道。

她刚刚会说话，小小年纪虎头虎脑的，大眼睛，小圆脸，没有继承聂家英俊瘦长的模样，整个就是一胖嘟嘟的小点心，可是聂家上下还是把她宝贝得不得了。

靖媛这个儿媳妇，起初聂家已经放弃了，更因为聂小严为了靖媛坐牢的事情，一度冷淡了和靖家的关系，但是后来发现拗不过自己的小儿子，而聂小严更胆大包天地先上车后买票，靖媛也点了头，这才在仓促之下，举行了婚礼。

没有料到，之前心高气傲，似乎从来都看不上聂小严的靖媛，婚后倒是很聪明识趣，自然博得了聂夫人的欢心。

聂浅浅长得很像聂夫人死去的母亲，基因摆在那里，聂夫人自然也越来越喜欢了。

小儿子的终身大事搞定，聂夫人自然便愁起了大儿子的事。这个看起来做什么事情都井井有条，精确到分毫的儿子，心思却让人难以捉摸。

若说他有喜欢的人，也就罢了，但是聂轻鸿从小到大上的都是军区子弟学校，除了小时候接触过女同学，后来上大学，及至到国外培训，身边一溜儿的都是男人，根本没有机会去喜欢谁。

聂夫人安排了几次相亲，都不知道聂轻鸿用的什么法子，把人家女孩子弄得心灰意冷，最后无疾而终。忙了整整两年，终于遇到了书香世家的苏若慈，聂夫人这一次没有给聂轻鸿相亲然后失败的机会，而是双方家长介入，直接决定了两人的婚事。当聂轻鸿知道时，他已经到了婚礼现场。

骑虎难下的他并没有不给双方父母面子，包括那个躲在角落里温婉柔顺，好像快要哭出来似的女人，最终答应了这门婚事。因为是军人，除了要服从指挥之外，更要有保家卫国的男儿气度。

“大哥，我女儿叫你呢！”聂小严非常不满意聂轻鸿那张冷酷的脸，害得自己的女儿热脸贴上了冷屁股。

聂浅浅也非常不爽，扭头就找聂小严去了。

而靖媛将孩子交给聂小严时，自然地转头看了一眼身边的苏若慈，用手肘碰了碰她。苏若慈好像受宠若惊似的，抬头看了聂轻鸿一眼，终究抿着唇，不知道说什么好。

苏若慈长得并不丑，相反，文文静静、秀秀气气，有种江南风景画里的美女的风骨，只是那种寡言和木讷的性子，与聂轻鸿真有的一拼。这样的女子虽说适合做军嫂，但靖媛却是一点都不看好他们这一对。

那边聂小严索性抱着女儿玩去了，聂轻鸿看了一眼低着头的苏若慈，没有开口说话，两个人明显不在一个气场中。

与此同时，乔明娇坐上军车后，有些受宠若惊，没有料到靖荣会亲自来接她，他可是首长啊。

不过想到可能马上就要见到聂轻鸿了，她立刻变得有些期待起来，放松了心情。

许久不见，聂轻鸿，别来无恙。

今日这顿饭，聂家人吃得可是有史以来最难过的一次，即使聂小严曾经让家里鸡飞狗跳时，也不曾这样。

聂轻鸿并不是刻意装作疏离冷漠，然而多年来养成的习惯，让他看起来就给人一种生人勿近的感觉。聂夫人向苏若慈使了一个眼色后，苏若慈终于行动了。

只见她颤抖着手夹了一块牛肉到聂轻鸿的碗里。聂轻鸿一愣，明显有些不太适应，他的脸冷冷的，其实并没有生气。他干咳一声，说道：“我自己来。”

正是这四个没有多少感情的字眼，让旁边坐着的苏若慈头垂得更低了，还咬起了嘴唇。聂轻鸿的手微微顿了顿，但是他没有说什么，默默地吃了那块牛肉。

这样的情景上演三次后，聂轻鸿的眉头不自觉地蹙了起来。他看了一眼聂夫人，聂夫人咳嗽一声，佯装不是自己的问题，而苏若慈却是没有了胃口。

“我饱了。”苏若慈起身。

聂夫人脸色有些不太好看，瞪了聂轻鸿一眼，旁边聂小严和靖媛只顾着自己的孩子，权当没有看见。

“轻鸿。”

聂夫人不由得叫了一声，但是聂轻鸿似乎没有听到一般，继续吃着东西。他吃东西既没有大口大口咽下的粗鲁，也没有优雅地一点一点挑剔的龟毛，本来这种吃相聂夫人看着是很顺眼的，但是现在看到苏若慈离去后，他还在继续吃，就不满意了。

面对聂夫人严厉不满的目光，聂轻鸿终于放下了手中的筷子，显然他同样也没有什么胃口。

“上去哄一哄若慈吧。你这一去又不知道什么时候才能回来，难得若慈毫无怨言，你就不能跟她说两句好听的吗？”

聂夫人有些恼火。和十分会讨好女人的小儿子相比，聂轻鸿显然就是个木桩子，难道他一点都不知道什么是男女之情吗？

“老婆，你看我们女儿长大后学点什么好呢？”

那边聂小严果然一脸讨好地看着靖媛，靖媛神色淡淡的，并没有讨厌聂小严，而是皱眉思考起来。

“浅浅这样子，不适合跳舞，不适合作画，更不适合弹琴。”

长得圆乎乎的聂浅浅实在很难和优雅挂上钩，当然聂夫人就长得很圆润，算是富贵模样，此时听了聂小严夫妇在那里讨论孙女的外貌，一时间更火大了。

“浅浅像我，以后嫁个对她好的男人就行了，学那些东西干什么？会相夫教子就可以了！”

聂小严一听不乐意了，那边靖媛给他使了个眼色，但他权当没看见。

“妈，您这思想就不对了。现在都什么时代了，女儿家要有一技之长，以后才不会被欺负。现在不流行那种唯唯诺诺，只听婆婆话的乖媳妇了，您喜欢的，您儿子喜欢吗？”

聂小严指的是聂轻鸿，苏若慈是聂夫人看了一眼就拍板定下来的儿媳妇，现在闹成这个样子，聂夫人自然很苦闷。

“若慈读的可是北京大学的中文系，会弹钢琴，又会作画。”

聂夫人回击聂小严的同时，又看了一脸冷漠的聂轻鸿，似乎别人讨论的事情跟他没有关系一般。

“你呀，就不要挑三拣四的了，指着你挑，会一辈子打光棍的。妈这是为了你好，为了我们聂家好，不要整天就想着工作，你还能一辈子待在那里头不成？连你靖叔都知道功成身退，你怎么就不学学呢？”

因为气不打一处来，所以这聂夫人说起来就没完没了了。聂轻鸿依旧一副漠然的样子，倒是旁边的聂司令听不下去了。

“好了，都扯哪里去了？轻鸿上去，今晚就不要回部队了。”

还是聂司令有气魄。年龄比聂夫人整整大了一轮的他，在家里一向不多话，但是话一旦说了就是命令，不可违抗。

聂轻鸿没有忤逆父亲的意思，他今天既然回来了，便知道会发生什么事。

聂轻鸿转身上楼时，眉头皱着，似乎情绪不佳，但是聂夫人看他上了楼，还是有了些许期待和担忧。

苏若慈这个儿媳妇，性格不能说不好，可是人呢，又娇贵，又矜持，又傲气，以她对儿子的了解，真怕他们俩会没有办法沟通。

在靖家吃了一顿很简单而又客气的晚饭后，乔明娇便起身告辞了。

之所以会来靖家吃饭，是因为出于礼貌。可是习惯了自由自在的乔明娇，向来不喜欢这种严肃的地方，所以找了个借口，出去住酒店了。

当然，因为夏晚晴这张王牌太过给力，靖荣已经跟那边的大队长打过招呼了。乔明娇想去见聂轻鸿的愿望，第二天就可以达成了。

自然，夏晚晴也没有告诉爸爸，自家小姑子跑过来的真正目的，只说是为了拍一部特种兵纪实片，实地考察来了。

靖荣向来宠着晚晴，所以他并没有多问。当然，因为夏岚和乔明娇亲密的关系，也导致了靖荣难得偏心眼，让乔明娇钻了这么个大空子，不然想去特种兵训练营，可不是一件容易的事。

坐上计程车时，外面早已是灯火辉煌，长安街上一片繁华富庶的景象。这不是乔明娇第一次来京城，之前每次都来去匆匆，并不觉得首都有什么特别，或许在她看来，每一座城市，都大同小异。但是这一次，她却看得非常仔细。

因为一个人，而爱上一座城的事情，原来也可以发生在她的身上。

当然，还有一句话说“女为知己者容”。当乔明娇到达北京赫赫有名的香格里拉饭店门口时，她不由得改变了主意，对司机说：“载我到新光天地门口。”

与此同时，乔明娇还叫上了圈子里比较合得来的好朋友赵一帆，陪自己购物。

“哟！什么风把我们的乔大美女给吹过来了？”

乔明娇没有理会赵一帆的调侃，直接拉着她就奔向了商场。

最后，两个人大包小包地满载而归。赵一帆相当开心，因为乔明娇送了她三款香奈儿最新的冬装，那可是她最喜欢的牌子。

“哇，满载而归！你拿到奥斯卡奖了吗？这么开心？”

两个人找了个地方都化了妆，戴着大墨镜，乍一看，还真让人认不出来，尤其是乔明娇，更是大胆而率性，直接戴了一顶小鸭舌帽，穿着小西装，乍一看真是个假小子，长长的头发被盖在帽子底下。赵一帆最喜欢乔明娇的就是这一点，无论何时，她都比那些做作而讲门面的女星要骄傲得多，要坦率得多。

当然，这个也是需要有背景的，并不是每一个女星都有这样的资本。

"奥斯卡奖？"

乔明娇嘴角一抿，无比自信，但话锋一转："一帆，三十岁之前，你最大的愿望，是嫁人，还是拿奥斯卡奖，或者是进军好莱坞？"

这话从乔明娇的口中说出来，赵一帆显然一愣，但最后给予乔明娇一个最实际而最伤感的答案。

"女人嘛，尤其是娱乐圈的女星，我想没有一个不想嫁得好的，如果真和事业比起来，一辈子的幸福才是最重要的。如果一定要做一个选择的话，我选择嫁人。"

赵一帆今年三十一岁，歌坛翘楚，尤其以翻唱老歌出名。她的那种或沧桑，或妖魅，或叛逆，或伤感的歌声，令她拥有了无数的歌迷，但是偏偏在大众眼中，这个骄傲的女人，第一个选择是嫁人。

"怎么？你想嫁人？还是你终于有了心动的对象？"

赵一帆很聪明，听乔明娇如此一问，自然是嗅到了某种气息，已经开始一副八卦的样子。

乔明娇没有特别掩饰，但也没有什么可以坦白的。

"是有那么一个，仅有一面之缘。"

赵一帆听了更是觉得不可思议，拉着乔明娇就要去附近的酒吧，但是乔明娇义正严词地拒绝道："不去，我得保持好状态。"

虽然那个聂轻鸿可能感官上失去了鉴赏美丑的能力，但是她还是不愿意让自己露出任何瑕疵，第一次相遇的那种尴尬，绝对不能再发生。

"哟，难不成他是个铁面无私，一本正经的公务员？阿娇，你的眼神没变坏吧？"

赵一帆说着，还是忍不住看了一眼那边人影绰绰的酒吧。

此刻，乔明娇却像是着了魔一般，望着不远处被两个穿着很风骚的女人给缠住的高大身影。

乔明娇以为自己产生了错觉，但是，等她确定这不是错觉后，真是喜忧参半。

喜的是，没有料到在偌大的北京城，第一晚就可以见到他；忧的是，聂轻鸿怎么会出现在这里，还被两个看似很风骚的女人给缠住？这是什么状况？

有时候相遇之初，可能还意识不到那是缘分，终究要在彼此的心里种下了一颗种子，扯了一条线，才在蓦然回首时，讶然发现，当初我们有缘。

正如此刻，聂轻鸿与乔明娇的相逢，就叫做有缘。

"Jioce。"

除去迷彩服和奔尼帽，换上西装，聂轻鸿原来可以这么帅气逼人。

赵一帆顺着乔明娇的视线看向那边高大威武的男人，有些难以置信地又转头看乔明娇。此时的聂轻鸿换了一身西装，因为他锻炼结实的肌肉，导致那衣服的贴合程度达到了完美的地步，韩版的男款风衣，穿在他的身上，只能体现出一个字来——酷。

当然，用赵一帆的话说，那不是酷，那是酷极了！

这个男人很有型，比那些所谓的型男还多了一份成熟的味道，没有半分浮夸，刚毅的气质，就像是刻入了他的体魄之中，估计就算是你抠也抠不出来的。

他不是这个世界的人，或者说，他不属于这个花花世界，他的沉默刚毅比一般的男人要深刻得多，就像是严格训练出来的一样。

而这个正是乔明娇看上的人，也难怪赵一帆会如此难以置信。

"他好像喝醉了？"

乔明娇皱眉，不敢相信印象中的聂轻鸿会和酒扯上边，当然，男人喝酒是正常的，但若是聂轻鸿喝酒，而且是在这种地方，就有些奇怪了。

"大哥，再进去喝两杯怎么样？刚才你那一手酷毙了。"

女人的声音嗲得让人起鸡皮疙瘩，乔明娇无暇去区分那女人用的是假声还是真声，倒是有些郁闷聂轻鸿不会见到谁都英雄救美吧？

"让一让。"

无论身边的女人如何撒娇卖乖，冷酷的脸上都没有多少变化的聂轻鸿，却更有一种迷人的气质，当然也助长了那两个女人的胆量。

"Jioce，这个男人干什么的，很有型哦！"

虽然赵一帆很好奇，但是乔明娇不能说出聂轻鸿的身份，她清楚那一次的相遇只是一次偶然，他的身份更是一个不能说的秘密。

“Jioce，你的男人貌似被玷污了。”赵一帆在一旁坏坏地提醒道。

乔明娇不由得切了一声，也不理会自己这身行头是不是会吓到人，对着身边的赵一帆道：“今天先玩到这里吧，我还有事。”

赵一帆本来还想再逗乔明娇两句的，但是看她那一本正经的样子，只好暂时作罢。

“不需要我帮忙吗？”

赵一帆有些艳羡的同时，又有些担心，这样的男人如果是演艺圈外的人，估计很难搞定。此时，她算是明白之前乔明娇那句话的意思了，自然也肯定了乔明娇这次是认真的。

虽然女艺人嫁入豪门的很多，寻找到第二春的也不少，但身处娱乐圈，想要寻到一个好归宿，有时候其实还是很难的。

“不用。”乔明娇已经扯下帽子，长发如瀑，倾泻而下，乌黑如墨，即便她一副假小子似的装扮，也难以掩饰她的美艳。

“加油，Jioce！”

赵一帆很识趣，作为乔明娇的朋友，自然是了解她个性的，单枪匹马的事情乔明娇做得多了。

她是第一个和老东家解约的艺人，摆脱了老东家的钳制后，被爆出身豪门。她身上的那种锐气，很多人是知道的。

“聂轻鸿。”

聂轻鸿站在一辆宝蓝色的高档跑车旁边，高大的他衬托得那辆底盘较低的车子如同一只匍匐的怪兽，等待着主人的驱使。那两个穿着热辣的女人则是一左一右挡住了他的去路。乔明娇看着聂轻鸿那张冷漠的俊脸，他好像对这两个女人的搔首弄姿无动于衷，但是又无可奈何她们的横加阻拦。

或许以乔明娇所理解的方式，聂轻鸿应该把她们扔出去才更合适，当然，这里可是繁华之地，他自然不会那么做，所以造成了眼前的尴尬局面，因而她喊了他一声。

墨镜之下，一张小巧的面庞，在夜色下近乎没有多少可以辨认的余地，但是乔明娇还是从聂轻鸿那微微一怔的表情判断出，他认出了自己。

这一点让乔明娇不由得咧开嘴，笑了出来，顿时有种百花失色的艳丽感觉，也大大地震慑到了旁边两个死缠烂打的女人。

“别再缠着我男朋友哦，不然我会告你们性骚扰！”

乔明娇昂首挺胸地走了过去，包包袋袋顺势一甩，在那个怕被砸到的女人躲开时，丢在了正好空着的聂轻鸿手里。

“拿着。”乔明娇嫣然一笑。只有她有这么大的胆子，面对聂轻鸿不是撒娇，而是命令。

她透过墨镜，看到聂轻鸿那张冷硬的脸，在微微错愕之后放松了一些，修长的手接住了她的包包袋袋，有些醉意的他显然比平时多了一份韵味，更何况穿得这么拉风，也难怪有这些莺莺燕燕黏着不放。

“大哥，这真是你女朋友啊？”

两个女人看着乔明娇甩在聂轻鸿手里的包包袋袋，哪一件不是名牌，多少已经有点败下阵来的感觉。而乔明娇更是索性弯腰，摸向聂轻鸿的衣袋，动作自然流畅，甚至没有给聂轻鸿反抗的机会，直接取出了他口袋里的车钥匙，顺手一按解电子锁的按钮，熟练的动作就好像这车是她的一样。

“怎么样？看够了没有？再看本小姐可是要收版权费的哦！”乔明娇毫不客气地说道，顺手拉开车门的同时，去扯聂轻鸿的手。

“你喝醉了，坐这边。”

仿佛他遇到她的地方，就是她的主战场一样，完全控制住场面的乔明娇，将聂轻鸿拉到副驾驶座上。看到他很是配合地坐在那里，乔明娇心头多了一份淡淡的喜悦，仿佛这一刻真的让人相信聂轻鸿就是她的男朋友一样。

在她开车行驶了大概有十分钟后，乔明娇发现聂轻鸿的脸色不太对劲。

在茫茫人海中，能够这样与你相遇，不是缘分，还能是什么？乔明娇带着一抹淡淡的惊喜之色，转头看向聂轻鸿，发现他英俊的脸上，微微有了一些不太正常的痕迹。

那是一种因为体温有些过高而让人的皮肤呈现出淡淡红色的痕迹，如此映衬在聂轻鸿帅气的脸上，更显得有一种既性感又粗犷的感觉，配上他的冷漠淡然，居然显得如此魅惑。

他刚才喝酒了，而且喝得好像还不少。淡淡的酒气充斥在乔明娇的鼻间，她转脸看向他，察觉到聂轻鸿的眸子里射出一种诡异的光芒，似是清醒到极致的凛冽，又带着一种明亮而炽热的光芒。

有一个想法从乔明娇的心里一闪而过，她把手直接伸了出去，眼看就要触到聂轻鸿的额头，却被一只大手毫不留情地扣住了。

“别碰我。”

聂轻鸿声音沙哑，语气冷冷的，可是那其中蕴藏的某种气息，乔明娇还是感觉出来了。

车速缓缓地减了下来，乔明娇不理会自己被他抓住了小手，语气笃定地道：“你喝的酒有问题！”

那只被聂轻鸿抓住的手，敏感地察觉到了他体温有些异常，乔明娇直言不讳地道，目光明亮地看着聂轻鸿，以她对他的了解，怎么会被人算计呢？

好奇的泡泡泛滥成灾，但是乔明娇却没有继续追问下去，而是眼睛一眨不眨地看着他，见他眉心不自觉地皱了起来。

“停车。”聂轻鸿命令道。

可是，乔明娇根本就不理会他：“这里是单行道。”

聂轻鸿果然在看到那边的路标后，放开了她的手，脸上更多了一份别样的冷感，那种感觉会让人觉得他就是一尊雕塑，没有生命迹象。

“到前面下车。”

聂轻鸿就是有能耐，竟然能够精确地算出来哪里可以停车。当然，他的这个“下车”，乔明娇怎么会听不出来，那是让她下车呢？

“你现在这个样子，如果自己开车，小心被警察给抓住，那就不仅仅是酒后驾驶那么简单了。再说，如果你喝的酒有问题，加上你的身份万一被曝光……”

乔明娇所言非虚，但是他是聂轻鸿，不是普通人，他相信自己的自控能力。

“我会掌控车速。”聂轻鸿的视线落在乔明娇那坚决而认真的脸上。

乔明娇拿下墨镜，造型有些古怪的她意识到聂轻鸿的视线落在自己的脸上时，心里在暗暗叫苦不迭，怎么每一次见到他时，都没有好形象呢？

“就这么回家？还是去集训大队？”乔明娇微微地嗔道，并没有妥协的意思。她决定要做的事情，怎么会轻易就打退堂鼓呢？

“回家。”

聂轻鸿吐出这两个字时，声音冷冰冰的，似乎回家就像是上战场一样。乔明娇听后，忽然笑了起来，笑得双眸弯成了月牙形。

“笑什么？”或许是乔明娇的笑容太灿烂，聂轻鸿终于没有忍住，问了这么一句。

“这个样子回家？你不怕老爸老妈生气？难道你要自己解决生理问题？”

乔明娇这话说得有些大胆了，她不自觉地吐了一下舌头。天知道她刚才说那句话是什么意思——她潜意识里当他是单身男人，从没想过他已经结婚。

“哦，不，我没别的意思，你别误会哦！”

乔明娇说完就有些后悔了，不让人回家，又说得那么直白，好像她在暗示他什么似的，不然聂轻鸿的目光为何有点怪怪的？真是少有的不太对劲啊。

“我的意思是说，你这样回去多尴尬啊。当然，如果你有心爱的女人的话，那就另当别论了。”

这话多少有些越描越黑的意思，乔明娇说完之后，加快了车速。

其实她很少出现这么语无伦次的情况，她的脸上不由得露出一抹红晕来，心里暗自叫了两声“Oh, my god”。

随后，乔明娇不自觉地看了一眼皱着眉，若有所思的聂轻鸿，忍不住又问了一句：“你有心爱的女人了？”

这话问得直接，但透着一丝小心翼翼，天知道她多么在乎这个答案。像聂轻鸿这样的男人会喜欢什么样的女人呢？如果他真的有心上人的话，她现在是否要打退堂鼓呢？

其实这些假设之前并没有在她的考虑范围之内，但却在此刻一一迸发，并且有一发不可收拾的趋势。乔明娇问完之后，连忙转过脸去，心里等待着答案，嘴唇不自觉地抿紧。

“去宾馆。”聂轻鸿说完这三个字，就没有下文了。

乔明娇先是一怔，后是有些不可思议地看着他，他显然清楚自己做出了什么样的决定。

乔明娇点了点头，脸上露出一抹满足的笑容来，不由得再看了一眼聂轻鸿，发现他的脸上依旧冷漠如冰，本来在寻常男人的脸上应该出现的那种因药物作用而精神涣散的样子，似乎不曾在他脸上出现过。

这是一个极度有自控能力的男人，毅力惊人。

加大油门，乔明娇看到似乎闭上眼睛靠在副驾驶座上休息的聂轻鸿，嘴角不自觉地钩起，或许他们真的有缘，这是天意。

“到了，下车。”

乔明娇打开车门时，聂轻鸿的眉头不自觉地皱紧，这里是赫赫有名的香格里拉酒店。

一张灿烂的带着狡黠笑容的面庞，半弯着身子，长发垂下，眸子里透着淡淡的期待，聂轻鸿的脸色微微有些难看。

“这里不行。”

显然聂轻鸿的判断力还很正常，除了脸上偶尔显得比较红之外，他根本就没有多少异样。

“放心吧，你现在这身行头，又不是电影明星，不会有人注意的。我包了一间总统套房，大着呢，送你一半。”

乔明娇自然明白聂轻鸿的底线和原则，这个时候她又怎么会放弃一个这么好的机会呢？伸手拉住聂轻鸿的大手，她语气带着一抹调侃地道：“我不会趁火打劫的啦！”

其实她并没有用多少力气，就把聂轻鸿拉了起来，或者说，她有一种直觉，他会跟她走。

一高一矮两道身影，被灯光拉出长长的影子，随着慢慢地走着而重叠在一起。

但是走到一半时，乔明娇感觉到聂轻鸿的脚步有些放缓下来。

她看着聂轻鸿另外一只自由的手上拎着的包包袋袋被递到自己面前，不由得抬眼看着他，却没有接。

“我去开一间房。”

聂轻鸿说这话时，表情是严肃的，就像是在执行一道命令一样，或许他在按照自己的意志执行一道命令。

乔明娇抬头看着这张冷峻严肃的脸，却是扑哧一声笑了出来。她无视聂轻鸿那有些疑惑和尴尬的表情，说道：“你去开一间房？那要用谁的名字，住香格里拉这么高档的饭店？好啦，这里又不是部队，别什么事都那么理智，今晚就当是让自己放松，什么都不用想，好不好？”

乔明娇语气甜美，带着一种规劝的语调说着，然后转身又拉着他前进。

聂轻鸿的表情有些僵硬，身形并没有动。乔明娇不由得转头疑惑地看着他，只见他把手中的袋子递到她面前，命令似的道：“告诉我房间号码，你先进去。”

乔明娇微微一怔，倒是没有料到他会考虑这么多。听到他认真而严肃的口吻，她不禁多了一份恶作剧的心思。

“不要。万一你偷偷溜走了怎么办？喏，这是房卡，你先进去，最高层，可以俯瞰整座城市的风景。”

乔明娇将房卡塞到聂轻鸿的手里，顾盼生辉之间，语笑嫣然。她何曾为哪个男子如此撒娇而露出小女儿姿态啊！

聂轻鸿没有多余的寒暄和客套，接过房卡，看都没有看乔明娇一眼，便毫不迟疑地走了。

乔明娇看着那高大的背影远去，歪头咧嘴笑了起来。聂轻鸿，你这样内敛的男人，如果碰到个胆小又矜持的，还不把人家给吓死了？

这么想着，她戴上墨镜，悄然走向电梯口，然后小心翼翼地靠近自己的房间。

咔嚓一声，房门霍然被打开时，乔明娇看到聂轻鸿那双眸子里沉敛的光芒。她一闪身进了房间，眉眼间带着淡淡的笑意，调皮地道："成功占领高地，那间房归你，这间归我。"

她扔下手里的那些包包袋袋，正想坐下来喝口水，却发现聂轻鸿紧绷着脸环视一圈后，带着一种鉴定性的口吻说："奢侈。"

乔明娇向来随性自由惯了，而且又出身豪门，花这些钱，根本不算什么。她既能吃苦，也能享乐，很少有人这么毫不留情地批评她。

"哦？奢侈吗？我之前都是这么住的，幸好今晚你住进来，多了一个人，就节省了一半。"

乔明娇边无辜而随性地说着，边拿起水杯咕噜咕噜地喝了几口。在放下杯子之前，她看到聂轻鸿的目光刷地从她身上移开，刚才他有看她呢！

那道目光，虽然一闪而过，但里面似乎带着一抹温柔和专注。

他对她也不是毫无感觉的，不是吗？

乔明娇如此猜测着，心里不由得生起一抹淡淡的甜蜜。聂轻鸿，我已经准备靠近你了，你准备好了吗？

"口渴吗？喝点水吧。"

乔明娇顺手用自己喝过的水杯，接了一杯水，递到聂轻鸿面前，穿着拖鞋的她只到他胸口，需要仰视才行，而这样的姿态让她看起来更显得娇小动人，尤其当她靠近时，淡淡的芬芳刺激着男性的感官。

乌黑的眸子，就像会说话一样，乔明娇看着聂轻鸿接过自己递过去的水杯就喝起来，脸上带着一种阴谋得逞的得意表情，笑得腮边两个酒窝都露了出来。

“谢谢。”

聂轻鸿眼波一转，英俊的脸上表情有些僵硬，再度环视了房间一周后，提出一个问题：“这里有冰吗？”

乔明娇被他问得有些怔住了，天气这么冷要冰干什么？但是旋即她似乎又知道了他为什么要冰。她脸上闪过一丝惊讶，有些难以置信地问道：“冰？”

似乎料到了乔明娇会如此讶异一样，聂轻鸿英俊的脸上更显得红了许多。

这时，他大步转身走去，因为他已经看到了那边桌上摆着的电话。

是的，只要一个电话，客服部都会送上来所需要的东西，包括冰块这种冬天里不需要的东西。

“叫些上来。”

毫无喘息的余地，聂轻鸿这话是用笃定而命令的口吻说的，显然他体内极力控制的欲火越来越旺盛，乔明娇甚至能够感觉到他的呼吸比刚才急促了许多。

“不行，那样你会生病的。”

乔明娇脸有些红，和一个喝了酒，明明身体有异样的男人在一起，却不是担心自己会发生什么意外，而是担心他会因为用冰块克制情欲而伤了自己，这真是一件难以想象的事情。

这一刻，乔明娇是打定了主意不去叫人送冰块过来。她虽然知道这个男人身体健壮，但是这么冷的天气用冰块降温，那岂不是不要命了吗？更何况看他的样子，也没有那么严重啊！

乔明娇的想法更加坚定了，脸上却多了一抹红晕。

聂轻鸿看了她一眼后，没有说什么，而是转身向那间乔明娇分给他的房间走去。

乔明娇微微地松了口气，但又不由得有些懊恼，自己还是不够大胆，刚才如果靠近他，表现得热情一点，他是不是就被吃掉了？

这个想法让乔明娇不自觉地瞄了一眼那间房子，然后走了过去，靠近，房门却突然被打开，她偷听未遂，整个人身子一歪，险些跌倒。

就在这时，一只有力的手臂，稳稳地扶住了她柔软而纤细的身子。

这一刻，乔明娇还没有抬头，便能够感觉到聂轻鸿的异样——

他的手好烫，呼出的气息更烫，烫得她也跟着热了起来。

她抬头，有些难以置信，这个大手滚烫，连呼吸都变得急促的男人，却是冷着一张脸，把她扶起来之后，侧身而过，另外一只手上还拿着托盘。

他没有问她为什么会出现在门口，反而似乎有什么特别重要的事情要处理，乔明娇不由得跟了过去，等到发现聂轻鸿真的在冰箱的底层找到冰块时，心不由得一紧。

“喂，你不要命啦？”

乔明娇像是看怪物似的看着面前这个男人，一只手不由得抓住了他那只正在取冰块的手。

“我没事，离我远点。”

聂轻鸿看都没有看她一眼，犹如执行特殊命令一般，带着肃穆。显然他毅力惊人，却又手段残忍，哪怕对自己，也毫不留情。

“我不。”乔明娇却是撒娇似的，抓住他的手臂不放，一张脸刻意靠近他，甚至故意撅起了红唇，贴在他的嘴角，一双黑白分明的大眼睛，认真地盯着他的脸看。

他的皮肤并不是很细腻，但是却没有任何的坑坑洼洼，也没有过分粗大的毛孔，正是那种经过长期锻炼和阳光照射的健康皮肤，处处散发出一股男性阳刚的味道来。

和他在一起，乔明娇便会没由来地觉得心安，不禁多了几分胆量，也多了几分促狭。

“如果你再拿一块，我就吻你！”乔明娇盯着聂轻鸿的脸，说道。

果然这句话比什么都管用，只见聂轻鸿刻意拉开和乔明娇之间的距离，那张俊脸上多了一抹无奈：“我很危险。”

他的目光充满了惯有的威慑力，声音有些沙哑，眉头微微蹙着，似乎面对撒娇卖乖的小孩，有些无计可施一般。

他冷着脸，就像是对待他的那些队员一般，没有再取冰块，而是转身就准备离开。

“聂轻鸿！”

乔明娇不由得喊了一嗓子。自从遇到了他，似乎就变得难以控制一般，注定了一种飞蛾扑火似的执着，从来都是男人追求她，可是这一刻，她真的担心自己慢一步，就错过了他。

乔明娇伸长双臂，挡住聂轻鸿的去路。聂轻鸿眉头蹙得更紧了，那张冷酷而英俊的脸上，并没有显现被情欲征服的痕迹，但是那份冷酷说明了他的坚守。

他与她之间产生了一种很微妙的对峙，乔明娇前进一步，聂轻鸿的身体就更僵硬一点。

“乔明娇。”聂轻鸿的声音带着沙哑与严肃，似乎想用这一道声音来阻止她的捣乱一般。

乔明娇却是笑着，眯起眸子，离他更近一步。

聂轻鸿的喉结微微地耸动，他脸上的表情更加肃穆。

“乔明娇，回你的卧室，不然我会采取……”聂轻鸿的声音里透着理智与清醒。

乔明娇却没有让他把后面的内容说完。她突然靠近他，抱住了他的身体，在他还没有来得及推开她时，已经开口说道：“聂轻鸿，我想我是真的喜欢上你了。”

说完，她便踮起脚去触碰他的唇瓣，在他还没有反应过来时，一把钩住他的脖子，贪婪地吸吮起来，挑战着他的意志。

果然，聂轻鸿的身形僵住，乔明娇甚至听到了托盘落地的声音。聂轻鸿没有第一时间推开她，她乘胜追击，在他微微张开的唇瓣间，突然伸出舌头，甜美的味道引得聂轻鸿急促地回应着，她感觉到了他的体温在猛地升高。乔明娇眯起眸子，看到一张冷峻得犹如石化了一般的面庞，就在她坏心地想要进行下一步时，只感觉到脖子后面一麻。

乔明娇难以置信，在意识模糊之前，只感觉到自己就如同是一只突然间失去了依附的树袋熊一般。当聂轻鸿那张英俊冷酷的脸被黑暗遮住时，一双有力的手臂托住了她的身子。

房间内出现了短暂的安宁，聂轻鸿抱着不再作怪的乔明娇，那双冷酷的眸子，没有了之前的严肃，而是在放松之后露出一抹连他自己都没有察觉的迷恋。

乔明娇的唇瓣，因为亲吻而变得柔软湿润，就像是等待采撷的花朵一般。长长的睫毛微微翘着，让人一看到，就能够想象出来那下面是一双如何明亮动人的眸子。

皮肤白皙，鼻子挺直，眉头因为不敢相信而微微地皱起，她似是气恼，又似委屈地软软地倒在他的怀里。

乔明娇醒来后，一骨碌地坐了起来，只感觉到脖子处还有些酸痛，不由得伸手摸了一把，忽然记起了昏迷前所发生的一切。

聂轻鸿居然就那样把她给敲晕了过去！

穷极乔明娇的想象，她也没有料到自己第一次喜欢上一个人，会遇到这种情况。聂轻鸿那冷酷的脸，被亲吻时的僵硬，以及最后毫不留情的暴力，让她顿时有种既甜蜜又挫败的感觉。

“乔明娇，这是你的报应！”她自言自语道。

以前也有男人喜欢她被她捉弄，但是没有想到这样的事情会发生在自己身上，看似不善于与女人打交道的聂轻鸿，使用的手段却是非常的。

哪怕她是大名鼎鼎的乔明娇，他依然可以在那种情况下坐怀不乱。

乔明娇胡思乱想一番后蓦然抬头，啊！现在几点了？为什么外面已经天色大亮了呢？她居然在昏迷之后睡着了！那聂轻鸿呢？

乔明娇匆匆地走出自己的房间后，毫不迟疑地向聂轻鸿的房间走去。

房间里干净整齐，似乎不曾被人动过一般，哪里还有聂轻鸿的影子！

京城，军区，特种兵集训地。

特种兵正在进行日复一日、严格而单调的操练。

“跑！”声音低沉，却带着一种绝对的威慑力。

如同是圈养在笼子里的猛兽，身穿迷彩服，带着奔尼帽的队员沿着后山的山道驰骋而去，而他们的旁边，跟随的就是那个昨天敲晕了乔明娇，又走得悄无声息的聂轻鸿。

望远镜里，那张冷酷的脸严肃而认真，似乎永远都不会微笑一般。他不时地盯着自己的队员，敏锐而镇定。

渐渐地，当最后一道身影也消失在了视野里时，乔明娇才放下望远镜。

“谢谢你的帮助，我想我会把我们军队最优秀最刚毅的一面展现给更多人看。”乔明娇说得冠冕堂皇。

此刻，她穿着一套改版的女式迷彩服，长发扎成了马尾，唇红齿白间，除却明艳，更添飒爽，有一股巾帼不让须眉的气势。送她过来的那个勤务员脸上早已露出羞涩的笑容，他们军区重地，何时来过这么漂亮的女子，乔明娇往这里一站，顿时整个射击场都变得有了生机一般。

“乔小姐客气了，大队长有吩咐，我们要好好照顾乔小姐，你有什么需要尽管提好了。”

勤务员很守规矩，一脸讨好地看着乔明娇。乔明娇有些心虚地灿烂地笑着点头，若不是靖荣帮忙，她怎么可能如此顺利地来到守卫如此森严的地方？

“嗯，我有什么事情，会打办公室的电话，不用麻烦了，我自己可以照顾自己。”

乔明娇支走了一直跟随的勤务员，再度通过望远镜看向刚才的那个位置。

此刻，那里已经站着一支整齐的队伍，不知道那个冷酷挺拔的男子说了什么，只看到那些队员整齐如一地蹲下，然后开始认真干起活来。

“我需要的是突破，是超越自我！快，快，再快一点！吴强！”

手里握着秒表的聂轻鸿，看着面前跑了五千米后蹲下来捡米粒的队员，语气近乎苛责，面容冷酷，催促的声音一声比一声急，最后动作缓慢的吴强挨了一脚。

但是吴强并没有吭声，仍旧是面不改色地继续手中的动作。

“下一个，开始！”

就在吴强将最后一颗米粒捡起时，命令声再一次响起。所有人猛地笔直站好，手臂握拳平放，然后以整齐的步伐跑向下一个目的地。

这些都是常规训练项目，队员们早已烂熟于心。走进射击场之后，队员们以最快的速度组装好枪械，开始射击训练。

擒拿格斗，个个骁勇，他们收敛了平日里散漫的习性，如同猛兽，完全投入。

直到进行最后一关“跋山涉水”，不仅仅要练习飞檐走壁，还要锻炼队员的机智与反应。原本摆在那里的障碍，每一天都有可能改变，当然，在知情人和策划人的名单里，一定有聂轻鸿的名字。

当看到黄三一身狼狈，如落汤鸡似的出来时，其他队友的脸上露出一抹幸灾乐祸的笑容。

“黄三，今天又中彩了！”

一个“又”字，让黄三一阵尴尬，他捧着毛巾死命地擦脸，然后有些不甘心地抗议道：“张队，你说说，聂队这心肠是什么做的，怎么每一次都让人算不到呢？”

张朝阳看着黄三那狼狈相，又看了看其他几名队员，不由得开口对那边始终没有多少表情的聂轻鸿道：“我说，聂队，你这也忒狠了吧？这大冷天的，万一都给冻病了怎么办？我们可是随时要准备出任务的！”

其实张朝阳并不是要为黄三打抱不平，不过是随口这么一说罢了。这里面的人哪一个不是身体素质过人，冬泳也基本上不断过，怎么会被一盆冷水就给浇出病来呢？

“这盆水并没有泼在每一个队友的头上，不是吗？”聂轻鸿淡然地反问道。他的意思已经很明了，要想不受苦，就得聪明机警一点。

这话说得对，张朝阳自然没有反驳的理由，于是，他迅速转移话题：“聂队，你这嗓音不太对劲啊，是感冒了吗？”

张朝阳不问还好，一问便引起了阵阵惊疑和好奇。是啊，他们聪明又机警，各项全优，身体像东北虎一样壮的聂队，今天嗓音好像有点不对劲啊。

“队长，透露一下呗，你昨天回家，不是喝西北风了吧？”

又是吴强最大胆，虽然聂轻鸿面上严肃，又是长官，但他们这些人倒是对他又敬又爱。

“吴强，你好像最近体格锻炼，有两次偷懒，三次找机会尿遁。”聂轻鸿一本正经地说着，那沉稳冷静的脸上让人看不出来有任何假公济私的意味。

吴强的嘴角开始抽搐起来，他看着聂轻鸿道：“队长，你身体棒着呢，怎么会感冒呢？肯定是我听错了！”

聂轻鸿的脸微微一动，从嘴里淡淡地吐出一个字来：“贫。”

吴强再次面部抽筋，不敢多说，找个时机躲进了队伍里。但是张朝阳和聂轻鸿搭档很久，可没有那么好被震慑住。

“聂队，透露一点嘛，你每次回家，吃顿饭就回来了吗？听说你有一次回去，是要做新郎官的？”

张朝阳从别处听来消息，忍不住想八卦一下。对于聂轻鸿的家世，这些队员并不是很清楚，或者说，很多人已经猜到了他的身份，但整日和他生活在一起，又有些不太确定。

这也是让队员们一直对他又敬又爱的原因之一，聂轻鸿虽然严厉冷酷，但是从来没有用家世压人，传说军委里有好几个大人物他都见过，聂司令估计就是他爹。

现在，当张朝阳说出这个讯息后，队员们立刻好奇和八卦起来。

“真的吗？队长，你结婚了？怎么都没请我们喝喜酒啊？”

吴强又第一个蹦了出来，被张朝阳一巴掌给拍了回去，他不甘心想要反击，却在看到不远处走过来的一道身影时，乐了。

“队长，嫂子来了。”吴强的一声“嫂子”，叫得整个军营估计都要百花齐放了。

正当张朝阳要责斥他是不是脑袋抽风了的时候，其他的队友也用一种发现新大陆的惊奇目光看向朝这边走来的身影，原来迷彩服穿在美女身上，可以这么漂亮，当然这不是正版的军装，明显是经过改良美化了，纯粹的山寨版军装。

乔明娇一手提着摄像机，一脸优雅淡定地走来，乍一看，让你完全联想不到是那个当红的女星、豪门富家女，而更多的是被她本人的气质所吸引。

她就像是一朵绽放在湖畔的莲花，永远给人以清新又明艳的感觉，美，却美得纯洁，尤其是她此刻面带淡淡笑容地走过来时，早有几名队员看傻了眼。

当然，最后他们都看向了聂轻鸿。聂轻鸿的目光在落到乔明娇那张美丽而明媚的脸上时，明显有一刹那的停顿，然后迅速恢复正常，随后，他看向了别处。

“乔小姐！”张朝阳第一个走了过去，那一声中包含的感情何其澎湃，澎湃到乔明娇不得不躲闪。当看到仿佛无动于衷的聂轻鸿时，她恨恨地咬了咬牙。

他果然好端端地在这里站着呢！

“嫂子，给我签个名好吗？”

这个时候，吴强继张朝阳之后，立刻赶到了乔明娇面前，笑得那叫一个灿烂。乔明娇险些被这个称呼给镇住了。什么？嫂子？！

这个称呼足够笼络人心，乔明娇停了下来，倒是真的顺手就取出一支笔来，有些犯愁地皱眉道：“签在哪里呢？”

顿时，吴强赶忙扯了扯衣服，发现衣服上不能签，又摸了摸口袋，可是里面哪有多余的东西啊。

最后，吴强索性指着自己黝黑的脸，带着一种慷慨赴义的味道说：“嫂子，签这里！”

就在乔明娇真的打算拿起手中的笔在吴强的脸上签名时，只听得那边一声厉喝：“卫星！”

乔明娇还没有明白过来聂轻鸿这声“卫星”是何意思，只见刚才正把脸凑过来的吴强，即刻站得笔直，答了一个“是”。

“卫星”，是吴强的代号，不管天上飞的，地上跑的，只要能发热的，吴强都有办法跟踪。他这个代号，正是对他专长的一种简洁有力的概括。

“还记得那几句睡前必背的话吗？”

聂轻鸿缓缓地走来，虽然没有那种凌人的气势，但是当他如此一问时，吴强的脸比刚才更僵硬了。

“队长，记得。”吴强下巴抬得更高了，哪里还有一点刚才谄媚的样子。

乔明娇听到聂轻鸿的声音有一丝沙哑，鼻音挺重：“背！”又是一个字。

吴强开口：“追星？我们就是星！”

他一副严肃而轻蔑的口吻，听得乔明娇一愣，接着又听到他更是骄傲却冷厉地道：“我们的称号哪里来的？敌人叫出来的，我们是兵。”

乔明娇瞄到那边几个压抑不住笑的特种兵精英分子，早有张朝阳已经很不淡定地笑到仰天长啸的地步，而那位队长大人，却能够面不改色地听下去，实在不得不让人佩服。当然，乔明娇有注意到聂轻鸿的脸色，似乎并没有多少疲态，这个男人好像无论何时都有种屹立不倒的巍峨感，他的身上集合了军人和贵族的气质，压迫感在这一刻更显得淋漓尽致。

“乔小姐来这里做什么？”

在吴强背完一堆的话之后，聂轻鸿终于转脸看向乔明娇，说话的语气和内容让乔明娇差点把拳头甩了出去。

昨晚那样的相逢，乔明娇以为至少他们之间更熟稔了一些，却没有料到在他将她敲晕之后的第二天，见到她后不仅没有半分惭愧，甚至直接把她划入陌生人的范围。乔明娇不由得脸上一僵，有种被人在胸口捶了一记闷拳的感觉，别提有多不舒服了。

“乔小姐来这里当然是有原因的了，对不对？我猜乔小姐是来做采访的。”

张朝阳笑眯眯地在中间打太极。再次看到乔明娇，这些队员显然受到了冲击，八卦的心思犹如气球被强行压在水下，不一会儿又会浮上来。

“是啊，因为要展现我们国家军人的风貌，作为这一次特种兵纪实采访记者的我，准备对各位勇士们做一个采访。”

乔明娇说得有板有眼，让人俨然忘记了她大明星的身份，真的以为她是一个记者呢。

“我记得我们是一支秘密性很高的突袭军，我们的训练基地不是随便什么人都可以进来的。”

聂轻鸿似乎伸手就会砸了她手中的摄像机，乔明娇怎么会没有看出来呢？于是，于是抱住摄像机后，用更加严肃的口吻道：“我知道。我是签了保密协议才进来的。”

乔明娇说得认真，而聂轻鸿的脸上却露出更加严肃的表情来：“我们不接受采访，请你回去吧！”

什么嘛，乔明娇被聂轻鸿的冷酷惊得嘴巴都快合不拢了，难道因为昨晚她的行为让他生气了？

他生气？她比他更生气呢！

“喂，聂轻鸿，我可不是来采访你的，你不要太过分了！”

乔明娇看着公事公办似乎没有半点私人感情可讲的聂轻鸿，忍不住抗议起来。在他面前，他总让她有种自己无理取闹的感觉，或者说，他根本是油盐不进，让一向掌握主动权的她，有些手足无措了。

乔明娇这辈子没吃过几回瘪，遇到了聂轻鸿，还真是够糟糕的，人家连看都不看她一眼。这口气她怎么咽得下？

而聂轻鸿在他的这些队员眼里，何时被人这么理直气壮地叫板过？当然，出于对队长的尊敬，他们是不会对他叫板的，但如果真的给他们机会，他们也不会那么做。服从命令是军人的天职，聂轻鸿所做的，所要求的，计他们无可挑剔，更无从叫板。

如今，乔明娇的到来让原本一成不变的生活突然间有了一个亮点，而且还和他们威风凛凛的队长大人有关，让人怎么能不八卦，不期待呢？

所以，在乔明娇如此地对聂轻鸿抗议之后，立刻引来了一片倒吸气声。队员们个个都眼巴巴地看着聂轻鸿，期待他能够有点别的反应。

但是面对乔明娇这样抗议时，众人失望地发现，他们的队长仍然没有太大的反应，只是比起往日，脸色显得更加骇人。

“如果是采访他们的，请不要影响大家的训练。”

聂轻鸿似乎像对待自己的兵一样说道，严格而苛刻。这一刻终于有人发现了不太对劲，队长好像对这位美女没有他们预料的那种感觉啊。

“队长，我们不会被影响的，队长你别受影响就好！”

吴强忍不住插科打诨，却换来聂轻鸿目光如炬的注视，顿时，他浑身一颤，挠了挠头发，没有继续再说下去。

“既然要接受采访，还愣在这里做什么？你们希望给乔小姐展示这种形象吗？”

聂轻鸿再度开口，冷酷的声音，威严的命令，不仅乔明娇感觉到了，他的队友们也都感觉到了。他们的队长这是怎么了？似乎和乔小姐成了陌生人一样。

“我说，聂队，你是不是吃错了药啊？记得上次在丽江……”

张朝阳还想说什么，却被聂轻鸿冷酷威严的眸光注视着，顿时没有再说下去，而是大手一挥：“走，回去咯！好好把自己整理整理，把我们最迷人的一面留给乔小姐！”

张朝阳这么一说，其他人自然赶紧跟上，到最后只留下还带着淡淡疑惑和不解的乔明娇，以及波澜不惊却正准备转身离开的聂轻鸿。

“聂轻鸿，等一等！”

乔明娇看着他转身就准备离开，心头生出一种莫名的恐惧来。是的，他这样一个理智的人，虽然没有多说，但已经向她摆出了一个很明确的事实，他要和她划清界限。

这种排斥和之前的沉默是完全不同的，难道是她昨晚做错了，他把她看成那种随随便便的女人了？

乔明娇的表情不由得变得严肃起来，聂轻鸿人高腿长，似乎转身就要扬长而去。

她在急忙之中抓住了他的手臂，然后抬头看着并没有转过脸来的聂轻鸿道：“聂轻鸿，是不是我哪里做错了？”

乔明娇除了那一次害晚晴流产而产生过如此的惶恐，此刻却是再度自省，她哪里做错了吗？还是她的大胆吓到了他？

“是不是你不喜欢我那么做？”

再度睁大眼睛，看着那张冷峻的似乎没有听到她问话的脸，乔明娇变得有些紧张而谨慎起来。如果他说是，她是否会为了这样一个男人而去改变？如果他说是，是否意味着只不过是自己的一厢情愿，他根本就不喜欢她？

“乔小姐，这里是部队。我们之间是不可能的，我不喜欢你。”

聂轻鸿转过头来，回答得干净利索，甚至比乔明娇所想的还要直接。他脸上的表情威严而肃穆，就像是在执行一道命令一样，而他说出来的话，让乔明娇顿时有些难以接受。

是因为不喜欢自己吗？

乔明娇不是没有想过，所以才这样主动努力的。现在看来是她太自以为是了，她太高估了自己的魅力，她错以为他会对她有一种不同的感觉。

“是真的？”

乔明娇抬眸，认真地看着聂轻鸿，语气严肃，手上却没有了刚刚那般的力道。如果昨晚他是逼不得已跟着她走，如果说他那样毫不留情地将她敲晕，都是因为不喜欢她，如此想来，合情合理，不容置疑。

乔明娇为自己想着理由，而脸色少有地难看起来。她第一次喜欢上一个人，喜欢上一个并不怎么善于表达自己感情的男人，她以为自己看得准，却原来太错特错，因为太喜欢，所以她的判断力、识别力都不行了吗？

“是真的。”

聂轻鸿吐出这三个字来，似乎不费吹灰之力，说得那么干脆爽快。而他的脸上看不到任何为难的表情，或者说，他那张冷冷的脸，很难观察出别样的情绪。

当这三个字在乔明娇的耳畔响起时，她脸上也是平静的，松开手，然后抿唇，快速收起内心所有的委屈，争取以最平静，最康健的姿态，面对这份打击。

“我知道了。能告诉我原因吗？”

可是，当真的喜欢一个人时，总有太多的不甘心，于是最后会做垂死的挣扎，寻找原因，从而做一个他会喜欢的人。虽然，乔明娇知道自己绝非是个为了爱情而愿意委屈自己的人，但是这一刻她真的想知道，他不喜欢她哪里，甚至有那么一刻的冲动，想为他改变些什么。

“不喜欢一个人，是不需要原因的。”

聂轻鸿的答案，就像是他训练那些队员时一样，略微嘶哑的声音，沉稳有力，没有置喘的余地。乔明娇迎上这份无情，没有再继续追问下去。

“队长脸色好难看啊，人家美女都追上门了，要是我还不乐死了，多么勇敢可爱的女人啊！”

黄三已经忘记了一身的狼狈，趴在沙袋堆积的围墙后和旁边的战友讨论并感慨着。

“是啊，真的很漂亮，而且不娇气。快，闪，队长的脸好黑。”

吴强跑得很快，一溜烟便没了影子。而黄三一看，也很识时务地跟着就准备跑，却被聂轻鸿喊住了。

“嘿嘿，队长。”

黄三笑得那叫一个憨厚，但是面对聂轻鸿那张冷冰冰的脸，仍旧是有些担心自己会被惩罚。

“在配合乔小姐采访期间，不要说没用的废话。”队长冷硬地命令道。

黄三立刻行了个军礼，大声答应了一声：“是！”

看着队长那高大的身形与自己擦肩而过时，黄三忍不住想说废话：队长，你好像很不对劲呢！

原来被自己喜欢的人拒绝是这么难受，乔明娇看着远去的身影，第一次有种孤单与寂寞的感觉。

妈妈，我觉得他是一个有责任心的好男人，我觉得他是一个外冷内热的好男人，但他却不会属于我。

乔明娇并不会真的巧取豪夺，如果对方真的这么不喜欢自己，勉强只会让自己痛苦，也让彼此难堪。

原来面对所爱，不想放手的感觉，是如此的不甘；原来面对所失，蓦然遥望时，是如此的失落。

只不过乔明娇天生就是个坚强的人，即使失落，也不会让自己变得消沉。她抬头，望了一眼冬日的骄阳，微微一笑，抱着摄像机告诉自己——

乔明娇，心态要摆正，切勿做了蠢事！

是的，或许是因为她那些大胆而直接的行为，才让他反感，让他远离自己。

乔明娇思索着这个问题时，那边有人对着他们的冷面队长开始实施轮流攻坚战术——

“聂队，人家美女追你，多少给点面子嘛。瞧瞧她多可怜，站在那里，小脸冻得通红，这可不是一般的女人能做到的，要是我早就乖乖投降了！”

“乔小姐挺可爱的，我觉得和队长在一起，以后的日子肯定很精彩。”

张朝阳有些眼馋地看着那边，那张国字脸一点都没有为他增加君子的正义感，反而此刻八卦得像个罗盘。倒是萧卫一本正经地说了这句话后，谨慎地看着聂轻鸿，后者脸上面无表情。

“我们这里不是娱记培训班。”

聂轻鸿步伐停滞片刻，丢下这么一句话后，便快速离开了，留下身后的张朝阳和萧卫，你看看我，我看看你。

“感觉不对劲，平常没有达到这个温度啊，今天是极度寒冷呢！”

张朝阳若有所思地捏了捏下巴，萧卫也有些摸不着头脑，什么也没说，跟着过去了。

所谓采访，不过是个名头，但还是得拿些东西给领导审核的。等到队员们洗漱完毕出来时，已经是中午时分。乔明娇直奔主题，采访简单又直接，但每一个问题都透着职业记者的尖锐和敏感，却不会有过分逼迫的感觉，让人觉得特种兵作为一支重要的国防力量，值得所有人尊敬。

采访完毕后，乔明娇并没有刻意去寻找聂轻鸿的影子，或者说，她在履行自己的承诺，她不是来采访聂轻鸿一个人的。

“队长好像身体不太舒服，刚才我瞧他关着门，估计要午休一会儿。”

吴强看着转身准备离开的乔明娇，忍不住补充了这一句。其他人也都觉得怪尴尬的，他们队长真的不懂得怜香惜玉啊。

“嗯，我知道了。”

乔明娇笑着，转身从容地离开，让队员们更加难以置信地看着她那道背影。

“乔小姐是真的喜欢队长吧？”

“当然，不喜欢的话，怎么会追到这里来？”

“可是现在被队长打击了，她居然像没事儿人一样！”

“难道要在我们面前哭吗？”

“我觉得她是不会哭的那种女孩子，其实很勇敢，很执着才对！”

“啧啧，咋没有这样的女孩子追求我呢？虽然好像比我大了一点，但是年龄不是问题。哎哟，谁偷袭我？”

是啊，乔明娇是很执着，认定的事情绝对不会轻易放弃。她相信蝴蝶总会飞过沧海，她相信执着总会离成功更近一步。

但是，感情这种充满变数，而根据人心复杂到难以揣度的东西，却让她第一次觉得挫败。聂轻鸿或许正是一道巍峨的关口，她可以越过这个人，未必能跨过他的心门。

人生，原来还有这样的难题——遇到爱的人不容易，得到心爱之人的爱更不容易。

“大队长，今天我去采访时，好像聂队长生病了哦。”

餐桌上，乔明娇面对大队长的招待，笑意满满，没有任何失落，可是最后还是加了这么一句。

“是吗？那小子一向身体都不错，居然会生病？大冬天的你把他扔到冰窟里，都没事的！怎么还给病着了？难道是甲型流感不成？”

大队长李思原开着玩笑，眉头却是微微皱着的。

下午，高尖端军事技术课开始之前，乔明娇跟着李思原来到教室门口。

乔明娇看着那换了一身常服的高大身形走过来时，不由得把目光挪到了他的脸上，但是后者似乎没有看到自己一样，或者说，连大队长都给无视了。

转身就准备进教室的聂轻鸿，被李思原给喊住了。

“聂队长！”

李思原喊得毫无感情，聂轻鸿还是停了下来。

“听说你感冒了？怎么回事？昨天回去，你老婆没给你床睡？”

李思原这一句话，让乔明娇脸上一白，仓促之下，险些丢了手中的摄像机，原本镇定的表情里多了一份疑惑。

老婆？昨晚聂轻鸿和她在一起，哦，不，昨晚后来聂轻鸿和谁在一起，她不知道。

但是当李思原调侃地说出这句话时，乔明娇的内心还是起了巨大的波澜。

你有一份让蝴蝶飞过沧海的信念，但并不代表着，这份信念不会被摧毁，不会被击溃。

“大队长真是消息灵通，不过是小感冒而已。”

聂轻鸿除了声音粗嘎，比起上午来，病情显然更严重了一些。

而他没有看向乔明娇，或者说，他根本没有看到旁边还有第三个人一样，对于大队长的那句玩笑话，置之不理。

“怎么病了？现在可没有猪流感，莫非是甲型流感？难道聂家的房子不如咱们这营房？”大队长见聂轻鸿似乎无心开玩笑，倒是没有继续刚才的话题。

聂轻鸿只是不以为意地道：“小毛病而已，不值一提。”

说完，他就准备转身进教室，大队长却是补了一句：“下课后去我那里拿些药吃，带病作业，可是不行的。”

说完，李思原说完便示意乔明娇跟进去，乔明娇却脱口而出地问道：“聂队长已经结婚了？”

乔明娇的反应有些突兀，或者说她的脸色有些难看，声音有些变调，和之前神采奕奕的模样不同，八卦的同时，语气已经有些紧张。

“这个嘛，你去问问聂队长。我想聂队长会给你一个比较准确的答案。”

聪明如李思原，虽然是一名军人，却敏锐地察觉到了什么，等乔明娇再想掩饰，已经来不及了。这种情况显然有些出乎意料，李思原看乔明娇的眼光，也没有之前那么和蔼，而多了一份犀利和审视。

乔明娇收敛情绪，不理会大队长那威严的目光，转身走进了教室。

课还没有开始，旁边有人帮助聂轻鸿把投影仪和电脑连接上，上面显示着 PPT，三三两两的学员坐在教室里，小声地讨论着什么，并没有因为乔明娇的进入而有太大的波动。

乔明娇看着讲台边，似乎根本没有注意到多一个人走进来的聂轻鸿，沉稳中，一派冷漠，皱眉低头查看电脑内的文档，完全一副投入的神色。

他似乎拥有着现代精英的睿智，古代骑士的勇猛，豪门贵族的威严，这样的男人走到那里无疑都是吸引人的，但偏偏他沉敛得可怕，让人难以靠近。

为何不告诉她，他已经结婚了？

乔明娇不由得攥紧了拳头，带着一种说不出来的苦涩，让自己努力平静下来。

开始上课，所有的学员肃然起立，敬了一个礼，等到乔明娇反应过来时，已经有些迟了。

她起身后，也用同样严肃而认真的表情，或者说是平静到肃穆的表情，向聂轻鸿敬了一个礼，顿时引起了其他学员的注意。

无数目光袭来，她如同军营绿花，那种姿态，除却娇美，更显得艳丽如春日里的山茶花，清新而迷人。

聂轻鸿看都没有看她一眼，就摆了摆手，示意她坐下。

也许，他虽然没有说，却已经用行动告诉了她，他和她之所以不可能，是因为他们之间横亘着一个婚姻的笼子。

而她，是绝对不会穿越那个笼子的。

但是聂轻鸿为什么不直接坦白呢？如果他说了，即使心如刀割，她也会毅然转身。他为何要隐瞒？为何要回避？

乔明娇的内心，如同燃起了一团火，或许是因为愤怒，或许是因为心痛，连她自己都分不清。是不是自己没有出息，对一个人一见钟情，却怪那个人无情。

“大家知道这个是什么吗？”

讲台上，聂轻鸿的目光如常，似乎从来没有顾盼到乔明娇这里一般。投影仪上显示的是一把古旧的机枪，正演绎着拆卸安装的基本流程。

“知道。”

众人异口同声，回答得干净利索。

只见聂轻鸿顺手点了一个人道：“你，上来演示一遍。”

下面走出一名年轻的学员，他拿起放在一边的机枪，麻利地拆卸完，又快速地安装好。

“总共用时一分十四秒。”

聂轻鸿看了一眼时间，满意地点了点头，然后示意那人回到座位上去。

“这个是最基本的，也许在大家眼里不屑一顾，但是有没有想过自己改良？”

聂轻鸿表情一转，但目光仍然犀利，环视一周，等乔明娇意识到他的目光落在自己脸上时，那道目光已经收回。也许他对所有的人都是一视同仁，所以乔明娇不是特例。

即使当她踏进演艺圈，在奶奶的反对下，险些被淘汰的那一刻，乔明娇也不曾有过如此落寞的心情。这世上的事，她不怕难为，只怕不能为。

如今，她居然愚蠢地在等待着答案，等待一个确切的是否能为的答案。

聂轻鸿演示着他最新改造的机枪，讲解各种技巧，下面几个学员发出惊叹的声音。

“就像是摄像机一样，我们也有自己的广角镜头，从这个角度，不仅仅可以看到正前方，还可以扫描到周围一百八十度的范围。”

一百八十度的平角位置处，乔明娇脸上依旧平静，是骄傲的平静，是不去思考的平静。她直视前方，却没有焦点。

她怕再多看一眼聂轻鸿，会让自己沦陷；她怕再继续思考下去，会让自己痛苦。

她一直很安静地待在角落里。她的镜头终于对准了聂轻鸿，却是格外的小心翼翼。

或许这是最后的留念，她该珍惜。

“本堂课完毕，解散。”

聂轻鸿宣布解散后，学员们井然有序地走了出来。乔明娇等到最后，看着聂轻鸿没有离开，心里却越来越清晰地预感到某种可能——

大队长说的那句玩笑话是真的。

他一步一步走来，手里夹着笔记本，在他的示意下，最后一名学员也快速地离开了。

这一次，乔明娇终于看到了聂轻鸿的视线，与她认真对视。

似乎清冷无情，可是那幽深之处，又有些什么东西在流动，他的脸还是那么严肃，但是他的喉结，在微微耸动。

“我已经结婚了。”

聂轻鸿吐出这句话时，没有之前那么果决犀利，也没有那么冷感和直接。

乔明娇的心不断地往下沉，她真的很想伸出手来捶他一拳，但是又觉得自己是在无理取闹，要捶，也该捶自己，不该来的是她，不该爱的是她！

乔明娇静静地看着聂轻鸿那张如石雕一般的脸，不自觉地咬紧了唇瓣，试图展现一抹从容的微笑，但是太难了。

就在乔明娇努力微笑时，聂轻鸿却冷了神色，转身毫不迟疑地离开了。

她低着头，想笑出来，可两滴眼泪却已经沾湿了睫毛。原来，他是怕她受到伤害吗？

就像上帝在你面前摆了一盘让人垂涎欲滴的美味，却告诉你不能吃。或许这就是命运在捉弄自己，乔明娇第一次觉得上帝非常狡诈。

在人的一生中，可能都会遇到一个不肯逆转的轮盘，将你推向下一个齿轮，伤或不伤，都由不得你来选择。

乔明娇料到了自己这辈子也许会遇到喜欢的人，但却没有料到会是这般情景，当感情如期而至时，想要收回是如此的难。

要微笑、勇敢，乔明娇一直是这么告诉自己的。

不就是一个聂轻鸿吗？

不就是一段不可能继续下去的感情吗？

不就是不小心爱上了不该爱的人吗？

还好，她知道得算早；还好，她还有转身的力气。

那么无论如何，即使有再多的不甘心，她也会放弃。是的，婚姻里的第三者，那绝对不是她乔明娇愿意做的角色，所有的戏里，她最讨厌的就是演小三，这个习惯，很多圈子里认识她的人都知道。

趁这份感情刚萌芽，还没有茁壮成长，赶紧扼杀。

但是在扼杀之前，她还想给自己最后留下一段回忆。或者，在以后的岁月里，她可以让自己将这份回忆，当做她曾经爱过的证据。

冬日的风有些寒冷刺骨，乔明娇却并没有穿得太厚，而是迎着寒风赶向了集训营的训练场。

今天并不是什么特别的日子，但是战友们都感觉到了某处不同。

“聂队这动作帅极了！”

张朝阳看着那边沿着一边墙壁，几个凌空借力，最后爬上房顶的聂轻鸿，不由得赞叹道。这里的人，估计只有聂轻鸿能把动作做到这么美，美得有点作秀的成分。

当然，在两道墙壁中间，是一摊污水，谁掉下去，谁就会被污水弄脏了身子，谁就是这轮训练被淘汰的人，那个人注定要进行无数轮回的训练。

“还站着干什么，都过去做！”

聂轻鸿已经从屋顶一路快速地矮身溜了过来，顺势凌空一跳，稳稳地落在地面上，矫健如他，让战友们佩服的同时，有些为难。

“队长，不用做得这么漂亮吧？”

“是啊，是啊，这又不是在演戏，又没有啦啦队。”

张朝阳顺着吴强的话，一副揶揄的腔调，却是在聂轻鸿那冷飕飕的目光瞥过来时，第一时间送了信号。那边一道娇俏的身形如期出现在了众人的视线里，顿时所有的人有些吃饱了撑着没事干的自觉，个个把视线投向了他们威严的队长身上。

“队长，刚才那个动作怎么做的，我们没看清楚啊，再演示一遍吧。”

黄三胆子极大，不顾队长大人似乎阴沉了许多的脸，在其他几个人的撺掇下不怕死地开口。

聂轻鸿眸光射来，黄三不自觉地缩了缩脖子。

“队长，你不会是怕在大美女眼皮底下出糗，不敢表演了吧？”

黄三一边说一边想溜，但是他怎么比得上聂轻鸿反应敏捷，只见黄三前脚刚迈出去，聂轻鸿的长腿一抬，一记漂亮的螳螂腿，黄三如同是被人翻开的纸牌一样，顿时四脚朝天，摔得实实在在。

“哈哈——”

队友们大笑，黄三躺在地上装死，等到意识到乔明娇的镜头对准他时，立刻如同弹簧似的跳了起来。

“不许拍，不许拍。”

乔明娇哪里会听他的，镜头掉转得越发灵活，而黄三张牙舞爪的同时，无法造次。

“哈哈！大美女，又跑过来，是不是要给我们做一期特辑啊？”

张朝阳这么说时，不由得把目光瞄向了聂轻鸿，后者似乎没有注意到这边一般，已经转身去那边搭起来一个如同是塔罗牌似的支架，如果哪个家伙不用心，一旦碰到第一块障碍板，后面就会越来越麻烦，可见这训练不仅是体力活，更是脑力活。

乔明娇的镜头掠过时，只留下聂轻鸿一道修长的背影，就像是徐悲鸿笔下的《骏马图》，任他驰骋千里，她不过是个看客。

渐渐移开镜头，乔明娇看得有些迷恋，却是面上平静，内心窒息。

这样的他，不该闯入她的世界，而她更不该闯入他的世界。

“大美女，我们队长帅吧？”

一脸得意的吴强，察觉到乔明娇眼里的留恋时，立刻凑过来，但是她的脸上迅速露出平静而淡然的笑容：“是啊，很帅，你们都过去，我拍一个特写，今天准备杀青了。”

张朝阳却插了一句：“不是说要拍几天才回去的吗？怎么今天就走了？”

张朝阳的敏锐让乔明娇险些无处遁形，只见她带着一种惯有的笑容和恣意道：“我可是本年度最迷人最漂亮的当红大明星，待在你们这些豺狼虎豹中间，太危险啦！”

张朝阳等人听了，吴强第一个笑出来，抗议道：“嫂子，我们再豺狼虎豹，也不敢叼你这只小白兔啊，那边有头大狮子盯着呢！”

血气方刚的男子汉们，感觉到今天的太阳真是好啊。

“都愣着干什么？吴强，开始！三，二……”

顿时，吴强感觉到乌云压顶，人生黑暗，整个人如同是上紧了发条的钟摆，只见他快速地跃出人群，应了一声到，便开始训练了。

顿时，刚刚放松的队员们，即刻肃穆起来，乔明娇的镜头自然地被举起。

一个接着一个，或许真的是乔明娇这位美丽的观众在场的原因，队员们表现得很英勇，个个如同是猛虎下山一般，跳跃有力，冲锋陷阵的气势如数展现出来。

直到最后，镜头里，独独缺了聂轻鸿的身形。

聂轻鸿一脸寒色，严肃地看着那些队员完成动作后，起身便准备离开，进行下一项训练。

“聂队长，到你了！”

乔明娇开口，挡住聂轻鸿的去路，和上午相比，此时的她是那么平静，甚至化了个淡妆后，她看起来更漂亮，更明媚。

“是啊，队长，表演一下嘛，怎么能够缺少你呢？”那边队员们也不由得帮腔起来。

乔明娇看着聂轻鸿那张帅气的脸，似是麻木无情地与自己相对片刻后转开，心还是莫名地疼了一下。

原来，爱而不得的滋味是这样。

她仰着小脸，看着他的侧脸，如同刀刻一般的轮廓，无可挑剔，冷沉如他，严格如他，注定她无法逾越吗？

乔明娇带着一抹苦涩的笑容，咬唇，录像按钮没有关掉，等待着聂轻鸿的回应。

“这本带子，如果没有聂队长，就不完美了。”

乔明娇的声音带着一抹淡淡的娇嗔，那种天生好听的声线，具有鼓动一切顽固因子的诱惑力。

队长不会这么不给面子吧？其他人你看看我，我看看你。就在吴强刚想开口说话时，聂轻鸿突然间迈步而去。

嗬！他至少还愿意留给她一段美好的回忆。

乔明娇的脸上不自觉地露出一抹甜甜的笑容，那边张朝阳等几名队员见了，都觉得队长大人简直是个冷血无情的外星人。

聂轻鸿起步，凌空一跃，乔明娇终于明白那天在旅馆里，他何以如同蜘蛛侠似的离开了。一个坚持每天如此训练的人，如今已经不是普通人所能定义的了。

乔明娇专注地拍摄着，调整焦距和方向，直到录像机的画面突然间停住。

“呀！”

乔明娇懊恼得近乎想哭，童年里，看着别的小伙伴有妈妈照顾时，她曾经有这种羡慕而无奈的感觉，此刻她觉得，也许是天意如此。

镜头停滞，聂轻鸿终究不该出现在她的记忆里，她和他之间，早已隔着千山万水，重重高院，她不能靠近，不得拥有。

眼眶里的热气，喷薄而出。

从小到大，她的任性，不过是一种自我保护；她的坚强，不过是一种孤单使然。这么多年，她以为自己已经长大了，可是此刻，还是委屈万分，像个孩子似的，落下眼泪来。

“怎么了？”那边张朝阳带着不解和关心地询问道。

前方啪的一声，木板被踩断，高大的身形，迅速落下，一个不稳，砰的一声，掉入了泥淖里。

“不是吧？”

就在队员们转头看向聂轻鸿时，他们一向严谨彪悍的队长大人，居然踩断木板，掉了下来，而下面正是那个人人都不想跌落到的污水坑。

天哪！

吴强第一个跑过去营救，黄三也跟了上去。张朝阳却一副笑眯眯的样子，第一反应不是关心聂轻鸿的死活，而是看着乔明娇赶紧掩饰狼狈的模样，“好心”地问道：“乔小姐，你怎么了？”

乔明娇无法说出口原因。她不能告诉别人，因为无法最后拍摄一段完整的聂轻鸿的录像而遗憾地想哭；更不能告诉别人，她因为知晓聂轻鸿已婚的消息，而难受得无处宣泄。

爱情的底线，要有廉耻；爱慕的最后，要有分寸。

“队长，你没事吧？”

那边吴强的手被聂轻鸿毫不客气地挥开，黄三的殷勤因为队长那黑黢黢的脸，再也不敢献了。

“队长，你不会刚好踩到了雷点吧？”

那个最经不起重压的地方，如果不是不小心，或者用力过猛，一般人是不会踩断木板的。队长发挥失常啊，而且还是在乔小姐刚喊了一声之后。

黄三机敏，两只眼睛骨碌碌地转着，试图从聂轻鸿的脸上发现一丝异常来。

乔明娇看着湿了一半的聂轻鸿，如同浴血归来的王者一般，虽有些狼狈，可气势不减。她快速地转过脸去，不愿意被聂轻鸿发现自己哭过。既然他不需要，那么再丰沛的感情，她也不会给予。

“怎么了？”

这话是聂轻鸿问的，虽然没有提名，乔明娇却知道是问自己的。这是第一次聂轻鸿主动表现出对她的关怀，但也只是一种正常的问话罢了。

“哦，真遗憾，磁带刚好用完了，所以刚才没有机会把你摔跤的样子录下来。”

乔明娇巧笑倩兮，一如从前，勇敢而促狭，那双水汪汪的眼睛，活泼得看不到任何悲伤，脸上的淡妆还是微微地受到影响，但让她看起来显得更加可怜楚楚，又美又可爱。

这样的促狭让众人恍然大悟地附和起来：“对啊，真遗憾！怎么会这么巧呢？唉！要是把我们队长那摔得四脚朝天的一幕拍下来……哈哈！”

就在大家一片欢声笑语的时候，乔明娇注意到聂轻鸿皱着眉头看着自己，似乎她不给出一个明确的答案，他是不会善罢甘休的。

“北京的沙尘暴是不是要来了，怎么大白天的沙子满天飞呢？刚才居然还飞到我眼睛里来了！”

乔明娇有些狼狈，解释得很敷衍，尤其是被聂轻鸿那种目光不动声色地关注时，她更觉得像被看透了一般，索性转脸道：“好了，今天就拍到这里。我还有戏要开拍，我们后会有期哦！”

乔明娇笑得好不灿烂，那种明媚，不着痕迹地掩饰了小小的狼狈。在众人不舍的目光中，她毅然转身，既然不许回忆，那么她就放弃回忆。

聂轻鸿，如果有下辈子，让我早点遇见你。

“为什么我感觉乔小姐像是难过得要哭了？”

黄三有些自言自语地说着，只感觉到寒光袭来。队长眸子一瞥，顿时，他浑身一个战栗，站得笔直，一副我什么都不知道的模样。

“队长，你去哪里？”吴强看着迈步离去的聂轻鸿，忍不住问道。

“换衣服。”

闷沉的声音，好吓人啊，队长又不对劲了，好像谁欠他一把冲锋枪一样。

乔明娇走了，如同昙花一现般，来得如此快，走得如此决然。她把拍摄的那些画面，如数地交给了大队长。

“这些东西，我记在脑子里就行了。”

乔明娇自信而认真地看着威严而谨慎的大队长，却没有了之前的狼狈，她不会做一个改变别人婚姻轨迹的人，更不愿意被人鄙夷唾弃。

“不是吧？我们还说要请乔小姐晚上喝一杯呢！她怎么就要走了呢？”

张朝阳在大队长办公室里磨叽了半天。大队长眼睛一瞪，他就自动敬了一个礼。

“喝酒？你小子是不是这兵当得不耐烦了？”大队长一脸严肃地看着他。

张朝阳虽然站得笔直，却是带着一抹微笑似的道：“大队长，你看出来没有，乔小姐醉翁之意不在酒呢！”

大队长又横了他一眼：“那又如何？”

张朝阳更加大胆起来，用一种明确的态度开口道：“君子有成人之美。我们在想，中队长是不是该有一个美女老婆呢？以后我们的生活也会有些乐趣啊！”

大队长看了看张朝阳那嬉笑中带着认真的样子，则是一句话就让他的希望破灭了。

“美女老婆？怎么，难道你们中队长没有告诉你们，他家里正牌的妻子，早就到手了？”

顿时，张朝阳一个军姿没站稳，带着被吓趴下的语气问道：“大队长，你开什么玩笑呢！”

李思原没有回答张朝阳的问题，而是顺手拉开了旁边的一道帘子，里面赫然坐着中队长聂轻鸿，他刚才坐在后面打电话呢，正准备出去，却听到了这一段对话。

“聂队，这是真的？”

聂轻鸿的脸上一片淡然，无欲无求的冷漠，他没有给予张朝阳答案，而是迈步走了出去。

“天哪，早知道我就出手了，那么一个大美女啊！”

张朝阳连忙跟了出去，在聂轻鸿停下脚步时，一只大手搭了过去。聂轻鸿身形一甩，险些把张朝阳给甩出去。

“喂！真是狗咬吕洞宾，不识好人心啊！姓聂的，你不厚道！”

张朝阳正准备一拳打出去时，却发现聂轻鸿神色好骇人，这情景莫非是要吃了他不成？

“聂队，抽根烟。”

聂队好像感冒了，但是管他能不能抽烟呢！张朝阳赶紧安抚了他一下，免得老虎发威自己遭殃。

傍晚，靖家府上。

“咦？爸，明娇来了，怎么都不告诉我一声？”

靖媛回来后，抱着女儿，看到乔明娇后，忍不住询问起来。若是在乔家，乔明娇肯定是来去自由，顶多走了打个电话给奶奶，但是这里是北京城，这里是嫂子的娘家，该有的礼数，乔明娇做全了。

“爸又不是宣传部的。”靖荣淡淡地道。看着聂浅浅兴奋地要自己抱的样子，走过去，抱住她，那脸上冷酷的线条柔和了许多。

“是我来得唐突，麻烦了靖叔，所以不想再打扰你们。这里是我买的一些礼物，这个是给爷爷奶奶的，晚上睡觉前，泡一泡，很好用哦。这个，是儿童益智玩具，既生动，又很简单，夏岚小时候就特爱玩这种，送给小宝宝。”

聂浅浅虽然年纪很小，但十分懂礼貌：“谢谢姑姑。”奶声奶气，圆头圆脸，很是可爱。

“不客气，小宝宝，告诉姑姑，你几岁啦？喜欢什么，下次姑姑再带给你。”

当初，太多纠结，乔明娇对于靖媛并不怎么喜欢。现在时过境迁，嫂子也已经获得了幸福，乔明娇并不是狭隘之人，对于靖媛也友好起来。更何况看到这么可爱的小孩子时，她不由得露出喜爱之情。

她很喜欢小孩子，可是因为没有遇到心动的那个人，便没能实现拥有一个自己的小孩这个美好的愿望。

现在看到了聂浅浅，那种酸酸涩涩的心情，实在是出乎意料。

她的良缘，在岁月流转里，如同镜花水月，心动的涟漪，刹那间平息，失落的感觉，如此明显。

“我山岁（三岁），我稀饭（喜欢）叹口（坦克）。”聂浅浅发音不标准，却是一本正经。

乔明娇没有听明白，一边的靖媛早已解释道：“这小家伙，上次她大伯回来，送了一个坦克模型给她爸爸，她就念叨上了。一看就是个霸道鬼，什么东西都想往自己怀里搂！”

靖媛嗔怪时，却是宠爱地帮女儿正了正那歪掉的衣领。

果然如她所言，聂浅浅看上了乔明娇衣襟上的一朵装饰性的手工丝绸玫瑰花，伸出肥嫩嫩的小手就去扯。

靖媛来不及阻止，乔明娇已经一把抱住了聂浅浅。聂浅浅顺手就开始了大作战，她却任由她折腾。

“这小妮子，可皮着呢！”

靖媛见得乔明娇喜欢，倒不急于把女儿抱回来，而是带着一种好奇地问道：“听我爸说，你去了集训大队？”

乔明娇微微一怔，并没有隐瞒，点了点头。

“大包包（伯伯）在大队。”聂浅浅聪明得很，居然顺着靖媛的话，插了这么一句。

乔明娇笑得更开心了：“是吗？那你大包包（伯伯）是干什么的？厉害不厉害？”

乔明娇本来只是逗小孩子玩，并没有想太多，即便聂小严也姓聂，乔明娇却是不清楚聂轻鸿和聂小严的关系。

“大包包（伯伯）厉害！”

聂浅浅一本正经的模样，让乔明娇更是忍俊不禁。

那边靖媛已经忍不住补充了一句：“凡是像我爸这样，冷酷又寡言的男人，在她眼里都是厉害的，确切地说是凶。这小丫头每次看到大哥，都不敢靠近，却又背后夸他厉害。”

靖媛笑着，为自己女儿聪睿的一面而骄傲。或许人生中没有完美的事情，但是当小生命真的降临时，每一个女人都会为了孩子，而在不断地改变。

“这次去，应该见轻鸿了吧？”靖荣一边缓缓地坐下，如此一问。

乔明娇一怔，顿时表情有些僵硬，任凭她演惯了戏，也难免有刹那的疏漏。

“轻鸿就是浅浅的大伯伯。”靖媛补充了一句，没有错过乔明娇脸上一闪而过的表情变化。

世界太小，小到转身的空隙里，似乎都可以听闻你的呼吸。

这是一句连乔明娇都认为很矫情的话，她的内心海阔凭鱼跃，天高任鸟飞，如若不欢，转身不见，人生谁欠谁的呢，自己活好，就是最好。

可是等到心底里住着一个人时才明白，爱情，有时候就是一道谜题，任你聪明，任你防范，任你洒脱，一旦碰上，就如是解不开的结，想要挣脱，必将用更大的毅力，忍受着剧痛，然后随着时间慢慢地洗磨，才能够功德圆满。

现在的乔明娇，离功德圆满，还差得太远。

靖荣只不过波澜不惊地一提，乔明娇却如同江中小舟，心头一震，并不是她乔明娇拿得起放不下，而是这段感情，开始得传奇，结束得萧瑟。

但是，任何的萧瑟，乔明娇都不愿意露出萎靡不振的一面。

“哦，是吗？好巧啊！”

乔明娇灿烂一笑，惊讶而无所谓的态度，让人看不出来她对于聂轻鸿可还有半分心思。

爱一个人可以付出一百分的努力，而和爱相比，想要忘记，只怕要付出更多的努力。乔明娇转身离去时，已经努力学着忘记。

“是啊，大哥那个人比我爸还敬业，整天就想着工作，几个月回家一次，点个卯就走。”

靖媛淡淡地感慨着，不再多说，却是微微皱了眉心。乔明娇没有继续这个话题，关于聂轻鸿的事，她不想知道得太多。

比如他的妻子是什么模样，他对他的妻子又是什么样的感情，这样的念头，刚一浮现，就立刻被压制了下去。

但无论怎么压制，脑海里，那张冷酷的脸，就像是幻灯片一样不停地放映。

“小严明天要给宝宝办个小生日派对，邀请了不少朋友，还有几对明星爸妈，不如一起过去玩一玩再走？”

乔明娇抬眸看着靖媛那似是兴致所来的一句话，并非是察觉到了什么，不由得毫不迟疑地拒绝了。

“我就不凑这热闹了。原来宝宝明天生日呀，姑姑先祝你生日快乐哦！”

乔明娇说着还不忘记在聂浅浅的脸上亲了一口。小宝宝很识相，被乔明娇亲了后，回报了一个亲吻。乔明娇心头一软，又送给了聂浅浅一份礼物，自然是价值不菲的。

如果说之前她不知道聂轻鸿正是聂小严的大哥，也许她会应了靖媛的邀请过去，但是现在她却毫不迟疑地拒绝了。

乔明娇离开靖家之后，便和赵一帆联系上了，当然她是和赵一帆道别的，而赵一帆是来和她道喜的。

“Jioce，看来老天是眷顾你我了！”

电话那头赵一帆呵呵一笑，带着鲜有的活泼，让乔明娇的心情好了许多。

“不会是圣诞爷爷在你的袜子里装了个帅哥，你到现在才掏出来吧？”

生活中的乔明娇，其实就像是一个小女孩一样明快随意，她偶尔的睿智和犀利，也不过是在面对需要防备的人时才展现出来，这一点赵一帆最清楚。

“宾果！答对了，奖励一个飞吻！”

赵一帆难得如此开心，乔明娇不由得也跟着开心起来。赵一帆喜欢的那个人，不是别人，而是有名的音乐制作人黄坚，一个虽然斯文却很有男子气概的人，为赵一帆作过几首曲子，赵一帆喜欢他，但是他一直没有回应。

“黄坚？你终于打动了那位冰川大哥的草心？”

“他那也算是冰川大哥？和你的那位比起来……哦，对了，Jioce，那位帅哥拿下来了没有？是不是已经吃干抹净，打包带走了？看样子来头不小啊，府上何处？”

赵一帆心情好，难得露出来如此活络的一面，但是每一个问题，关心而好奇，期待而看好，结果让乔明娇还是沉默了一下。

如果聂轻鸿不是住进了围城里，那么她有百分之一百二十的信心去努力争取。但现在，关于聂轻鸿的一切，她一个字都不想再提。

“我不喜欢他了，没情趣。”

乔明娇快快的，并非为了虚荣，只是让她开口告诉赵一帆聂轻鸿已婚，她是不情意的。

“不是吧，这么快就喜新厌旧了？对了，你在哪里，我去接你，黄坚挺喜欢你呢，我们一起吃顿饭吧！”

所谓的吃饭，也不过是见面叙旧，乔明娇便答应了下来。

“明晚有个派对，Jioce，一起过去吧！”

乔明娇有些怀疑，自己的演技是否过关，不然何以她在餐桌上不断地调侃之后，赵一帆居然还是感觉到了什么。

黄坚是个不错的男人，单凭他收到赵一帆的眼色，如此邀请时，乔明娇就知道赵一帆是真的找到了幸福。

而黄坚的邀请，乔明娇再想拒绝，便有些难了。

“是啊，一起出去乐一乐嘛！”

赵一帆如此开口，还是那种看似冷清而高贵的脸，可是因为幸福，她的笑容里多了妩媚和快乐。

翌日，傍晚，聂家。

站在客厅里的聂夫人，有些严肃又有些担心地看着随着靖媛走出来的苏若慈。

“靖靖，带你嫂子好好地玩一玩，别想着那些不开心的事情。”

靖媛自然大方，从小到大的优越感让她在聂家受不到任何委屈，聂夫人这样的婆婆也算不错了，至少没有因为抢了她心爱的小儿子聂小严，而看儿媳妇不顺眼。

当然，更难得是婆婆现在恨不得把儿子都推给儿媳妇，比如聂轻鸿，如果他能够回来看望苏若慈一眼，说句话也好。

“若慈，别什么事都放在心里，妈既然选中了你这个媳妇，自然会好好疼爱的。你放心，我一定会让轻鸿收回那些混账话的！”

靖媛看了聂夫人一眼，眼角微微一抽，不再多说，而是把目光落在了苏若慈有些哀怨的脸上。

“Jioce，你可不是一个轻易会打退堂鼓的人，那个男人不好相处？”

赵一帆能作为乔明娇的朋友，怎么会不了解她的性格，乔明娇自然得打着马虎眼。

“何止不好相处，简直就是一台机器，没意思透了。这种男人第一眼看着好，相处下去可辛苦了！我可不想每天对着一座大冰山。”

聂轻鸿虽然冷酷漠然，可是她的直觉告诉她，他是一个外冷内热的男人。当他抱着她在怀里击毙那两名歹徒时，她从他的身上感觉到了即使全世界轰然倒塌，她都不会畏惧的勇气，那种心动，暖暖的，此生不悔。

“真的吗？不会是吃不到葡萄说葡萄酸吧？”

乔明娇那副真的无所谓的表情和口吻，让赵一帆忍不住想小小地刺激一下她。

在赵一帆那带着高度关注和精密审视的目光下，乔明娇坦然地耸耸肩，像是一个小太妹一样，哼了一声：“追姐的男人那么多，我只闻过别人家有酸味儿！”

酸？这种感觉乔明娇似乎没有感受到，和酸相比，反而是一种压抑着平静的伪装，是一种心动之后的克制，痛倒是有的。

“哈哈！你呀——”赵一帆笑得合不拢嘴。

乔明娇忽然有些敏感地道：“对了，我们待会儿要参加的是什么样的派对？派对上是不是都是一些乱七八糟的人？”

赵一帆见她这般模样，立刻认真地解释道：“是啊。不过我告诉你，你可不许跑路，难得我和黄坚走到这一步，你得给我做个见证人，别人的祝福我不需要，你的不能少！”

赵一帆果然是歌坛里响当当的有个性的人物，也只有她对乔明娇会如此威武。

当然，乔明娇听了赵一帆的话后，放下了刚才那警惕的心思，认真地回答道：“放心，就算是我现在在火星，也会坐宇宙飞船来给你送上祝福的！”

赵一帆看着乔明娇那灿烂的笑容，眼里露出微微的欣慰：“顺便你也可以认识一些不错的帅哥，能早点把自己推销出去！”

赵一帆的心思乔明娇自然理解，她呵呵一笑，笃定而骄傲地道：“我现在行情可好得很，不帅的可不要给我介绍哦！”

乔明娇弯唇一笑，明媚多姿，那边赵一帆有些艳羡地道：“有好家世，又有如此漂亮的相貌，这些都是不可多得的资本。女人还是在正确的时间做该做的事，那样才不会到了最后，一身尴尬。”

赵一帆是个聪明的女人，也是有心气的女人。乔明娇知道她说的句句出自肺腑，自然地点头。

“档次不低，记者好多。”

乔明娇在停车场就看到了那边的记者，赵一帆请了保镖，派对的现场也由保安看守，倒不是很乱。

“咦，场子不小嘛，连湛扬都来了！”

乔明娇忍不住赞叹的同时，有些警觉。湛扬夫妻，最近喜得爱子，又做足了慈善事业，媒体天天不断地大版面报道。

有湛扬的地方，通常都会有他的妻子慧琼，还有儿子湛鸿轩。

这不会就是靖媛所说的那个派对吧？难道会这么巧？

“阿坚，你没告诉我啊，这都是些大腕呢！”

赵一帆也不由得有些讶然地看了一眼黄坚，黄坚还是那副样子，人不怎么多话，斯斯文文的，很是低调。

“是何绍伟请的，我也不知道他请了这么多的大腕。我跟你们过去，也算是沾光。”

黄坚表扬了乔明娇和赵一帆，却不是那种刻意的讨好。乔明娇听了不由得微微一笑，给赵一帆眨眼，赵一帆难得脸上有了红晕。

如果遇到靖媛，就说是被朋友打劫回来的好了，反正靖媛也不是那么计较小气的人。

只是，靖媛和聂家的关系，让人忍不住联想到聂轻鸿。或许只要和他沾上一点关系的人，都会让她不由自主地想到他，这真是一件让人无奈的事。

记者看到赵一帆和黄坚时，早已掉转了方向，开始采访他们，一个又一个八卦的问题，就像是迫击炮一样射来。乔明娇以前只是知道一点赵一帆喜欢黄坚的事，如今被记者一点点从他们什么时候交往开始追问起来时，只得努力地回忆再回忆。

“那个就是乔明娇了，漂亮吧！”有人艳羡地开口。

在无数的镜头前，乔明娇从来都是从容自在的，她仿佛没有烦恼似的，笑容永远灿烂自信。

“这么私密而高难度的问题，我想还是请两位当事人来解答吧！”

前几天还和她抱怨没有喜欢的人的赵一帆，昨晚突然爆料她和黄坚在一起了。乔明娇横了赵一帆一眼后，适时地找了个机会退场。

终于解决了被记者围堵采访的麻烦，乔明娇随着黄坚以及刚刚打了招呼的慧琼夫妻，一起上了高档的酒店电梯。

“哈哈——”

还没有走到派对大厅，就听到了那边传来的清朗笑声，还有小孩子尖细的叫声。在看到当红影帝何绍伟时，乔明娇更加确定了待会儿可能会遇到靖媛。

“小姑姑！”

实际上，这种预想，随着聂浅浅的一声呼唤，很快便提前实现了。乔明娇有些尴尬，但还是很从容地看着那个因认出了自己，而开心不已的小娃娃。

靖媛的身旁，除了站着一脸桀骜的聂小严，还有一个女人，穿着优雅，秀气安静，浑身上下透露出来一股古典韵味，就那样表情淡淡，又略微好奇地看着这里的一切，最后与乔明娇的目光对上。

这一刻，乔明娇只觉得浑身一僵，透着一股冷意。猝然转身准备离开的她，却听得靖媛喊了一声她的名字。

乔明娇何曾做过亏心之事，她不能走！

理智让她停下脚步，哪怕心会痛，她也毅然要平静地面对。

乔明娇从来都不是逃兵，她清楚自己的身份，清楚自己的追求，但是现在面对着清雅文静的苏若慈时，还是忍不住会胡思乱想。

这个女人就是聂轻鸿的妻子，看起来就像是那种需要人宠着疼着的娇滴滴的女人，和聂轻鸿那样冷酷寡言的男人在一起时，估计说话也是轻声细语。

他们过得不幸福吗？

这个念头闪现后，乔明娇迅速收敛了心思，甚至想给自己一个巴掌。

如果不好，那也是当初聂轻鸿所选择的；如果不好，那也不是她乔明娇该去想的。

在这个小三盛行的年代，乔明娇一直有着自己的原则。不是没有那种有钱的成功人士想娶她当老婆，不是没有名门公子想泡她这朵娇艳的牡丹花，但那些人都不是乔明娇所欣赏的。

在这个爱情如同速食，婚姻如同纸笼的时代，演艺圈里，情侣分分合合太容易，比她演的戏还要精彩，可能今天睡觉前还听说某某和某某在交往，第二天起床就又是令一番披露。

乔明娇追求的从来不是绯闻，不是八卦，不是豪门，她不过是想认真演戏而已。

所以，乔明娇才会在演艺圈取得成就，大放异彩。

直到她遇见了爱情，遇见了自己欣赏的那个人，却发现一切都晚了一步。

“还以为在这里见不到你呢！这个是我嫂子，苏若慈。”

靖媛满脸微笑地开口。和乔明娇比，靖媛又何曾是一个没有个性的女子，到了哪里她都能控制住全场，唯一让她失控的是乔津帆，而这也许是靖媛一生中最遗憾的事情。

面对乔津帆的妹妹，同父异母的姐姐的小姑子，靖媛也算是有种退一步海阔天空的感觉。

是的，此情可待成追忆，只是当时已惘然。

“这个可是大名鼎鼎的乔明娇哦，你最喜欢的那部《听风》的女主角。明娇，我嫂子可喜欢你演的那个角色了！”

“别给我戴高帽子了，那不过是一项工作而已，拍完了我自己都没有看过一次呢！”

乔明娇看着正认真打量自己的苏若慈，眼睛里忍不住露出一抹好奇来，聂轻鸿会对苏若慈说了什么样的话，能够让靖媛带着她一起出来散心？

不过这些都不是她该关心的。

苏若慈脸上微微露出尴尬来，却对着乔明娇微笑道：“你好。”

苏若慈笑得如此秀气，带着一种淡淡的矜持。而这份秀气的矜持，让乔明娇觉得有些狼狈，她努力保持着笑容，有种力不从心的感觉。

不行，她得找个借口离开，她乔明娇虽然没有做亏心事，可是也不用让自己受这份苦。

她再看看那边已经和其他朋友相谈甚欢的赵一帆，连忙给她使了一个眼色后，赵一帆便快速地走了过来。

“哟，明娇，这不是……”看到靖媛身边的聂小严后，赵一帆惊呼了一声。

别看聂小严不是娱乐圈的人，可是很多人都认识他，尤其是这些见过世面的人。当年聂小严的名气可比这些娱乐圈的明星还要大，只是他从来不上报纸而已，至于百度，你肯定也搜索不到更多有关他的信息来。

“小姑姑！”聂浅浅看着美女，自然是喜欢的，嘴巴也变得很甜了。

在场的众人听到这声叫唤后，都用一种不可思议的目光看着乔明娇。外界传言乔明娇是有后台的，看来不仅是有后台，而且后台还很强硬。

聂小爷的名气不是白混的。

明星与贵族相见，大家都在圈子里摸爬滚打了许久，一番寒暄之后，更有小孩子在中间星光璀璨，父母们更是借机促进感情。

“我们朵朵刚会说话时，见谁都叫妈妈，害得我带她去探班时，都不敢让她见人。”

一群人说说笑笑好不热闹，这派对还有一个主旨，就是要捐钱的。乔明娇并不太清楚，在和一群人寒暄过后，找了个机会准备离开。

从来她都不认为自己是多余的，或者说她从来不认为别人是多余的，每个人活着都是一件幸福的事。但是看着安静优雅的苏若慈，在人群中露出那淡淡的微笑时，她却觉得自己是多余的。

当年，莱凤仪对妈妈，对哥哥，对她而言，就是多余的。

那种多余，让她无论长多大，都难以拔掉心口上的那根刺。哪怕她早已看惯了小三、小四、小N，听惯了潜规则，却从来没有想过让自己成为那样的人。

即使她乔明娇并非出身豪门富贵之家。

“喂！怎么回事，不高兴啊？”

赵一帆察觉到乔明娇情绪不佳时，第一时间表示了关心。

“是啊，你又不是不知道，我对这种吵闹的派对不怎么感兴趣，又带来了那么多孩子，吵死了！”

乔明娇翻了一个白眼，一副很受不了的样子。那副娇气和不满的口吻，让赵一帆不由得笑了起来。

“啧啧，你这个女人真没良心啊！没有看到那边有几个帅哥都不错吗，你呀有资源还不好好利用，原来是和聂家有关系啊！行啊你，看不出来演戏那么高调的女王乔明娇，私生活却这么低调，拿出来你追帅哥的勇气啊！”

赵一帆用手肘戳了乔明娇一把。

来的人着实不少，但演艺圈的人就那么几个，其他的都是有头有脸的人物，不是家世好，就是人有本事，没有品位，没有身份，人家何绍伟也不会邀请。

“那个美女不错哦，看起来挺安静斯文的，听说是聂小严的嫂子，标准的贤妻良母啊！人家这种大家族就得找这样的！”

赵一帆人逢喜事精神爽，话也就说得越来越多。她的话让乔明娇不由得看向了那个有些过于安静的女子，像聂小严这样的家庭，大概是会嫌弃明星的吧。

一抹淡淡的讥笑，从嘴角扬起，都什么时代了，她乔明娇居然因为这个而自卑？

“那个坐在角落里的男人，看到了没？Jioce，是你喜欢的Style啊，优等品。”

乔明娇正准备离开派对时，被赵一帆一把抓住，而顺着赵一帆的目光望去，果然看到了角落里坐着一个男子，乍一看深沉淡定，英俊的五官，有一种成功男士的天然优越感。

那男人不是明星大腕，乔明娇不认识，可是他浑身上下散发着比腕儿还大腕的气质，有钱有势有才有貌，这才是优质品，就像她哥乔津帆那样。

“听说文宣娱乐传媒的老总，这一次也是因为给何绍伟面子才来的。Jioce，你不是想换东家了吗？”

乔明娇倒是微微皱了皱眉，她是想换东家，可不是此刻。

“不感兴趣。他以为自己是来当背景板的吗？本小姐累了，打道回府，你和你的新欢好好娱乐娱乐吧！”

乔明娇粲然一笑，掩饰所有的心事，目光掠过苏若慈时，骄傲地转脸离去。这个地方，她不乐意待了。

她乔明娇绝不是三心二意的人，更不是随便看到一个优质的男人都动心的人。

可是，忽然有人叫住了她：“Jioce！”

是何绍伟。虽然不是最熟稔的朋友，但是在很多颁奖典礼上，他与乔明娇都有见过面。

“我有一个朋友想和你认识认识，方便赏个脸吗？”何绍伟端着香槟，很是友好地道。

乔明娇看着何绍伟，优雅从容，微微轻笑，展示着勾魂摄魄的魅力时，有些后悔自己没有早点离开。

“傅淮生。”何绍伟优雅地举杯而邀。乔明娇一双明眸里露出淡淡的惊讶来。

文宣娱乐传媒的老总傅淮生的名字，乔明娇自然是听过的。这个男人简直是娱乐界背后的一只大手，凡是经过他旗下的公司包装的艺人，哪一个不是红得发紫。

无论你是车模、手模，还是腿模；无论你是主角，还是配角；无论你是唱歌，还是填词，文宣想要包装、宣传、炒作的，从来都是手段独特，效果显著。这也让傅淮生显得如此神秘和伟大。

正是这样一个男人，低调内敛，让人崇敬的同时，几乎成为娱乐圈女星们最想抱的一条大腿。

再看过去，傅淮生身边已经站了几个漂亮的时尚美女，个个打扮得珠光宝气，正围在他身旁寒暄轻笑。而傅淮生却在人群之中看向了乔明娇，如果她不过去，那个男人极有可能下一步就会向她走过来。

有人说乔明娇仗着家世雄厚，耍大牌，故意标新立异地显示个性；有人说乔明娇是实至名归的为演戏而生的天才，人家有这个资本耍大牌。

其实很多时候，乔明娇因率性而带来的新闻，远比那些花边新闻更有效。

当然，颁奖典礼她借故不去，群英会上她中途退场，都是常有的事。时间一长，大家都已经变得淡然了，但乔明娇的名气却越来越大。

傅淮生为什么会找自己？是因为文宣需要一个正当红的大明星？是因为自己是一支永不疲软的红股？乔明娇可不会如是作想。

“傅总大名，明娇早有耳闻。”

乔明娇的豪气，说话时那种熠熠生辉的样子，似是精灵，可是又有着别个明星所没有的勇敢和沉稳。这个时候的乔明娇除却明星本身的气度，更是大家小姐的风范。

乔明娇端起香槟，如此寒暄时，那种神采，巾帼不让须眉，傅淮生这条无数人想抱的大腿，她不怎么感兴趣。

一个将商业手腕利用得如此巧妙的男人，乔明娇不喜欢。

“一直听闻乔小姐的大名，今日总算有机会见面，很荣幸啊！”

寒暄客套在乔明娇这里都没有用，高深的太极不是她不会打，而是不屑于打：“傅总找明娇来有什么事情吗？”

乔明娇索性说得直截了当，而且那浅浅的笑容里，有种狐狸似的精明。傅淮生笑得更是迷人，或者说他在对乔明娇放电。

“乔小姐赏个脸，待会儿陪我跳支舞如何？”

傅淮生眉毛一抬，似乎因为乔明娇的直接而略感兴味似的，说得也直接。傅淮生身边的那几位美女有些不甘。

“哇！果然是Jioce！傅总什么时候邀请过我们跳过舞啊！”

醋味很浓，乔明娇正想拒绝，却听得何绍伟道：“Jioce，我们老板对你演的戏很有兴趣，对你本人更是欣赏，所以想和你交个朋友。”

乔明娇的脸上闪过淡淡的惊讶，但还是露出一抹艳丽的笑容。她答得干脆，但绝对没有讨好奉承的意思：“好啊。”

放眼圈子里的人，哪一个见了傅淮生不是毕恭毕敬。所以，此刻乔明娇这样肆无忌惮地和他说话时，他身边的那些莺莺燕燕就有些看不惯了。

“傅总偏心，一定是被 Jioce 给迷住了！”

傅淮生却回答得更加直白：“是啊，我被 Jioce 给迷住了。赏我一个面子吧……”说完，他伸出手来。

乔明娇有些不解地看着他，但没有明星的矫揉造作，而是好像警惕的小狐狸，没有伸出去自己的手。

“傅总，这是什么意思？”肯定不是要握手拥抱。

乔明娇那副乖乖牌学生的表情，引来傅淮生轻轻一笑，顿时光芒四射，似是刻意地体贴道：“Jioce，我是想请你陪我一起做个仪式。”

刚才还是叫乔小姐，现在已经叫 Jioce 了，改得自然而习惯，加上他这番风度，不知道的还以为他们关系不错呢！这个男人很危险！

无事献殷勤者，乔明娇从来都很警惕，但是他的要求不算过分，她还是答应了。

“今天我们文宣传媒能够获得这样的社会地位，自当回报于社会。借助于这个派对，我将这份礼物，送给贫困地区的儿童们。下面，有请乔明娇小姐与我一起打开这份礼物！”

原来所谓的派对，是一场变向的募捐。此刻，乔明娇转眸，看到那边坐着的聂小严和靖媛时，约莫是有些明白了什么，人家是要做个广告呢，与商政名流之间，以博美名。

“Jioce 是环视娱乐的 姐，傅总您是文宣的老大，你们好配哦！”旁边一个梳着小辫子的男人，来了这么一句。

乔明娇微微皱眉，却是嗅到了什么味道，但她脸上并没有露出尴尬和不好意思，而是一副茫然无辜的样子。聪明如她，怎么会掉进别人的陷阱？这个傅淮生别有所图，而且如此即兴邀请她来做伴，这个男人想干什么？

聂家门前，刚刚熄火的吉普车，宣布着聂轻鸿的到来。

聂夫人看到儿子后先是微微一惊，后是有些欢喜。儿子还没有顽固到丢了狠话就撒手不管的地步，若是以他那冷冰冰的性子，一旦做出决定就不更改的习惯，聂夫人真怕这聂家要出大麻烦了。

“你总算知道回来了。你是不是要气死妈啊？”

聂夫人一脸欣慰的同时，忍不住唠叨起来。早上他一走，连个电话都不接，还以为会晾她几天呢，现在估计是想通了吧。

“苏若慈呢？我想和她单独谈谈。”聂轻鸿如此开口，没有去辩解什么。他边说边抬腿上楼。

聂夫人一看儿子这么积极主动，连忙收敛起埋怨，叫道：“若慈不在家！”

乔明娇没有料到今晚会被这个叫傅淮生的男人临时拉来做壮丁。就在她准备走下主持台的时候，听得之前扎小辫子的男人道：“Jioce的歌声想必大家都有耳闻，现在我们有没有人想听听Jioce一展歌喉呢？Jioce愿意为我们的小天使唱一曲吗？”

小辫子男人的话语让乔明娇有些不悦。这个家伙想干什么？明明是想沾她的名气，却似乎又挤对着她，让她不得不唱。

“要听！掌声，Music！”

那边何绍伟第一个鼓掌，场下顿时气氛热烈，乔明娇并不想唱，但是这个时候却是推辞不掉，小辫子男人似乎一点都不认为自己很唐突一样，站在她旁边鼓掌。

“亲亲我的宝贝，我要飞过高山……”

乔明娇在唱歌时，有种立体声的感觉，声音清澈明亮，如同天籁，连原本吵闹的小孩子，也睁大眼睛，好奇地看着她。

“哇，真棒！连小朋友都被Jioce的声音给感动了。”

乔明娇听不得那小辫子男人虚伪的话，脸上已经多了一丝肃穆，但仍旧礼貌地点头。当她正准备走下主持台时，那男人又叫了起来。

“Jioce曾经是《舞林争霸》比赛的第一名哦，大家想不想看看Jioce的舞姿？”

乔明娇不由得冷眼看着这个不知道死活的小辫子男人，他是不是吃错药了？

“是环视传媒的陈伟。他是不是哪里有问题？”

旁边的赵一帆也察觉到了不对劲，给乔明娇一个暗示。乔明娇自然也察觉到了，莫名其妙地让她变成女主角，整得满堂瞩目，可不是怀有什么好心。

“抱歉，许久没有练习，生疏了太多，就不献丑了。”

胆敢陷害她乔明娇的人，肯定不会有好下场。乔明娇看着那个小辫子男人脸上闪过一丝尴尬，但他说的台词更加煽风点火了：“怎么会是献丑呢？我们大家都很期待呢！大家来点掌声鼓励鼓励嘛！”

敬酒不吃吃罚酒，乔明娇狠狠地瞪了那个陈伟一眼，后者却是促狭地对她一笑，似乎他们之间有着不可告人的秘密。

“Jioce，别谦虚了，既然人家阿伟都说了，就跳一支嘛。这里都是熟人，跳得不好我们也不会嘲笑你的啊！”

刚刚围绕着傅淮生转的女人，很是凑热闹地加了这么一句，看来她不是很了解乔明娇的性格。

“嘲笑倒不怕，我怕现场找不到一个合适的舞伴啊！”

乔明娇明眸善睐，环视一周，那些和她拍过戏的，一起吃过饭的男星们，个个都乐呵呵地往后缩。

“看到了吧，没有合适的人选。”

乔明娇如此说着，正准备喝一口香槟降降火，却听得一个低沉而魅力十足的声音响起：“不知道我和 Jioce 跳一支合不合格？”

傅淮生不知道什么时候站在了她的身后，已经伸出手来。乔明娇抬眼看着这个波澜不惊的男人，隐隐地察觉到了什么，这个男人好像不是第一次见到自己似的，乔明娇的脑海里霍地闪现一件事情。

“想跳什么？”

居高临下，自信无比，甚至还带着一种无形的挑衅，如果她不跳，倒显得落了下风。

“那就恰恰吧。”

我看你西装革履的怎么扭，乔明娇眼神明亮，笑得好不邪恶，在场的女星里也只有她会毫不掩饰地如此“回敬”傅淮生。

“开始吧。”

似乎音乐早就准备好了，傅淮生的话音一落，恰恰的节奏便充斥在每一个人的耳中。众人很识趣地空出一块地，留给二人表演。

舞曲节奏很快，显然正合乔明娇胃口。她眼里闪过一丝玩味的同时，嘴角露出浅淡的微笑，步伐抬起，却没有人注意到她那旋转脚踝的动作意味着什么。

傅淮生的目光一直锁在乔明娇的脸上，他的眸子里多了一抹别样的情绪，那种光芒，是对猎物才有的神采。

乔明娇舞姿活泼轻盈，就如她的人一样，带给人一种精灵而活力四射的感觉，再加上她一出场毫不拖泥带水的舞步，即刻引来一阵叫好声。

舞姿越来越优美，动作越来越流畅，而傅淮生却出乎乔明娇意料地步伐跟得很好，动作完成得无可挑剔，即便他西装革履，似乎也能够感觉到突然间化身为舞者的他，原来真的有两把刷子。

终于，乔明娇有些惊讶之余，在灯光师调换光线的一刹那，毫不客气地将高跟鞋踩了过去。

一击不中，乔明娇大惊，傅淮生似乎察觉到了她的动作似的，那张脸笑得更开心了，尤其是当两个人近乎面对面时，她听得傅淮生那慵懒邪魅的声音道："你真是一个特别的女人。"

乔明娇听了不怒反笑，悠悠地回了一句："两年前那辆法拉利是你送的吧？"

这个男人绝对没有表面上这么光鲜，背地里不知道是个怎样骄傲自大的家伙呢。

乔明娇毫不客气，又补了一脚，但是傅淮生躲得更快。

"猜到了？"轻声细语只有两个人能听到。

在场的观众，看着他们精彩的表演，不禁想到"完美搭档"这四个字。甚至连乔明娇那一踩，傅淮生迅速闪开，都被当做了一个舞步看待。

乔明娇连连失利，但她决定暂时不再进行破坏行动。等跳完这支舞，她一定要给他好看。

"嫂子，你有空也去学学舞蹈吧，怡情养性。"

靖嫒带着一抹赞赏和羡慕的表情，转头对身边的苏若慈道，却发现身边的聂小严不见了。

“喂，大哥，什么事？突然间丢了军衔，闲得发慌了？喂？”

聂小严的声音里带着揶揄，走到会场门口的他，忽然感觉到有些不对劲。一向都有始有终的聂轻鸿怎么会讲电话讲到一半就挂了呢？

乔明娇并不是没有感受过万众瞩目的感觉，但是此刻当她被傅淮生突然举起，不得不摆出一个旋转跷腿，张开手臂的姿势时，她虽面带微笑，但心生痛恨。

“哇，好棒啊！”又是何绍伟第一个捧场。

乔明娇微笑落地的一刹那，早已看准了傅淮生的脚面，双腿一错，正好踩中了他的脚。与此同时，她听到衣服的某处，呼地一松，礼服后襟的挂钩松开了，若不是她一手做捂住胸脯的拜谢姿势，只怕这一下要春光乍泄了。

糟糕！乔明娇看着傅淮生那吃痛的表情后，暗暗地叫苦不迭，她居然因为那个动作太过用力，造成了如此后果。

“Jioce 的舞姿真的让人惊艳，让人回味无穷啊！”吃痛的傅淮生，肃穆而笃定地道。让人听出不一样的赞美来。

“傅总的舞也是让人耳目一新，大开眼界。刚才跳得一身大汗，我先离开一下。”乔明娇恨恨地道。

她立刻转身离开，速度飞快，向着那边的休息室赶了过去。刚关上门的她，还没有来得及去诅咒，就因为察觉到了房间里有些异样，脚步不由得一顿。

这里是会场的休息室，除了有女客备用的丝袜、针线之外，还有很多参加化装舞会时穿的衣服。那些衣服挂在衣架上，但是乔明娇却在下面看到了一只皮鞋，哦，不，一只熟悉的似乎在哪里见过的鞋子的鞋头。

心猛地一紧，乔明娇险些惊叫出声，却被那张从衣架后面露出来的面庞给吓得愣住了。

她是不是眼花了？

乔明娇忍不住眨了眨眼，忘记了自己的礼服随时可能会下掉而春光乍现，愣愣地如同中蛊了一般低喃道：“聂轻鸿……”心头忽地一疼。

聂轻鸿则一脸严肃，眉头紧锁，眸光幽深。在看到乔明娇时，他顺手扯过一件衣服，披在她身上，盖住她肩头，不自觉地责备出声：“傅淮生是个花花公子。”

这句话让乔明娇身形一顿，聂轻鸿怎么知道傅淮生是花花公子？他这么说是什么意思？难道是在关心她吗？

乔明娇看着将衣服遮住她肩头，但似乎并没有要就此离开的聂轻鸿，眸子里闪过一抹尴尬，说：“你该关心的人在外面呢！”

她的语气明明是冷酷的，可是那声音响起时，哪里还有刚才与人相斗时的娇艳与狡猾，就像是一只负气而受伤的小兽一样，明明睁着那双纯净无比的眸子，却故意做出张牙舞爪的模样来。

聂轻鸿没有如乔明娇预料的那样离开，却是看了她足足十秒钟后，转身的同时，似乎不带感情地开口道：“把衣服弄好再出去。”

乔明娇看着那个高大的身影，犹记得第一次他们相逢时那样尴尬的场面，他都可以那样欺负她，现在这种情况，或许在他眼里根本不算什么。

但是他居然看出来了她的衣服出了问题，那意味着什么？他刚才一直在关注着她？

“谢谢聂先生的关心和周到。”

乔明娇这辈子没和谁如此别扭过，此刻不知道哪根筋搭错了，这个时候的憋气难以言喻，一想到外面还有一个苏若慈时，她便恨不得即刻走出这间房子。

就在她不顾自己的衣服有问题就准备走出房间时，怎奈有人如闪电一般阻止了她。

“慢着！”

大手一扯，乔明娇没有站稳，身形一歪，被有力的手臂托住。她还没有来得及品味他话语里的意思，就发现自己的礼服忽地向下滑落，聂轻鸿的速度比她还快，将她整个人都搂入了怀里。

当然他是想去抓住衣服，结果却抓了不该抓的，软的香的，甜的美的。

顿时，乔明娇惊慌失措，发现他那一向风平浪静的脸，黑里透着红，抱住了她一时间忘记了反应。

半落的礼服，暧昧的姿势，还有乔明娇那发现了新大陆的视线，让她不敢确定，自己是不是眼花了。

若是以前，乔明娇这一刻估计会开心得转圈。

可是现在，她和聂轻鸿的亲近，只换来了一种近乎耻辱的折磨感。

他没有资格抱她，她也没有资格去欣喜，更没有资格让这种暧昧延续下去。

她乔明娇还有羞耻心！

啪——

乔明娇的巴掌毫不客气地甩过去，这一次聂轻鸿的脸上没有了第一次的尴尬和无动于衷。

落寞的眸子里，无奈和心疼一闪即逝，但还是被乔明娇捕捉到。

那种带着疼惜的目光，是因为她吗？

他不是说不喜欢她吗？难道他在撒谎？

可是现在居然没有掩饰，他想干什么？他以为她会跟他玩婚外情吗？

他知道她有多讨厌婚外情吗？他知道她有多讨厌“小三”这两个字眼吗？

“就算我乔明娇这辈子不嫁人，也不会喜欢你了！”

乔明娇的声音在颤抖，鲜有的情绪激动，她不要聂轻鸿的心疼，不要聂轻鸿的关心！这该死的臭男人！这该死的闷骚男人！这该死的结婚了的男人！

“Jiocc。”房间的门被赵一帆推开。

乔明娇那句负气的话，传到了外面，而打开房间门的赵一帆，后悔得想把自己的手给剁掉。

但正是因为她那快速关门的动作太过明显，以及刚才乔明娇那声音喊得委屈而愤怒，以至于引起了无数人的注意，自然也包括靖媛以及苏若慈。

“怎么回事？”

任何事情都经不起欲盖弥彰的掩饰，这样只会让事实更显得神秘，尤其是当以傅淮生为首的男人也走了过来而表示关心和好奇时，乔明娇恨不得就此找条地缝钻进去算了。

她今天是要衰到家了吗？

聂轻鸿快速走到门边，顺手反锁了门，带着担忧而真诚的语气道，“我先出去。你整理一下自己的情绪。”

聂轻鸿的脸上已经收敛了刚才的尴尬和不自在，他的视线没有落在乔明娇的脸上，而是转身之后，便向着阳台走了过去。乔明娇还没有明白过来，只见他纵身一跃，似乎就此跳了下去。

他疯了吗？这里可是五楼，不是以前的三楼！这种高度，即使摔不死人，也会把人摔伤的。

他刚才之所以拉住她，其实不过是想自己走掉而已吧？

乔明娇有些失神，原本有些气恼的她，因为聂轻鸿毫不犹豫地跳了下去，而无法抑制地担心起来。

鬼使神差地走过去之后，她向下观望，下面是一处水池，即便是夜晚，那水池里如果真的掉下去一个大活人，肯定会被人发觉的。但是水池内一片安静，泛着霓虹的光彩。

乔明娇刚收回目光，就意识到贴在阳台一角的身形，心不由得一紧。

矮身蹲在空调外机上的聂轻鸿，完全没有觉得危险，而是看着乔明娇那张惊讶的小脸道："去开门。"

他的意思很明显，耽搁得越久，别人越会怀疑。

心里即使有再多的纠结，也不能在此刻发作。乔明娇转身，顺手扯了一下窗帘，然后整理了一下情绪，走到门边，打开一条缝。

"Jioce，你没事吧？"开口询问的人是傅淮生。

乔明娇却是好不客气地回答道："只是礼服出了点问题，我想各位没有必要大惊小怪吧？"

乔明娇带着一抹促狭的笑容，很是不以为意的样子，就像是刚才那句激动的话语不是她说出的一般。

"Jioce，我们也是关心你嘛。刚才好像听到你和谁在吵架呢！"傅淮生的旁边自然有人帮腔。

乔明娇带着无所谓的语调道："我习惯一个人无聊的时候，背台词。这招很有效哦，建议Marry可以试一试！"

说完，乔明娇啪的一声关上了房门，不给人继续追问的机会，不去想外面还蹲着的聂轻鸿。她快速地把衣服后襟扯到前面，皱眉看着那脱落的挂钩，只得赶紧在一边的梳妆台上找到别针，凑合着把衣服整理好。

准备打开房门的一刹那，她手还是不自觉地迟疑了，望了窗帘一眼，之后便面容冷静，霍然打开房门，看着外面还没有完全散去的人们。

"哎哟，Jioce不说我差点忘记了，我的礼服也出问题了，我去弄一下。"

又是Marry，眼见她就要侧身越过乔明娇走进休息室，却被一个人制止住，这个人不是别人，是傅淮生。

“Marry，你不是说接下来要和我共舞一曲吗？”

乔明娇看着傅淮生笑得风雅迷人的脸，不能确定这家伙是不是已经发现了破绽而在故意转移Marry的注意力。他这是在帮她吗？

聂轻鸿的话还萦绕在耳边，傅淮生是个花花公子。其实，当她知道那辆被拒接的法拉利是他所赠之后，她就已经察觉到了，但是这个人显然是高手，高到了以假乱真的程度。她对他始终保持一种警惕而狐疑的心思。

看到苏若慈跟靖媛也站在一边时，乔明娇脸上的平静变成一种不自觉的僵硬。

如果被苏若慈知道了里面有一个男人叫聂轻鸿，她会怎么想？

如果被在场的人发现里面有一个冷酷帅气的男人，再配上那句台词，他们会怎么想？

不得不说，傅淮生还是帮了她一个大忙。

“Jioce，你没事吧？”

自然赵一帆在打开房门的一刹那，便看到了乔明娇所面对的男子的侧脸。只是一眼，她就认出了那个人。那个冷峻高大的男人是什么时候跑到这里来的？估计没有人知道。

“没事，我累了，先回去休息了。”乔明娇带着一种无所谓的语气道。说这话时，她去意已决。

聂轻鸿，无论如何她都会忘记。如果爱了，那也是错误的，既然是错误的，无论有多么不甘，多么无奈，都该利索地放手。

“哎呀，我的腿！”就在这时，Marry大叫一声。

乔明娇一怔，不自觉地回头，却看到Marry捂住自己的礼服，快速地向着休息室冲了进去。

糟糕！

乔明娇想要阻止，却已经来不及了。就像是一个刻意的巧合，在乔明娇意识到了某种可能即将发生后，有种如坠冰窖的感觉。再看一眼那个傅淮生，依旧沉稳平静，可是那张英俊的脸上，嘴角似乎露出一抹得意的笑容来。

狡猾！

乔明娇的心不自觉地提了起来，不知道在担心什么。她有一种想冲过去阻止Marry的冲动，而身后的赵一帆显然更快一步打开房门，补充一句：“我的披肩还在里面呢！”

披肩有没有在里面乔明娇不知道，但是赵一帆的进入显然并没有让她放松下来，这种感觉是她过去许多年不曾有的。

以前，再怎么闹绯闻，再怎么被报纸报道，她都可以一笑置之。

但是现在，只是一个小小的误会，她也难以忍受。

Marry 一愣，还是扭身跟着赵一帆走了进去。乔明娇在关注着那扇再度被关紧的房门时，却听得旁边的聂小严接了一个电话。

“嗯，在哪里？我知道了。”

聂小严挂断电话之后，目光正好落在乔明娇的脸上，她的表情比刚才更多了一份肃穆。逃跑，不是她的个性，可是如此僵直了脊背地站在这里，原来是如此令人不爽。

聂小严那双眼睛很少正儿八经地瞧过谁，当然除了靖媛和聂浅浅以外，在场的能够被他这么细细打量一眼的人不多。

乔明娇似乎能够感受到他视线里的那抹玩味和危险。

他一定是猜到了什么。乔明娇看着他突然走近自己，不由得提高了警惕，却没有料到他中途折返，走近靖媛，道：“老婆，楼下有位重要的朋友要见我，你先帮我去应付一下，我去下洗手间。”

靖媛何其聪明，发现聂小严的异常后，没有任何追问地便答应了下来。

“大嫂，我们先下去吧？”

靖媛看了一眼脸上略微有些不耐烦的苏若慈。她如此开口时，后者求之不得。

这种女人，喜欢安静，躲在角落里，永远都不被人注意。

靖媛眸光一闪，没有露出更多的情绪，而是带着聂浅浅和苏若慈出去。在经过乔明娇身边时，她点了个头。

“我大哥是因为你，才变了的？”聂小严突然凑近乔明娇，带着一种危险的语调道。他笑得何其狡诈，又意味深长。

乔明娇还没有来得及说话，他就已经去敲了那个房间的门。

“里面的人听好了，有一名歹徒越狱出逃，此刻可能正潜藏在高档会所里，目标是美丽多金的女性，楼下已经开始疏散人群了。”

聂小严的声音不高不低，似是玩笑，但是所有的人听完之后，都是一愣，尤其是女宾客早已满脸苍白，有种被吓得腿软的感觉。

“信则有，不信则无。我觉得大家还是及早离开的好。”

聂小严如此说时，尽管没有人立刻离开，但很快都行动了起来，有的打着哈欠，有的带着疲惫，不是累了就是乏了。

顿时，和何绍伟道别的人一个接着一个。

“哪里有歹徒？”Marry 一下子就跑了出来。

聂小严则带着一种懒洋洋的语调道：“刚得到的小道消息。”

乔明娇知道聂小严肯定是猜到了什么。

而已经忘记了本来目的的 Marry 却是望着傅淮生道：“傅总，我明天早晨就得赶去影视城，今晚先到此为止吧！”

傅淮生脸上有些难堪，但是又拿聂小严没有办法。而聂小严则是一副信不信由你的样子，冷眼看着那些人离开。

乔明娇也在其中，随着赵一帆一同离开了。

“喂，那个男人到底什么来头？怎么神神秘秘的？不会是黑社会吧？”赵一帆抓住乔明娇，有些担心地问道。

显然聂小严的信口雌黄还是让很多人相信了，但是乔明娇看着赵一帆那张关心的脸，只是淡淡地回答道：“不管他是做什么的，以后都与我没有任何关系！”

乔明娇很清楚，什么叫做不可能，即便她意识到了聂轻鸿对自己也不是没有半点感情，但不会再执着于他了。

妈妈的离去，她没有亲眼目睹，但是每每想到是因为爸爸有外遇所导致的，乔明娇的心里就很难释怀。这些年，爸爸乔季云的态度，让她对男人产生了怀疑，所以她一直没有找到令她动心的人。可聂轻鸿的身上有一种天然的可以信赖的特质，似乎只要在他身边，就再也不会发生背叛、伤害的事情。

“Jioce，傅淮生这个男人不错，很少看到他对哪个女性如此。这个男人挺深沉的，可以考虑考虑哦，可不是每个人都有这份荣幸。”

傅淮生对于乔明娇的特别，还是有人看出来了。只不过乔明娇不会说，两年前，傅淮生就送过法拉利给她，却被她拒绝了。

这个男人一直没有再出手，或者是他有新的猎物，或者是他自尊心较强，但是不管怎样，他都不是乔明娇会欣赏喜欢的人。这种男人骄傲自大，表面上风度翩翩，骨子里可是比一般的男人要冷酷阴狠得多。

乔明娇的眸光变得暗淡。她想要的很简单——一个足够有安全感的男人，包容她所有的缺点，给她一份至死不变的感情。但傅淮生显然不是良人。

“就算是不和他交往，也要给他几分面子。Jioce，有时候人活着不仅仅是靠自己的一技之长吃饭的。”

除却一技之长，人际关系也很重要，这个道理，乔明娇自然明白。

赵一帆好心提醒，乔明娇点头微笑。她看了一眼这个刚刚对它生出感情的城市，来时那份天真和美好的期待，此时已经分崩离析。

聂家，客厅里弥漫着一种略显诡异的紧张气氛。除却睡着的聂浅浅已经被用人送到了育婴房，其余几人都没有休息。

“小严，去看看你哥，别让他什么都说。若慈那么简单单纯的女孩子，会接受不了的。”

这个时候聂夫人往常都休息了，但是现在却在客厅里双眉紧皱。

“妈，有些事情您管得太宽了。哥的事情，就让他自己处理吧。您这么护着疼着，只会让事情更糟糕。”

聂小严看了一眼着急又无奈的母亲，有些不以为意的样子，打着哈欠地看了靖媛一眼后，准备回房睡觉。但是聂夫人怎么会放人呢？

“你这孩子怎么说话的呢！你们的事我不操心，谁操心？我不管着，你哥这辈子打光棍也不是不可能。现在他好不容易结婚了，还不安分，真不知道要怎么样。若慈也是妈妈精挑细选的，像她这副模样气质的，简直是万里挑一，他怎么就不知道珍惜呢？”

聂夫人一边喃喃着不满，一边有些着急，眼看就准备上楼，却被聂小严的话给止住了步伐。

“妈，您这就是操之过急。如果不是您当时逼着哥结了婚，让他下不了台，产生了逆反心理，也许就不会有眼前这局面。现在哥知道了自己的心意后，您以为他是一个一直任人摆布的人吗？”

聂夫人顿住脚步，看着聂小严，带着狐疑和严肃地问道：“你这是什么意思？什么叫他现在明白了自己的心意？”

聂小严看着妈妈那犹如审问犯人似的样子，脸上一沉，也不多说，起身就搂着靖媛要回房。聂夫人见状就更着急了。

“不许走！给妈说清楚！你是不是知道什么？”

靖媛眉毛微微皱了起来："妈，如果觉得闹心，您就问大哥去。我想大哥会给您一个明确的答案。"

靖媛这么一说，聂夫人脸上有些难堪了，而刚从外面回来的聂司令，一看一家子都没睡，不由得浓眉一挑，不怒而威地问道："怎么，都没睡？"

聂司令这一问，聂夫人有些不好答了，正想说些什么，只见得楼上的一间房门霍然被人打开。苏若慈低头捂住嘴，抽泣着跑了出来，看到下面站了这么多人后，那秀气的脸上更是委屈万分的模样。也不容聂夫人追问，她便已经夺路而逃，那匆忙的样子，很是委屈和可怜。

"哎，我说若慈……赶紧叫住你大嫂！"

聂夫人一看着急了，连忙给靖媛使眼色。

靖媛见了，却没有动，而是看了楼上一眼。

果然，聂轻鸿从里面走了出来，一双浓眉紧皱，英俊的脸上多了一份不悦。当看到楼下这情况时，他脸上闪过一抹不耐烦，而后快速地恢复了平静，顺手拿起外套，似乎就要离开的样子。

"赶紧去追你老婆回来！不给我哄好她，别怪妈说话难听，以后这个家你可以不用回来了！"

聂夫人看着急急地跑到楼下却并没有完全离开的若慈，说了这段狠话来。

"妈，我还有任务，明天三点就得出发，先回去了。"聂轻鸿似乎没有要去安慰和追回苏若慈的打算。

这句话无疑刺激到了苏若慈，她伤心地扯开门就要走，却听得聂夫人扬手，给了比自己高出许多的儿子一巴掌。

啪的一声，清脆有力。

聂轻鸿的脸，挨了这一巴掌后，瞬间变得僵硬，但终究没有多大感觉似的，他看着聂夫人的目光，越发严肃起来。

这一巴掌来得突然，别说聂小严和靖媛看得惊讶，就连聂夫人自己都觉得有些过分，更何况那边虽然严厉，却是对儿子比较宽容的聂司令，这一刻也觉得妻子过分了。

但是，聂轻鸿并没有任何被打过之后负气而委屈的模样，他是成年人，这么多年风里来雨里去，羞辱谩骂，身体和精神上的锻炼，早已让他拥有泰山压顶也不显于色的素质，所以他那个眼神也只是一闪而过。

聂夫人还是感觉到儿子生气了。

“妈，如果您养了我三十多年，还不了解我的话，就不要过多干涉我的事情。”

聂轻鸿抿唇，带着一种军人才有的气度。可以说他还是很尊重自己母亲的，但是那份尊重绝对不会让你认为他会因为孝顺，而做听话的儿子。

聂夫人一时间怔住，难以说出半句话来。聂轻鸿说他三点出发就是三点出发，任务严峻，绝非儿戏，她这个做母亲的怎么会不知道？如果整天操心着儿女情长的事，那军嫂就和普通人家的老婆没什么区别了。

聂夫人心疼儿子，才会替他找了这么一个看起来温柔和顺的妻子，却不料事情会演变到这种地步。

“不是他的错，是我配不上他。”

苏若慈看到聂夫人的脸转过来时，低头间更是多了一份委屈和压抑，转身打开房门，再也没有犹豫，快步而去。

聂夫人更是又气又急：“就算都是我的错，你也不该和若慈说那么残忍的话啊！”她担心地指责道。

“我并没有说什么。我想是我们不太合适。”

聂轻鸿皱眉，没有过多的解释，而是将外套搭在臂弯间，一脸冷峻地离开了聂家。

“小严、靖靖，你们去看看若慈吧！”

聂夫人感觉到头疼，苏若慈的性子固然温和，可是却真的有些矫情，想要让聂轻鸿一直哄着陪着，估计就是难上加难了。

“妈，这事您别管那么多了，哥自己心里有数。我想他不会那么冷酷无情，他知道自己在做什么。”

聂小严皱眉，倒是转身跟了出去，可靖媛并没有行动。

聂司令看着聂夫人，带着一丝不满道：“儿孙自有儿孙福。轻鸿的事情是你能够做主的吗？”

聂夫人听了越发闹脾气了，原本的优雅也不见了。

“现在都怪我了？当初没有你点头，苏家那边也不会这么高兴地把女儿嫁过来啊！轻鸿那样子，他真的要打一辈子光棍了！”

聂夫人总想为自己找点托词。说真的，婚礼那天，莫名被叫回来的聂轻鸿脸上的表情，和刚才被她打了一巴掌时差不多，虽然没有表现过多的情绪，但他确实很不高兴，那种脱不得身，又不得不做的事情，聂夫人以为儿子以后总会想明白的。

“妈，缘分这种事情，是不能勉强的。大哥以前是没遇到而已。”

靖媛淡淡地提醒一句后，便转身准备回卧室睡觉了。婆婆的性子，她还是清楚的，人不算坏，但有着大家长的那些心思，好面子。如果别这么固执和自以为是的话，也许会更好些。

她自己相中的就是好的，那如果是聂轻鸿自己看上的呢？

“靖靖——”

靖媛的提示已经很明显了，聂夫人连忙追过去想问清楚。

四天后。

“Jioce，恭喜啊！本年度最佳女主角表演奖，又落在你的头上了！”

刚休息了两天，心情还没有完全恢复，乔明娇就看到挂断电话的Leo一脸开心地跑过来汇报成绩。

“在哪里领奖？”

乔明娇一副不怎么感兴趣的样子，让Leo有些头大，担心她又会像以前那样拒绝领奖，于是赶紧好言相劝：“Jioce，你这次出席领奖，不仅是荣誉的问题，更重要的是下一个东家。如果不趁这个机会，等到年后自己去找，只怕没有这么好谈了。听说明年文宣推出两部大片的女主角和女配角正在严格甄选中呢！现在不行动，到时候可就晚了大半年啊！”

Leo在一边语重心长又有些着急地劝说着。和他相比，乔明娇显然悠然得多。

“那样岂不是更好？反正我现在能拿的奖都已经拿了，只差去参加一些国际上的电影演出了，再演两部，我也可以功成名就，息影不干了。”

乔明娇调皮而无畏的笑容，眼里真的不甚在意的模样，让Leo更着急。

“你啊，Jioce……”

眼看Leo像个女人似的就要开始唠唠叨叨了，乔明娇干脆直接表明自己的立场。

“那个文宣传媒，我不感冒。好了，时间到了，你出去吧，本小姐要休息了。”

从北京回来后，乔明娇努力让自己过得快乐充实，可是脑海里还是不由得会回想那张脸。

无奈地抿了抿唇，乔明娇拍了拍脸颊，试图让自己清醒理智一点。

翻身扯了被子，盖住脑袋，还没有闭上眼睛，就听得Leo再次着急地说道："Jioce，大老板打电话过来，说是特地请你一起去吃晚饭。"

并不是每个明星都有这份荣幸的。

"不去。不是告诉你怎么应付他了吗？"乔明娇有些懒洋洋的声音从被子里传来。

Leo看着精神不如从前那般好的她，还是又补充了一句："大老板的车子，在下面等着呢！"

乔明娇霍然起床，烦恼地挠了挠头，那模样，哪里是一个一线大牌明星，就像是一个闹脾气似的孩子。Leo的眼里微微露出来一抹欣慰。

"走吧！"

但是当Leo看着乔明娇那一身随意的装扮后，那份欣慰又荡然无存了。

乔明娇看着环视的大老板杨桐笑眯眯的模样后，也露出来一抹笑容，但是绝对不是那种巴结讨好的笑。

等到一屁股坐进车子后，乔明娇才发现后座还有一个人，想起身离去，已经没有那么容易。

傅淮生这个男人，为何沉寂了那么久之后，突然间变得如此缠人了？乔明娇皱眉瞟了一眼那张英俊的脸，微微叹了口气，看向前面，果然迎上大老板杨桐一张笑得如同弥勒佛似的脸。

"杨总，您这是什么意思？难道我们环视娱乐要和文宣合并了吗？"

乔明娇这话可谓犀利，希望最好能够惹得杨桐生气。但是杨桐的脸上只是一闪而过的僵硬，生意人早就练就的慈眉善目让他看起来更有一番气量。

"小乔这话说得有意思。我倒是真的想和文宣合作呢，只怕傅总会看不上我们环视。"

杨桐一声"小乔"，叫得乔明娇浑身都不自在了。杨桐何其聪明，对于乔明娇的身份想必是知道得不少，一般而言，她不犯什么大错误，杨桐是不会特别追究的，包括几年前她毅然决然要息影，连早就准备好了的角色也给推了，当时杨桐也没阻拦她。

归根结底，杨桐秉持的是不伤和气，不得罪任何一个生意上的合作伙伴。

当然这样的乔明娇也是令人头疼的。

现在是什么情况？在意识到和自己的合约已经到期的情况下，他准备把她推给傅淮生这个男人吗？

娱乐公司之间也是有竞争的，而杨桐这么做的理由乔明娇已经猜得一个大概了。

与其让她自己走，不如大方做个人情，把她送到文宣去，可这未免有些太一厢情愿了。

“杨总，您还是叫我Jicoe吧。”

乔明娇忍不住还是要抗议一声，在傅淮生面前她没有必要装什么淑女，虽然现在文宣越来越强大，可谓是娱乐圈的绩优股，人人都恨不得往里蹦，但是乔明娇这辈子没有为钱愁过，又怎么会因为文宣的强劲势头而产生攀附之心呢？

“Jioce率性可爱，傅总见笑了。”

杨桐这话说得就像是一个和蔼可亲的兄长一样。乔明娇看得出来杨桐有心想把她介绍给傅淮生，这一点让她忍不住多了一份抵触的情绪。

“早有耳闻，今日一见，果然是有自己的性格。”

傅淮生答得更是冠冕堂皇，当他的目光带着一抹欣赏投过来时，乔明娇连一个笑容都不曾给予。她还没有忘记，那天踩了他一脚的事情，难道傅淮生给忘记了？

乔明娇的不咸不淡让杨桐有些着急，话中加了一些敲打的成分。

“Jioce，想进军好莱坞，又想保持国内经久不衰的人气，加入文宣，可是一个不错的选择哦！”

杨桐这招借花献佛用得真好，乔明娇听了也不生气，而是嘴角微微一钩，带着一抹任性和负气道：“杨总，您怎么这么小看我呢？我可是准备自立门户呢！”

乔明娇若要自立门户自然可行，只不过她太清楚自己，小打小闹不管用，大肆折腾不是她的初衷，一个天生的演员，有时候并不善于经营公司。更何况她不想依靠乔家的财力和人力，这一点从她走进娱乐圈的那一天开始，就早已明确。

“呵呵，有志气！”

杨桐讪笑后不再多说，而是看了傅淮生一眼。傅淮生一脸沉稳，不见任何变化，却是运筹帷幄一般。

饭店是奢华的，场面是隆重的，包括那边已经准备好了镜头的记者，也早已跃跃欲试。乔明娇看得出来这场饭局是有预谋的，傅淮生这是吃准了她会投降吗？

“杨总，这样大的场面，好像我还没有做好心理准备哦。”

乔明娇笑得明媚而无辜，却没有从车子里下去的打算。她懒得费口水去解释什么，更不会让别人以为自己准备进入文宣。

“小乔。”

杨总笑眯眯的脸终于变得严肃，他自然知道乔明娇会闹脾气，但是没有料到她这么不识相，不过被赶鸭子上架，还要满脸欢喜地表示喜欢，这完全不是乔明娇的性格。

“杨总、傅总，如果真的诚心请我吃饭，就换个地方吧！”

乔明娇眉毛一扬，骄傲如她，却露出纯真可爱的笑脸。

“这么着吧，今晚我请 Jioce 共进晚餐，杨总意下如何？”

傅淮生已经下了车子，显然他也没有料到乔明娇会如此赖皮，简直到了无法无天，不知好歹的地步。

“这样也好，那就让傅总破费了。”

杨桐乐呵呵地一笑，砰地关上车门后，却没有多看乔明娇一眼，转身去了那边的台阶。等到乔明娇反应过来时，车子已经在傅淮生的驾驶下向着下一个路口赶去。

“这和绑架有什么区别？”

乔明娇一骨碌坐直了身子，脸色肃穆，捍卫着她不可侵犯的尊严。

“我对你越来越有兴趣了。”

傅淮生没有看乔明娇，而是悠悠然开口说话。那明亮的眸子里，露出猎人看到猎物时才有的光芒。这个如小狐狸似的女人，有意思。

“嗬！你不过是觉得我和那些主动投怀送抱的女人不同而已。傅淮生，别以为你披着羊皮，我就不知道你是大灰狼！”

乔明娇说得一点也不客气。若是换成别的女人，你借她一百个胆子，估计也不敢在傅淮生面前这么说话，但是乔明娇却偏偏说了。

“大灰狼？”谁知道傅淮生不怒反笑，魅力无穷地转脸看着乔明娇，“如果你想以后星途坦荡，还是听一听我这个大灰狼的建议吧！”

傅淮生露出魅惑的笑容，眼里却是没有多少温度。乔明娇自然明白，这个男人或许已经被她的叛逆激发了猎奇的心理。

“好了，傅先生，这么说吧，我不喜欢你，你也不喜欢我，只是一时的兴趣罢了，何必弄得大家都不好看呢？”

乔明娇如此求和，并非只为了星途坦荡，而是不希望以后的生活不得安宁。

“你怎么知道我不喜欢你？”

傅淮生似乎轻轻吐出来的字眼，却遭来乔明娇的嗤之以鼻。

“喜欢？是那种一见钟情，生死不离，白头偕老的喜欢吗？可以放弃一片森林只选择我这棵荆棘树吗？”

乔明娇说话利索，可是句句透着嘲讽。男人们的喜欢，真的是太廉价了，像傅淮生这种男人，估计从来没有了解过喜欢的真谛。

果然乔明娇的话令傅淮生沉默不语了，英俊的脸上露了淡淡的阴沉。

许久，就在乔明娇以为他肯定会嘲笑她的想法天真时，傅淮生却开口了：“我们可以试着交往一下，以我女朋友的身份。”

傅淮生何时有过官方意义的女朋友，多少个女人争破了头想要做他的女朋友啊！居然如此被乔明娇博得，实在该受宠若惊才是。

“呵呵，傅先生真会开玩笑！我没有兴趣尝试交往。”

喜欢就是喜欢，不喜欢就是不喜欢，就像她会喜欢聂轻鸿一样，一面之缘，便不可自拔。如果是在遇到聂轻鸿之前，傅淮生出现，也许她会尝试一下，但是现在她的心里，却无法接受任何一个男人，连尝试都不愿意。

“有喜欢的人？”傅淮生果然看人很准。

乔明娇迎上他那似乎嘲笑的目光后，微微一震。

“这个不需要告诉你！”乔明娇毫不客气地回敬道。她喜欢聂轻鸿的事情，从此要石沉大海，永世不得为他人所知。

傅淮生没有再多说，而是悠然地驾驶着车子，最后停在了一处风格独特的饭店门口，起身下车为乔明娇打开车门。

乔明娇看着这个风度翩翩的男人，刚想说些什么，却听得傅淮生开口道："接下来的一个月我都会留在本城，我想我们有更多交流和了解的机会。"

这是什么意思？接下来的一个月她是准备跳槽的，到时候本城会来不少知名导演和制片，如果傅淮生从中干涉的话，是不是会影响到她的跳槽？

"真不巧，我过两天要去参加一个颁奖典礼。"

乔明娇笑得好不灿烂。想要钳制她，没门！

晚上十一点钟，当乔明娇把决定参加颁奖典礼的消息告诉Leo时，Leo一脸惊讶和欣喜。

"你能过去最好不过了。到时候不仅可以压压贺芸娇的势头，也可以让大家看看谁才是最美的影后！"

乔明娇与贺芸娇，被称为圈子里的"绝代双骄"。

她们有过两次合作机会，但是当时在片场就上演了谁是一姐的戏码。乔明娇根本没有在意自己的化妆台是最中央的，而且还有人加了鲜花在旁边应景，可是当贺芸娇看了后，问题就来了，她硬说自己坐的位子不好，吹冷风，会头疼，影响发挥。

乔明娇根本不记得这档子事了，但是Leo却记得清楚。当时Leo刚跟了乔明娇不久，贺芸娇刁难不到乔明娇就找Leo出气，总是"不好意思"地找他做这做那。那部戏，让Leo讨厌了一个人，那个人就是贺芸娇。

荧幕上灿烂优雅，永远妩媚而温和的女人，荧幕下却是一个心胸狭隘的势力女，这就是Leo对于贺芸娇的评价。

乔明娇自然对于Leo的这点算计没怎么上心，而是在得知颁奖地点时，有些迟疑。

北京啊！

似乎突然间和这座城市结下了不解之缘，无论情愿与否，乔明娇都去了。

北京那么大，如果不是她主动去找，这辈子都没有机会再看到一个叫聂轻鸿的男人吧。上一次是巧合，或许他想见的人，是苏若慈，毕竟那晚她去哪里，聂轻鸿是不可能知道的。

想到这里，乔明娇拍了拍自己的脸颊。

"自作多情的笨蛋！"

明眸善睐，灵动动人，却是因着她华丽的装扮，有一份娇艳的气质。

“看到了吗，那个就是乔明娇。”

两个穿着时尚的看起来只有四十多岁的高贵妇人，在高雅的餐厅里优雅地用餐。

聂夫人顺着环保局长太太的目光望去，原本柔和的脸，此刻渐渐变得严肃起来。

“她演了好多部电视剧，你肯定看过，最近可红着呢！”

环保局长太太目光中露出一丝傲慢，犹如过去富贵人家的太太谈论一个名伶似的，那种优雅的姿态，无形中露出倨傲来。

“这种小演员啊，最喜欢靠着脸蛋儿漂亮，然后嫁入豪门。不管对方是不是七老八十的老头子，只要有钱，就敢嫁！”

随着环保局长太太的话，聂夫人的脸色却是越来越难堪了，手上的银质筷子被抓得紧紧的，却在不动声色间，皱眉多看了她几眼。

“现在不讲究那么多了，以前的戏子哪里有这待遇，整天抛头露面的。我儿子喜欢她，以前总是闹着要娶个这样的老婆，被我臭骂了一通。”

环保局长太太一脸的不以为意，在她眼里，乔明娇这样的女人自然不会为了家庭而放弃事业，而他们这种人家自然也不会娶到这样的明星媳妇，八杆子打不着的。

可不知道，现在时代变了，明星都是国宝了，年轻人哪里还在乎什么门当户对，能够娶到一个如花似玉的老婆，还不开心得乐翻天。

乔明娇打了个喷嚏，有些怨言，天不是很冷，居然有种要感冒的样子。

“Jioce吃饱了吗？吃饱了我们就出发吧！”

Leo尽职尽责地提醒着乔明娇接下来的行程。

乔明娇则是看了看时间，不甚在意地道：“你不是要我帮你挣回脸面吗？我们自然不能去得太早。”

乔明娇起身离开时，感觉似乎有人在看自己，倒是不以为意，从她做演员一炮走红开始，多的是注视，所以她早就习惯了。

因为是隆重场合，再加上现在的宣传做得格外到位，只要是一场颁奖典礼，无疑都是百花争艳的时刻，更是女星们一展风采的时候。换掉那些剧组服装，每一个人都按照自己的品位，展现出最耀眼的一面。

本来乔明娇的服装师、造型师都是一流的，更能够根据她的喜好打扮——简洁婉约，却永远透露出大牌的风范。

而今晚因为乔明娇主动提出服装要奢华一点，倒是让服装师多了一份惊喜。毕竟是冬天嘛，很多明星都穿得光鲜耀眼，皮草名钻，从上而下。唯有乔明娇要么不出席，要么一切从简。这一次她肯要求穿得抢眼一点，也只是为了 Leo 罢了。

宝蓝色的修身礼服，衬托得乔明娇唇红齿白、高雅不凡，加上她一张犹如赫本般淡然清雅的面庞，以及化妆师的精心设计，更显得华贵无比。

Leo 自然是激动万分，早在香格里拉酒店门口，与贺芸娇的人对上眼后，已经针尖对麦芒，相看两生厌了。

而贺芸娇那披着名贵皮草，拿着最新款的抓包的造型，与乔明娇如出一辙。她们竟然撞衫了！

“看见没有，贺芸娇穿的那件，绝对是赝品。设计师都说了，这衣服今年只有两件，另外一件被某个富豪给买走了。”

化妆师阿敏显然对贺芸娇也没有好感，那个女人听说是个强势的主儿，又喜欢演双面人，观众不了解她，她们这些圈里的人可是清楚得很。

“或许被人包养了也未为可知。你看她穿得很臃肿，后面臀部的肉都挤出来了，哪里有 Jioce 好看。她那是满清入关前的牧民身材，咱们 Jioce 是江南水乡造就的婀娜多姿。”

Leo 很是娘娘腔地补了这么一句，被乔明娇瞟了一眼后，赶紧闭嘴。

“我们只管好自己的嘴巴，想要赢人家，最好不要用口水。”

乔明娇平时好像什么都不在乎的样子，但是她若想做好一件事，想打败一个人，必将用最好的姿态，永远赢得那么潇洒漂亮。

果然，当那边也看到袅娜多姿的乔明娇时，贺芸娇那张粉底过厚的脸上，表情有些僵硬。

“她怎么来了？”

贺芸娇的口吻里带着一抹懊恼和不甘，眼神不自觉地变得幽怨起来。为什么有人就那么好命，似乎这个世界生来就是她的一样？她要怎么横行都可以，要怎么风光就怎么风光。

“不知道啊。Amy，她身上那件礼服和你的一样啊！”

旁边的助理早已看到了款款而去的乔明娇的身影，惊讶地叫出声来。贺芸娇的脸色变得更加难看了。

“乔明娇，你是故意的吧？”

贺芸娇的脸上露出一抹愤愤不平，刚才的骄傲和满意此时被压制下来，手上也不由得扣紧了貂皮的披肩，脸色却是越发难看，转头便准备回去。

助理看了贺芸娇一眼，没有多说一句，而是跟着她就回去了。显然她们都很清楚，撞衫之后，凭借着乔明娇最近的人气，被媒体写得乱七八糟的人将会是谁。

压着这股子气的贺芸娇注定早就输了，可是心高气傲的她又重新打扮了一番，由原本的蓝色礼服换成了银白色的礼服，但怎么看都没有那件宝蓝色的修身，等到出门的时候，脸色更是难看了几分。

“请问，乔明娇是在这里吗？”

正匆匆忙忙地跟着贺芸娇准备出去的女助理，被一个贵妇人给拦住了。

“乔明娇？”

助理有些疑惑地打量着面前的妇人，以及她身边的温婉女子，随后，脸上微微露出笑容来。

“Jioce 去参加颁奖典礼了，就在隔壁不远的星光大会场。”

助理刚说完，贺芸娇已经走了出来，看到面前的二人后，露出一抹狐疑和不满：“都什么时候了，还有心情给人指路！”

助理自然明白贺芸娇的心情，便不再多说，而是随着贺芸娇急匆匆地出门了。

“我看怎么像是富太太找上门似的？那个中年妇人好像不好惹的模样。”

助理一边走一边回头，贺芸娇的步伐终于停了下来，也不由得看向那边优雅气派的聂夫人，以及她身旁的苏若慈。

“妈，我们还是回去吧。”关键时刻，苏若慈的脸上露出些许不自然。

聂夫人看了她一眼道：“若真的想做我的儿媳妇，就勇敢一点。你不是承认喜欢轻鸿吗？怎么现在婆婆妈妈的？是不是想着什么我都做好了，只等着现成的？”

聂夫人这话说得有些重，但是也算是实话实说。苏若慈那清秀的脸上，果然露出一抹淡淡的委屈，只见她低头之间，多了一份我见犹怜的姿态。

她们的模样，正好落入了贺芸娇的眼里，见多了世面的人，自然会浮想联翩，贺芸娇的嘴角不由得钩起一抹淡淡的笑容来。

那边，星光大道，无数豪车一一驶向红地毯的一头，走出来的明星一个接着一个，乔明娇淡然地迎接着这样的场面，并没有过多的紧张和在意。

从容自然地出现，她的美丽和大方，引来了媒体记者的追逐，闪光灯噼里啪啦地亮起，记录了乔明娇最光鲜而耀眼的一面。

Leo看着乔明娇从红地毯走过来后，满脸喜悦。他知道就算是贺芸娇来了，也失了先机，如果再穿着同款礼服出现，会是怎么样的情况。

“贺芸娇怎么还没来呢？”想到这里，Leo翘首以待起来。

乔明娇撇撇嘴，淡笑道：“应该是回去换衣服了。她也是个聪明人。”

自然如乔明娇所料，就在何绍伟刚刚走上红地毯后，贺芸娇不怕插花配景地来了。她那身晚礼服确实没有之前那件抢眼，更让她看起来有些过于粗犷高大。

“真的换了衣服。Jiocc，看来她还是有自知之明的。”

乔明娇看着Leo那出了一口恶气的开心模样，好笑地瞥了他一眼。如果贺芸娇没有自知之明，和她直接对上的话，输的自然是贺芸娇。这一点乔明娇自是明白的，自己赢在了身价不凡，尽管从来没有以乔家的地位来作为后盾，但她除了性格独立这一点，并没有做过什么过分得罪媒体的事情。

不过，此时此刻，贺芸娇满脸笑容，完全没有任何不适，优雅从容地挥舞着手臂，摆出最高贵的姿态，任由记者拍摄，但镜头显然没有刚才乔明娇的多。

乔明娇并无心争取媒体的宠爱，不过是为了帮Leo出口气罢了。此刻看到贺芸娇没有半分落败之色地向自己走过来时，她倒是有几分佩服的。

“Jioce，这件礼服真漂亮啊！是今年Paris首款，限量版，价值三十万以上呢！”

贺芸娇似乎只随意地看了一眼，就如数家珍一般。旁边早有女星凑了上来。

“是吗？三十万啊！Jioce，捞金捞到锅满盆满，是该穿这样的才有派头啊。”

乔明娇微微皱眉，若是往常，谁会在这个时候讨论衣服的价格呢？难道贺芸娇还是咽不下那口气吗？

“这件是公司从巴黎运过来的，我也不知道呢！”乔明娇轻描淡写地答完，不扯自己的薪水问题。

贺芸娇刚想再说话，就见得一个记者模样的人越过重重障碍挤了过来。

“Amy，Amy！可以接受一下我们的采访吗？听说你上了《嘉人》杂志，并且刚刚去了蜡像馆？”

贺芸娇听后脸上露出淡淡的笑容，没有躲避，而是点头优雅地应对。

乔明娇看了一眼眨着眼睛的Leo，微微有些不赞同。

“是啊，刚去了德比郡拍了照片，做了一本写真，要帮我多多宣传哦！”

贺芸娇果然是长袖善舞的，任何时候都不忘给自己做广告，那记者显然也是老油条了。

“那是一定的。等有空，Amy给我们发一些照片来吧！”

就在贺芸娇点头说好时，记者快马加鞭地又补了一句：“对了，Amy小姐，你现在星途大放异彩，听说与你交往的那位神秘男朋友有着莫大的关系，是真的吗？听说他还送了你一套价值不菲的海洋之恋礼服呢！”

果然，世间没有不透风的墙，乔明娇看着识趣地准备退开的Leo，自然不想脏水泼到自己身上，也转身准备离开，却听得贺芸娇道：“你们消息真是灵通啊！不过那都是一些不明真相的人随便捏造的谣言罢了。或者是有些人错把Jioce当做我了吧？我叫贺芸娇哦，可不是乔明娇！”

岂料贺芸娇很有一套，很快就把脏水给泼到了乔明娇身上。

乔明娇正准备走，但已经有几个闻风而来的记者将她围住。难得看到贺芸娇和乔明娇同台，自然要报道一下。

“Jicoe，Amy的意思，是我们弄错了吗？原来是Jicoe找到了喜欢的人啊！听说今年很多明星急着结婚呢，Jioce也要跟上大部队吗？这身礼服，不就是海洋之恋吗？Jicoe的意中人，是做什么的，能给我们透露一下吗？”

娱乐记者之所以被称之为狗仔，自然和他们灵敏的嗅觉以及跟踪能力是脱不了关系的。当Leo正后悔不迭时，乔明娇已经成为了众人关注的焦点。

沉寂了几年的乔明娇，情路一直淡淡的，甚至有人传言她玩“蕾丝”，她也无所谓。现在在贺芸娇添油加醋地提醒下，爆出这个消息，无疑是惊人的。

“是啊，是啊！有人拍到一个开着跑车的帅哥接你，那是不是你男朋友啊？据说当时赵一帆也在呢！”

那是那次她替聂轻鸿解围被好事者拍到了背影，事后并没有引起多少人的关注，现在又被提起来，再加上这件衣服佐证，乔明娇自然明白贺芸娇为何没有了之前的生气，反而如此从容了。

“我想那肯定是一个美丽的误会。至于这件衣服嘛，我是不是要让我们公司拿出票据来给大家看一看呢？”

乔明娇笑得好不灿烂，片叶不沾身的态度让记者们即刻没有办法追问下去。

“听说 Jioce 未来的婆家很厉害呢！保密工作做得自然好啦。大家可不要被她给骗了哦！”

贺芸娇不怕自己发嗲的声音让人起鸡皮疙瘩，也笑得好不灿烂，而那笃定的语气，让记者们更加兴奋了，已经把话筒一起移到了贺芸娇面前。乔明娇不由得皱眉，有些疑惑，这个女人是不是吃错了药，准备咬着她不放？

至于这样吗？不过就是一件衣服而已。乔明娇转身准备离开，懒得再做无聊的采访。

“是真的。我刚才来时，那位高贵的阿姨说在酒店里等着她呢！说是要请她喝杯茶。”

贺芸娇这么一说，乔明娇再想当做无稽之谈都不可能了，一边的敏姐也听不下去了，忍不住和贺芸娇呛声起来。

“Amy，大家都是同行，你这样编排 Jicoe 是不是太没有职业道德了？”

本来一场光鲜耀眼的颁奖典礼，那边还没有开始，这边已经热闹得发生了口角，立刻引来了无数人的关注，以至于连最后那辆高档的豪车驶入时，很多人都没有注意到。

“我怎么会平白无故地编排 Jioce 呢？这个是事实啊，不信大家可以去香格里拉酒店求证！”

贺芸娇如此地挑拨，自然会引起记者们的高度关注。这年头，只要看到女明星和男的握个手，记者都会进行一番添油加醋地报道。更何况贺芸娇因为一件衣服如此不讲一点道德，真的和自己杠上了呢！

乔明娇并不想理会贺芸娇，旁边有主持人已经在打圆场，更何况还有知名的大导演大明星在呢！乔明娇看着贺芸娇一副高贵不可侵犯的模样，倒是相信了她的话，只是莫名地谁会来找她呢？

其实和她闹过绯闻的男星倒是不少，曾经真的有富太太找过她“喝茶”，不过到最后都是那富太太一脸难堪，真的想娶她回家做媳妇。

但是现在，乔明娇早已不像当年那般年轻气盛，绯闻也少之又少，即便是“仙剑”的男二号林靖琛喜欢她，也还不至于到需要请“喝茶”的地步。而且据乔明娇所知，林靖琛家世一般，是上了电影艺术学院后才做演员的。

难道……

顿时，脑海里闪现一个想法，但随即乔明娇就笑了。怎么可能呢？聂轻鸿虽然生在豪门，但是因为他的工作关系，根本和娱乐圈搭不上边，即便有那么一组偶然的照片，也不能说明什么。或许聂轻鸿的母亲到现在都不知道她是个明星呢！

如此想着，乔明娇倒是坦然了许多。

那边贺芸娇很想就此给她抹黑，但无奈的是这边演员多，如果再闹下去，记者们都跑过来，导演会嫌她人品不佳……如此一想，她便忍下了这口气。

“这个女人是不是疯了？不就是一件衣服吗？再说了，我都跟小魏打听过了，包养她的那个男人上次带她去公海，被人看到了呢！”

Leo心头有股恶气，忍不住宣泄出来，却被乔明娇用手肘狠狠地用力一戳，顿时疼得哎哟一声，不再多言。

“这种女人既要面子又要里子，你何必一定要撕了她的遮羞布给人看呢？”

乔明娇如此一哼，Leo果然不再多说。女星被富豪包养的有很多，有些索性明目张胆标榜着情侣关系，有的则是隐藏得密不透风。像贺芸娇这种，就属于后者。

Leo自然明白乔明娇说得有道理，现在因为人多，贺芸娇倒也猖狂不到哪里去。

“会不会真的有人在那边等着你？如果是贺芸娇故意找个什么人来陷害你，也有可能。要不我去看看吧！”Leo好心地说道。

乔明娇听了以后，也没有什么心思参加这种颁奖晚会了，待会儿指不定又要唱歌，又要恶趣味地开些玩笑，又要说些什么感想。有些事做得多了，便渐渐地失去了当初的那份激情。

“好啊，你过去帮我问一问，尽量不要透露我的身份，就说问她找我有什么事情。如果是贺芸娇故意捣乱的话，尽管当众揭穿就是。”

乔明娇向来不是随便被人欺负的人，Leo听了便一脸严肃地离开了。

事情并未如贺芸娇所愿，毕竟这里是颁奖现场，主办方也不允许焦点转移，颁奖仪式进行得井井有条，尤其是乔明娇穿着一身漂亮的宝蓝色礼服，款款地走上领奖台时，下面的掌声如潮水一般地响了起来。

在主持人那一大串的赞美之下，乔明娇接过奖杯，当她自信而从容地举起时，才注意到台下不知道何时多了一个人。

“这是一个令人激动而期待的夜晚，也是所有华人演员、歌手、导演、编剧等等的荣耀盛宴。当然，今晚我们的台下还多了一位往常不可多见的特殊嘉宾。请问傅淮生先生，您是特别来为Jioce小姐捧场的吗？”

主持人也算是业界同行，能够如此口无遮拦地开这种玩笑，想必是授意于傅淮生，就像是前几天一样。

顿时，乔明娇微笑的脸变得严肃起来。她没有料到这个家伙还真是阴魂不散，他难道想玩真的不成？

乔明娇正皱着眉，有些敷衍地和主持人打马虎眼，却看到那边敏姐一脸严肃地朝她挥着手。

乔明娇与主持人耳语了两句，便下了领奖台。台下一片哗然，自然有人议论起来，乔明娇拿乔，总是这么没有礼貌。

“怎么了？”

乔明娇看着敏姐一脸严肃而着急的样子，不由得接过她递来的电话，心里仿佛料到了什么，莫非是Leo把事情搞砸了？

“Jioce，对不起，我这一次可能给你惹了大麻烦。那个贵妇人好像真的大有来头，刚才不知道哪里来的记者，居然跟着我回来了，我怀疑是贺芸娇使的坏。”

乔明娇听着Leo好心办坏事后紧张与无措的语气，不由得有些不耐烦起来：“说重点！”

Leo慑于乔明娇的语气，略微一沉默，还是摘取重点的内容说了出来。

“那个贵妇人，好像不是随便找碴儿的。我之前不知道，所以说话重了点，惹到她生气了，她说是京城聂司令的夫人，过来提醒你离她儿子远一点。Jioce，你认识她儿子吗？”

乔明娇第一次忍不住想骂Leo，但还是忍住了，而心里却是被这个消息给震惊到了。聂夫人是怎么知道这些事情的？她喜欢聂轻鸿，但是发乎情，止乎礼。当她意识到聂轻鸿与自己绝对不可能时，她早已决然放手，聂夫人还来找她做什么？

乔明娇的默然自然让Leo悔得只拍额头，明天的报纸头条若是登出来这样的消息，乔明娇只怕是要大大地出糗了。

Leo能够想到的，乔明娇自然也想到了。这个时候再去找聂夫人能说清楚吗？她自认为只会越描越黑。想到这一点，她少有地烦躁和着急起来。

“有什么事情需要我帮忙的吗？”

背后有一个声音，带着几分笃定和骄傲，慵懒沉稳地响起。傅淮生眼里露出一抹期待地看着乔明娇。

傅淮生在众多女星眼里，无疑是最好的选择，相貌出众，甚至比台上的男明星还有范儿。财势雄厚，且不说别的，就从近年来他在娱乐圈打出的大片江山，就可以看得出来，如果傍上了这个大款，那不仅对自己的事业有所帮助，拉出去给别人看也很有面子啊。

所以这个男人基于这些资本，天生是骄傲的，哪怕他收敛得很好，乔明娇也看出来了他那强烈的自信心。

"谢谢，没事。"

傅淮生这么出现在这里自然不是偶然，她对于他的观感自然不会好到哪里去。

"看来两年前我用错了方式。"

傅淮生带着一抹淡淡自嘲的笑容，若有所思地看着乔明娇。一向坚强自信的小脸，没有了刚才的笑容，少有地蹙着眉头，这个大胆到敢当众踩他脚面的女人，会有什么样的烦心事呢？

"你的方式没错，那才是你，只不过不适合我而已。"

乔明娇像是赶苍蝇似的，没有理会傅淮生的态度，说出来的话更是既果决又充满了挖苦，让傅淮生那张英俊的脸，不由得肃穆了许多。她的言下之意，就是说他不过是花花公子而已。

乔明娇没有理会背后傅淮生眯起的眸子里，蕴藏着危险与深沉，而是回到自己的位子上，若无其事地坐好，不在意周围的同行投来异样的目光。

"Jioce，有眼光！"旁边的女星也是一姐了，这个时候还是忍不住讲了艳羡的奉承话。

乔明娇懒得解释，傅淮生在众目睽睽之下找她说话，别人不误会都难。

这个男人估计是吃准了这一点。

"我和他不熟。"

乔明娇淡淡的语气，回应得干脆利索，再多的解释便没有了。她相信清者自清，浊者自浊，路遥知马力，日久见人心。如果傅淮生有耐力，就让他追去吧！

"切——"

在远处，有人发出了一声淡淡的嗤笑，也许是听了什么了不得的笑话，也许正是她那句话引起的鄙夷，乔明娇懒得深究，而是有一种难以掩饰的烦恼和着急。

喜欢聂轻鸿不仅得不到回报，甚至还要惹来一身腥臊，这完全不在她的意料之中，更不在她的期待之中。这份打击，没有人能够明白，那份满满的期待，喜欢一个人的甜蜜，被现实残忍地剥离，只剩下必须坚强地坦然以对，这种滋味有些苦涩，有些哀伤。

聂轻鸿，如果你不曾闯入我的世界该多好。

可是又偏偏没有出息的，她却总能够想到遇到他时的那些画面，能够想到他亲吻时的粗鲁，想到他尴尬时的静默，想到靠近他时的安全感……这样的男人就是一座山，可以任她依靠，任她撒娇，任她将最美好的感情寄托。

一抹苦笑从嘴角溢出，乔明娇对此次的北京之行有些后悔，但为时已晚。

手机再度响了起来，乔明娇有些肃穆，看着屏幕上显示的号码，多少有些头大。

“如果没有让我能够开心的事，就可以不用说了。”乔明娇对 Leo 毫不客气地说道。

电话那端的 Leo 有些无奈，但还是告诉她：“聂夫人又回来了，说是在海棠居等你，要和你面谈。”

到了这种地步还要谈什么？她根本就没有要招惹有妇之夫的心思，更没有打算和聂家再有什么瓜葛。这个聂夫人是不是想得太多，也管得太宽了？

“看她的意思也不想闹大，说是纯粹请你过去喝茶，务必赏个面子。”

Leo 把聂夫人的话转达得够清晰明了，乔明娇听了淡淡地轻笑，应了下来。

既然如此，她也要把话说清楚，总不能这样被别人误会了。且不说她的声誉会受到什么样的影响，她不想因为自己的出现而影响了聂轻鸿的婚姻。

这种心思和爱情无关，并不是她大度地爱屋及乌，而是从小留下来的阴影使然。妈妈在生下她时就撒手人寰的悲剧，她不希望再发生在自己身边，更不希望自己是那个被人鄙夷的小三。

海棠居四合院十分别致，有着不一般的情调，平常老百姓自然是不会来这种地方的。

乔明娇并没有立刻从颁奖现场赶过去，而是换了一身素雅的衣服，又将自己的妆容修改了一下才过去。或者说，她是以自认为最真实最自我的模样赶过去的。

LV 的包包，GUCCI 的冬装，CHANNEL 的鞋子，长发高高绾起，让她看起来时尚、青春，妩媚中，自信如花，娇艳而馨香宜人。

乔明娇不是第一次面对这种情况，只是当时无心，故而无意。现在，心中却有一种别样的滋味。

犯了错她是不会逃避责任的，但过多的责任她是不会去背负的，乔明娇的性子便是恩怨分明、睚眦必报。

聂夫人的装扮高贵而不显奢华，显然是多年来培养出来的气质，眉眼间与聂轻鸿有几分相似。

乔明娇迎上聂夫人那故作平和的眸光，忍着性子，坐了下来。

旁边，文静恬然的女子，是苏若慈。此时，她脸上约莫有些矜持，表情淡淡的，哪怕乔明娇与她有过一面之缘，此刻的身份注定了她们彼此之间的距离与生疏。

乔明娇目光掠过这个安静的女人，有些奇怪，她和聂轻鸿一起生活，那日子是否如水一般悄然无声？

但旋即她的理智又告诉自己，他们过什么样的生活关自己什么事？聂轻鸿过得好与否，都不是她要关心的事情。

想到此，心头犹如被无数的小刺扎着。哪怕她掩饰得再好，对上聂夫人那审视的目光时，乔明娇还是不免有些尴尬和狼狈。

“乔小姐比电视上还漂亮。”

聂夫人的语气拿捏得很好，并没有过分的咄咄逼人。或者说，她们这样的人家自然不和普通的商贾之家一样，在这种场合聂夫人之所以如此委婉，一是，基于聂家的身份；二是，一个她最明白的原因——聂轻鸿。

“谢谢阿姨夸奖。”

乔明娇声音清脆，端起茶盏悠然地喝起茶来。和苏若慈的静若处子相比，乔明娇是活泼了一些。

“我刚刚也看了一些你的介绍，是个大牌明星。你能够有时间过来陪我们喝茶，我很开心。”

聂夫人的话说得有些偏，乔明娇没有那么多的时间和心情与聂夫人打太极。

“阿姨想说什么就直说吧。”

乔明娇的直言不讳，让聂夫人表情微沉之后，倒是直接开了口："我找你的目的，你应该很清楚吧，是因为轻鸿。我不知道你们是怎么认识的，只是提醒你一句，轻鸿和他太太若慈生活得很好，我们不是普通的商人，不兴今天结婚明天离婚的闹剧，更不希望有记者什么的胡乱报道。"聂夫人这话还算说得客气。

乔明娇听了后，嘴角扬起没有任何破绽的微笑道："我想您可能误会了。我和聂轻鸿并不怎么熟悉，关于一些流言蜚语，阿姨还是不要放在心上的好。再说，只要两个人是真心相爱，是不会被人破坏的，而是更应该受到祝福。我祝他们更幸福！"

乔明娇的话有些抢白，但是立场坚定，哪怕内心疼痛，也要说得漂亮。这个时候她不希望有任何关于聂轻鸿的误会产生。

"还有，我并不喜欢聂轻鸿，聂轻鸿也不喜欢我。我有真心喜欢的人了！"

这个时候，海棠居的门口走来的身形，正好帮助乔明娇印证了这句话。

那么帅气多金的傅淮生，用来辟谣，确实很好用。

面对聂夫人久久无言的注视，乔明娇知道自己赢了，而且是如此的片叶不沾身，赢得再清楚不过了。

此时，军区集训处，聂轻鸿一身汗水，刚一回来，勤务兵早已走上去汇报。

"聂队长，你家里来电话了。"

接到电话的聂轻鸿，在听到电话那边的内容后，浓眉不自觉地皱紧，脸色也越来越难看了。

"让妈接电话！"

山雨欲来风满楼，聂轻鸿的声音没有多少情绪，但是熟悉他的人都知道他生气了。跟随在聂轻鸿身后的张朝阳正想说话，看到他这个样子后，索性闭嘴在一边待着。

"妈，我希望这种事情不会发生第二次。"

聂轻鸿声音中的情绪透过电话线传达过去。一边的张朝阳惊得眼睛瞪得老大，聂轻鸿再怎么冷若冰霜，何时对家中的母亲如此生气过？

挂断电话，聂轻鸿似乎没有看到一边好奇宝宝似的张朝阳，而是转手就向自己的单身宿舍走去。

世事犹如多米诺骨牌似的，人们总以为自己站得稳了，就可以支撑出平衡的局势，但是乔明娇显然低估了一些内在和外在因素的作用力，才造成今日这番局面。

傅淮生的出现不管是偶然，还是必然，对于乔明娇来说，都是一个最好的帮助和证明。

沉稳、气派、多金、英俊，傅淮生来得真是时候。乔明娇不理会聂夫人略显尴尬和难堪的脸色，微微一笑，起身离开，那份从容，显得这对婆媳自作多情到极致。

“妈，我想我们是误会了。”

苏若慈柔软的声音从身后传来，乔明娇的眉头微微皱起。这个女人一直陪在聂夫人的身边，像是一个装饰一个陪衬，她真的爱聂轻鸿吗？为什么不自己出面争取呢？

乔明娇急忙刹车，关于聂轻鸿的事情，她不该再去多想，而是看着略微有些愕然的傅淮生道：“淮生，你怎么到现在才来呢？”

不理会傅淮生脸上显出的淡淡的尴尬和不自在，乔明娇挽上他的手臂，就准备走了。一边的Leo看到之后，惊得眼珠子都快要掉下来了。

“妈，我们走吧。”苏若慈带着一种尴尬的语气，催促聂夫人。

聂夫人有些恨铁不成钢地看了一眼苏若慈，道：“妈这是狗拿耗子啊！你和轻鸿的事情，你们自己去解决吧。你别看他冷冰冰的，心却是很好的。”

聂夫人刚说完，手袋里的电话就响了起来，是聂小严打过来的。

聂夫人接了电话后，脸上表情已变，带着一种严厉和着急的语气道：“谁让你告诉你大哥的！”

但是那边聂小严不以为意地道：“我是帮助大哥而已。他该选择谁，我想他自己最清楚。妈，您这是在帮倒忙。”

“你！唉——”

聂夫人急匆匆地从乔明娇和傅淮生身边经过时，还是不由得多看了乔明娇一眼，眼神既尴尬，又有些冷傲。在聂夫人的眼里，此刻对着傅淮生巧笑嫣然的乔明娇，自然不是真心喜欢自家儿子的。对于这一点认识，她心底松了一口气的同时，又有些不满。

“人已经走了，还看什么？”

傅淮生的声音里似是揶揄，又似生气一般。他那英俊的脸上微微有些不高兴，而乔明娇顺手轻拍了一下他的手臂，然后像是拍尘埃似的就要闪开，没料到转身就被挨了一巴掌。

啪——

清脆的声音来得如此直接，乔明娇并没有捂住脸颊，而是任由五指山隆起，眯起眸子看着眼前突然出现的高贵女子。她穿着摩登，一派名流风范，浑身都是名牌不说，连手指上那颗镶钻的戒指都大得耀眼。

“生，这就是勾引你的那个女星？”

口吻轻蔑，甚至国语还说得不够标准，但是那种鄙视和嫌弃的语气，以及眼神已经说明了一切——这个人和傅淮生的关系绝对不一般，傅淮生此次前来怕是要见她的吧。

“安妮，谁让你打人的？”

傅淮生的声音带着乔明娇不曾见过的严厉，叫安妮的女子当场就变了脸色。

“生，我是你的未婚妻，你居然这样对我说话？”

安妮带着一种难以置信，犹如丈夫出轨了的表情瞪着傅淮生，又冷冷地瞪着乔明娇。乔明娇本来还想以牙还牙的，此刻却因为安妮的声明而打消了这个念头。这一巴掌师出有名啊。

只是，这该落在傅淮生脸上的巴掌，怎么会落到她的脸上呢？虽然她刚才是利用了傅淮生一回，但是若真的追根究底，傅淮生只怕早已背叛了安妮许多次吧。

虽然在演戏时，乔明娇也曾真的挨过巴掌，但除了那一次被爸爸乔季云打过一次，何曾被人如此不分青红皂白地给打过?

“傅总，您还有事要忙，我就不打扰了。”

那一巴掌，乔明娇本想讨回来的，可是看着傅淮生那英俊而深沉的面庞，乔明娇觉得不因为他而和一个不相干的女人大打出手，才是最明智的。

“等等！”

岂料乔明娇还没有动，已经被傅淮生给抓住了纤细的手臂。这个一向自认为风流倜傥、沉稳优雅的男人，脸上微微露出一抹恐慌来。乔明娇在心里冷笑，傅淮生，你终于露出了本来面目吧！

“傅淮生，你这是什么意思？你居然为了一个女明星，而忘记了我们之间的婚约吗？你难道以为我人在澳洲就什么都不知道了吗？”

安妮一看傅淮生的动作，更加气急败坏。她显然比苏若慈要彪悍得多，以一个未婚妻的身份，用最响亮的嗓音，惊得大堂内几人回首。

乔明娇夹在其中，却成为那些目光的靶子。

顷刻间，她乔明娇成了最不安分的女人，破坏别人的姻缘。这一点让乔明娇心头生出一股无名的怒火来，她不曾有心去破坏谁的感情，为何到最后却成了她的不对？

或许是刚刚在聂夫人那里受的气，此刻终于找到了发泄口；或许对于安妮如此的嚣张和是非不分，而有些火恼；或许是对傅淮生表面谦谦君子，背地里更龌龊的行为而憎恶，乔明娇冷冷地道：“安妮小姐，我想你可能弄错了，未婚妻，还不是妻！如果你认为用这个身份就可以保证与对方天长地久、矢志不渝，那就太天真了！”

如果妈妈在天之灵，看到这一幕是不是要难过了？她乔明娇还真是够倒霉的，傅淮生这个男人，果然深藏不露，原来有一个身在海外的未婚妻，居然还色胆包天地来追她？

说完，乔明娇正准备推开这个自认为英俊潇洒的男人，挖苦他两句后离开时，就看到门外不知道何时赶过来的记者，已经扛着相机猛拍起来。

而这还不是最可怕的，最可怕的是，她看到那个推开那些记者，面色阴沉地走进来的男人，是聂轻鸿！

乔明娇刚刚还能够保持从容的小脸，此时不由得僵住，连被傅淮生抓得更紧都没有注意到，而是有些愣愣地看着出现在自己面前的聂轻鸿。他来这里做什么呢？

看到她，乔明娇就有一种莫名的委屈和难受，那种感觉真的很不是滋味，但是看见他，原本准备就此离开的她不得不停下来。

显然傅淮生也发现了聂轻鸿的到来。聂轻鸿高大挺拔不说，他身上散发的气质，令人不容忽视。

乔明娇向来反应敏捷，片刻的怔忪之后，当机立断，身形微微一斜，落入傅淮生的怀中，漂亮的如同黑葡萄似的眸子，再没有嫌恶和嘲讽，而是散发一种我见犹怜的光芒，楚楚动人地看着傅淮生。

“淮生。”

傅淮生原本焦急而略带恐慌的眸子里，露出一抹狐疑之后，变得明了。

以傅淮生的聪明一定料到她在利用他吧，乔明娇目不斜视，却是赌了这一把，没有人明白此刻她的内心何其清明，又何其冷酷而干脆。

在傅淮生和聂轻鸿之间，她选择走这一步，或许是命运跟她开了一个玩笑。

“生，我一定要和你分手！”

这个时候安妮何其应景地开口，带着一种身为女人被轻视和侵犯了的愤怒，恨得咬牙切齿。眼看她就要哭出来了，这个高贵而嚣张的大家小姐，不知道是第一次发现未婚夫的不忠，还是终于忍无可忍他的当面背叛。

傅淮生没有放开乔明娇，而是在安妮狠狠地瞪着他时，开口道：“我们的婚事，我会亲自向赵叔叔说清楚的。”

傅淮生这话说得认真严肃，安妮的脸色更加难看，将包狠狠地砸向他的肩头，然后跺脚离开，犹如聂夫人那般，鄙夷中更多了一抹憎恨和厌恶的光芒。

乔明娇的心不由得一沉，他真的要让她万劫不复吗？一定要让她贴上“傅淮生女人”的标签吗？

乔明娇心里一片烦乱，但是在意识到有一双眼睛在看着自己时，却是紧紧地抓住了傅淮生的手。

聂轻鸿，对不起，或许我的爱，对于你来说只是一场闹剧；或许我的出现，搅乱了你的生活，但我已经尽力弥补了。

聂轻鸿显得那么警惕而冷静，并没有采取什么行动，只是环视了一圈后，看着从一间房里走出来的男人，微微颔首。

“哟，什么风把师兄给吹到这里来了？刚好我们哥儿几个在喝两杯，一起来？”

那衣冠楚楚的男人，看起来就家世不凡，可是看到聂轻鸿时，态度热情，有讨好之势。聂轻鸿脸上却没有多少表情，而是看了一眼手表后，目光再度落在了乔明娇身上。

乔明娇急速躲闪的眸光没有逃过聂轻鸿的眼睛，病急乱投医的她，只得催着傅淮生：“快带我离开这里。难道还嫌我不够丢人吗？”

傅淮生的脸色不比聂轻鸿的好看到哪里去，或者说聂轻鸿是无论如何都给人一种肃穆到敬畏的感觉，而傅淮生则是肃穆到阴沉的感觉。

后者的目光带着一丝不甘，搂着乔明娇转身离开时，嘴角还钩起了一抹淡淡的笑容。

“拍够了没有？拍够了的话，可以行个方便吗？”

傅淮生生气了，那些记者怎么没有看到，而是带着一种有些讨好又无畏的态度，闪开一条道。

乔明娇很想即刻推开傅淮生，但是后面有那么多的记者跟着，她还必须再忍一忍。刚才聂轻鸿应该都看到了吧？他应该知道她喜欢上别的男人了吧？

没有迟疑的余地，当乔明娇果断地上了傅淮生的车子之后，随着那高速奔驰的轿车，如同是狡猾的兔子一般，甩掉了后面跟随的记者。乔明娇终于松了一口气，靠在柔软的椅背上，不理会一边显然从刚才开始心情就不怎么好的傅淮生。

这个男人，早在乔明娇挨了那一巴掌之后，已经被打了零分。当然，如果之前是五十分的话，现在他在乔明娇心目中的位置，并没有什么差别。

“乔明娇，那就是你喜欢的男人？”

傅淮生看着后视镜，观察高速公路上的路况，车子飙得更快了，话语中带着少有的情绪，显然是被气到了，尤其是看到乔明娇那闭着眼睛靠在椅背上悠然自得的样子时，更多了一份不甘。

“酷吧，比你正点多了！”

乔明娇抬眸，露出一抹更令人生气的微笑来。此刻她的心情乱糟糟的，可是表情是那么的玩世不恭，一如几年前，她不必在乎自己的名声，反正娱乐圈里，从来不缺乏这种八卦，她不是第一人，也不是最后一人，等到时过境迁，总会被人遗忘的。

可是她内心酸酸的，祭奠了一份夭折的爱，如此灿烂地绽放，又如此匆忙地凋谢。

只是在傅淮生面前，她不愿意露出那份软弱罢了。

是的，乔明娇何曾在哪个男子面前露过软弱的一面？她太知道自己要什么，不要什么，她早已学会了独立，她早已因为出生时鲜血淋漓的事实葬送了对于爸爸的期待和爱，顺便对于男人，也怀疑了太多。

唯有聂轻鸿，让她找到了那种安全感，可是她却不能爱他。

如今她亲手埋葬这份感情，完美谢幕。她将与聂轻鸿再无瓜葛了吧！

傅淮生的表情黯淡下来，等到乔明娇从那种失落中回过神来时，车速已经飙到了极致。

并不是乔明娇畏惧这种惊险，而是意识到傅淮生这种男人一旦动了真格后，估计后果会很严重。

“我承认我刚才利用了你，我向你道歉。但是你未婚妻已经赏了我一巴掌，我们扯平了吧。”

乔明娇整理思绪，算是第一次好声好气地和傅淮生说话。傅淮生这家伙的脸色此刻阴沉得犹如山雨欲来，她自然不会不识趣。

“然后呢？”

他没有转脸，而是语气中带着某种被冒犯似的不满，好像要将乔明娇一口吃掉一般。

乔明娇的目光不由得落在了他的脸上，略微沉默，却是抬头看向前面的路口，说道：“然后在前面的路口放我下来，谢谢。”

乔明娇说这话的时候，既礼貌又客气。傅淮生的手不自觉地拍打了一下方向盘，车子险些撞向路边的护栏。乔明娇不由得瞪了他一眼，车速方才缓了下来。

但是傅淮生并没有在乔明娇所说的路口将车停下来，而是一脸阴鸷地继续行驶着。乔明娇见了不由得着急起来。

“你这是做什么？”

她自然察觉到傅淮生的情绪失控了。是因为刚才他未婚妻闹的那一出，还是因为她利用了他？

“乔明娇，做我的女人怎么样？”傅淮生突然间一字一顿地说道。那声音里带着某种克制，他的目光比外面的夜色还要沉。

“不怎么样。对不起，我对你没感觉。”

乔明娇没有过多的犹豫，拒绝得干脆直接。傅淮生这种男人可能养尊处优，被女人宠惯了，才会形成这种唯我独尊的性格，但是她乔明娇不稀罕，这一点傅淮生应该早已清楚。

“乔明娇，你有没有想过，得罪我的话，你以后的演艺生涯将变得坎坷不平，本来该通向好莱坞的星光大道从此一片黑暗？”

近乎笃定而威胁的口吻，傅淮生的脸上反而平静下来，但乔明娇却知道他是因为她的拒绝越来越生气了。

“到前面路口把我放下来，麻烦了。”

乔明娇声音放软，似乎没有听到刚才那段话一样。若是别的女人，估计早就乐呵呵地爬上傅淮生的床了，但是对她而言，这样的话只能适得其反。

乔明娇的脸色也肃穆起来，尽管她态度比之前好得多，但更表明了她不为所动的立场。

傅淮生的嘴角渐渐绷直，俊脸上如同覆盖了一层薄冰。

当他阴鸷的目光扫到乔明娇一张严肃而带着不容侵犯的小脸时，眸子里慢慢地生出淡淡的怜惜来。

车子最终还是停靠在了下一个路口。

“这里打不到车。”他淡淡地提醒道。

乔明娇却是扬了一下手中的手机：“Leo 会来接我。”

外面偶尔有一辆车子从身边呼啸而过，这里已经是偏离外环的郊区，她居然毫无畏惧，只为与他分开。傅淮生默不作声地打开门锁，看着乔明娇毫不迟疑地打开车门，他的脸色不禁难看起来。

“乔明娇！”

乔明娇的身形顿了一下，看了他一眼后认真地说：“如果因为所谓的理想被扼杀而爬上你傅淮生的床，那么我就不是乔明娇！”说完，她便起身下车。

身后傅淮生的声音略显急促了一些：“如果，我是真心的呢？”

英俊的脸上终于有了一抹不得不妥协的挫败之外，还有一份谨慎与认真。那原本阴鸷的眸光，反而变得晶亮柔和了许多。

如果没有遇到聂轻鸿，傅淮生这个堪称是极品的男人一定能打动她的心。

可惜他出现在聂轻鸿之后，可惜他分不清乔明娇要的是什么。

“如果你所谓的真心，是在责任之外的感兴趣，我想我要辜负你的这份真心了。再见！”

啪——车门关上的一刹那，乔明娇头也不回地走了。

傅淮生的车子在郊外的马路边停了足足三分钟，然后如同离弦之箭一般，绝尘而去。

其实外面很冷，而且外套搁在了海棠居的椅背上，乔明娇之所以那么无畏地下车挨这份冷，自然是想要傅淮生知道她的态度。

还好，这个男人不至于太过自我地控制她的一切，真的放她下来，不过可能一半是赌气吧。

回头一看，空旷的马路在越来越稀少的路灯下显得萧瑟而寂寥，犹如漫漫长路，终究要一个人前行一样。这一刻，乔明娇没有害怕和恐惧，而是有些孤单和失望。

难道她乔明娇的人生里，注定要一个人独行吗？

乔明娇给Leo打了一个电话，那端的他有些兴奋而着急地道："我们马上到！"

我们？乔明娇皱眉，听到Leo快速果断地挂了电话，不由得有些皱眉。这个Leo除了宣传和帮她找签约公司积极主动外，别的时候也真是够让人头大的。

乔明娇抱着肩膀，有些瑟缩地在马路上小跑起来。一辆轿车飞速驶过，带来一阵冷风，真这么吹下去，估计会感冒。

她不断地看向路口，但是都没有发现Leo所开的那辆车的影子。她索性一边跑着一边唱起歌来，好让时间过得快一些。

喇叭声响起时，乔明娇惊喜地回头，却微微有些愣住了。

一辆军用吉普车停在她的身边，乔明娇有些不敢置信地看着从车子里走出来的高大身影，恍如做梦一般。她还可以再看到聂轻鸿，这个事实让她心里既喜悦，又有些淡淡的忧伤。

愣愣的，像是一个无辜的孩子，乔明娇一时间忘记了所有的言语。这是真的吗？

"只为多看你一眼，我放弃了红尘万丈，想与你此生并肩。"

熟悉的歌词，忧伤的旋律，耳畔间，传来的歌声，仿佛就在眼前。

聂轻鸿，别让我太贪心！

聂轻鸿皱着眉头，顺手将手中的那件女士外套，毫不客气地披在了她的肩头。

第九章 爱在无声中起航

“上车。”聂轻鸿打开副驾驶座的车门，转头看向乔明娇时，语气似是命令一般。

步子未动，乔明娇的那份清澈的心思在如此的光线下，是再清楚不过了。

她的态度很坚决，而他没有过多的解释，只是安静地看着她。

见此情景，Leo匆匆从后座上下了车，向她解释道：“聂先生怕我不熟悉路，一时间接不到你，所以特别带我过来接你的。”

这个理由算是说得过去，乔明娇若是再坚持，就有些不近人情了。哪怕聂轻鸿的这份好心其实在乔明娇看来有些突兀，她也还是上了车。

聂轻鸿上车关门，吉普车在他的驾驶下平稳前进，似乎没有一句话要说，他开得认真专心。乔明娇也早没有那次坐车时的调皮和灵动，或者说她在努力地想要划清彼此间的界限，但更因为这份刻意的疏离，反而让气氛变得有些怪异。

坐在后面的Leo简直是如坐针毡，看着前面两个人都不说话，有些尴尬和着急。

“Jioce，刚才傅淮生没有对你做什么吧？”

Leo这话大有要撇清乔明娇和傅淮生关系的嫌疑，乔明娇眸光一闪，Leo装作没看见一样，坐得笔直。

“他那么喜欢我，怎么会对我做什么？”乔明娇似是娇嗔地说道。原来总以为人生如戏，可作为一个专业演员的她可以做到收放自如，但是此刻，说出来的话让她觉得自己真是虚伪而愚蠢。

聂轻鸿目光一闪，乔明娇透过后视镜看到了他略微停顿的目光里，有着一种深幽莫名的东西，似乎一眼就看穿了她说的是谎言一般。

乔明娇更加不自在了，索性转头看向窗外发呆。面对傅淮生时的伶牙俐齿，此刻似乎没有任何发挥的余地，再遇聂轻鸿，不在乔明娇的意料之中。

Leo 被她堵得一时间说不出话来，再看看认真开车，似乎没有听到他们对话似的聂轻鸿，他无奈地挠了挠头，这气氛真是诡异极了。

“麻烦到前面停下吧。Leo，你去把车子取回来。”

乔明娇看到前面就是繁华市区了，立刻如同警觉的小鹿一般，虽然她旁边的那个不是猎人，但是她急于离开的心思是如此明显。

“哦，好。”

Leo 见聂轻鸿连回答一个好字的打算都没有，为了打破这怪异的气氛，赶紧搭了腔。

车子在前面一个路口停了下来，乔明娇并没有像Leo那么急匆匆地下去，也没有像在面对傅淮生时，那样扬长而去，潇洒无比。

她以为聂轻鸿可能有些话要说。他应该是知道了什么才赶过来，不然不会这么巧，聂夫人前脚刚走，他后脚就来了。

但聂轻鸿似乎并没有要和她说话的打算，就这么任由她下去。

乔明娇终于还是没有忍住，回头看了他一眼。

“聂轻鸿，你没有什么要说的吗？”比如再见之类的话。

可是这个时候，连问这么一句，她都觉得自己在犯罪。她不该和他多说一句话才对。

“外面零下七度，如果你准备等同事的车子来接你，那就在旁边的咖啡厅等着。”

聂轻鸿似乎没有要挽留她的意思，可是这么一句话却让乔明娇胡思乱想起来——

他这是在关心她，没有任何掩饰，仿佛他是她的谁似的。他这是什么意思呢？

任凭乔明娇平日里再玲珑和勇敢，此刻看着聂轻鸿似乎真的打算就把车子开走的样子，最后居然没有出息地哦了一声，然后就下车了。

车门刚一关上，聂轻鸿的车子便即刻离开了。

那感觉很奇怪，明明该失落和难受的，可是因为聂轻鸿的那一句话，乔明娇的心头有些暖，甚至感觉到了一股异样的情愫存在。

聂轻鸿的心里并不是没有她，甚至分量还不轻，不然他不会那么着急地从军区赶过来。

但是以他沉敛而冷酷的作风，是不可能说什么煽情的话。刚刚那一句叮嘱，在乔明娇听来，就像是一个疼爱自己的爱人该叮嘱的话一般，可是他们什么都不是，他不是最清楚吗？以聂轻鸿的理智和清醒，他不该说这样的话。

乔明娇有些发愣。

“Jioce，外面冷，你在那边的咖啡厅等我，我马上过来。”

这里离海棠居不远，Leo看着聂轻鸿的车子毫不迟疑地驶离后，虽然满心好奇，却不敢问出口，只是赶紧去拿车。

而他的话让乔明娇有一种淡淡的了悟，刚才聂轻鸿说的不过是一句再平常不过的关心罢了，她一定是脑子秀逗了，才会乱想，才会有所期待。

乔明娇甩掉这个不切合实际的想法后，在心里骂了自己一句笨蛋。

聂轻鸿的一句关心，就让你胡思乱想了？他可是连一句多余的好听的话都没有说，甚至她以为聂轻鸿会为了聂夫人的无礼而向自己道歉，可是聂轻鸿居然没有说。

乔明娇看着那辆吉普车消失在路口的拐角处，有些失神。

她不知道，其实吉普车停在了拐角处。一向不抽烟的聂轻鸿，顺手拿起车里的烟盒，抽出一根香烟后，用修长的手指夹着，点了起来。高大的身形靠在车座上，严肃的脸上出现了一抹柔和与坚定，那向来冷酷的没有多少情绪的眸子里，多了一抹明亮的东西。

“今晚的培训你帮我顶一下，我请一天假。”

当电话那端的人还没有反应过来时，聂轻鸿已经挂断了电话。

“哇，要变天了！连聂队长都动了凡心啊！”

张朝阳把电话一搁，满脸八卦和兴奋，大步流星地冲向了宿舍楼。那边黄三和吴强正在打着八十分，整个一兴奋劲儿。

“我赌队长爱大明星。”

张朝阳一对红桃二扔得豪迈，旁边黄三和吴强早已两眼放光。

Leo 将车子开过来时，发现乔明娇不仅没有进咖啡厅，反而面色清冷地站在马路边，似乎沉浸在某种情绪中不能自拔。任凭旁边有行人对她议论纷纷，她似乎都没有发觉，可见那个聂轻鸿对她的影响力有多大。

“那个好像是乔明娇啊！”

“真的是她！”

就在两个年轻的女孩尖叫出声时，Leo 一马当先如同救火一般的速度，拉着乔明娇急急地上了车子。

“Jioce，如果你真的喜欢他，可以去争取啊！”Leo 忍不住开口道。

显然，Leo 还是很喜欢乔明娇的，平日里当妹妹一样地照顾着她。这么多年来，他带过不少人，但没有哪一个像乔明娇这样令他欣赏到愿意为她鞍前马后的。

但是他的话换来乔明娇狠狠的一瞥，似乎要将他一口给吃了似的。她的生气这么显而易见，Leo 自然意识到自己触犯到了她的底线。

以前他不知道聂轻鸿是有老婆的，直到刚才跟着乔明娇到海棠居后才清楚。乔明娇是绝对不会破坏人家家庭的，他回想起她过去所演绎的影视剧，甚至没有一个角色是与小三类似的。

Leo 不觉间意味深长地看了乔明娇一眼，淡淡地叹了口气：“对婚姻负责的情况有很多种。如果聂先生真心喜欢的人是你，他却还继续将婚姻维持下去，这才是最不负责的。”

作为局外人，自然可以把事情看清楚，但是作为当局者，乔明娇却不能苟同这一点。

因为婚姻开始之初，就是神圣的承诺。

“你又不是没看到，那个赵子男家里也是有钱的，他和苏婕结婚后，还不是各玩各的？虽然现在是文明社会，可是为了门当户对，为了家族利益，为了老一辈人那扭不过弯的旧思想，还是有很多人的婚姻本身就是悲剧的。”

Leo 的三寸不烂之舌终于发挥了用处，乔明娇的脸上有了淡淡的变化，只是那份变化和 Leo 所预料的不一样——乔明娇的脸上不仅没有生起希望，反而落寞得有些伤心。

其实乔明娇是在为妈妈伤心，如果当初奶奶和姥姥家没有执意让爸爸和妈妈结婚，也许不会有这样的事情发生。但是如果爸爸结婚后没有继续和莱凤仪有所来往，那么妈妈的婚姻还不至于如此悲剧。

事到如今，该怪妈妈爱上了爸爸，还是该怪爸爸太不负责任？如果当初他们离婚，也许妈妈就不会因此而离去。

她不想重复妈妈的路，嫁给一个只为了所谓的爱情不在乎道义和责任的男人；她也不想重复爸爸的路，嫁给一个自己根本不爱的男人。

大哥和嫂子是一个特例，他们那样的人，注定会彼此相爱。而她自己呢？

不幸地遇到了道德和感情相冲突的难题，一向任性自我的乔明娇却不得不向道德低头，只因为这么多年残留在心目中的阴影还挥之不去。

奶奶说，那一晚妈妈生她时，大出血，可爸爸却在陪着另外一个女人。妈妈心里的那种绝望和疼痛，只需要想一想，乔明娇的心就跟着颤抖，难以自控。她的出生，夺走了妈妈年轻的生命。

所以，她不想自己的婚姻悲剧，不想自己的孩子生活在阴影之中。一直无所畏惧，什么都不在乎的她，在遇到了聂轻鸿后，才明白爸爸妈妈的这桩失败的婚姻，给她带来了多么大的阴影。

所以，无论如何，乔明娇宁愿牺牲自己的爱情，也不愿意做一个自私而不负责任的人。那样的爱，她得之有愧。

“这个话题到此为止，以后不要再提这个人了。”

乔明娇认真的声明，让Leo微微一愣。看着她那严肃的面庞，他只好点头，没有多说，开车赶紧赶向香格里拉酒店。

香格里拉酒店门外一片热闹，记者们不停地追逐着那些明星。敏姐刚打电话告诉了他们这一情况。乔明娇立刻让Leo从后门进去。

可是在后门，他们却碰到了贺芸娇。她微笑着和乔明娇打招呼：“Jioce真好命哦，没有想到你的地下情人会是傅淮生！”

乔明娇看着贺芸娇那明显吃味而不甘的模样，收起刚刚失落的情绪，而是带着一如既往的从容，笑道：“谢谢。”

贺芸娇被乔明娇如此简单的两个字给打击到了，她又变成那个自信从容的乔明娇了，带着微笑，昂首走进电梯。

“傅淮生也就是图个一时的新鲜罢了！”贺芸娇冷哼一声，转身进了另一部电梯。

但贺芸娇显然预料错了，乔明娇也没有料到傅淮生如此有决心。

第二天，乔明娇刚刚洗漱完毕，就见到Leo脸色略微尴尬地看着自己。

“怎么了？”

乔明娇随意地坐在餐桌旁，准备进餐的动作停顿了一下。

“傅淮生已经当众宣布他和赵安妮小姐的婚约解除了，并且承认是因为喜欢你。现在外面来了好多记者呢！”

怪不得她刚才打开窗户时，感觉到楼下似乎很吵，原来就是为了这个？乔明娇有些被傅淮生的狠劲和决绝给惊到了，她以为他会就此退缩呢，可谁知却更激流勇进了。

“报纸拿来给我看看。”

等到吃完早餐，乔明娇才看报纸。可见傅淮生的表白，并没有让她那么激动，和聂轻鸿相比，傅淮生输了。

Leo犹豫了一下，还是把报纸交给了乔明娇。

“豪门小姐怒骂明星小三抢夫，傅掌门努力澄清为爱不畏人言！”大标题清晰地映入眼帘。

此篇报道还刊登了她和傅淮生相拥，以及一边赵安妮扭曲着脸的照片，真可谓是图文并茂啊。

原来在她乔明娇的人生里，注定要上演一出小三的戏码吗？

就在这个时候，乔明娇的手机响了起来。

电话是奶奶打来的，乔明娇看着那闪烁的号码，不由得微微皱眉。估计是奶奶看到新闻后被气到了吧。

略微犹豫了一下，乔明娇还是接听了电话。却不料，奶奶并没有对她严词厉色，而是声音带着一抹疲惫地问道：“明娇，奶奶最近身体不舒服，总是梦到津帆和你小时候的模样。你什么时候有空回来让奶奶看看？”

奶奶何曾用过这种口吻和自己说话？从小到大，奶奶都对她严厉有加，担心她误入歧途，对于她踏入演艺圈，更是一百个不赞成，那反对的态度，只怕可以比得上当初大哥娶嫂子时的情景。

后来奶奶对于她更是气得不愿意再管，若不是她一直努力把这份事业做好，奶奶估计不会放任她一个人在外面如此东奔西走。

尽管她对于奶奶的话，一直是左耳朵进右耳朵出，甚至一度很叛逆，但是她明白，奶奶是真心疼自己的。如果没有奶奶的疼爱，或许她不会变成今天的乔明娇，而会是一个自私愚蠢的女人，奶奶给了她最良好的启蒙教育。

所以，当乔明娇听到奶奶这样询问时，她心头忽然一紧。

“我过两天就回去。奶奶要注意身体啊！”乔明娇答应得干脆，倒是出乎乔老夫人的意料。

电话那端，乔老夫人有些欣慰地道：“好，好。奶奶让杨姐为你准备你最爱吃的红烧鲫鱼！”

听了这些话，乔明娇有些愧疚起来。挂掉电话后，她便转身去收拾行李。

“帮我订机票，最近时段的。”

Leo 听了却有些迟疑地道：“现在下面前门、后门都被记者堵住了，出去不太方便吧？”

如果此时出去，就要直面那些追问，现在估计舆论对她极为不利吧。乔明娇已经好几年没有出过这么大的事情了。

手机再次响起，乔明娇瞄了一眼，是环视老总杨桐打过来的。她直接无视，决定拒不接听。

可这时手机又响了起来，没办法，她还是不耐烦地接听了电话。

“我在楼下等着你！乔明娇，我是认真的！”

傅淮生的声音有些沙哑，听起来是那么认真和诚恳，似乎还带着淡淡的忧心，这完全不像是乔明娇所熟悉的傅淮生。

“嗬！认真的？那麻烦傅总也认真地让那些八卦媒体让出一条道来！”乔明娇的话语中不自觉地带着一抹嘲讽和挖苦。

此时此刻，如果她还给傅淮生面子，那么她就不是乔明娇了。

“我已经让人把话传到各大媒体了，相信明天不会再有人追着你不放了。”

傅淮生说得笃定而沉稳，显然对于他的实力，他很有自信。但乔明娇并不领情，而是带着一抹认真地回答道：“那我敬候佳音！”

啪的一声挂断电话，乔明娇索性关了机，然后继续收拾行李。她乔明娇决定不理睬一个人，一向会做得彻底。

一边的 Leo 看此情形，有些着急：“Jioce，你这样得罪傅淮生，只怕以后的戏路会窄很多！”

乔明娇抬头，不以为意地道：“难道要我牺牲美色换来星途坦荡？他傅淮生如果真的是个男人，就不会阻拦我。”

Leo 被她反驳得无话可说。这个傅淮生沉稳内敛，无数女星追捧的钻石王老五形象，此刻被打破，到底他是一个什么样的人，还真的不好说。

“你出去帮我订明天的机票。”

乔明娇不理会 Leo 的担心，而是继续自己的行程，傅淮生如果真的有心，就不该为难她！这一点单从傅淮生没有只身上楼来找她就可以推断得出，傅淮生或许是认真的，或许不会真的威胁她。

Leo 见乔明娇并不担心着急的样子，只好出门去订机票。

乔明娇收拾好东西，浅寐了一会儿，准备这一天就这样在酒店里度过。如果傅淮生并没有如他所言遣走记者，她也不是没有直接闯出去的勇气，那些流言不过是关于她和傅淮生的而已，她受得起。

但没过多久，就见得 Leo 匆匆地赶了回来。

除了机票，Leo 还带来了两个好消息，一个是如同乔明娇所猜测的，傅淮生可能真的有心了。

“傅总的车子停在外面的露天广场上，好像在等你下去。”

乔明娇眼皮都没有抬一下，这个平日里把沉稳演绎到极致的男人，泡妞的手段也会比别人高明吧。

“刚才那些记者好像突然人间蒸发，全不见了。”

乔明娇不由得微微一怔，没有料到傅淮生的动作会这么快。

“那票呢？”

乔明娇看了 Leo 一眼，有些急切，既然没有了记者，那她就早点回家。

“我订了明天下午两点钟的。”

Leo 显然保守得多，他知道外面记者很多，以乔明娇的性格撑到明天中午，这些人不走，她肯定要直面而出了。

“改了，改马上就可以出发的。”

乔明娇毫不客气地发号施令，干脆利索的她，似乎又恢复了往常的性格。偶尔，乔明娇像个将军，她有着别的女星所没有的果断和魄力。

Leo 点头，却是有话想说的样子。乔明娇看了他一眼道：“不要告诉我，傅淮生真的动心了之类的话。我的心只能自己动，不会被动！”

乔明娇带着一抹骄傲与狡黠，锐利的眸光让Leo不得不摸了摸鼻头，有些无奈地走了出去。

乔明娇无视傅淮生的车子在那里默默地停了一上午的事实，更没有理会那车子里是否躺着叫做九百九十九朵玫瑰的浪漫，而是拉着行李箱，昂首走了出去，却不知道电话那端，晚晴打了一次又一次的电话。

“妈妈，小姑姑犯了什么错误吗，老奶奶那么不开心？”

夏岚睁着大大的眼睛，眸子里写满关心。

乔明娇自然没有料到这一次奶奶为她准备了一场鸿门宴，更没有料到奶奶真的被自己气病了。

祈园风光，即便是冬天也充满了勃勃生机，没有京城的喧嚣和繁华，却有着一种恬然高贵的静幽与祥和。乔明娇提着玫红色的行李箱，如同她的人一样，总能够有种明媚如春的生机，那种自在潇洒的习性，像个孩子。

“小姑姑！”

乔明娇看到跑出来的小小身形，不由得有些愧疚，这一次来去匆匆，居然忘记给小宝贝侄女买礼物。

“对不起，小宝贝，小姑姑这一次没有给你带礼物哦！”

夏岚的小脸上露出一抹淡淡的失望，但没有持续很久，而是任由乔明娇抱着，搂住她的脖子后，神秘地道：“小姑姑，老奶奶生气了，妈妈和爸爸都过来了。”

夏岚这话说得有些不明不白，乔明娇却是脸上露出一抹了然，那些报道看来还是惹到了奶奶，大不了她待会儿好好地澄清一番就是。

乔明娇不以为意地笑着，亲了一下夏岚的小脸蛋儿，带着心疼地道：“小宝贝有没有想小姑姑？”

夏岚一个“想”字脱口而出，乔明娇的脸上笑靥如花，回家真好呢。

“明娇回来了！”

乔明娇注意到嫂子的口吻有些异样，倒是笑得眉眼弯弯，这一点有些像夏岚，一副天不怕地不怕的样子。

那边乔津帆英俊的脸上多了一抹淡淡的严肃，和往常的平和有所不同，目光里多了一份不认同。此刻，乔明娇方才觉得某些事情严重得超出了她的意料。

而乔老夫人似乎没有听到晚晴的声音一般，头也没有回，依旧忙着手中的事情——正在拼着一张夏岚玩的智力拼图。

“老奶奶，小姑姑回来了！”

夏岚人小鬼大，自然意识到了老奶奶有些生气，便大声地叫了出来。这一次乔老夫人终于抬头，这几年来，她明显比原来老了许多，脸上增加了不少皱纹，此刻只见她转脸时，嘴角抿紧，眼神里带着一抹痛心。

“奶奶，我回来了。您身体怎么样了？”

乔明娇意识到了乔老夫人的火气比自己预料的大，连忙微笑加讨好，一副热络又活泼的模样，将夏岚放下，就准备走过去。

“你还知道回来，还知道关心我这个奶奶？”

乔老夫人没有在乎乔津帆和晚晴，以及旁边的佣人都在，直接冷脸以对。乔明娇不由得看了一眼乔老夫人之后，又看了一眼旁边挺着大肚子，在给女儿使眼色的晚晴。

“老奶奶不生气，生气就不漂亮了。”

夏岚伸出小手，一副小大人模样去抚摩乔老夫人的背。原本在生气的乔老夫人果然被这孩子给逗消了气，反手抱着夏岚，把拼好的拼图递给她。

“连夏岚都知道不惹老奶奶生气，唉——”

乔老夫人将夏岚放下，然后起身间，有些疲惫似的，看都不看一眼乔明娇。

“到奶奶房间里来一趟吧！”

乔明娇脸上并没有太多的难堪和难受，而是在看着乔老夫人那微微弓起的身形时，有些担心地起身扶了过去，却被乔老夫人一把甩开。

“奶奶自己一个人可以走。”

乔明娇讪讪的，不由得转脸看了一眼晚晴，以及抱着拼图的夏岚，最后才看向乔津帆。

“聂家打了电话过来。”

乔津帆只是轻轻一个提醒，原本无畏无惧的乔明娇顿时如芒在背，一张小脸上出现了怔忪和错愕，以及别样的疑问和联想。

难道聂夫人还不死心，一定要闹到这种地步才满意吗？

“奶奶——”

乔老夫人的房间内，乔明娇刚想解释，就看到乔老夫人扬起了手，那严厉的脸上，一双眸子里含着恨铁不成钢的泪水。

乔明娇一时间愣住了，第一次有种惶恐和不安的感觉。

“奶奶养你，就是为了让你给奶奶丢人现眼的？你爸爸妈妈的事情，奶奶是错了，可是你难道没有看到莱雪的例子？你难道不知道‘廉耻’两个字怎么写？什么事情可为，什么事情不可为，奶奶没有教过你？聂家为你闹，报纸上一片糜烂，明娇，你是不是想气死我，让我早点去见你妈妈，告诉她我没教育好你？”

这是乔明娇第一次看到奶奶为自己气到浑身颤抖，声音都变了调。转脸，乔老夫人自己抹泪，乔明娇一下子愣在了那里，心头犹如钢针扎过，第一次有种委屈而又无奈的，心疼又愧疚的感觉。

“奶奶，您听我说，我没有去破坏别人的家庭。我和聂轻鸿什么事情都没有，是聂夫人小题大做了！”

乔明娇刚走近一步，却发现乔老夫人转脸，啪的一巴掌甩了过来。乔明娇只觉得头脑一蒙，一脸不可置信地看着乔老夫人。

“没什么，会闹到别人家离婚？没什么，会让人家母亲打电话到奶奶这里求情？”

离婚？求情？

乔明娇被这两个词语给惊住了，更是难以置信，聂轻鸿难道回去要离婚？聂夫人难道还以为只是她的问题吗？

“你……你呀，让奶奶怎么说你呢？”

乔老夫人气得坐在床边，带着一种挫败感，更显得苍老了许多。乔明娇想解释些什么，可是话到了嘴边，却一个字都说不出口。

聂轻鸿因为她要离婚了吗？

此刻聂家，出现了前所未有的低气压，坐在沙发上低头不语的聂夫人，委屈地抹了一把眼泪，而她旁边的聂小严和靖媛都没有规劝的意思。聂司令终于虎着脸呵斥一声：“哭哭啼啼成何体统！早说了让你不要管他的事！”

聂夫人见聂司令不留情面地批评自己，哭得更凶了。

北京城的夜，在这个突然间下雪的冬天，犹如银装素裹的贵妇，优雅尊贵地俯视着依旧川流不息的街道。直至将近十一点钟，城市才似乎一下子安静了下来，犹如进入深度睡眠的美人一样，连呼吸都那么微不可闻。

苏家别致的四合院门口，一辆带着别样气势的吉普车，安静地停在风雪里，任由大雪将军绿色的吉普车覆盖成白头翁一般，淹没了它原来的颜色。

而车子的主人，此时似乎不畏寒冷一般，穿着一身威严军装，任由风雪吹拂。

依然是老北京的四合院，却处处透露着静幽与书香，尤其是在这突然间飘雪的夜晚，寒梅傲雪，淡淡清香飘入室内。

但是房间内的人，并无心欣赏窗外风光，满头花白头发的老年男子，一张儒雅的脸此刻十分肃穆，嘴角抿紧，拉起一个下弯的弧度，垂眸翻着手中的卷宗，似乎外面发生了什么，都与他无关一样。

“爸——”

中年妇女终于走进了房间，看着一脸严肃的老父亲苏文山，脸上露出一抹无可奈何。

“叫我做什么？你不是同情那小子吧？”

苏文山显然没有在看书，话语里的冷硬可见一斑。

中年女子，眉心皱着，叹息一声：“这事……这样子也不是解决的办法。”

中年女子脸上露出一抹淡淡的不满，她是苏若慈的母亲刘惠。若说心疼女儿，她肯定是第一个，但是现在楼下被赶出去的聂轻鸿，却是她相中的女婿，若非如此，她绝不会如此草率地将苏若慈嫁过去。

“怎么，你被他感动了？他现在是铁了心要和我们丫头离婚，我们苏家哪里比不上聂家？不就是当官的吗，他还能当一辈子？”苏文山越说越气。

能够与聂家结为亲家，自然说明苏家的家底也非同一般。苏文山以前做过北大的教授，他的学生里，不乏一些有能力有本事又仕途通畅的，不然苏文山也不会有如此之高的地位。

刘惠因苏文山那倔强固执的脾气，眼里露出淡淡的不满，但终究没说什么，而是脸色微微一沉道：“爸，这事无论如何，关系到若慈的幸福，我是不可能就这么让她放手的。”

刘惠说完，不理会惊诧的苏文山，转身便离开了。一个母亲为了女儿的幸福，可是什么事情都做得出来。

楼下，站在风雪里的聂轻鸿，口袋中的手机响了起来，他皱眉，还是接听了。

“师兄，你吩咐的事情都做好了，还有什么事吗？尽管吱声！”

面对那端的热情，聂轻鸿英俊的脸上却是没有多少变化，似乎没有人能够听得到他的情绪一般。

“嗯，以后只要是关于她的不实报道，都尽量压下来。”

聂轻鸿并没有强势要求，但那边已经热络地应了下来。

“行，师兄吩咐的事，咱一定给办得漂亮。师兄，那个乔明娇可是一个不折不扣的大美女，你这边……师兄？”

聂轻鸿毫不客气地挂断了电话，然后看了一眼苏家那仍旧关着的房门，依然毅立不动，脸上的表情一如既往。风雪浸湿了肩头和冒顶，他似乎没有感觉到一样。

乔明娇挨的奶奶那一巴掌，其实并不重，即使重她也无话可说，奶奶的生气和着急可以理解，换作她的角度，也不愿意被人指责为小三，但是现在不是她和奶奶解释这些事情的时候，她的脑海里一直回荡着一个强烈的信息——聂轻鸿要离婚。

聂轻鸿是因为她而离婚？

一股说不出来的感情，复杂地涌上了心头，她期待幸福和爱情，可是却从来没有想过要抢夺别人的。

乔明娇走出奶奶的房间后，看到站在门外，目露关心的晚晴，以及两眼巴巴地望着自己的夏岚，想露出一个无所谓的笑容，却很难做到。

“嫂子。”

这是晚晴第一次看到乔明娇故作坚强的模样。这样一个女子，一直坚强。第一次相逢时，她像是一个无知懵懂的可爱少女，却有着百变天使一般的能耐，是她打断了晚晴的订婚宴，也是她真心地希望乔津帆幸福，更是她在晚晴第一次进乔家时，理直气壮，毫不留情地和乔季云叫板，和莱凤仪针锋相对。

这样的女子，又怎么会去破坏别人的幸福呢？

“对不起，之前没有打听清楚，如果靖媛早点告诉我就好了。”

晚晴的歉意让乔明娇却笑了出来。

“嫂子，不关你的事，是我一时莽撞了。嫂子能不能帮我联系到聂轻鸿？”

乔明娇并没有因为乔老夫人那一巴掌而委屈至极地哭泣。这一句话让晚晴微微一怔，看着乔明娇那清醒而冷静的样子，自然理解了她的想法。

“我帮你问一问。”

乔明娇不会糊涂地惹了麻烦而不负责任，尤其是这件事情，当年晚晴流产，她比晚晴还要自责难受。

这一点让晚晴更加确定乔明娇不会破坏别人的家庭。

很快，乔明娇得到了聂轻鸿的联系方式，顺利得有些出乎她的意料。看着这个陌生的号码，她却感觉到了一种前所未有的沉重。

她自认为潇洒地放开，无损于他人的幸福，可还是因为自己的幼稚而犯了不可原谅的错误。

勇敢如她，此时面对爱情与婚姻的天平，不得不取下那份属于自己不该添加的负荷。

第一次，她没有那种调皮，没有那种无畏，而是冷静得像是一个沧桑的老人，拨通了聂轻鸿的电话。

电话响了很久，乔明娇以为聂轻鸿不会接，或者这个电话号码压根儿不对。

“喂。”

熟悉的声音通过电话线传入耳朵。任凭乔明娇平日里如何伶牙俐齿，此刻居然有些口拙。

自从离婚事件后，这还是乔明娇第一次听到聂轻鸿的声音，和面对面看着他那张冷酷的脸不同，有一种难以言喻的亲切感觉。明明他就是个冷酷而寡言的男人，可是听到他的声音后，乔明娇却觉得有很多的话想说，但是她克制了自己所有不符合实际的幻想。

“我是乔明娇。”

乔明娇说这句话时，莫名地咽了一口口水，连她自己都不明白平日的那些犀利劲儿哪里去了，还有之前的勇敢似乎都找不到了。

电话那端的聂轻鸿，显然因为她的声音而沉默了片刻。乔明娇听着那边寂静无声，不由得有些紧张和严肃起来。

“聂轻鸿。”

“对不起。”

他们异口同声。乔明娇明显一愣，有些信号接受错了的惊讶，当她鼓起勇气叫了一声聂轻鸿时，他居然说对不起，而那声音里似乎夹杂着寒风一般，有种凛冽的气息传过来。乔明娇一时间怔住，接不上他的话。

“我为我母亲无礼的行为向你道歉。”

聂轻鸿的声音里似乎没有了任何波动，就像是平时布置任务的语气一般。乔明娇没有计较，而是有些不可思议地听着他表达的内容，聂夫人给奶奶打电话的事情，他已经知道了？

“没关系，不是你的错。”

乔明娇脱口而出后，方察觉自己的语气有违初衷，她不是来听他道歉的，而是来和他划清界限的。

“聂轻鸿。”

乔明娇再度开口，却没有一口气把自己要表达的内容说完，而是在沉默片刻之后听到聂轻鸿那边简短的命令：“说。”

乔明娇知道这个时候自己不该迟疑和犹豫，哪怕她听到了他的声音后，心底里反而更加不舍，但是必须斩断幻想，她不会放纵自己的。

“我是想告诉你，不管聂夫人怎么想怎么说，我都不会做一个通过拆散别人家庭而获取自己幸福的人。如果你是因为我而离婚，伤害了一个原本深爱你的女人，我会无法原谅自己，也无法原谅你……”

乔明娇说得有些决绝，有些负气，有些狠辣。

是的，面对他，她总能骄纵自己的性子，或者说，从遇到他那一刻开始，她以为这样的他是为她乔明娇而守候的，所以即便此刻，她还是一副那么骄傲的，誓不回头的姿态，对他骄纵着。

电话那端没有像之前那般长久的沉默，而是很快给予了乔明娇一个答复。

“不关你的事。”

乔明娇看不到聂轻鸿那张线条分明的脸上，涌现一股与风雪无情相反的淡淡的温柔。

他会离婚不关乔明娇的事。当然，如果乔明娇没有出现，或许一直将每一步迈开多远的距离，都精确计算的聂轻鸿，还没有意识到一时的负责任，造成了多么严重的后果。

“哦。”

乔明娇听了这句话后，刚才所有的理直气壮，顿时变得没有了着落。是轻松？是失落？难以言明。就像是一朵浪花拍在了沙滩上一样，以为是角岩反击的剧痛，却原来是轻软着陆的怅然若失。

但怅然若失之后，乔明娇很快掩饰了内心的感情，做出明快而轻松的补充。

“这样最好。”

她声音明亮，就像是丽江那晚，她大胆地要求他去取钻石时的口吻一样。乔明娇的爽朗和憨直，永远都是一笔不可多得的财富。她是一个介于女人和女孩之间的综合体，有属于自己的理智，可偏偏有着一颗让人怜惜的童心。

“嗯，早点休息，再见。”

乔明娇正在为自己的果决而暗暗松口气时，听得聂轻鸿如此说道，就像是每一天的叮嘱一般，平淡无奇；就像是他面对那些队员时一句简单至极的交代一样。电话在乔明娇还没反应过来时，就被聂轻鸿挂断了。她愣在了那里。

这个聂轻鸿，有没有弄清楚她的态度，她的意思？

所有的决绝，败在聂轻鸿那一声“早点休息”的叮嘱里。多年后乔明娇才明白，因为聂轻鸿那样一句话，她却傻傻地又等了他两年。那个时候的她，或许不明白，他早已将她看透。乔明娇对于聂轻鸿而言，何尝不是命运给予的偶然，美好而必不可少的相遇呢？

乔明娇结束了和聂轻鸿的通话之后，手机立刻响了起来，虽然没有存储下来，但是这个号码乔明娇已经记得，是傅淮生的。她没有多余的迟疑，而是毫不迟疑地拒听了，然后关机。

脸上的疼痛，不及内心的落寞，聂轻鸿要离婚，乔明娇却并不开心，更没有期待，而是抱着她的齐人高的布偶，睁着大眼睛，少有地失神了。

他说，早点休息，再见。

此时想来，似乎有点关心的味道，乔明娇不由得皱眉，霍然坐了起来，然后又挫败地躺了下去。

这一晚，乔明娇将近凌晨三点钟才因为旅途的劳累而疲惫地进入梦乡。那边苏家也终于为站在寒风中的聂轻鸿打开了房门。面对苏家一道道不满的目光，他完全没有退缩的样子。

一时的责任，造成一辈子的后悔，那不是聂轻鸿这种男人会做的事情，哪怕他看到了刚刚走出来的苏若慈，面容有些憔悴，眼睛红肿，冷酷的脸上也没有丝毫动摇。

“想要和若慈离婚，得答应我三个条件。”

苏文山开门见山，没有半点的回旋余地，说完就似乎准备要走，而身后聂轻鸿果断的回答，让苏文山眼角抽了抽，就差没有呕出血来。

“我答应。”

不问什么条件，不问什么理由，不问能不能实现，一句我答应，让苏若慈原本憔悴的脸上多了一份委屈之外的愤怒。那一向喜欢躲在人群后面等待着结果的她，此时冷冷地看着聂轻鸿，手掌攥紧，转身默不作声地关上了房门，嘭的一声，宣示了她的怒气。聂轻鸿的眉心微微一蹙，脸上是沉如泰山的严肃。

“你就这么想和我苏文山的孙女离婚？”

这一次文坛泰斗，学术名家苏文山终于怒不可遏地爆发了。

苏文山气得身子有些颤抖，不肯正眼再多看聂轻鸿一眼。而一身已经半湿的聂轻鸿更加显得刚毅冷峻，多了一份不可动摇的气势，就是这股浑然天成的气势，让苏文山异常恼火。

面子、门当户对，或许，平常老百姓不会感觉到这么明显，但是当你真正拥有了一定的社会地位，生活在这个圈子里，那些就显得格外重要了。

这种称斤论两的婚姻，注定在某种程度上，要出现眼前的破坏力，只是苏文山没有料到会来得这么早，这么突然罢了。

“苏老误会了。我今天前来并非是为了给苏家难堪。”

聂轻鸿向来寡言少语，但这一句话足够让苏文山更生气，这还嫌不够给苏家难堪？

苏文山气得冷哼一声，转脸不看聂轻鸿，哪怕聂轻鸿的父亲是堂堂军区司令，哪怕聂轻鸿以后也会前途不可限量，苏文山的文人脾气，这个时候已经臭到家了。

“不给难堪？那这么冒着风雪地堵在我苏家门口，是什么意思？”

苏文山还是没有忍住，严词厉色，而聂轻鸿的脸上没有半点波澜，让他更为恼火。

“我只请了一天假，明天开始，出差半个月，任务地点中缅接壤处。”

聂轻鸿说出这句话时，脸色肃穆而威严，绝非是一个普通男人能够比的。他这句话的意思，也足以让原本盛怒的苏文山正视聂轻鸿的态度。

他堵在门口，之所以势在必行，是因为他有公务在身，一去就是半个月，军嫂难为，只有真正地做了军嫂才知道吧。而这些日子，苏若慈过的什么日子，苏家想必已有所知，现在聂轻鸿的意思再明显不过，苏若慈嫁给他，和守寡没什么区别。

原本还在大动肝火的苏文山看着聂轻鸿那面不改色的样子，终于有些动摇了。

“如果我和若慈有感情在先，或者双方两情相悦，愿意牺牲一方幸福，我愿意接受这段婚姻。但当初一时的负责任，只为讨苏家和父母的欢心，将这个错误持续下去，我想既不是对若慈负责，也不是对双方长辈负责，这一点，请苏老三思。”

聂轻鸿说完这句话后，已经没有再继续逗留的打算，与其说他在外面等那么久是逼着苏若慈和他离婚，不如说人家辛苦等那么久，只不过是要把这个理说清楚罢了。从头到尾，聂轻鸿并没有大言不惭地说出半句要离婚的话。

今晚说的这些话，是聂轻鸿平日里给学员上课时才会有的长度，若非逼不得已，看他的样子，连这些理由都懒得讲。这样一个沉默寡言的男人，适合自己那个凡事都喜欢躲在背后的孙女吗？

“等等。”

苏文山的语气已经不是刚才那般的冷硬与强势，相反倒是有些挽留的意思。聂轻鸿停住脚步，一只手托着帽子，整个人英气勃发，散发着逼人的帅气与巍峨，让苏文山越看越可惜的同时，更不甘心。

“不是因为那个什么明星？”

苏文山这句话问得没头没尾，聂轻鸿原本还带着洗耳恭听的脸上，变得冷凝而严酷，整个人都散发着冷意。苏文山当做没看见，逼视聂轻鸿，观察他的每一个表情。

“苏老，臆度了。”

说完，聂轻鸿没有半分要停留的意思，转身便走。这个时候，只听得楼上，苏若慈的声音略微高昂地响了起来。

“聂轻鸿，如果我愿意牺牲自己的幸福呢？”

这句话来得突兀，原本面无表情的聂轻鸿脸上终于出现了破裂的痕迹。他看着站在卧室门口的苏若慈，苏若慈一副紧张而害怕的模样，那双眼睛里的认真，足足有半分钟。那种冷静的直视，让苏若慈窘迫地转开了视线。

聂轻鸿自然知道这房间里有数道视线都在看着自己，尤其是苏文山。

“半个月后，我给你答案。”

聂轻鸿表情认真，语气中完全没有任何怨怼或者不平，情绪都掩盖得很好，只是那一刹转身时的冷凝，让他有些森然如修罗的面容，冷得让人不敢靠近。

第二天起床后，乔明娇有些精神不济。她以为自己已经彻底死心了，可是那样一个电话，却又让她有些莫名地牵挂起聂轻鸿来。

聂轻鸿如果真的离婚了呢？她和他就可以理所当然地走到一起吗？

乔明娇甩了甩头，不让自己胡思乱想，这一甩头有些晕，早就起床的夏岚已经跑了过来。

“小姑姑，老奶奶给你做了好吃的，也分给我一份。”

乔明娇看着穿戴得有模有样的小家伙，心情大好起来。或许夏岚某些地方太像她，包括这模样，从一出生就和她像母女似的，让乔明娇高兴了很久，恨不得领回去当自己女儿算了。

“小心点，别着急。”

这个时候乔津帆扶着晚晴进来，估计又去晨练了，每天早晨起来多走动走动，这是晚晴所坚持的。

“没事，我看着呢！”

晚晴走路已经有些吃力，转了一圈回来，累了，但还不至于看不到脚下的楼梯，虽然肚子比上次怀夏岚时大了许多。

但乔津帆仍然半搂着她，恨不得以手代步，将她抱起来走算了。

看着大哥大嫂简单而幸福的生活，乔明娇的脸上露出一抹淡淡的欣慰的笑容。她牵着夏岚下楼。

此时，乔老夫人先看了一眼晚晴后，又看了一眼乔明娇。

“赶紧的，夏岚，去洗洗手，坐好吃饭。”

“晚晴坐这边，这个鱼汤，还有这个都吃点。”

乔老夫人依然是一副指点江山的姿态，最后才看了乔明娇一眼，视线停在她的脸上，发现她脸上并没有任何红肿的痕迹，才收回目光，对着她依旧严肃地道：“这些都是你爱吃的，得补补肉，最近瘦了。”

乔明娇没有说什么，只是点着头坐过去，开始吃了起来。这些自然都是她最爱吃的，小时候奶奶管得紧，不让她贪吃，现在想想，奶奶还真是疼她的。

看着乔明娇并没有闹情绪，吃得有滋有味，乔老夫人一直停留在她身上的视线这才收回去，最后开始对着夏岚发号施令。

“夏岚，干什么呢？不许缠在妈妈身上！”

“杨姐，这个以后少做点，不能尽着她吃，小孩子合理饮食也很重要。”

但是到了晚晴那边就不一样了，乔老夫人看着什么东西都想让她吃一点。

乔明娇原本有些不够精神的脸上，多了一份享受生活的愉悦，不再去想聂轻鸿的事情。

上午的时光，在陪着夏岚玩耍中，很快地度过了。

“小姑姑，小姑姑，我喂，我喂。”

鱼缸里的鱼，每次夏岚回来，都会被她撑死几只。乔明娇对此感到格外自豪，小妮子完全继承了她的性格啊。

“小姑姑，鸽子都怕冷，胆小鬼，它们还长了毛毛呢！妈妈说羽毛是很保暖的！”

夏岚叽叽喳喳，话特别多，看见什么都想搞破坏，就没有闲着的时候。

“小姑姑，我饿了。”

好在精力旺盛的小家伙，累得也快，乔明娇牵着她的小手，俨然一对母女般，直到看到不知道何时在祈园别墅门口停着一辆眼熟的车子，她本来放松的心情，又紧张了起来，小脸顿时肃穆如冰，俨然有种高不可攀之势。这个傅淮生怎么突然间就这么主动起来了？

乔府宽敞尊贵的客厅里，双腿交叠而坐的男人，一派雍容，沉稳中露出淡淡恭谦的姿态，正在和乔老夫人说话。在看到乔明娇和夏岚进来后，乔老夫人和傅淮生同时转头。

“明娇回来了？这位傅先生说是你的朋友，特地来家里看看你。”

乔明娇有些错愕地看着乔老夫人，看这样子，乔老夫人对傅淮生的印象还不错，虽然没有表现过度的热忱和满意，但是也没有表现出如乔明娇所预料的不满。

傅淮生并没有多余的话语，那双眼睛看着乔明娇俨然如冰霜的脸时，依旧露出一抹淡淡的笑容，最后落在同样骄傲的夏岚身上。

“傅总来这里干什么？是向奶奶讨教养生之道吗？”

乔明娇的语气显然有些挖苦，其实傅淮生并没有真的做什么得罪她的事情，但是现在看着他，乔明娇却很难有好态度。

这个男人太自我，太骄傲了，他以为他出现在这里，她就会乖乖就范吗？

“我们这里不欢迎你！”

这话是夏岚说的。她只看了乔明娇一眼，就知道下面该说什么样的台词。

乔明娇险些因为小侄女这副足够张狂而骄傲的模样而笑出来，但是看着傅淮生那张没有多少反应的脸，便有些不耐烦了。

面对乔明娇的挖苦、夏岚的不欢迎，傅淮生那张英俊的脸上，多了一份难以察觉的讶然。当他的目光落在夏岚的脸上时，眸子里多了一份淡淡的疑惑，但因为他掩饰得很好，让人难以发现。

“宝贝，走，跟我上楼去。”

乔明娇似乎没有要和傅淮生交流的打算，而是拉着夏岚，露出一抹狡诈的笑容来，一声宝贝叫得比亲生妈妈还要真诚和自然。

“好。”

夏岚也不含糊，那答应得何止叫一个顺溜啊！她也不是第一次和小姑姑同仇敌忾了，姑侄俩之间的感情，那是相当好。

晚晴和乔津帆去了医院做产检，估计一时半会儿也难回来，现在乔明娇却有了要使障眼法的心思，只要奶奶不揭穿，想必可以唬一唬这个傅淮生的。

“明娇。”

乔老夫人语气严厉，乔明娇却是一脸无辜的模样，看了乔老夫人一眼，那眼神认真中带着一丝期盼，不是撒娇，却比撒娇更有威力。

乔老夫人脸上一沉，道：“上去，收拾收拾自己，再下来。”

乔明娇今天头发随意地扎成了一个松散的辫子，穿着也比较休闲，没有化妆，戴了一顶貂皮长毛小帽，像一个妩媚而居家的小女人，再加上身边可爱的娃娃夏岚，落在傅淮生的眼里，却是别样的柔和而美好。因为不知道乔明娇和夏岚的关系，他没有泄露过多的情绪，但不代表他心里不会想。乔明娇就是算准了这一点，而奶奶又没有揭穿，她便顺着杆子往上爬，赶紧拉着夏岚上去。

再次看到傅淮生时，乔老夫人已经和他言笑晏晏地聊了起来，内容正是乔明娇。

“我这个孙女刁钻得很，一般的男人她可看不上，对待感情很认真，不像有的明星，一心想嫁给那些花心又风流的富家公子。真不知道什么样的男人能够打动她的心呢！”

乔明娇听着奶奶的话，脸上不由得多了一份笑意，但也多了一份谨慎。一旦傅淮生真的通过了奶奶这关的话，那么接下来的事情就麻烦了。

所以乔明娇早备有新招。只见她低头牵着夏岚下来时，夏岚已经改了先前的模样，装作一副无辜又小心的样子看着乔明娇道：“妈咪，这个叔叔是谁？他是不是要把妈咪带走？妈咪是不是再也不要我了？”

天哪，她家小侄女太会演戏了！乔明娇恨不得将夏岚抱在怀里，狠狠地在她粉嫩嫩的小脸上猛亲两口，但无奈情况不允许。乔明娇的脸上露出一抹淡淡的尴尬和愧疚，然后又迅速恢复了明朗的模样。

“宝贝，妈咪怎么会不要你呢？你是妈咪的心肝宝贝啊！”

乔明娇说这话时，已经露出一种母性的柔软来。那是自然的，也是真诚的。姑侄俩正演得高兴，那边乔老夫人咳嗽一声，乔明娇才停了下来。谁知道夏岚演得起劲，抱着乔明娇的腿道：“我不要妈咪离开我，妈咪是我的！”

又霸道，又娇气，简直和乔明娇是一个模子里刻出来的，乔老夫人都快承受不住了。这要是晚晴和乔津帆在，估计会憋出个内伤来。

“坏叔叔，我不喜欢你，不许抢我妈咪！”

乔明娇不知道该庆幸夏岚拥有如此高的演戏天分，还是该抚额捶胸。那边乔老夫人虎着脸，傅淮生的脸上却没有多少表情，只是认真地看着低头的乔明娇，似乎没有打算和自己对视的样子。

“看来我今天来得有些突然，不知道有小朋友在，那改天再登门拜访吧！”

傅淮生的脸上那份严肃显然是因为受到了冲击，乔明娇在心底摇旗呐喊，脸上却是认真严肃。

看着傅淮生走时还回头看了自己一眼，乔明娇赶紧抱起夏岚，夏岚一副敌视的态度，冷傲地看着傅淮生。

傅淮生在打开车门前，淡淡一笑道：“下次叔叔给你带礼物。”

之后，傅淮生熟稔地驾着车子离开了，乔明娇缓缓地松了口气。

这时，只听得乔老夫人道：“浪子回头金不换。如果他真心喜欢你，就考虑考虑吧！”

乔明娇一怔，看到乔老夫人脸上认真的表情。刚才是骗过了傅淮生，可是如果他连她“有了孩子”，更可能是未婚生子都不在乎的话，那么奶奶一定会同意他们交往的。

“奶奶。”

乔老夫人看了乔明娇一眼，毫不客气地指出：“你也老大不小了，再过两年就三十了。难道你真的要学那些女艺人等到不能生孩子的时候再结婚？

还是，你的心里有着那个叫聂轻鸿的？”

乔老夫人这态度和当初面对晚晴时一样，威慑力十足，说出的话够尖锐，也够直逼乔明娇的内心。

她的心里还有着聂轻鸿！难道要这样一直装下去吗？既然要将聂轻鸿忘记，难道她这辈子都不嫁人了吗？这些都是一个现实的问题，只是以前乔明娇可以逃，可以躲，现在乔老夫人却不允许她继续这样下去了。

“你想自由自在，奶奶没拦你，也是想让你多享受几年自由，但是能这样一直下去吗？”

乔老夫人可谓苦口婆心，和以前的强硬态度相比，变得语重心长。乔明娇想躲得理所当然，却已经没有那么简单了。

她祈祷着傅淮生不要动真格，又有些头疼怎么样逃过奶奶的逼迫，心底隐隐有些疼痛，却没有表现出来。

“奶奶放心，只要是我真心喜欢的，我一定会接受！”

乔明娇抱着夏岚，继续和乔老夫人打太极，但是内心慌了，有些落寞。当落寞的时候，她总会想到一个人——聂轻鸿。

乔明娇将夏岚缓缓地放下，脸上微微有些失意。爱情这东西，一旦得不到时，总有一种苍天负我的感觉。她向来是个不问苍天的人，这一刻却真的望天了，如果让她乔明娇嫁给一个自己不爱的男人，那绝对不是她的性格。

直觉告诉她，傅淮生极有可能是那个她不爱，又迫于形势必须嫁的人。她从来都不是坐以待毙的笨蛋，所以现在也不会做那个笨蛋。

“小宝贝，今天表现不错哦，下次小姑姑给你带漂亮的衣服，是世界上最可爱的小宝贝才有的衣服哦。”

乔明娇看着抓住自己不放，露出关心和好奇的夏岚，在她小脸蛋上左右各亲了三下，才满足地放开她。看着夏岚那童真又勇敢的脸，乔明娇憧憬中露出一抹惆怅来。

“小姑姑，我不要漂亮衣服，我要小姑父！妈妈说，等我有了小姑父，小姑姑就会是最幸福的人了！”

夏岚不知道从哪里学来的文艺腔，说话间有模有样的派头，让乔明娇听了想哭，却笑得灿烂。

“那小姑姑去给宝贝找一个小姑父好不好？”

“好，小姑姑拉钩钩！”

“拉钩钩。”

乔明娇在夏岚的掩护下，居然就那么明目张胆地离开了乔府。

乔老夫人正哄着一直哭着要坐在桌子上的夏岚，正有些头疼得想要拍她屁股的时候，小家伙看着外面扬长而去的身影，顿刻间巴巴地望着乔老夫人，挂着眼泪笑了起来。

等到乔老夫人明白是怎么回事时，真的有些哭笑不得。明明该责备夏岚的，可是看着她那大大的眼睛，见机就往她怀里拱的小身子，乔老夫人却说不出一句气话来。

乔明娇在不知名的小城待了三天，这一次有些没有方向感。以前天下之大，似乎她可以随处为家，此时天下之大，她却有些不知道该何去何从。

Leo 打电话过来的时候，格外兴奋。乔明娇听得不经意，可是脑子还是变得清明，扫去了那些阴霾，有了更大的兴致。

“Jiocc，告诉你一个好消息，哈哈！我就知道老天爷特别厚爱你，猜猜我接到谁的电话了？”

“是小斯蒂芬·斯皮尔伯格！Jioce，你的春天来了，好莱坞在向你招手！”

Leo 兴奋得有些手舞足蹈，乔明娇听了也很有兴致。她最喜欢的新生代大导演，非小斯蒂芬莫属了，能够与他合作，估计是每个想要达到事业巅峰的演员的终极梦想。那不仅意味着成名、成星的辉煌，也将意味着演艺水平得到绝对的肯定。

乔明娇之前与小斯蒂芬有过一面之缘，只是没有料到他会真的和自己签约，撇开那些阴霾不说，乔明娇不是一个肯放弃机会的人。

“是这样，斯蒂芬先生今年准备推出一部巅峰巨作，除却 3D 高科技震撼画面，还融合了欧、亚、美三个大洲的人气明星，阵容空前强大。这部戏叫做《绝地重生》。”

斯蒂芬身边的助理，是一个中国人，虽然乔明娇和斯蒂芬用英文交流并无障碍，但是斯蒂芬的助理还是特别又解释了一番。

“我很高兴，有这个机会和斯蒂芬先生合作。”

乔明娇不是一个含糊的人，尤其是斯蒂芬年轻有为，虽然有大牌导演的尊贵，可是没有那么傲气，人长得也斯文，显得睿智而平和。

“虽然它可能不是我最好的一部作品，但是，乔小姐，我对于每一部电影都有着极为严厉而苛刻的要求，这一点，希望你最好清楚。”

虽然斯蒂芬这么说，但乔明娇还是好奇，他怎么会在那么多演员中选中她呢？虽然她也有向好莱坞提交片子，但和她齐名，甚至比她还要出众养眼的那个韩国妹妹，斯蒂芬为何没有看上呢？

敏锐如乔明娇，还是察觉到了这次机会来得突然。

“斯蒂芬先生，我想知道，您是从哪部片子里看到我的不同，而选我做这部电影的女二号？”

虽然只是女二号，但这个女二号和平时的女二号分量可不一样。到底是别人给了她这个机会呢，还是上天眷顾她呢？

“乔小姐，恕我直言，我是经过朋友的推荐，才考虑你的。实际上我们还有预备演员，我希望乔小姐不要让我失望。”

斯蒂芬被乔明娇问到时，并没有撒谎。乔明娇听完后，不免有些好奇，是谁推荐她的？杨桐吗？可她并不认为杨桐有这么大的影响力。

放眼娱乐圈可以影响到她前途和命运的人，倒是有那么一个——傅淮生。

想到这一点，乔明娇不由得皱起眉来。如果真的是傅淮生，她要不要接受呢？

乔明娇看了斯蒂芬一眼，还是追问道：“那么斯蒂芬先生，可以告诉我那个推荐我的人是谁吗？”

斯蒂芬显得有些不耐烦，但还算客气：“乔小姐，不管是谁推荐的，我希望你能够珍惜我们这样合作的机会，你说是不是？”

这个看起来客气却诚实的外国大导演显然是受人之托，不肯透露姓名，乔明娇没有继续追问下去。

如果真的是傅淮生推荐的，她要不要放弃这个机会呢？

她已经从乔府出来几天了，却一直没有傅淮生的消息，也没有接到过奶奶的电话。乔明娇认为，那是她和夏岚的戏演得逼真，而傅淮生知难而退罢了。

知难而退的傅淮生，会给她提供这么一个难得的成名机会？她可没有忘记他是怎么威胁自己的！

但无论如何，她知道，如果这一次拒绝了斯蒂芬，可能会错过进军好莱坞的最佳机会，这一点Leo也很清楚。

“Jioce，现在你在国内的人气已经达到了高峰，趁此机会去好莱坞最好不过了，不管是年龄还是演技，都是最佳时期，不要淹没了自己的才华！”

Leo说得一点不错，乔明娇心动了，于是决定去。

与此同时，正在中缅交界处执行任务的特种兵，如同森林里的猛兽一般，埋伏着等待目标出现。

在目标出现前，张朝阳小声地嘀咕了一句：“聂队，你说会不会再遇到乔美女啊？”

聂轻鸿微微转脸，一道冷冽的目光射向他。张朝阳自动闭嘴，瞄准准星，继续围猎目标。

第二天杨桐打来电话，让乔明娇务必去环视一趟。乔明娇清楚现在这个时候和环视解约是势在必行了。当然，如果出演好莱坞这一部大戏成功后，那么她的前途是一片光明，倒不必着急和谁去签约。

“恭喜你，Jioce，希望你能够走出一条更宽广的道路来。以后成了国际巨星，可别忘了来环视看看。”

杨桐的笑容显得有些假。他说得虽然好听，可放走了乔明娇这棵摇钱树，对于他来说，损失还是不小的。

“这里我待了这么多年，就像是自己的家，还有您这样的好老板，我一定会回来的！”

乔明娇注意到从刚才上楼到现在就有不少目光注视着自己，那其中有艳羡，有妒忌，她一一忽略。还没有成为国际巨星，就已经变得如此瞩目，她是一个坦然的人，但还不至于张狂至极，这番话让杨桐很高兴。

今天解约，杨桐显然有备而来，不仅召开了记者招待会，还准备请乔明娇吃饭。

记者会上，一些关于演戏的问题，乔明娇轻松对答，除了恭喜和一系列的赞美的话语，还有不少尖锐的问题。

“听说和Jioce一起考核的还有韩国的金娜娜。Jioce，有人说因为你和文宣的大老板傅淮生先生的关系，才获得了这个机会，是真的吗？”

乔明娇没有料到会有人揣度到这一步。

接下来更有人大胆地问道："因为你和傅先生交往，他已经和未婚妻赵安妮取消婚约。这一次，Jicoe 是否已经准备披上婚纱，走向红地毯呢？"

乔明娇看着记者们敏锐灼热的目光，却是淡笑道："我和金娜娜之间，为何没有选金娜娜，这个问题怕是要问斯蒂芬先生了。"

"至于结婚，我想我会等到自己不想演戏的那一天再考虑吧！"

乔明娇轻松带过，只字不提傅淮生。但昨天 Leo 调查过了，据说傅淮生和斯蒂芬一起在北京饭店共进了晚餐，两个人似乎关系匪浅。如果这个机会是傅淮生给的话，她该如何感谢他？

乔明娇很聪明而犀利地避开了记者的追问，然后瞅准时机及时离开了会场。杨桐也不含糊，早就让人备了车子在楼下等着，车子开向本市最高级的饭店。

中午时分，这种高档饭店依旧有些门可罗雀的感觉。

"Jioce，那好像是傅总的车子！"Leo 眼尖地看到一辆熟悉的车子。

乔明娇一愣，脚步不由得顿了一下："杨总，不如我们换一家餐厅怎么样？这顿我请。"

杨桐自然也认出来是傅淮生的车子，本来还想乘机和傅淮生见面聊聊的，现在看乔明娇的态度，便不强求了。

车子从停车场出来的时候，乔明娇看到一高一矮两个男人，正向饭店门口走去，正是斯蒂芬和他的助理，后面显然还跟了记者。

乔明娇给 Leo 使了一个眼色，车子快速地驶出。她脸上波澜不惊，心头却有所触动，傅淮生显然比她想的要豁达许多。

"傅总这个人，别人都说他花心，其实我认为男人在外面应酬是正常的，若是真花心，他不会放着自己未婚妻不闻不问的。我想他可能早就想解除婚约了。"

杨桐的补充有些此地无银三百两的意味。乔明娇看了他一眼，杨桐不再说话。

即使傅淮生真的喜欢她，那又如何？感情可以转移吗？

她自嘲地微微一笑，并不回应杨桐的话，而是脸上渐渐严肃起来。她会给予傅淮生应有的感谢，但绝对不是因为感激而回报身心与未来。

傅淮生一直没有找她，是什么意思，乔明娇并不关心。在接到斯蒂芬的电话之后，乔明娇果断地答应了他的邀请——随斯蒂芬早日去美国，开拍《绝地重生》。

“乔小姐果然有名气，既然有这么多人推荐，我想一定不会让人失望。只不过我对每一个演员的要求都很严格，你准备好了吗？”

登机前，斯蒂芬的话让乔明娇略微疑惑地看了他一眼，不知道斯蒂芬所谓的“这么多人推荐”，是什么意思？斯蒂芬带着一抹礼貌的笑容，率先进了安检口，乔明娇看着他高大的身形，越发觉得自己这进军好莱坞的机会，似乎来得有些蹊跷。

“别看斯蒂芬现在斯文有理，一旦拍起电影来，那可不会把演员当人看，美女也不例外。”

斯蒂芬的助理在乔明娇疑惑的当口，好心提醒了一句。

乔明娇看着从那边托运好行李而气喘吁吁跑来的Leo，正准备招呼着进去，就听得Leo道：“我刚才看到了傅先生。他好像在那边一直站着呢！”

乔明娇顺着Leo所指的方向，果然对上一双深邃却带着淡淡的清冷的眸子。高大的身形，只手插在裤袋里的潇洒与恣意，西装革履间，却有一种阳刚的俊美。

被乔明娇发现，傅淮生不仅没有尴尬，更没有乘机表现什么，而是嘴角微微钩起一抹淡笑，抬起大手挥了挥。乔明娇看到他嘴唇微张，说了两个字

好运。

乔明娇微微有些错愕，一时间无言以对，在刹那的失神后，抬手，她要表达的两个字是——

再见。

不理会傅淮生那微微一滞的俊脸，乔明娇心情颇好地转身，义无反顾地走了。

Leo匆匆跟上，有些小心翼翼地笑道：“Jioce，我觉得傅先生对你，不是一般的有意思。”

乔明娇知道，越是这种不一般的有意思，越麻烦。这样的傅淮生可是胜券在握，这样的男人她最好还是不要惹比较好。

第十一章 谁的心，已恋上了天使的翅膀

无论你在国内多么红，多么耀眼，多么万众瞩目，到了好莱坞，又将是一个新的起点，这里没有人认识你，没有人知道你那些辉煌的过往。

乔明娇看着高大帅气、拥有深蓝色眸子的男主角，还有些不能适应，就听得那边斯蒂芬喊了开机。于是，她连忙入戏，显得仓促了些。当男主角一把抱住她时，斯蒂芬早已挥舞着手臂，没有了之前的礼貌，脸色严肃地喊道："NO！糟透了！乔明娇，你在回忆什么？"

对于乔明娇的失神，斯蒂芬毫不客气地说了出来，一点面子也不给。那边的演员无动于衷，任由乔明娇愣在那里。

"OK，你先下来，让理查德和埃文演。"

接下来，乔明娇被换了下去，从上午到中午，从中午到晚上，直到夜里凌晨两点收工时，一边的 Leo，早就为乔明娇打抱不平了。

"Jicoe，这明显是歧视嘛！那么大老远地邀请你来，现在又给晾着！"

乔明娇知道斯蒂芬对自己的演技不够满意，她的角色是冷面女间谍，既有感情戏，又有动作戏，但是由于乔明娇和男主角不熟，一时间放不开，有些地方没有发挥出来，故而斯蒂芬大概是失望了。

"我邀请 Jicoe 是因为相信 Hom 的眼光，而不是相信你的演技。一旦你演不好，我将会换下你，而选择金娜娜。这一点我希望 Jioce 最好能清楚！"

乔明娇还没有开口，斯蒂芬已经严厉地说道。从早上拍到夜里，他像是一个超人，此刻更没有疲惫的样子，之前的斯文有理都荡然无存，更像是一个经过严格训练的野战兵，忙碌有序，每一步都苛刻而认真。

这让乔明娇想到了聂轻鸿，斯蒂芬身上也有一种和聂轻鸿相似的气势，只不过他没有聂轻鸿的冷酷俊美。他认真到苛刻的做派，已经让乔明娇不敢有半分懈怠了。

当他提及Hom这个名字时，乔明娇敏感地意识到，这个可能正是第一个推荐她给斯蒂芬的人。

Hom好像不是傅淮生的英文名字，据她所知，傅淮生的英文名叫Alvis。

但是看斯蒂芬的样子，完全没有要告诉她Hom是谁的打算，乔明娇并没有多问，而是努力把自己的角色演绎得更好。

好莱坞影棚的镜头拍摄完毕之后，开始去野外取景，斯蒂芬又抛来了难题："我们虽然有专业的替身，但是我希望Jioce能够在接下来的野外场景中，亲自上阵，演好这个角色。"

斯蒂芬这意思很明显，不准备给乔明娇用替身，而乔明娇本来也没有打算要用替身。虽然有几个动作是挺惊险的，但是她不想丢那个叫Hom的人的脸，她不能让推荐自己的人为难。当然，猜测推荐她来的人是傅淮生时，乔明娇甚至想坏心地偷懒，但是这个邪恶的念头只是一闪而过，她并不会做损人不利己的事情。

"Jioce，听说你要到马来西亚丛林，真的参加野战部队的训练呢！他们居然不给你用替身？！"

对于斯蒂芬的安排，Leo大为不满，同样是女特务，女一号埃文就比乔明娇好运，所有的高难度危险动作，都由替身来做，而乔明娇却要自己完成。

"放心，我相信替身可以做好的，我一定也可以做好。"

乔明娇带着这种信念，坐了许久的飞机，来到马来西亚丛林，完全投入到了她的演戏事业中去。

"No good！"

"No good！"

一次又一次的动作失败，乔明娇已经被摔得肩头和臀部，以及膝盖都肿了起来，但是仍旧咬牙坚持着。天色暗淡下来时，乔明娇不仅脸上满是狼狈，身上早已是伤痕累累。

“斯蒂芬，Jioce这样演下去，会把自己的命都给搭进去的！哪有这样非人类的演戏方法啊？那都是专业动作，居然让她跳那么多遍？”

Leo终于看不下去，找到一个机会对着斯蒂芬大呼小叫起来，换来了几个外国演员的鄙夷，而乔明娇想要阻止已经来不及了。

“如果Jioce连最起码的戏都演不好，我想Hom是拿我这里当儿童游乐场了！”

斯蒂芬一脸严肃，看着乔明娇一瘸一拐地走过来后，带着一丝严厉地道：“作为一个演员，就算是死，也要死在舞台上！”

乔明娇看着斯蒂芬越发严厉的表情，咬牙坚持，一次又一次，直到斯蒂芬满意点头为止，人已经累到虚脱了。

深夜，作为最后一个拍摄完毕而拖着疲惫的身体回到自己简易的房间内的人，乔明娇并没有为自己叫屈，只是有些不解，斯蒂芬的严格，超乎她的想象。

洗完澡，乔明娇拖着沉重的步伐，向斯蒂芬那还亮着灯的房间走去。

“Hom，不想举世闻名的演员，不是一个好演员。既然你把她交到我手里，我一定会把她培养成最耀眼的明星。”

斯蒂芬的声音有一丝慵懒和惬意，似乎带着某种骄傲一般，正在和电话那端的人通话。

“她表现得很好，很能吃苦，也很有毅力。Hom，这样的女孩，很特别，有毅力，有拼劲，但太脆弱了，我怕她的身体撑不到最后！”

“Ok！我知道，她不会知道你是谁的，我会守口如瓶。”

斯蒂芬有些絮叨，最后还懒懒地加了一句：“对，明天老时间，老地点拍摄，就是当年咱们训练的地方。”

乔明娇听得越发疑惑起来，但也更确定，这个Hom和斯蒂芬的交情，远远超过了傅淮生和他的那层关系。那么会是谁把她推荐给斯蒂芬又如此希望她成名呢？

第二天早晨，乔明娇从疲惫中醒来时，就感觉到了Leo的怨念，很显然他不愿意看到自己再继续吃苦受累下去。她昨晚并没有去追问Hom是谁，因为她知道斯蒂芬不会告诉自己。但是从昨天斯蒂芬的讲话中，乔明娇偷听出来一些端倪——

那个叫Hom的男人，今天可能会来。

今天乔明娇的状态很好，虽然仍旧NG了很多次，但是随着斯蒂芬点头的频率提高，乔明娇忍着痛，将感情与动作融为一体，表演俱佳，连男主角理查德也不由得佩服这个中国小女人的毅力了。

但是乔明娇知道她还有一场戏需要演好，她要知道那个Hom到底是谁。

老时间，老地方？

乔明娇看着太阳下山，温度降低，又轮到自己上场的时候，不免四处望了一眼，犹如一只狡猾的小狐狸一样，四处侦察敌情。

"Jioce，你不会是太入戏了吧，看什么呢？"

Leo看着乔明娇四处环视的模样，也跟着四处看了一圈，没有发现什么异常。

乔明娇什么都没说，在看了看时间后，转身去到片场，准备随时入戏。

"Ok，跳！"

斯蒂芬一声令下，乔明娇开始从斜坡上跳了起来，当她看到那不远处停着的军绿色吉普车时，脑海里一片空白，心头犹如炸开了一片绚烂的火花，脚下一歪，人已经摔倒在地，滚下了坡。

"Jioce！"

Leo见状着急地就要跑过去，而乔明娇身后的男演员还没有反应过来，甚至在乔明娇摔倒的一刹那，还用脚绊了她一下。

斯蒂芬也不由得站了起来，乔明娇忍着脚踝处传来的疼痛，倒在草丛中一时间没有起身。

一双有力的手臂，将乔明娇猛地抱了起来，随后听到一声严厉的质问："斯蒂芬，怎么回事？你居然不给她准备替身？"

傅淮生的声音响起，那一向沉稳的姿态不见了，他抱住乔明娇匆匆往回走，当看到了她脚踝处已经肿了起来时，脸色更是阴沉难看。

乔明娇却因为傅淮生的出现，不由得皱眉。

"傅淮生，你怎么在这里？"

乔明娇带着一种淡淡的失望，想去寻找那辆吉普车时，傅淮生已经阴着脸把她放在了躺椅上，旁边早有傅淮生的助理以及Leo跟了过来，包括斯蒂芬以及理查德和埃文也赶了过来。在层层包围之中，乔明娇根本没有机会再去寻找那辆吉普车的影子。

会是他吗？这个念头就像是要喷薄而出的呐喊一样，乔明娇恨不得立刻站起来去看清楚，那车子里是不是坐着聂轻鸿。

大胆而突兀的想法让她像一个好奇的孩子，想要知道巨大的秘密，却被眼前的层层包围阻碍，不给她获得解密的机会。

等到医务人员在傅淮生流利的英文指挥下，帮助乔明娇将脚踝敷上冰，确定并无大碍之后，众人才散开。乔明娇的视野变得开阔，却再也找不到那辆吉普车的影子了。

是错觉吗？难道她眼花了？聂轻鸿怎么会出现在这里？

乔明娇的脸上是难以掩饰的失落，而傅淮生的脸色因为她的失落，而越发难看起来。

吉普车缓缓地停在了一个十字路口，驾驶座上，聂轻鸿一张英俊的脸上并没有多少表情，他看了一下腕表，对着蓝牙麦克风，冷声开口道："出来吧。"

五分钟后，果然从那边的灌木丛中跑出来几名气喘吁吁的迷彩战将，个个一脸狼狈，满头是汗，连张朝阳那张刚正不阿的国字脸都涨得通红，活像是被敌人拿着枪追赶过来的一样。

"队长……嘿嘿，看到乔小姐没有？"

吴强胆子最大，不怕自己偷偷利用高尖端科技跟踪聂轻鸿的行踪被指责，反而厚着脸皮求八卦。

聂轻鸿睥睨地看了一眼张朝阳，张朝阳立马补充了一句："咱们任务提前三天完成，这一次可以在这里休息两天。聂队，乘机……"

"我是来看老战友的。"

聂轻鸿面容平静，没有半分撒谎的痕迹，甚至看不到半分落寞和不平。弄得后面急急跑来的黄三有些不甘心地道："队长，乔小姐被那个姓傅的给抱走了，刚才真想给他一枪！"

黄三的话，换来聂轻鸿的一瞥。他顿时闭嘴，然后无辜地看了一眼吴强、张朝阳，心里嘀咕起来：队长，你就装吧！明明在乎大美女，还这么道貌岸然！

"聂队，大导演和你是出生入死的战友，要不晚上咱们找大导演喝一杯，顺便让他带上乔小姐？”

张朝阳忍不住又出馊主意，却换来聂轻鸿冷冷的一瞥。

聂轻鸿没有多说，只是冷厉地吐出两个字：“上车。”

乔明娇在傅淮生的安排下，住进了临近的一家小医院。前些日子一直疲惫不堪的她，今晚终于可以好好休息一下了，但是乔明娇的心里很慌乱，总觉得少了什么。

好在傅淮生并没有表现痴心绝对地陪在她身边，而是等安排好了她进医院之后，和斯蒂芬一起离开了。

或许是太累了，让她没有时间去失落，乔明娇靠在病床上，一闭上眼睛居然就睡着了。

迷蒙中乔明娇感觉到有人靠近自己，并且帮自己掖好被子。微微地张开了眸子，看到傅淮生那张英俊的脸，俯身靠近自己，乔明娇微微抿紧唇瓣，在想着要不要将他推开。

好在渐渐俯身的傅淮生在唇瓣将要靠近她时，起身而去。

乔明娇松了口气，有些难以置信，这个自大轻狂的男人，居然有如此绅士的一面。

愣了许久，乔明娇方才沉沉入睡，梦里她抓住了一只宽厚的大手，是聂轻鸿的。

“聂轻鸿。”

乔明娇呓语中有些淡淡的遗憾和娇嗔，是啊，为什么出现的人不是聂轻鸿呢？

“队长，该走了。”

门外，黄三小声地叫着，犹如小偷似的，催促着队长大人，时间到了。

梦里的画面有些混乱，依稀是那次在香格里拉酒店，乔明娇挡住了聂轻鸿的路，然后抓紧他的手，似乎就此抓住，他就不会从自己的生命里离去一样。

“聂轻鸿，不许走！”

乔明娇近乎带着霸道的口吻，微哼了一声。等到自己抓住他的大手被人要掰开时，她有些紧张地想扣得更紧，但那力道太大，大到她不得不放弃。

即使是在梦里，她依然无法抓住他，这种苦涩的滋味让乔明娇睡得很不安稳。

她霍然睁开了眼睛，感觉到那种逼真时，才发现不知道何时，自己伸在被子外面的手里，空空如也。哪里有什么聂轻鸿的影子，她肯定是疯了，才会梦到他。

安静的病房内，乔明娇浑身酸痛，情绪微微有些低落，眸子四处寻找着梦里那个人的身影，可是什么也没找到，最后只得理性地接受现实——聂轻鸿怎么会来呢？

不愿意让自己情绪低落，更怕心思飞扬，乔明娇闭上了眼睛，浑身的疲惫让她很快又进入了梦乡，也就在这个时候，原本还差一点被关紧的房门，最后完全合上了。

"好险，队长。"

黄三犹如执行一次精密的高难度的危险任务一样，脸上露出一抹劫后余生的庆幸表情。看着身边队长那冷酷的没有任何情绪的脸，他有些怀疑队长大人到底把感情埋得多深。

"张副队让你来这里的？"

聂轻鸿的声音里带着冰冷，黄三立马警觉起来。被队长那犀利的似乎能洞察一切的目光扫过，黄三差一点就站军姿敬个礼了。

"队长，我们支持你！"

黄三不与聂轻鸿对视，而是带着一股小心翼翼表明自己的态度，而且顺便把那些队友们都算上。

聂轻鸿似乎没有听到黄三所说的话一般，迈开步伐，头也不回地离开了，任由黄三急急地跟着。

"怎么样，怎么样？有没有 JQ ？"

黄三刚跟踪回来就被吴强给拉住追问，旁边的张朝阳竖起耳朵，唯恐错过了什么。

"唉，如果队长没有结婚就好了。"

黄三没有回答吴强的问题，而是摇头叹息了一声，不打算多说。若是以前，图个八卦和乐呵，他可以和队友们一起分享一下队长出糗的事情，可是刚才他看到那个情形后，突然间就没有了调侃的兴致，目光落在那边点燃一支香烟，独自吞吐的队长脸上，心里有些说不出来的酸涩。

第二天，乔明娇起床后，脚踝已经基本消肿了，只要不是很激烈的戏，她还是可以上场演的，但是斯蒂芬已经把她要拍的内容重新做了一下调整，让她可以休息两天。

睁开眼睛，就可以闻到淡淡的花香，让原本单调的医院病房内多了一份别样的浪漫氛围。这个季节，能够有如此盛放的玫瑰、娇人的百合、明媚的郁金香，说明送花的人一定费了一番工夫。

如果是别个女星，或者是任何一个有眼睛，有鉴别力的女人，看到这些鲜花，肯定会心有所动。但乔明娇只是看了一眼之后，便将目光移开，转头询问 Leo 剧组的拍摄情况。

“今天去山顶拍摄，听说下午会下雨，不过大导演说，就是要拍这种乌云压顶的场景。”

Leo 看了一眼旁边被乔明娇刻意忽略的傅淮生，然后如实地向她汇报道。

傅淮生似乎没有被忽略的气恼，反而淡定而坦然地坐在那里，翻着手中的杂志，犹如在阅读重要的企划报表一样，从容地扮演着隐形人。

“我也去看看，正好可以向埃文学习学习演技。”

乔明娇就要起身下床，这边的傅淮生却不知道何时已经来到她身边：“脚踝不能太过用力，医生建议你住院休息两天。”

傅淮生的脸上没有那种刻意装出来的深沉，是自然流露出来的关心。他长臂一伸，已经扶住了乔明娇，那情形，俨然是深爱彼此的情人一般，让乔明娇不自觉地想抽开自己的手臂。

“如果我真的就坐在这里休息下去，我想好莱坞将永远不会给乔明娇留有一席之地，斯蒂芬也会认为我不是一个合格的演员。”

她眼睛明亮，表情严肃，认真得像是一个女学究，可偏偏当她如此抬眸反驳傅淮生时，就露出来一种精灵般的气质，那样倔强、坚强、勇敢，又特别执着。

傅淮生将她纤细的手臂扣得更紧，英俊的脸上多了一抹淡淡的笑意，声音中居然有一份放任的宠爱：“我送你过去。”

乔明娇还没有反应过来，只感觉脚没着地，自己就已经被傅淮生抱起，她毫不迟疑地挣扎起来。当拳头如雨点般落在那有料的胸脯上时，她吃痛地怒目圆睁，却于事无补，傅淮生居然在她那又气又恼的注视下，无动于衷地将她放进了豪华的跑车内。

“哇！自动升降车顶的奔驰，有钱人的玩意儿！”

离拍摄现场不远处的一处天然战壕内，匍匐着几个奔尼帽上插着枯萎的狗尾巴草的黝黑男人，其中之一拿着望远镜，观察着那边山头平地上的一举一动。

“喂！看到什么了，让我看看！”

吴强从黄三手中夺下望远镜，迅速寻找想要发现的目标。

“目标出现！目标打开了车门，绕过车头，转向了副驾驶座！目标又打开了车门，目标……”

吴强顿了顿，这一顿引起了旁边副队长张朝阳的注意。

“目标怎么了？”

见吴强迟迟不肯说话，张朝阳顺手一抄将望远镜给拿到了手里，这一看之后，不觉也没有话语了。

黄三偷偷转头，看着坐在吉普车里，脸上渐渐露出几分不耐烦的队长大人。

“闹够了没有？收队！”

聂轻鸿声音冷硬，一声令下，已经发动了引擎。

《绝地重生》剧组里产生了一阵短暂的骚动，当傅淮生开着最新限量版的奔驰跑车停在山顶时，斯蒂芬也跟着停下了手中的动作，看了过来。

乔明娇看着站在车门口的傅淮生，真想把他一脚给踹开，他的出现俨然打破了她原本保持低调的风格。在这里，她不是大名鼎鼎的乔明娇，她是一个需要被考核和认同的国际新星，但是傅淮生的到来，让原本单纯的一切变得不再单纯起来。

乔明娇清楚，在埃文和理查德，以及在场的几位外国大明星面前，她要想赢得尊重，就需要靠自己的实力和演技，而不是靠着她和斯蒂芬的关系，让别人对自己另眼相看。

因为傅淮生的出现，早有一名华裔女星在艳羡乔明娇的同时，忍不住发出质疑。

“原来中国人的关系网，在斯蒂芬先生这里依然有用。Jicoe，你让我们刮目相看啊！”

同样是亚洲人的面孔，留着炎黄子孙的血液，却完全没有同胞之间的情谊。这位华裔女星蒋曼丽，据说之前是角逐女二号的强力人选，后来突然被空降的乔明娇给夺走了角色，自然不甘心。

乔明娇理解蒋曼丽的刻薄，却不能理解傅淮生的改变。她以为傅淮生能够给她一条让自己艺术生涯达到新高的路，在机场默默相送，那么就没有必要急于表现在眼前，让人怀疑他更是一个泡妞泡到国外的花花公子。

乔明娇就这么与傅淮生大眼瞪小眼的时候，傅淮生却没有了之前的轻狂与自信，而是从容地从车子后备箱里取出一辆轮椅，然后看着脸上还带怒色的乔明娇，心情很好似的开口道：“是我抱你过去，还是自己坐轮椅，二者择一。”

傅淮生只手扶着轮椅椅背，那张英俊的脸上露出来的期待，让乔明娇转开了视线。撇开国内发生的一切不说，傅淮生这一次是真的动了心吧，不然以她对他的了解，何以如此远渡重洋地跑过来陪着她？

但那又如何？傅淮生浪子回头，难道就要她乔明娇感激涕零？

乔明娇不稀罕地抬头望天，那模样露出小小的负气，她显然不会因为别人厚重的爱而轻易动心，哪怕这个人是如此优秀的傅淮生。

“队长。”

吴强有些紧张地看着身边没收了他望远镜，而自己正用望远镜观察着前方山头的聂轻鸿。这可是军用高尖端望远镜，方圆数里的敌情，用它一扫，绝对一览无余，更何况那边本来就动静颇大的拍摄剧组。

“队长，没什么好看的，我们回去吧！”

黄三也在一边帮腔，刚才他们三个赖着不走，直到聂轻鸿直接夺走望远镜，一声低沉而冷酷地质问“有什么好看的”。

聂轻鸿斜视了张朝阳一眼，没收了望远镜就准备起身而去的他却突然间驻足，拿着望远镜，眺望了天空一圈之后，最后看向剧组所在的那个山头。

也恰巧看到了乔明娇那张骄傲到毫不动摇的小脸，她向来潇洒自信的神采，不经意间流露，哪怕身边有个超级大帅哥，似乎依然无动于衷。

这样的小女人，坚定而认真，勇敢而执着，她会成功的。

“队……队长。”

吴强发现队长不仅不怒，反而冷酷的脸上有了柔和的线条后，有些不能相信自己的眼睛。

“通知萧卫，收拾所有的露营帐篷，准备回去复命！”

吴强、黄三和张朝阳三人没有料到聂轻鸿还是这么无动于衷，甚至只是看了一眼那边山头后，就此准备离开。

“哎，我说聂队，你这是唱的哪一出啊？难道就这么走了？”

张朝阳一步跟上，有些难以置信地看着聂轻鸿大步流星地走向吉普车。

乔明娇没有理会蒋曼丽别有深意的目光，而是看着刚刚上了镜头的埃文和理查德之间的互动，更是忽视了旁边傅淮生的存在。

理查德的表演可谓是天衣无缝，或者说这样的电影，由他来演，本身就具有科幻色彩。

“跳。”

斯蒂芬一声令下，那边理查德停了下来，替身演员上场，然后镜头转换之后，斯蒂芬连续喊了五次NG。

最后斯蒂芬示意理查德亲自来演绎这个正面伏击的镜头，但不知道是埃文出手慢了，还是理查德太过用力，居然一脚将埃文手中的道具踢散开之后，整个人重心不稳，被埃文当头一棒，打了个正着。

情况有些出乎意料，斯蒂芬连忙停止了拍摄，一行人全围了上来，理查德忍痛站了起来，被斯蒂芬强行吩咐去查看伤势。

“琼斯、戴维，送理查德回去治疗！”

“斯蒂芬，我得去查看那个有鳄鱼湾的场地。”

戴维对于斯蒂芬的安排有些迟疑，剧组来的人不少，但是每个人都有自己的事情要做，理查德受伤事出突然，斯蒂芬一时间眉头紧锁。

“斯蒂芬，我去找鳄鱼湾。”

傅淮生的友情帮助让乔明娇多少有些意外，看不出来这个男人还肯纡尊降贵，给人跑腿。

“OK！”

斯蒂芬也不含糊，接受了傅淮生的帮助。傅淮生不在意乔明娇那略微讶异的目光，而是驱车向着既定的方向赶了过去。

一刻钟后，天空变色，原本阴沉的丛林地带，卷起了阵阵潮湿的冷风，乌云压顶，天地变色。

大雨来得并不突然，原本斯蒂芬选择的就是这样一种乌云压顶的氛围，但是没有料到这场丛林大雨有着别样的特质，绵延不绝，势必将所有人为的痕迹用一场雨水冲掉，和山崩，和泥石流相比，这或许不是一场灾难，更像是一场经久必遇的轮回。

乔明娇手中的雨伞根本抵挡不住大雨的拍打，风势变化，雨水肆虐，早已打湿了衣裳。

而这个时候，护送器材的Leo并不在身边，两辆拍摄专用的越野车也都随着傅淮生开走了。

这里本来就是原始森林的入口，没有经过人为的刻意开发，全靠剧组人员以及斯蒂芬对于地形熟悉的程度才开了进来的拍摄景点，此刻被一场丛林暴雨所掩盖。刚刚奔跑着的场记和剧务，以及几个打杂人员，此时已经找不到身影了。

轮椅陷入泥泞中，大地似乎用它强大的愈合能力要恢复本来的面貌。一阵大风吹过，乔明娇没有抓住手中的雨伞，整个人暴露在倾盆大雨之中，冰凉的雨水毫不留情地灌入衣领，沿着脖子，势必要将她整个人都浇湿打透。乔明娇浑身一个激灵，想要再去抓那把雨伞，已经是难上加难。

这个时候再坐在轮椅上，无疑是不明智的，乔明娇的脚也不是到了那么脆弱的地步，毅然决定起身的她，准备按照周围的标记，走回不远处的简易帐篷。雨伞在她起身时，被吹得更远了。

乔明娇咬咬牙，不再考虑去捡那把雨伞了，而是转身朝着记忆中的方向，走了过去。如果猜得不错，Leo应该很快来接她才对。

但是乔明娇显然低估了这里的森林环境和气候，就在她找到第一个标记，准备向下一个地点赶去时，原本被剧组人员踩平了的一条小道，此刻哪里还找得到痕迹。

乔明娇一时间有些茫然，她万万没有料到会遇到如此恶劣的天气状况，掏出的手机还没有来得及打，暴雨就像是一个狂暴的歹徒一样，将她浇湿的同时，也将手机浇湿，想要拨打的电话，早已看不清楚号码。

就在这个时候，手机响了起来。

乔明娇毫不迟疑地接听了，透过嘈杂的雨水声，听到傅淮生的声音："在哪里？我回去接你！"

傅淮生的声音带着一种掷地有声的坚决，更有一种安定心魂的力量。

"别乱跑，我马上就到！"

大雨中，乔明娇仿佛听到傅淮生急促的心跳声，在雨水落在脸上时，她还是有些感动的。

"我还在原来的地方，好像迷路了。"

乔明娇如实汇报了情况，傅淮生那边似乎已经猜到了她的处境，听得到他的呼吸粗重而着急。

"我马上就到！你乖乖等着！"

傅淮生挂上电话的一刹那，乔明娇的手机嘀的一声，宣布失去了通讯功能，原因无他，雨水已经渗入机壳内部，弄湿了芯片和电路板。

并不是乔明娇不想等傅淮生，而是在这样的雨势攻击下，如果还能够泰然地等下去，除非是铜墙铁壁。乔明娇被一阵阵冷雨敲打，侵入脊骨的寒冷，让她瑟缩，原本弃置的轮椅，此时回头早已不在视野之内。风雨交加，犹如一道屏障，将整个原始森林笼罩在雾霭之中。

乔明娇忍不住一步一步地往回走，试图返回轮椅所在的位置，但是越走越心惊，好像周围的环境完全一样，泥泞的土地恢复了自然面貌，高大的灌木犹如被摧残的奴隶，任由狂风吹得东倒西歪。这一刻，天地变色之间，乔明娇感觉到了大自然的恐怖。

"Leo，Leo！"

乔明娇放开嗓子呼唤Leo，但是大雨淹没了她的声音，她努力压制着焦灼与心慌，又继续前行了几步，但依旧没有得到Leo的回应。

时间在一分一秒地流逝，乔明娇浑身湿透，但并没有等到任何一个可能来寻找她的人。

傅淮生的车子一直没有出现，乔明娇渐渐认清楚了一个事实——不仅她会在这么小的范围内迷路，只怕傅淮生和Leo也已经迷路了。

她向来不是一个坐以待毙的人，无望地等待，不是她愿意接受的，所以在经过大概一刻钟的等待后，浑身湿透的她，迈着沉重的步伐，摸索着往临时搭建的简易帐篷方向，一步一步走了过去。

不知道走了多久，期待中的帐篷并没有出现，傅淮生的车子更没有踪影，乔明娇手中的手机早已不能开机。

身上越来越冷，明明是中午时分，整个世界却变得黑暗，而这场暴雨似乎要酣畅地下到底，没有一丝停歇的意思。

渐渐变得冰冷的雨水，疲惫的身体，以及面对自然的恐惧，让乔明娇心慌起来。

越走越茫然，越等越绝望，高大的灌木丛中，雷声似乎就在耳边，闪电就在头顶，乔明娇害怕地闭上眼睛，捂住耳朵，希冀有人可以把她从这场暴风雨中拯救出去。

但这种希冀无疑太过天真，雨水无情地浇灭了乔明娇的希望。

雷雨、闪电、山风、泥泞、寒冷，全部袭来，乔明娇的心渐渐沉了下去。

头顶的灌木根本抵挡不了雨势，树林里有野生的小动物，跳来跳去，视线一直处于模糊状态，寒冷让人难以支撑，渐渐有些麻木的身子，找不到任何暖意。

乔明娇不相信自己就此被困，可是随着身上的力气越来越小，冷意越来越强烈，她渐渐有些支撑不住了。

脚上的疼痛感越来越明显，原本朝着帐篷而去的路变得没有尽头。

乔明娇靠在一棵灌木旁，有些紧张地看着天色变得越来越黑。

就在这个时候，一支早已在丛林中生活惯了的队伍，已经赶了过来。其中一道高大的身影，尤为敏捷，吩咐了身边所有的队员后，第一个消失在了入口处。

乔明娇不相信自己即将走到生命的尽头，哪怕她不闭上眼睛，黑暗都有可能会淹没自己，但是她仍旧让自己保持清醒。

每个人面临危险和困顿时，都会充满恐惧，但也会有所期望，乔明娇自然也不例外。

浑身湿淋淋的她，想到了那一次在丽江郊外的路边，那与死神擦肩而过的一刻，聂轻鸿横空出现的情景，温暖着最后的意识。

草丛中传来窸窸窣窣的声音，就像是生活在这里的原始野兽在行走，乔明娇警觉地想把自己掩藏起来，但是已经又累又冷，进入低烧状态的她，没有多余的力气去躲避危险与灾难了。或许没有人会想到，乔明娇会这么倒霉地消失于马来西亚的丛林中，她在昏迷的前一刻，如此自嘲地想着。

朦胧中，乔明娇感觉到了一丝温热，湿淋淋的身子，似乎突然间找到了温暖的慰藉，贴在温暖厚实的男性怀抱里，沉沉浮浮之中，寒冷的感觉越来越远。

就像是艰难跋涉的梦境之旅，乔明娇努力地挣扎着，不知道什么时候，原本如同身处冰窖的感觉消失，取而代之的是燥热与疲惫，犹如数道锁链将自己捆绑一样，腿脚都无法动弹，酸痛传遍四肢百骸。

口渴，让她感觉到喉咙里似乎冒火了一样难受，用尽了力气挣扎，才听到自己的声音。

“渴……水……”

声音沙哑得陌生，乔明娇微微睁开眼睛，入目的是模糊的深蓝色，笼罩在她的头顶，让她分不清自己是不是在梦里。

一只大手托起她的后脑勺，温热的水让她恨不得咕噜咕噜地畅饮下去，但还没有喝一口，已经呛了出来。

高烧中的乔明娇声带已经遭到破坏，剧烈的咳嗽让她用尽了力气。

她感觉自己站在火山口一样，口渴难耐，却早已耗尽了所有的体力，想睁开眼睛，却力不从心，小手努力地想要抓住最后的依靠，却什么都没有抓住。

“聂……”“轻鸿”两个字没有吐出来。

乔明娇不知道自己是不是疯了，会一厢情愿地以为，聂轻鸿就在身边。

一双莹润而弹性十足的唇突然间靠近，乔明娇只觉得唇瓣突然间一片湿润，本能地嘟起嘴唇，吮吸着来自上方的甘泉。

一次又一次，乔明娇满足地轻哼出声。在那湿热的唇将要离开她干裂的唇瓣时，她有些意犹未尽地挽留着，微微颤抖的唇瓣似乎需要安抚，想要攀附着的小手力不从心，就在她急得额头流出细密的汗珠时，那湿热的唇瓣略微用力压下，反复辗转的动作，让乔明娇安然地进入了梦乡。

梦里，乔明娇仿佛感觉到聂轻鸿就在身边陪着自己似的，有蓝色的帐篷，有燃起的篝火，有他健硕挺拔的背影，还有他喂她喝水时的默默无声。

乔明娇想，那一定是一个梦。

“小姑姑什么时候醒来啊？”

夏岚的声音就像是天籁一般落入乔明娇的耳朵里。她缓缓地睁开眼睛，除了看到夏岚一双乌溜溜的大眼睛，还看到了一边眉头紧蹙的乔老夫人，以及整个房间内可疑的白色——这里是病房。

“小姑姑，你醒了！”

夏岚兴奋地叫唤着，而乔老夫人早已抬头，眼里露出欣慰的同时，更多的是心疼。

“明娇，你终于醒了。”

乔老夫人声音有些颤抖，已经坐过来抓住了乔明娇的手，一向严厉的脸上露出更多的关切。

“小姑姑，你一直在睡，一直在睡呢！”

夏岚也学着乔老夫人的模样，抓住她的手又揉又搓，似乎这样子乔明娇就能迅速好起来一样。

“睡了三天三夜，你要吓死奶奶了。”

乔明娇看着乔老夫人眼眶已经泛红，脑海里的那些影像早已如放电影似的回放了一遍——马来西亚的丛林，漫无目的的跋涉，迷途后的惊恐，冷雨不停的绝望，以及最后昏迷时的紧张。

迷蒙中，那双抱起她的有力手臂，那穿越丛林在夜雨里行走的浮沉，原始森林里的一缕篝火，一顶帐篷等等那些场景，都浮现在乔明娇的脑海中。那个人是谁，答案似乎呼之欲出，可是又那么悬而未决，即使是聂轻鸿，那又如何？

乔明娇的眸子一片清明后，露出些许茫然和失落。当迎上乔老夫人关切的目光时，她迅速收敛了自己的神思。

“奶奶，宝宝。”

乔明娇开口，才发现自己的声音沙哑到不像是自己的了。

浑身犹如被钉子钉在了床上一样，她想起身坐起来，却因为手臂无力，倒在了床上。

“快别动，睡了三天三夜，烧得不省人事，吃点东西再起来。”

乔老夫人的声音里尽是关心，她按住乔明娇后，连忙起身出去，而夏岚则趴在乔明娇的耳朵旁，带着关心和好奇地看着她，稚嫩的声音说出的内容，让乔明娇难以置信：“小姑姑，是坏叔叔把你救出来的。坏叔叔亲亲小姑姑了，老奶奶说，坏叔叔要娶小姑姑。”

夏岚只是把新闻上，以及乔老夫人首肯的事实给不完整地说了出来，而乔明娇却是被这个信息刺激到了神经，是傅淮生在她昏迷的时候救的她？

就在这时，傅淮生高大的身形出现在了病房里，俊脸略显憔悴。

夏岚看到他后，居然清脆地叫了一声：“坏叔叔！”

傅淮生英俊的脸上，微微一抽，却是露出一个温和的笑容，一手抚摩着夏岚的小脑袋，双眼看着乔明娇，沙哑的声音中带着欣慰：“醒了就好。”

不知不觉，有些事情变得不是人可以控制了，或许，命运总是高于主观意识。乔明娇不自觉地抓紧了被子，愣愣地看着傅淮生，有些怀疑是不是自己的意识出了问题。

真的是他吗？

从林里，那冰冷黑暗的一幕，温暖而坚实的怀抱，已经刻入了脑海中，无论那个人是谁，乔明娇都会感激，即便是自己不怎么喜欢的傅淮生。

但是感激之余，有一种难以掩饰的失落。乔明娇长这么大很少为什么事情而失落过，她一直努力改变着，争取得到自己想要的东西，接受着、容纳着自己所不能改变的东西，例如聂轻鸿。

可偏偏此刻的失落，是因为聂轻鸿。

她以为转身之后，可以撇除得干干净净，却不知道只需要一个幻觉、一个背影、一个拥抱，都会让她为之而心情起伏。

此刻，傅淮生英俊的脸上，没有那种初次相见时的倨傲和深沉，反而多了一份细致与温和，目光落在乔明娇脸上时，平静而认真。

“脚伤加重，体力透支，高烧险些伤到了肺，拍戏的事情，暂时缓一缓，养好身体再说。”

傅淮生脸上的表情略微一滞，说出来的内容，预示着一个残忍的事实——《绝地重生》或许从此会剔除乔明娇饰演的那个角色。

“我可以的！”

乔明娇听了傅淮生的话，脸上并没有过多的着急和不甘，而是努力想用事实证明自己可以，但是当她努力坐起来的时候，浑身无力的事实，以及脚踝传来的刷痛，都告诉她，或许这一次与好莱坞的失之交臂，将导致她以后多年的演艺生涯，都难以突破这个瓶颈。

“好好休息。你现在的身体状况，不允许去拍《绝地重生》，斯蒂芬已经和我谈了你的戏份问题。”

傅淮生并没有过多的安慰她，而是在乔明娇清楚自己的身体状况后，如此陈述着一个冰冷的事实。

乔明娇的脸上，不自觉地露出失落，显而易见，连夏岚都意识到了。

“小姑姑不哭。老奶奶说，小姑姑不拍戏就可以天天陪我啦！”

夏岚好像小大人似的，眼睛里都是期待，说出来的话让乔明娇心头一暖。

“夏岚，小姑姑需要休息。”

傅淮生走到床畔，自然地将夏岚轻轻抱了起来，原本还讨厌着“坏叔叔”的夏岚，却亲昵地搂住了傅淮生的脖子，在傅淮生的耳边神秘兮兮地说道：“坏叔叔陪小姑姑，给小姑姑讲《白雪公主》的故事，小姑姑就不难过了。”

傅淮生脸上露出一抹高深莫测的笑容，点头，抱着夏岚出去，身形越发显得挺拔。

此刻，乔明娇感觉到了一种前所未有的危机感和恐慌，一只手将被子抓得更紧。

果然，没过多久，在乔明娇打完点滴，体温刚刚恢复正常时，斯蒂芬以及理查德都来到医院看望她了，甚至当地小镇的镇长，也提了礼物过来看望她。

最后一个是金娜娜，当她操着不太流利的中文以艳羡的语气开口时，乔明娇却是装作疲惫地闭上了眼睛。

“乔小姐虽然这一次失去了一个拍戏的好机会，但是，我真的很羡慕你，有那么帅气的男朋友肯陪在你身边。加油！”

最后，兴奋的金娜娜还做了一个很傻的加油的手势，那模样诚挚而认真，让乔明娇无话可说。

这还不是最可怕的，最可怕的是乔老夫人的话和态度。

“明娇，你想演戏，奶奶不会阻拦你，但是这一次你必须听奶奶的，错过了淮生，想找一个对你真心实意、好过他的男人，可没有那么容易。告诉奶奶，是想像你大哥和晚晴一起过日子那样，还是永远演你的戏，做你的事，你选一个。”

乔老夫人这次是真的急了，乔明娇自然也知道她失踪的那段时间，奶奶毫不迟疑地丢下了即将生产的晚晴，带着夏岚就匆匆赶了过来。

“认我这个奶奶，觉得自己还是乔家的女儿，就好好地听奶奶一次话。不然，你演你的戏，奶奶这就带着夏岚回去，从此以后，你的事情奶奶再也不干涉。”

乔老夫人这话里的意思很明显，若乔明娇还一意孤行，她怕是真的要伤心失望了。

“奶奶，我会考虑您的建议的。”

乔明娇这一次并没有和乔老夫人杠下去，而是很轻松地答应了乔老夫人的要求，这让乔老夫人多少还是有些喜出望外的。

“你能想开最好，是该把自己的终身大事定下来了。只要你同意，奶奶这就找人把日子给定下来。”

乔老夫人握着乔明娇的手，带着一股激动，脸上欣慰而开怀，比当初乔津帆娶晚晴时，不知道开心多少倍。

按照奶奶的意思，嫁给一个对自己好的男人，这一点乔明娇早就反对过，她知道自己是一个不肯委屈自己的人，但是有时候一心妄为的结果，只能让自己更加失落。乔明娇的目光落在了乔老夫人背后，微微开启的房门，傅淮生的目光投来，那里面蓄积了淡淡的笑意，似乎如愿以偿一般。

同一天空下，飞机上，唇瓣干裂，脸色略微苍白的英俊男人，目光显得悠远。而旁边聒噪的如同百灵鸟的吴强，有些不甘心地再度开口："队长，你那么辛苦地在里面走了那么久才把人给救出来，怎么能够便宜了姓傅的那小子？"

"队长，反正你和苏小姐决定离婚了，不如告诉乔小姐，让她等着你……"

吴强的话还没有说完，就换来了聂轻鸿冷冷的一瞥，沙哑的声音带着严厉，说出的内容，让吴强讪讪的不再多言。

"乔小姐的幸福掌握在她自己手里，我没有资格干涉。"

聂轻鸿的一句"我没有资格干涉"终结了吴强所有的不甘与不平。机舱内原本个个热血沸腾，此时都有些蔫蔫的，包括张朝阳也为之头疼。

一桩被迫接受的婚姻，一时勉强接受的责任，到头来却成为沉重的负担，再也挣脱不得。这样的婚姻，两人只会越走越累，越走越远。

"等到队长离婚，估计乔小姐早就嫁给姓傅的了！"

黄三没有忍住，还是加了这么一句。

聂轻鸿本来已经闭上的眸子，再度睁开，带着一种疲惫却不容置疑的语气道："我离婚，不是为了娶谁。"

这句话让机舱内再度陷入沉默，整个队伍似乎都少了某种活跃的气氛，之前处处等着队长出糗的人，现在一个都找不到了。

当聂轻鸿等人回到京城军区，看到站在大队长办公室门口，穿着淡粉色羊毛大衣，提着手袋的苏若慈时，一队热血男儿，都有些怔忪。

为首的聂轻鸿步伐一滞，英俊的脸上却没有露出任何不满的情绪，只有眼里明灭着局面失控的苦涩与无奈，但转瞬即逝。

乔明娇失去了在好莱坞发展的机会，这件事在圈子里引起了一阵热议。

外界传闻乔明娇抵不过傅淮生的柔情攻势，为了他放弃演艺事业，不再进军好莱坞。

庆幸的是乔明娇对于种种传闻向来都无所谓，名气大小从来不是她所担心的问题，虽然好莱坞之路受挫，对于她而言是一个负面影响，甚至傅淮生对自己的青睐，都成了一种负面效应，让她从原本的极致辉煌，一下子暗淡下来。

当然，这一点是外界记者所传的，有一些不平人士在刻意夸大事实。聪明的人都知道，乔明娇有傅淮生这座靠山，还怕以后没有出路吗？

比如大名鼎鼎的湛扬和他老婆慧琼，就比较聪明，在乔明娇刚刚看完生了一对双胞胎男孩的晚晴后，就打来了电话。

“Jioce，听说傅总的生日就要到了，到时候别忘了通知我们啊。我可是提前声明了哦，即使没有帖子我也会去的！”

慧琼戏演得好，人更是八面玲珑，才会把湛扬的事业与爱情经营得风风火火。乔明娇挺羡慕他们的，但是把她和傅淮生的生日联系在一起，多少还是让人不悦的。

如今很多人直接把她当做傅淮生太太看待，一些娱乐公司之前还积极踊跃地找她签约，现在却不再多问一句。是啊，乔明娇有傅淮生这座靠山，哪里还用得到他们啊！这一点想必傅淮生也是料到的。

傅淮生很聪明，从国外回来，依旧没有时时刻刻出现在乔明娇的视线里，但圈子里的人无疑给她贴上了一个标签——傅淮生的女人。

“你们二位就是咱们圈子里的风向标，谁都可以不请，但必须请你们啊！”

乔明娇回答得明朗，那边的慧琼又和她寒暄了两句。乔明娇挂断电话后，脸上没有了之前的笑容，反而是看着正躲在晚晴怀里吃奶的小宝贝，有些欣慰的同时，更有些落寞。幸福，总是别人手里的苹果，鲜艳可口，却可望不可即。

“嗯——”

闭着眼睛吃奶的小家伙，完全没有感应到乔明娇的烦恼，而是双手像八爪鱼似的抱住晚晴，含着她柔软而丰实的酥胸，正吃得香甜，不时地发出吮吸的声音，贪婪得让人看了心头生甜。

“要回去了吗？”

晚晴一边将小宝宝的绒衣包得更严实，一边抬头看了一眼有些留恋的乔明娇。

乔明娇点了点头，一副不甚在意的样子，弯身去逗弄着小侄儿，故意把他粉嫩的小指头给挪开。小家伙马上就一百二十个不满意，哼哼唧唧地眼看就要哭了。

“奶奶说傅淮生不错，是一个可以嫁的好男人。那天你从家里离开后，他并没有急着去找你，而是向奶奶问了许多你从前的事。这个男人或许自傲多情了一些，但是一旦他动了心，想必也会一心一意对你好的。”

晚晴说得中肯，看着乔明娇的目光中，带着一种幸福，她虽然胖了许多，但是一点都不显得臃肿。

乔明娇看着晚晴，嘴角微微钩起：“所以呢？”

所以她就要成全所有人的期待吗？

“所以，除非你有一个一定不能选他的理由，才能够说服奶奶。现在奶奶已经开始给你准备婚礼要用的东西了。”

晚晴的话让乔明娇心头一颤，脸也微微僵住了。她不想再惹奶奶不开心，但是若真的就这么嫁给傅淮生，她确实没有准备好。

“嫂子，如果是你，你会怎么办？”

乔明娇看着小侄儿吃饱之后，像只懒惰的小树袋熊，抱着妈妈，依偎得那么近，心跟着变得软软的，似乎她还没有期待过那一天。

“以前我想的是，爱我所爱，自己喜欢的一定要勇敢追求，但是事实证明，多半是惨败而归。每个人都是个例，我只是希望你务实一点。”

晚晴的话，乔明娇听了只是点头，不再多说。

傅淮生生日当天，乔明娇和赵一帆挑选着礼物，或者说在闲散地逛街。最近她比较闲，闲得有些发慌，所以才会在这个时候，疯狂地扫购。在赵一帆看来，乔明娇却是有些靠近正常女人的范畴了。

“这也忒多了点吧，你有没有诚意啊？傅淮生可是有钱人，怎么说也得送点特别的东西啊。”

赵一帆看着乔明娇拎的男士领带、男士衬衣，虽是名牌，可是完全不挑不拣。

“有的穿就不错了，他敢嫌弃，我一件都不送了。”

乔明娇说得肆意，目光却落到了一件很好看的墨绿色衬衣上，心头微微一荡。

她鬼使神差地走近那件衬衣，伸手摸了摸布料，又看了一眼款式。

“这件是大号的，颜色比较特别，很少有人买这个色调。只有一米八五以上、身材极好的男士穿出来才有效果，很挑人的哦！”

女店员恭敬地介绍着。赵一帆也跟着走了过来，看到乔明娇的神色，眸光一闪，却是带着一种提醒的口吻道：“傅淮生可没有这么高。他穿这衣服，还不丑死去？”

其实以傅淮生的身材相貌，穿什么样的衣服都不会丑到哪里去。乔明娇又怎么不明白赵一帆的意思呢？但她的手并没有放下，或者说是因为心底里不曾放弃对某个人的执着。

“我看着挺好的。”

乔明娇嘴角微微挑起一个傲然的弧度，神色中多了一份肃穆，庄重得让人不敢亵渎。这样的乔明娇纯粹而简单，却又那么坚定执着。

“欢迎光临！”

正在这时，另外一名店员恭敬悦耳的声音响了起来，无疑又来了贵客。

乔明娇不以为意地转脸，却立刻愣住了，那张惯于饰演各种角色的小脸，此时除却错愕和惊讶，更多的是一种被眼前事实给惊到的茫然。

苏若慈提着手袋，一派安然宁静的模样，秀秀气气地站在高大的身形旁边，从乔明娇的角度看去，相得益彰。

一米八五以上的身高，英俊巍峨的气质，似乎量身定做的迷彩服，让他看起来更加迷人，更让乔明娇想到了第一次见他时的情景——就是这么帅气的他，躲在了丽江旅馆的衣柜里，被她当做歹徒而袭击。

乔明娇的目光不受控制地落在了聂轻鸿的脸上，但是他的眉似乎因为看到她而不自觉地蹙起，眸子深邃，看不出来任何情绪，似乎之前的种种，在他的脑海里早已被抹去，他表情没有任何波澜地朝乔明娇点了下头，表示打过招呼了。

乔明娇的眼睛不自觉地眯起，苏若慈却在这个时候不动声色地挽住了聂轻鸿的手臂，聂轻鸿的眉心似乎一跳，但是表情却没什么变化。

“老公，这件衣服怎么样？”

苏若慈的声音有些小，透露着文静的气质，然后示意聂轻鸿看那件乔明娇刚刚才摸过的墨绿色衬衣。

“这位太太和乔小姐一样好眼光，这款墨绿色的衣服别人穿着可能不行，如果给您先生穿，最合适不过了。”

那店员哪里知道其中的玄机，趁此机会表扬苏若慈有眼光。苏若慈的脸上露出的笑容依旧安静恬然，她转脸看着聂轻鸿，等着他的答案。

“这是奢侈品。”

聂轻鸿严肃地说出这五个字后，看都没有看那件衣服，言下之意是作为一名军人，是不可能穿这些奢侈品的。

店员的表情不自觉地有些讪讪的。

“那换一家吧。”

苏若慈一副紧张而害羞的模样，温柔地提议道。

聂轻鸿点了下头后，便转身离去，仿佛在这里多待一秒都觉得是浪费时间一样。

“乔小姐，你喜欢的男人，和我老公的身材差不多吧？”

就在乔明娇以为苏若慈会马上跟着聂轻鸿离去时，不曾料到她转脸向自己微笑着如此开口，原本文静的脸上，露出一抹不易察觉的愤恨来。乔明娇呼吸一滞，一时间没有回应苏若慈的话，只是抓着包包袋袋的手，每一根手指的指节都泛白。

聂轻鸿已婚的事实，摆在面前，她还在坚持什么呢？

乔明娇不自觉地咬紧唇瓣，却是露出一抹淡淡的笑容来，那笑容里饱含着一种苦涩，但更加迷人了。

“喂，Jioce，回神了！”

赵一帆终于看不过去乔明娇失神的模样了，于是提醒道。

乔明娇转脸，露出一抹明媚的笑容，好像刚刚那个失神的人不是她一样。

“走了。”

看也不再看那件衣服一眼，乔明娇走得义无反顾，她还是那么潇洒，那么青春飞扬，让赵一帆见了忍不住叹息一声。

“Jioce，你也看到了，那个男人的眼里根本没有你，忘了他吧！”

乔明娇默不作声，似乎没有听到赵一帆的话一般。刚刚聂轻鸿的表现，或许带给她一刹那的失落和不平衡感，更或者他的冷漠让她觉得自己很可笑，但是也正是因为他的这种态度，让她的心里舒坦了一些。难道她要看到已婚的聂轻鸿，为自己动心的模样吗？不，她不需要！

“我想先去喝一杯，再去傅淮生那边。”

乔明娇转脸看着为自己鸣不平的赵一帆，如此决定。

“人生有酒须当醉，一滴何曾到九泉”，乔明娇喜欢这一句话，此刻正是她性格的写照。

乔明娇自认为酒量还可以，但是无奈心中有事早已醉三分。

“不过是一件衣服而已，我不稀罕！”

乔明娇骄傲地抹了抹嘴角，喝得酣畅淋漓。长这么大，她还没有如此醉过，今晚是第一次，也将是最后一次。聂轻鸿，我会像放弃那件衣服一样不再去想你。

聂轻鸿在她乔明娇的人生里，成了一件可望而不可即的奢侈品。

“什么衣服？”

傅淮生的声音在耳边响起时，乔明娇已经喝得晕晕乎乎了，歪着脑袋一本正经地将食指放在唇上，做了一个和夏岚如出一辙的小动作。

“嘘，秘密！”

可爱而落魄的动作，让傅淮生那英俊的脸上微微一震，眼里蔓延着危险的神情。

“去专卖店把那个牌子的衣服给我全买下来！”

积压了许久的狂狷，还是在看到怀中的小女人迷醉的表情时，不受控制地宣泄出来。他傅淮生相中的女人，怎么会让她逃了呢？英俊的脸上多了一抹笃定，深邃而危险，却又动了一番真情，目光落在乔明娇脸上时，露出淡淡的温柔。

一边知情的赵一帆什么都没有说，更没有阻止。

那晚，傅淮生的助理购买了京城奢华品牌专卖店所有的男装，除了乔明娇手中已经提来的那些款式，还有一款墨绿色的衬衣，却不在购买之列。据店员说，那件被乔明娇看中的衣服，在她和赵一帆离开之后没多久，就被人买走了。

“看窗外的世界，繁华喧闹的夜，孤单身影随风在空中摇摇缀点，秋风萧瑟凛冽，满天飞舞风雪，因为你的出现打破所有的一切，月儿阴晴圆缺，照着疲惫黑夜，人来人往拼命追逐未知的一切……我的爱没了解你在哪一个世界……”

乔明娇哼着不成调的曲子，唱得欢快，但是听的人，却越来越脸如黑墨。

“没有什么大不了，爱或者不爱，都不用逃，生与死，也不过是一线之遥，不是非爱你才好！”

乔明娇唱得恣意，明明无状，可是却娇憨美丽到极致。

那边别墅大厅里，等待着傅淮生出场的嘉宾数不胜数，可偏偏不见主角登场。

乔明娇虽然醉了，却还没有到不省人事的地步，她自然知道傅淮生去吧台把她带走的事情，也知道他将她载到傅家豪宅后院的意义，但是她并没有阻止。

“傅淮生，如果你真的爱我的话，最好不要耍心眼，不然我会让你死得很难看！”

放眼娱乐圈，可以如此大言不惭的也只有乔明娇一个，即便醉了的她，仍对他有所防备，这是一件很麻烦的事情。

傅淮生嘴唇微微抿着，放柔了语气道：“好好休息。”

乔明娇躺在傅淮生柔软的大床上，倒头就睡，没有任何防范，并不是她傻，而是她在赌。她从来都不做傻子，对于那些追求她的男士，她历来不假以颜色，只有聂轻鸿除外。

好一个例外，居然让她如此难受。

“聂轻鸿，你个王八蛋！”

乔明娇嘟囔了一声，却是面带着一丝微笑，遗憾的笑容，或许终究难以忘怀，但必须忘怀，只是要不要用极端的方式，那就要看傅淮生够不够资格让她选择了。

乔明娇翻身，却没有真正地睡着，睫毛微微颤动，却感觉到了某种异样，或许是她的幻觉，刚才居然觉得有人在小声说话一样。

睁开眼睛，带着一丝茫然，四周看去，并没有任何人，继续闭上眼睛。

不知道过了多久，房门被人打开，乔明娇的睫毛动了一下，一只手不自觉地抓紧了柔软的被子。

傅淮生靠近她，乔明娇蜷缩成一团，犹如安详地晒着太阳的猫咪，让人看了就想亲一口，尤其是喝了酒的她露出一种天生的娇美和柔软，仿佛收敛了利爪的小兽一般。可是她受伤了。

傅淮生的手已经抚摩到了她的脸颊，那种摩挲的速度慢得惊人，乔明娇真想一巴掌甩过去，但是她忍着没有动。

“啧，小猫咪！”

傅淮生的声音突然间沙哑起来，显然他喝醉了，他的呼吸离她近了，如果他想吻她，就近在咫尺，乔明娇依旧没有动，任由他欺近。

一只大手抚摩上了她的身子，乔明娇的心不由得下沉，就在他几乎要贴近她的唇而吻上她时，突然整个豪宅警铃大作，一阵阵刺耳的声音响了起来，打断了即将可能发生的一幕。

“好好休息。”

傅淮生的声音温柔好听，似乎刚才孟浪的行为没有发生一样，起身离开的他留给乔明娇一个修长而从容的背影。

乔明娇睁开眼睛，呆呆地望着天花板，最后目光却落在了墙壁上。原本的醉意突然清醒了几分，帷幔背后厚重的黑影让她心头一动，但是眨一眨眼，什么都没有了。

她一定是疯了，才会胡思乱想。有那么一刻，她居然想到了在丽江的那晚，从窗口跳走的聂轻鸿。

啧！真是天真。乔明娇伸手拍了一下自己的脸颊，赶苍蝇似的动作，再度闭上眼睛，安然入睡的同时，一抹失落埋入梦中。

乔明娇没有出现在傅淮生的生日宴会上，但第二天早晨她从傅家豪宅走出去的消息不胫而走。

但这并不是乔明娇所头疼的，她所头疼的是第二天早晨，当她起床后，看到坐在傅家豪宅客厅里的男男女女时，终于意识到了问题的严重性。

傅淮生的父母、小姨姨父、姑姑姑父，还有乔老夫人、乔季云，悉数在场。

乔明娇本能地想逃回房间，但是已经迈出的步伐，又怎么退得回来？婚姻不是一个人的游戏。

“明娇，这是我爸我妈，这是我姑姑和小姨。”

一切都步入正规流程，乔明娇并没有当场表现出任何任性，让乔老夫人十分满意，包括乔季云也和傅淮生的爸爸聊得非常融洽。

“择个日子，把婚订下来吧。”

乔老夫人的意思乔明娇怎么会不明白，但是那边傅家人却表现得更加积极。

“订婚什么的那些虚的事情，咱们就省了吧。如果阿姨不嫌弃，直接让他们把婚事办了。”

面对双方家长相谈甚欢，并且乐见其成的场景，乔明娇准备后退的脚步，被身后顺手揽过她肩膀的傅淮生阻止了。

“队长，他们真的要结婚了哦！”

吴强拿着报纸，在面容冷峻的队长面前晃了晃，却见一向波澜不惊的聂轻鸿，此时眉心蹙起，嘴角抿着，似乎没有听到他说的话一般。

“队长，那天给张副队买衣服，你就不该亲自过去。”

吴强又忍不住补充了一句，直到聂轻鸿的脸上露出一丝严厉，才闭嘴。

就在此时，勤务兵匆匆赶了过来：“聂队长，你的电话。”

第十三章 沉默如山的爱

聂轻鸿顺手接了勤务兵递过来的电话，表情如同铁壁似的没有任何变化，一脸木然地听着电话那边的人陈述内容。

“我在听。”

英俊的脸上，显得木然，似乎电话那端所说的内容和自己无关。

与此同时，乔明娇也在接听电话，眸子忽闪忽闪的，就像是突然间一座金山砸到了自己面前一样，有些不能确定，原本还有些烦躁而皱眉的小脸上，露出复杂而疑惑的神情。

“乔小姐，当初聂队长是因为双方家长的意思，逼不得已才娶的苏小姐，他和苏小姐之间并没有什么感情。

“乔小姐，无论你去还是不去，聂队长都会在那里等你，这是最后一次见面。”

直到电话挂断，乔明娇还没有缓过神来，聂轻鸿居然会邀请她见面，有什么意义呢？以他的风格和态度，能对她说什么呢？

不自觉地咬起了柔软的唇瓣，乔明娇决定忽略这个电话，聂轻鸿与苏若慈如何，与她无关。

“明娇，过来陪阿姨喝点燕窝，美容养颜的。”

傅淮生的母亲是一个有些严肃的贵妇，但却对她格外友好，特别宠爱她，但是这份宠爱有一个前提条件的——戏，以后还是少演了。傅淮生虽然也在娱乐工作，但是他们傅家的媳妇可不需要在业界抛头露面，那太丢豪门大家的脸了。

“明娇，这衣服太嫩了，去换上那套香奈儿的，这样我们一起出门就很搭了。”

乔明娇看着身上随意搭配的服装，再听着傅夫人温和友好的话，终究露出一抹甜甜的笑容：“阿姨，我今天怕是不能陪您逛街了，刚好和朋友约了要去看话剧。还有，过两天我得回去看看小侄子。我去收拾一下行李，今晚开始就不住这里了。”

乔明娇言笑晏晏，没有半点要对抗与不满的情绪，可是要离开傅家别墅的步伐，不容他人阻止，哪怕傅夫人的脸色已经随着她的话而阴沉，也不在乎。

去他的门当户对，去他的名门之家，她不稀罕，也不需要。如果傅淮生所谓的爱情需要自己如此容忍，如果这就是婚姻的意义，那她大可不必要了。

乔明娇衣袂飘飘，甚至在离开时还带着灿烂的笑容和傅夫人说了一声再见。

“唉，你这孩子……待会儿淮生回来看不到你……这以后怎么相夫教子啊？”

傅夫人的脸终于沉下来，乔明娇并不在乎，或者说她好不容易下定的决心，终于有了否决的理由，为了所谓的父母双方的意思，而成全了所谓的婚姻，她乔明娇做不到。

出了傅家豪宅，乔明娇站在十字路口，一时间有些茫然，准备关掉手机，却想到了那个陌生的电话号码，今晚七点半，聂轻鸿约了她。

乔明娇合上手机，抬手拦了一辆出租车，向着京城最High的游乐园赶去。每当遇到什么烦心事，每当戏路受阻，她总喜欢用这种方式来让自己放松。

“我要一个圣代。”

“海盗船，海盗船！”

戴着墨镜的女子，吃着甜品，一脸兴奋地最后一个爬上海盗船，带着一种惊险刺激的喜悦，尖叫着，享受极致的欢乐。

从摩天轮到过山车，从腾云驾雾到惊涛骇浪，她笑得恣意，玩得开心，直到气喘吁吁，筋疲力尽，再也没有力气奔跑，终于停歇下来。

一个人拉着行李箱，疲惫而孤单，任由街灯拉长了自己的影子，最后却鬼使神差地向着那个本来不打算去的地方赶了过去。

聂轻鸿，明知道这样的你，我不该相见，但我还是披荆斩棘而来，为的不是相见，而是再见，再看你一眼，再也不见。

乔明娇找了个角落里的位子坐下，偌大的餐厅，奢华而贵气，娇小的她，躲在一角，若不是特别去寻找，真的很难发现。二楼的角落站着一个女子，秀秀气气的脸庞上露出一抹不平和怨恨，却是不动声色地拨打电话。

乔明娇一边喝着果汁，一边看着时间，目光注视着那边离自己很远的位子，等待着他的出现。

但是，随着时间一分一秒地流逝，那个位子上一直空空如也，聂轻鸿并没有来，或者说那个电话只是一个美丽的误会，聂轻鸿约她，定是天方夜谭。

她蜷缩着身子，靠在饭店奢华的柔软真皮沙发上，索性闭上眼睛休息，潜意识里，耳朵机灵地聆听着周围的动静。

但玩了一天，她太累了，最初的警惕，随着饭店越来越冷清的事实而变得放松，防御卸下，困意袭来，真的就那么缩在了沙发里睡着了。

“小姐，小姐，醒一醒！”

乔明娇被帅气的服务生喊醒后，揉了揉眼睛。

“抱歉，现在已经十一点钟了，我们要结束今天的营业了。”

服务生礼貌地解释着，乔明娇微微一愣，犹如迷路的孩子，哦了一声之后，毫不迟疑地起身，结了账便走。

如今，聂轻鸿有没有来过已经不再重要，重要的是乔明娇清楚，自己不能再愚蠢下去了，若是不放下这份执念，只会掉进一个永远无法走出的陷阱里，难以自拔。一个电话，一个谎言，一条短信，就为一个人而心动彷徨的事情，不能一做再做。

“这位小姐，您的行李箱！”

乔明娇已经走到大门口，却听得服务生急急地叫了起来，不得不驻足，回头，便看到了二楼那刺眼的一幕。

聂轻鸿来了，只是，他并不是来见她的，他的身边站着的是他的妻子，叫苏若慈，他们居高临下，他们琴瑟和鸣。她站在楼下仰望着上面时，他脸上一派漠然，苏若慈的脸上神色格外古怪。

乔明娇很想拿出她的演技，露出一抹灿烂的笑容，然后问聂轻鸿这是什么意思，但是她却连演戏都觉得多余。

这一刻，她宁愿他不曾来，她也不曾见过，手上不自觉地握紧了行李箱的拉杆，毅然转身，不愿意被人看到此刻自己的尴尬和失落。

一切，果然是个美丽的误会。如果在服装店的那一幕还不能够让她清醒的话，现在的这一幕足够让她清醒了。

乔明娇的步伐轻快而决然，没有任何留恋。二楼楼道上的高大身形，那原本搭在苏若慈纤细肩头的大手，从容地拿开，没有看面色尴尬而紧紧咬住唇瓣的女人，却是冷淡而平静地开口："这样，可以了吧？"

苏若慈将脸撇开，不愿意与聂轻鸿对视，眸子低垂，让人看不到她眼里复杂的情绪。

"为什么？"

终于，如蚊蚋一般地吐出三个字后，苏若慈不甘心地用手绞着衣角，露出一副我见犹怜的样子来，但偏偏这份娇弱，打动不了铁血柔情的男人。

"别人的坚强，不该成为你伤害的理由，过分的柔弱，不是每一次都能博得同情。我们的婚姻，问题不是出在别人身上。"

聂轻鸿转身迈步离去时丢下的话，让身后之人恨不得将唇瓣都咬破了。

"我不甘心！她哪里好了？你从头到尾，都没有为我们的婚姻努力过，如果你是一个堂堂正正的男人，就该负责到底！"

用尽所有的力气，指责的话，说得无比委屈，高大的身形再次顿住，聂轻鸿那威严的脸上，向来冷峻犀利的眸子，多了一份怜悯的意味。

"如果当初接受了这桩婚事是我的错，现在是该把错误结束的时候了。负责，不是把错误也负责到底。

"刚才，是我为我的错误，最后一次负责！"

这一次，聂轻鸿说完后，没有半分停留，转身而去的背影，冷漠如山。

乔明娇一口气跑到了大街上，完全没有了疯狂一天的疲惫，她拉着行李箱，不停地走着。她有些讨厌自己，讨厌自己的情难自控，讨厌自己的愚蠢和盲目。

可是走得太急，一个重心不稳，乔明娇刚刚痊愈的脚踝，再次疼得她眼泪险些掉了下来。

"咝——"

乔明娇弯身捂住了脚踝，直吸冷气，眼泪在眼眶里打转。

她不是个脆弱的人，所以仰头望天，试图逼退泪水，却望到上方有一张皱着眉心的俊脸看着自己，恍然以为是错觉，但是抹了一把眼泪之后，那张脸还在。

半蹲着的身形顿住，乔明娇一时间仰望着聂轻鸿那张脸，没有任何动作。

“伤到脚了？”

如果那张脸不是真实的，那么这声音必定也是虚无的，乔明娇苦笑一下，当做没有听见，努力起身，忍着钻心的痛，准备继续走，手臂却被人一把拉住。

一股怒火顿时油然而生，乔明娇试图挥开，却螳臂当车，难以挣脱他的禁锢，反而弄得自己的脚更疼，小脸皱成了一团。

“旧伤未愈，不要伤上加伤！”

严厉的声音说出的内容，让乔明娇忍不住眯起了眸子，像是一只危险而狡猾的猫咪一样，却是冷着脸看向他，他知道她是有旧伤，还是他亲眼见证了她的旧伤？

“放开我！”

乔明娇从小到大都没有发过这么大的火气，犹如小宇宙要爆发了一样，另外一只手攥紧了拉杆箱的把手，因为太用力，而摩擦得手掌都疼了。

但是聂轻鸿无视她的怒火，矮身蹲下之后，用长满茧子的手掌，摩挲着乔明娇的脚踝，温热的感觉顺着他的掌心传来，一时间，她有些没有反应过来。

“聂轻鸿，你这是干什么？我的脚不需要你来关心，你没有资格来关心我！”

乔明娇很想一脚踢开聂轻鸿，但是脚被他另外一只大手牢牢地握住，根本不给她踢动的空间。

“别动，已经错位了！”

聂轻鸿终于开口，甚至没有听到她那些指责的话一般，隐在阴影里的俊脸，有一刹那的僵硬。乔明娇没有看到他抿唇不语时，脸上的落寞。

“啊，痛！”

再大的怒火，也抵不住脚踝处传来的痛楚，乔明娇险些跌倒，她被有力的大手及时托住了。

“坐下来。”

聂轻鸿闷沉的声音，没有过多的情绪，而是带着一种平日里惯有的严厉，命令着不怎么听话的人。

乔明娇在意识到自己的挣扎无效之后，索性沉默着听从了他的命令。剧痛传来，她别开脸忍受着。当脚踝处火辣辣的疼痛感渐渐消退时，他已经帮她正好了错位的骨。

“这鞋子不能再穿了，最好换上宽松的。”

检查完毕，聂轻鸿就像是一个医生般地道。他抬起头时，看到乔明娇抿着唇瓣，看着他的样子，异常冷漠。

抚在脚踝的大手，不自觉地一僵，聂轻鸿收回了手，英俊的脸上出现了鲜有的尴尬和落寞。他起身，准备拦一辆出租车。

“不用了，我可以自己叫人来接我。”

乔明娇说完，刚打开手机，傅淮生的电话便很是及时地打了过来。

“喂，淮生，我在东直门广场处第一个路灯下，你过来接我。”

第一次对傅淮生和颜悦色，乔明娇纵容了自己的私心，只因为傅淮生出现得及时，或许女人有时候需要的就是男人的及时。

乔明娇的声音里少了平日里惯有的棱角与防备，让电话那端的傅淮生满腔的焦虑消泯了下去。

“我马上过去。”

傅淮生的声音沉着有力，听在乔明娇的耳朵里，明明应该欣慰而满足，可是却有些说不出来的滋味，让她并不能开心起来。

“好的，我等你。”

乔明娇挂断电话，没有转脸看向那个帮她把行李箱提到身边的人。他不该出现在这里的，他有家室了。她最讨厌那种不负责任的男人，难道他不清楚吗？

之前她不相信聂轻鸿会打电话约她见面，但是现在他的到来让她不得不产生怀疑。她是喜欢聂轻鸿的，但是当喜欢成为不可能时，她宁愿一个人去忍受，宁愿去背离，也不要在知道他已婚之后，而有所回馈。

那样的她和勾引别人丈夫的小三有什么区别？一想到了这个词，乔明娇的心头就有股无名的痛，她不希望有一个女人走妈妈曾经走过的路，她不希望每一桩婚姻都纠结着背叛的伤。

当然她更不想成为这一出悲剧的始作俑者，这一点她以为在她转身而去时，聂轻鸿已经明白，但是显然她看错了，在他还拥有婚姻和责任的时候，约她见面，对她关怀，这样的聂轻鸿只会让她讨厌！

她宁愿他对自己冷冰冰的，她宁愿他们狭路相逢不相识。

事实上，之前的聂轻鸿是这样做的，她也很欣慰，可是为什么他却又要突然跑出来，关心她、照顾她呢？

如果马来西亚丛林的生死之旅他可以当做不曾去过，怎么现在却坚持不下去了呢？

“聂轻鸿，你回去吧，我的喜欢你不要太当真，苏小姐在等着你呢！如果因为我而伤一个女人的心，这样的男人，我一辈子都看不起，我只会鄙视他……”

任凭乔明娇演了这么多年的戏，可是到了真要说狠话的时候，才发现心真的很疼。要否决自己的信仰与执着，而成全别人的幸福，有时候需要的是豁达和理性，乔明娇这么说的时候，还是有些艰涩的。

但是当她说了半天都没有得到任何回应时，她转过脸去，周围哪里还有他的影子啊？

怎么会有人来去悄无声息，在她的世界里自由穿梭呢？

乔明娇有些愕然，看着路边自己被拉长的影子，顿时有种拳头打在了棉花上的感觉。聂轻鸿怎么就凭空消失了呢？

她愣愣地坐在路边发呆，忘记了脚上的痛，心里却有些失落的感觉。她以为他会向自己解释什么，可是他什么都没有说。

正因为他什么都没有说，她反而有种很不给力的感觉，觉得是自己哪里判断出错了。

她一脸茫然，如同找不到了方向的路痴，脚踝处的痛又隐隐地袭来，让她忍不住脱掉了鞋口较小的系带小皮鞋。

忽然，一道高大的身影，由远及近，步履矫健地向她走来。

“穿上这个。”

甚至听不到他来去之间应该有的沉重呼吸，显然经过长期锻炼的他，并不认为走到那边即将打烊的夜市是一件辛苦的事。

一双粉色兔头棉拖鞋，在柔和的路灯下，正可爱地露着笑容，由聂轻鸿这样一个冷酷高大的男人提来，是一道什么样的风景？

明明心在悸动，本该有着小小的满足和喜悦，却因为理智的恢复，将喜悦碾压成了莫名的痛和失落。

聂轻鸿他知道不知道自己做了什么？他是不清醒了，还是糊涂了？或者是他的理智已经全部消失了？

“聂轻鸿，我不需要！”

乔明娇的声音清晰地在空气中回荡，她的眼睛清澈明亮，要与不要，她清楚得很，眼里浓烈的倔强和排斥，明显到了连夜色都无法掩盖的地步。

是的，她的排斥，就像她的喜欢一样，来也浓烈，去也悲壮。聂轻鸿，注定在他没有资格去拥有她时，默然退场。

高大的聂轻鸿转身而去，没有一句解释。乔明娇一只手握紧拳头，由最初的冷漠到渐渐的落寞，聂轻鸿刚刚脸色有些怪异，似乎欲言又止，可是他什么都没有说。

“明娇，怎么脚又受伤了？”

傅淮生的声音响起，乔明娇还有些不适应这个称呼，乍一看，他关心的模样、询问的语气，比聂轻鸿还要真切几分，若不是她拒绝，傅淮生就差一把把她抱上车了。

“我妈妈那个人，除了生活细节上苛刻一点，人并不难相处。”

车上，傅淮生的话乔明娇没有怎么听进去，傅夫人其实根本伤不到她，只不过没有那么一个人让她愿意去忍受豪门的虚荣与无聊罢了。

心，莫名地遗落在路边。那双拖鞋，她没有穿，更没有拿，或许要拒绝就要拒绝得干脆一点，不然每一次都拖拖拉拉，太不像她了。

傅淮生的车子开走后不久，吴强开着吉普车快速地转了个弯赶过来。

提着一双还没有拆掉透明塑料袋拖鞋的聂轻鸿，在吴强的眼里明显有些怪异。

“队长，你没和乔小姐说清楚电话不是你打给她的？”

聂轻鸿蹙眉，看了比他还要着急的吴强一眼，淡淡地道：“说清楚又有什么用？”

吴强被聂轻鸿反问，微微一愣，这倒是，以他对乔明娇的了解，难道会眼巴巴地等着队长离婚去娶她？这一次吴强终于理解了队长的那句话，离婚不是为了娶谁，只是解除自身的责任，结束一个不该继续的错误而已。

至于乔明娇，那样爽朗而干脆的女子，要怎样，才会没有任何障碍地接受离婚后的队长呢？

乔明娇看着傅家豪宅就在眼前，拉回飘远的思绪。傅淮生的及时出现，对于她或许是一种拯救，但是她不能过多消费这种拯救。

男人所谓的爱，有两种，一种期待回报的，当他得不到应得的好处时，就会恼羞成怒。之前，乔明娇见到的这一种颇多，所以她才能够游刃有余，狠心去拒绝，去割舍。

另外一种呢，期待回报，但是不浮华于表面的回报，或者说，动了心，起了意，一发不可收拾，早已忘记了回报不回报。曾经她也遇到过纯情的小新秀，一度痴缠到她做恶人，可是自那之后，乔明娇的名声臭了，这样的异性也少了，花花绿绿的世界，分分合合，在她的眼里，也不过是一句台词而已——天下之事，分久必合，合久必分。

但她没有料到，会遇到聂轻鸿，会遇到一个让她率先心动的人。

更没有料到，会遇到傅淮生，一个蛰伏了许久的花心大萝卜。两年后再遇到她，他依然对她感兴趣，进而发展到现在的想与之白首为约，携手一生。

“傅淮生，停车吧。”

乔明娇开口，直呼傅淮生的名字。这么多年，还是第一次有人如此大胆而直接地将他看得如此浅薄，如此不值一提。

不过傅淮生的脸上并没有以往那种被人挑衅了的气恼，或者说没有那种表面微笑，内心腹黑的冷然。他微微眯起了向来能够令异性神魂颠倒的眸子，看着旁边坐着的女人，脸色变得肃穆。

“想要一个人就这样走掉？我不会停！”

傅淮生的话有些霸道，甚至有些耍无赖的意味，但是他很聪明，看出来了乔明娇所想。

乔明娇发现傅淮生的敏锐后，身形不由得一顿，还是决定实话实说。

“我现在还没有爱上你，我不准备嫁给一个自己不爱的男人。”

乔明娇的态度一向明朗，这一次也不例外。姣好的脸庞，饶是如此认真严肃，却仍旧透露出小女人那种倔强与可爱，其实她的话够残忍，但偏偏遇到了要啃硬骨头的傅淮生。

“没关系，你可以先嫁给我，然后慢慢爱；或者慢慢爱，然后再嫁给我，都可以。”

傅淮生原本沉稳老练，肉麻的情话不需要说，也依然有女人投怀送抱。可想而知，如果他刚刚说的那段话，别的女人听了，会有多么感动。

可是乔明娇听了之后，却皱紧了眉头。

谁说花花公子都是换女人如换衣服的？现在她想甩都甩不掉，就像是强力磁铁，一旦被他吸住，逃跑都成了一种奢望。

婚姻，不过是天时、地利、人和下，修得正果的涅槃重生。

都说女人嫁给男人，犹如重新投一次胎。乔明娇想，她现在可能就要面对这个投胎的问题了。如今，自己大半只脚已经踏进了傅家豪门，若再说离去，估计不仅傅淮生不许，而且连乔家和傅家的长辈也不会乐意的。

“万一一辈子都爱不上呢？”

面对傅淮生的自信从容，乔明娇偏偏喜欢唱反调。

“除非你的心里有人。”傅淮生面色严肃地说道。

乔明娇眉头紧蹙，犹如被人揭穿了伪装一般睁大了眼睛：“才没有呢！”

那个人既不该爱，也不能爱，早晚都要忘记的，但是自然而然地忘记，还是强迫自己忘记，乔明娇一直有些犹豫。她不喜欢强迫自己，但也不会放任自己，刚才聂轻鸿出现，严重地扰乱了她的思绪，他是故意的吧？还是看她可怜，没忍住来安慰她？

在乔明娇失神的时候，傅淮生已经把车子开到了傅家豪宅，而原本挑挑拣拣的准婆婆，早已忘了燕窝美容、衣服太嫩的问题，而是拉着乔明娇笑吟吟地安排着婚事。

“明娇，我刚刚打电话到巴黎，特别给你定做了今年最新流行的婚纱，保准穿着漂亮。”

显然，傅淮生肯定给他妈妈放话了，所以傅夫人已经没有了早上那种高贵和矜持，主动和乔明娇套起近乎来。看得出来，傅淮生搞得定他母亲，这样的话，真嫁给这样一个男人，倒是不会受气，当然，没有男人的庇护，她也不会让自己受气的，但那是另外一回事。

“你奶奶让我好生照顾你，项链、戒指什么的虽然家里都有，但是订婚也不是小事，明天带你去珠宝行，看看在国内有没有看得上眼的……”

傅夫人拉住乔明娇的手，不再放开，眉眼和善。乔明娇想抽出手却有些难，她倒是希望傅夫人对自己冷淡些。

心里好像对这段已经急压而来的婚姻，有着莫名的恐慌，难道这就是婚前恐惧症？

当然不是，乔明娇知道，是因为自己对于这桩婚姻压根儿没有足够的准备呢。

“妈，这些事情我们自己会处理，您就不用这么操心了！”

傅淮生毫不客气地把乔明娇从傅夫人手里拯救出来，果然傅夫人的脸上微微露出一丝不爽，但也只是很快就掩饰了过去。

乔明娇明白，要让婆婆喜欢儿媳妇，那都是需要一个过程的。

只是，她还没有准备好要和她抢傅淮生，傅淮生就已经唾手可得地摆在了自己面前。

任凭乔明娇皱眉，傅淮生早已帮她做了决定：“明天一起去珠宝行那边看看。你今天累了一天，先去洗洗休息吧！”

花心男也有痴情重义的一天，关心的话说得这么自然，如果被那些整天巴着他的女人看到，估计芳心要碎了一地了。此时，傅夫人的脸上闪过淡淡的欣慰与苦涩，儿子会疼人了，可惜疼的不是自己。

乔明娇想，或许老天爷就是准备给她这样一个温暖的窝，等着她钻进去呢！大嫂跟大哥不也是先婚后爱的吗？

她懒懒地睡了，可是梦里还是出现了那双粉色兔子头的拖鞋……

北京城最名贵的珠宝行，今天却是格外热闹，乔明娇坐在车子里眉头不自觉地皱了起来。

对于珠宝之类的，若非是为了演戏和某些宣传以及走秀，她是懒得戴的。当然，订婚是人生中的大事，尤其是傅、乔两家，都是有头有脸的人物，之所以如此水到渠成，不是因为她是大明星乔明娇，而是因为两家财力旗鼓相当。

现在，乔明娇还没有准备好要答应这门婚事，因此多少是有些心不在焉的，对于要挑选什么样的珠宝，没有什么兴趣。

挑选了一阵之后，傅淮生说：“先去吃饭，然后换一家珠宝店看看吧。”

傅淮生的这个建议无疑是很好的，乔明娇眉心皱着，他怎么会没看到呢？

从什么时候开始，一向掌控他人的傅淮生有种任人宰割的感觉了呢？

“哦，好。”

乔明娇一听，果然眸子一亮，显然她饿了。而原本脸色略微阴郁的傅淮生，在看到她那副模样时，嘴角不自觉地扬起一抹笑容。

“想吃什么，中餐还是西餐？”

傅淮生衣冠楚楚，想的自然是体面又昂贵的地方，像他这种男人，估计就没有纡尊降贵过。乔明娇看着他那淡定从容的样子，偏偏忍不住想要逗弄他一下。

“那些有什么意思。听说北京有很多小吃，我想尝尝看。”

若说吃，自然是晚上的时候最热闹，各色美食店张灯结彩，要热闹有热闹，要气氛有气氛，而傅淮生自是从来没有去过的，看着乔明娇那眉眼闪烁星光的模样，自然也猜到了几分——她在故意整他呢！

“嗬！好。”

傅淮生一晒，他又怎么甘心输给乔明娇呢？当然，以前从来没有女人闹着要去吃小吃，她们要去大饭店，要吃西餐，要讲情调，当然，这也是他认为理所当然的，如今被乔明娇悉数给打翻了。

她是一个公主，有着别人没有的傲气和资本，可又是一个纯真的女人，不娇柔不造作，抛开那些身家，她是一个很有吸引力的女人。

果然此时此刻，小吃一条街，有些冷清，很多的店面，索性门都没开，让整个街道犹如古装剧里的背景，多少有些不够景气。

“这些，各来一份。”

果然，傅淮生是有钱人，只要乔明娇的目光能够扫到的，他毫不迟疑地都给点了，那句“各来一份”，让饭店的老板娘眼睛都笑弯了。

“帅哥，这个是送的，欢迎多多来惠顾，一共二百零八块。”

老板娘目光贪婪地看着傅淮生，不仅仅是因为他一看就是有钱的主，还因为长得帅啊。

但是当傅淮生拿出一张金卡之后，老板娘的脸上立刻闪过一抹尴尬。

“帅哥，我们这里是不能刷卡的，那边一百五十米处有取款机。”

这估计是傅淮生这辈子遇到的最郁闷的一件事了，所有的点心都装好了，却没有现金付账。

乔明娇的眉眼早已弯了起来，哈哈，上当了吧。

她要吃小吃，绝非是因为爱小吃，这种事情以前耍过大哥，但是大哥很聪明，没有现金，直接拿了刚买下来的东西给抵了，那老板娘开心得嘴都合不拢了。

现在呢，傅淮生皱着眉，俊脸有些拉不下去，没有乔津帆的那种胸怀，面子是个大问题。

当然，在他发现乔明娇在一边看好戏的时候，所谓的面子又是个小问题，果然，聪明人很有办法，他已经去摸腕上的那块瑞士表。

乔明娇一看，不由得扬眉，乔津帆当年抵押的东西是一个牛皮手袋，把她的心爱之物丢给人家，乔明娇是赔了夫人又折兵，反而被乔津帆给惩罚了。

现在呢，傅淮生这只表的价格，乔明娇目测了一下，价值至少五十万以上吧。

古人烽火戏诸侯，只为博美人一笑；一掷千金，只为讨美人欢心，但乔明娇从来都不是祸国殃民的人，哪怕有心耍傅淮生，这一刻也不由得心头一动。

有时候女人想要的，不正是男人的心吗？

傅淮生的心意，乔明娇一直没有正视，但此刻，刚刚狡猾的小脸上还是露出来一抹沉思，或许真的如大嫂所言，如傅淮生所言，只要她心里没有心爱的人，用一辈子的时间，她总会爱上这个人。

纤细的皓腕，挡住了傅淮生的动作，后者俊脸略微一僵，耳根有些发红，这辈子估计傅淮生还没有花过女人的钱。

“喏，两百一十块。”

乔明娇的钱夹里，居然有一沓厚厚的现金，这和她经常外出有关系，现金是随时准备着的，以备不时之需。

傅淮生的目光这一刻定在了乔明娇带着微笑的脸庞上，远远看去，俊男靓女，男的痴情，女的俏皮。

准星一点点地跟随着越狱犯的身形前进，京城某武警队长一脸谨慎和兴奋，因为他旁边的人不是别人，正是特种兵队长——聂轻鸿。

穿着特警服的聂轻鸿，即便站在一群特警中，还是有种很突兀的感觉，实在是因为他身上的气势太过逼人，身高腿长，却矫健异常。特种兵队长指导他们特警队抓犯人，虽然有些遍地特警队的意思，但也是给特警队面子。

特种兵出手，只求一击即中，这一点乔明娇就见识过了。当时那死亡逼近的感觉她没有忘记，只是她没有料到，有一天，有一刻，在繁华的京城，也会遇到聂轻鸿，在生死一线之间，她看到了他。

乔明娇脸上微微带着笑容，手中的钱夹刚刚合上，正准备收回时，一个身形突然间不要命了似的扑了过来，险些将她撞倒，同时，把她的钱夹给抢走了。

第十四章 千山万水，我心向你

凌晨四点钟，已经准备好伏击目标——从郊区某监狱里逃脱的李某。他躲在了大都市的某个角落里，让特警队大海捞针，最后在确定了犯人逃狱之前与在美食街打工的常某见过面后，特警队派人找了一个据点，征用了一间正好准备出租的店铺，等待亡命之徒落网。

聂轻鸿和队员吴强以及萧卫的到来，为这次伏击增加了一些英雄主义的神秘色彩。传说聂队长在每年的功勋嘉奖中，都勇夺一级英模奖章。

但凡他参与抓捕贩毒和走私的嫌疑犯，从来没有失手过，这和他极高的射击天赋是有着密不可分的关系，也和他统率的一支默契机敏的队伍有关。

所以，此刻匍匐在聂轻鸿身边的特警队队长彭辉还是很激动的。

但是他没有注意到，当那扇窗微微打开一条缝，看到一对俊男靓女在买东西时，身边的人有那么一刻的僵硬，喉结微微一动，如同石雕一般的姿势，只让彭辉感觉到了压迫，却并不能察觉到面无表情的聂轻鸿有什么变化。

倒是一边的吴强看到后，险些把手中的枪给扔了。

这世界也忒小了吧！

而他的失态，换来了聂轻鸿的一瞥，顿时有种如坠冰窟的感觉，这个时候不能受外界的影响，就算外面的是亲爹亲娘也要克制啊。

但是，有时候和亲爹亲娘比起来，还有一个叫爱人的物种，那是一种可以激发人类任何非正常反应的存在。

吴强就表现出了他的非正常一面，虽然外面的人，不是他的爱人。

他忍不住又瞄了聂轻鸿一眼，戴着面罩，只露出眼睛的聂轻鸿，却从头到尾都保持纹丝不动。

傅淮生的大款行为，乔明娇的戏耍之心，两个人之间细微的互动，吴强看得清清楚楚，聂轻鸿也看得清清楚楚，只是聂轻鸿没有任何表情，吴强即使百爪挠心，也不能说什么。执行任务时，他们不能有半点懈怠与走神。

可是乔明娇笑得好开心，傅淮生看得好着迷，吴强又瞄了聂轻鸿一眼，好吧，他放弃了，队长早已百毒不侵，六亲不认。

吴强不知道，这世界上有一种感情，叫做相见不如不见，有情却似无情。

他没有注意到聂轻鸿握着枪的手，骨节处因为握得太紧而泛白。

他更没有注意到，一直抿唇不语，直视前方的聂轻鸿，整个人身上都露出一股刻意压制的落寞感，当然，这份落寞被他冷硬的气质，以及身上的伪装给遮住，没有人可以看得到。

"抓贼啊！"

乔明娇站稳，等反应过来后，傅淮生自然也已经反应过来了。他丢下手中一堆食物的乔明娇，反手去擒拿那个抢了钱包就准备跑的歹徒。

歹徒的脸上有一道狰狞而鲜红的伤疤，显然是不久前留下的。他瘦瘦巴巴的，但整个人都露出一种犹如在阴暗的世界里生活了许久的苍白与狠戾，那种亡命之徒才有的不怕死的眼神，傅淮生出手后才看到。

砰——

傅淮生伸手时，那歹徒顺手操起了旁边的夹木炭的铁夹子，狠狠地砸了过来。

血肉之躯，怎抵得了这样往死里狠砸的一击，傅淮生吃痛，一只手臂一时间抬不起来。

乔明娇并不是蠢笨的人，她之所以喊了一声"抓贼啊"，是因为在光天化日之下，她相信一定能抓住这个歹徒，她不会让歹徒逃之夭夭的。

她在傅淮生出手去抓的时候，就已经准备出手帮忙。

但是没有料到这个歹徒这么阴狠，突然间那么不要命地砸傅淮生，更没有料到这一刻，有一颗夺人性命的子弹会破膛而出。

这一刻，吴强知道队长是紧张了，也知道队长一世英名估计要毁了，因为乔明娇而毁了。

刚才的这个距离、这个位置，聂轻鸿足够将歹徒一枪击毙，或者至少可以打掉那歹徒手中的凶器。

但可惜的是，就在乔明娇身形一动的时候，聂轻鸿的枪法失准了。

吴强知道聂轻鸿为什么会失准，但是聂轻鸿身旁的彭辉不知道，就在他准备下一枪弥补聂轻鸿那个天大的失误时，乔明娇没有料到，歹徒突然间发起狠来，扔下了钱包，趁傅淮生还没有反应过来，直接狠命地一扯，将她给抓了过去。

当乔明娇意识到亡命之徒的狠绝时，已经晚了，她只感觉到一阵窒息，那歹徒的手臂已经如铁钳子似的掐了过来，不知何时，他手里已经多了一把明晃晃的匕首，直接抵在了乔明娇的脖子上。

“都别过来！”

情况失控,彭辉的枪还没有扣下扳机,有一只大手就已经压在了他的手上,彭辉有些难以置信地看了聂轻鸿一眼，传说中犹如战神的人，怎么心理素质这么差，手心里全是汗啊？

“放开她！”

傅淮生的声音泄露了紧张，而乔明娇因为无法呼吸，忍不住伸手想去掰开歹徒勒住自己脖子的手臂，他真的有可能会勒死她。

“走开！”

鲜血顺着乔明娇的脖子流了出来，疼痛的感觉被几乎透不过气的窒息感给压倒，她努力让自己冷静下来，但是脸色已经因为呼吸不畅而变得苍白。

就在这个时候，她看到从窗口一跃而下的聂轻鸿，他的脸上还罩着特警兵的帽子，整个人就像是修罗一样肃穆和漠然：“放开她，我给你一条生路！”

聂轻鸿的话语并没有威胁，甚至有些妥协，他的目光从头至尾没有看乔明娇，而是死死地盯在歹徒的脸。

乔明娇感觉呼吸困难，视线变得模糊，脖子生疼，鼻腔中充斥着一股血腥味，让她既紧张又愤怒，但是这个时候如果她过分挣扎，只会让自己更受伤，唯有用力地扯开歹徒的手臂，让自己可以稍微呼吸一下。

聂轻鸿的声音在她听来犹如梦境，只有在挣扎的时候才能够听到，可是她知道她就在他对面。

只是和上一次相比，她没有那么庆幸罢了。

为何每一次遇到他时，一定要在生死边缘呢？

乔明娇努力让自己平静下来，不自觉地寻觅聂轻鸿的脸，他表情默然地看着歹徒，目光不曾停留在她身上一秒钟。

乔明娇不知道他在想什么，但是她清楚，他不会看到她身处如此危险的境况而无动于衷，那么他现在不看她，是否在隐藏自己的情绪呢？乔明娇转移目光，看到一边傅淮生紧张而着急的模样，他的手里似乎已经握紧了什么，正在伺机而动。

“都退下，让他走！”

聂轻鸿的声音冷冷的，不带任何情绪，似乎已经完全投降了一样，转身时也没有看乔明娇一眼，伸手扯了一下扣在下巴处的蓝牙通讯话筒。

“萧卫，开车进来。”

就在聂轻鸿刚吩咐完毕，那歹徒却发现了傅淮生的意图，突然急速地退了几步，将乔明娇勒得直咳嗽。

“别过来，都别过来！你靠后，不然我这就杀了她！让她开车，你们全部退开！”

事情发生得太突然，原本冷清的街头，已经有人围观，不及时控制的话，影响会更大。

而歹徒又很聪明，直接喊那个刚把脑袋缩回去的小吃店老板娘开车。

“我……我不会开车。”

老板娘也够聪明，这个时候谁愿意上前做英雄啊，万一不小心的话，伤的可是自己。

“就你去，开你自己的车！”聂轻鸿直接命令老板娘道。

不会开车，骗谁去，这里开店的哪家不是小有资本，小货车开得顺着呢！

“让他们把枪都放下！”

歹徒也是很紧张的，四处巡视，唯恐哪里冒出来一颗子弹，也正是因为如此，手下对于乔明娇更不留情。

“如果人质死了，你也会死的。”

聂轻鸿抬起眼皮像是不经意地提醒道，然后看了一眼腕上的军用手表。

果然，歹徒放松了对乔明娇的钳制，乔明娇稍微可以呼吸顺畅了一点。

“全部退下！”聂轻鸿转脸大声地命令道。

吴强第一个放下手中的枪，然后转身就走，旁边的彭辉见状，也跟着走了。

“你也走开！”

包括傅淮生，也被聂轻鸿那冷冽的眼神给震慑住，关心则乱，如果这个时候不配合，乔明娇完全有可能遇险。

一辆半新不旧的改造小货车，就这么开进了狭窄的巷子，聂轻鸿和傅淮生在歹徒李某的视线范围内，径直消失了。

乔明娇知道这个时候唯有配合，喉咙处的疼痛和窒息的感觉让她有些犯晕，紧张与恐惧让她手里冒了一层汗。

聂轻鸿高大的身形就那样从她的视线里消失了。

上了车，老板娘开得歪歪扭扭，俨然激怒了歹徒。

“别乱开！”

歹徒着急，拿着手中的匕首，就向老板娘比画了一下，那老板娘顿时给吓得脸色苍白。

车子在闹区里停停走走，终于开往了郊外，后面既没有警车，也没有别的车子跟踪，原本一直死死钳制乔明娇的歹徒，看到了希望，手中的力道比之前小了一些，乔明娇觉得稍微舒服了一点。

就要达到收费站时，车子缓缓地准备停下来。

“冲过去！”

歹徒着急，又扣紧了乔明娇的脖子，那老板娘有些迟疑和紧张，手握方向盘，脚下却没敢踩油门。

就在这个时候，小货车的车窗口，一道身形突然如同身手敏捷的猴子一样出现。

砰——

玻璃被拳头击碎的声音传来，那歹徒本能地松开乔明娇去护住自己的头。就在这时，车门已经被聂轻鸿打开，他长臂一伸，扯住歹徒就死命地往外拽。

“抓住她！”

随着聂轻鸿的厉喝，老板娘伸手抓住了险些被带下去的乔明娇。

此刻，车子已经停了下来，被拽下车的歹徒和聂轻鸿在路边扭打起来。

乔明娇终于得到喘息的机会时，她只感觉喉咙处鲜血直流，那种恐惧让她有些麻木了。

“快捂住！”

老板娘显然是收到了聂轻鸿的指示，将早已准备好的干净手帕递了过来，乔明娇捂住之后，手帕很快就湿了，殷红一片，很是吓人。

身后的马路边传来歹徒的一声惨叫，沉闷的声音，带着致命的冷酷。终于，乔明娇透过后视镜，看到了地上躺着不动的歹徒，以及急急赶回来的聂轻鸿。

“抱着她，我开车。”

聂轻鸿的目光只是在乔明娇的脖子上一掠而过，冷酷的声音里有一丝颤抖，他将老板娘挤到一边。

路上，聂轻鸿不曾转脸看过来，甚至他开车的样子俨然是一个专业的赛车手，冷酷而宁静，车速却是飙到了最快。

半路上，吴强已经开着吉普车飞快地赶了过来，但是还有一个人更快，那就是傅淮生，他的法拉利有着不输于赛车的车速。

“给我！”

当聂轻鸿将乔明娇从老板娘的手里抱起时，乔明娇感觉到他的身体似乎绷得紧紧的，那种紧，有种濒临死亡的紧张和窒息感。

吴强开来的吉普车被嫌弃了，傅淮生已经打开车门，催促道：“上车！”

乔明娇听得出来傅淮生很关心自己，但是她更感觉到了聂轻鸿的僵硬，当他把她抱到车上时，他一语不发，只是在坐稳之后，大手捂住了乔明娇按住脖子的小手上，温热有力。

傅淮生看着后视镜，英俊的脸早已绷紧，但是当看到乔明娇闭着眼睛、脸色苍白时，没有再多说话，发动车子，油门踩到底，一路向着医院狂飙而去。

乔明娇仍然闭着眼睛，只感觉到车内异常的安静，没有任何叮嘱和催促。她只知道车子在飞奔，只知道聂轻鸿的一只手牢牢地抓紧了自己的手，只知道另外一只手护住她流血的地方，有力而执着，默然间，行动代表了一切。

一路上，引来了无数的喇叭声和刹车声，以及咒骂声。终于到达了目的地后，傅淮生打开车门的同时，已经弯腰伸手。

“把明娇给我。”

乔明娇睁开眼睛，看到弯身就要抱自己出去的傅淮生，一脸着急和认真，带着不容拒绝的气势。

但聂轻鸿似乎没有听到一般，抱起她起身后，毫不客气地踢开了车门，让傅淮生英俊的脸扭曲难堪。

乔明娇感觉到身上某处有一块湿热的地方，和脖子间的感触一模一样，散发着一种血腥的味道。

她心头一震，盯着聂轻鸿刚毅的下巴，只听得他声音沙哑地道："坚持。"

短短的两个字，似乎有一股力量注入身体，乔明娇感觉心头暖暖的，和那一次他抱着她枪击两名歹徒时一样，让她没由来地再也不怕任何的危险和困难，再也不觉得这辈子自己只是孤孤单单的一个人了。

有时候，心动了，便觉得，已经走累了，想找一个人依靠了。

只是，这一次没有那一次的动心之后的雀跃，却有一份皈依与安然后的苦涩。

乔明娇闭上眼睛，不让自己再有其他念头，咬紧唇瓣，压制住了所有的痛苦与恐惧。

终于，当聂轻鸿将她放在担架车上的那一刻，乔明娇不自觉地睁开了眼睛。

她可以清楚地看见他一张漠然的俊脸，就在自己的头顶，他微微弓着身子，一只手推着担架车，另外一只手却握紧了她那只攥紧了拳头的手。

聂轻鸿嘴唇抿紧，一语不发，犹如修罗。旁边的傅淮生一脸僵硬，他没有看向乔明娇那微微睁开，却不曾看着自己的眸子，而是默不作声地和众人一起将乔明娇推进了急诊室。

"两位，你们先出去。"

主治医生看着两个高大的男子，脸色一个比一个冷，鼓起勇气提出了这个要求。

聂轻鸿第一个转身，只是在转身之前，看了乔明娇一眼，在对上她那微微睁开的眸子后，是以最快的速度转身而去。

"这位先生，麻烦您也出去。"

傅淮生面如冷玉，不曾动摇。

"我要陪着她，我不会打扰你们的！"

傅淮生索性站在了远处，却没有离开的意思，那医生见状，摇了摇头，吩咐助手开始动手。

"请放松，来，让我看一下伤口。"医生温柔地对乔明娇说。

乔明娇松开捂着脖子的手，上面那块手帕早已被血液浸湿。

她用余光瞥了一眼傅淮生，看到他英俊的脸色变得鲜有的阴沉，一只手攥得紧紧的，没有勇气再多看一眼。

她怕看得太多，接受得太多，将无力回报。

傅淮生，别对我这么好。

乔明娇没有将这句话说出口，只是在傅淮生的目光与自己的交会时，快速地闭上了眼睛。

手术室里，各类器具紧张有序地交换着，麻醉针刺入肌肤的疼痛感，让乔明娇抓紧了床单，可她仍一声不吭地忍受着这份痛楚。

时光流逝，手术无影灯下，当最后一针缝上时，乔明娇已经在一番折磨下，疲惫地睡着了。

睡着前，有一只大手握住了她的手，她想缩回去，却已经力不从心。

“怎么这里也都是血啊？”一个护士看着地面上也满是血，不由得吃惊地道。

“是……是聂轻鸿的。”

本来已经陷入沉睡的乔明娇，忽然醒了过来，声音沙哑无力，开口说话时，只感觉到脖子与喉咙处都很痛。

她想要坐起来，却被人一把按住。

“现在先照顾好自己。”傅淮生的声音里带着一种隐忍着痛苦的严厉。

“队长，歹徒已经被彭队长带回去了，已经停止了呼吸。”

急诊室外，吴强匆匆赶来，第一时间汇报了任务情况后，正想询问乔明娇的伤情，却发现面色淡然的队长一只手捂着腹部，鲜血顺着他的手指流了出来，不由得大惊失色。

“队长，你受伤了？”

天哪！吴强此刻总算明白了，队长这一次的发挥有多失常，就说明乔明娇在队长心目中的位置有多么重要。

“队长，赶紧去处理伤口吧！”

吴强一脸着急，但是聂轻鸿的眉心微微皱着，脸上依旧没有什么表情。

“乔小姐肯定会没事的，一有什么情况，我马上向你汇报好了。”

就在吴强催促时，已经有医生走了过来。

聂轻鸿大步流星地往手术室那边走去，医生便急急地跟了过去，心中不由得有些疑惑，这人是不是外星人啊？怎么流了那么多血都不觉得疼呢？

傅淮生的语气严厉而不容抗拒，打过麻药的乔明娇根本没有多少力气，更何况刚刚经历了一场生死间的较量，看着傅淮生眼里的霸道和关心，听着他让医生去处理聂轻鸿的伤口，乔明娇这才乖乖地躺在了病床上，没有再动。

在药物的作用下，再加之十分疲惫，乔明娇很快就进入了梦乡。

乔明娇是被一个噩梦给惊醒的。梦里，她身处伸手不见五指的黑暗中，比戏中还要逼真恐怖，脖子上传来火辣辣的疼痛感，任凭她怎么喊，都喊不出声音。

"别怕。"

熟悉的声音响起，就像是在丽江那晚一样，一道黑色高大的身形映入眼帘。

是聂轻鸿！乔明娇有些惊喜，却发不出来声音，看不清楚他的脸，只知道他抓紧了自己的手，似乎要将她带到光明中去一样。她欣喜而艰难地爬起来，跟着他走。

"哪里跑，聂轻鸿！"

声音却不是歹徒的，而是一个女人的声音，有些模糊，似乎在哪里听过，轻轻柔柔的，让乔明娇心悸地停下了步伐。

她的手一缩，聂轻鸿却是抓得更紧了。

放开我——

乔明娇没有喊出声音，聂轻鸿却一直死死地抓住她不放。

"我会保护你的，别怕！"

聂轻鸿转脸，开口说出的话那么笃定，乔明娇却在努力挣扎着。

"杀了她，杀了那个女人！她抢我老公，她是不要脸的小三！快点快点！"

娇柔的声音带着幽怨，乔明娇扯不开聂轻鸿的手，急得满身是汗，就在这时，只见后面一道黑影，举起手枪就向她射了过来。

噗——子弹射入胸膛的声音，闷沉而恐怖，乔明娇没有感觉到自己的心脏疼痛，只感觉到自己的手上一热，一摸一片鲜血。

是聂轻鸿身上的，鲜血从他的胸口流了出来，任凭乔明娇怎么捂都捂不住，满手都是血。聂轻鸿挡在了她面前，帮她挡住那一枪之后，就再也没有说话，只有鲜红的血不停地往外流。

“聂轻鸿——”

乔明娇终于用尽所有的力气喊出来了聂轻鸿的名字，只觉得喉咙口一热，额头、手心上早已一片冷汗，映入眼帘的是傅淮生一张英俊冷沉的脸，还有被他紧紧握住的挣扎不得的手。

“做噩梦了？”

傅淮生看着乔明娇时，眉心已经皱紧，此刻轻声问着，嘴唇微微抿着，就像是一个体贴至极的丈夫。

那个总是一副自傲样子的傅淮生，真的很宠她，没有给予她层出不穷的花边新闻，没有和赵安妮再纠缠不清。

“我口渴。”

乔明娇转过脸，不去看傅淮生这绝对俊美的脸，却想起不知道聂轻鸿的伤势如何。

果然，傅淮生起身就去给乔明娇倒水了，高大俊逸如他，将水杯递过来时，没有将病床摇高，而是不等乔明娇爬起来，就已经用有力的手臂将她圈在了臂弯中。乔明娇本能地想避开，却在这时，房门被人打开，乔老夫人和乔季云一脸忧色地走了进来，他们身后还有傅淮生的爸爸妈妈，最后还有抱着夏岚的乔津帆。

“你这孩子……今年是多灾多难啊！是奶奶愧对了佛祖吗？”

乔明娇看着一向还挺信科学的乔老夫人抓住自己的手，担心而忧虑的样子，鬓上的白发似乎更多了些，几乎满头银丝，心里不由得感动起来。

“奶奶，我这不是好好的吗？只是一个小意外而已。”

乔明娇努力扬起轻松的笑容。其实止血之后，脖子虽然疼，但并没有生命危险，大概休息两周，伤口就可以完全愈合了。

当看到一张张家人关心的面孔出现时，乔明娇不由得有些愧疚而无奈。大哥这个时候带着夏岚赶过来，一定是晚晴要求的，不然以自己对大哥的了解，他是万万不会在这个时候丢下还在坐月子的晚晴来北京的。

“我看明娇今年是犯太岁，再这么下去，不知道还要受多少灾难。不如这样吧，去请了太岁符，把婚事给办了，家里有喜事，也好冲一冲！”

站在一边的傅夫人，看着把目光投过来的傅淮生，沉默了片刻，开口道。

“这个……”乔老夫人显然已经对这个提议有些心动了。

乔明娇睁大眼睛，她没有料到，傅夫人会在这个时候乘机让她嫁给傅淮生。

片刻过后，乔老夫人已经点头。她看着乔季云和乔津帆道：“明娇年龄不小了，是该定下来了，难得淮生这么有心，我看这事，宜早不宜迟，就早点给办了吧！”

奶奶有没有考虑过她的意见？乔明娇想要开口阻止，却发现自己不知何时已经从傅淮生的臂弯间，落在了他的胸口旁，那副亲昵的样子逼真得连她自己都怀疑他们关系匪浅了。

乔明娇不由得抬头看了一眼面上没有任何尴尬和心虚的傅淮生，但她知道，他早已不动声色地控制了眼前的局面，傅淮生本性里的执着和骄傲，还是不会轻易改变的。

“我看择日不如撞日，最近有几个吉利的日子，先把证给领了，等明娇的伤好了，就把婚礼和喜酒补上来怎么样，亲家？”

傅夫人一脸笑容，说得和蔼可亲，征询着乔季云和乔津帆的意见。

此时，悄悄来到病房门外的吴强，看到或坐或站的乔、傅两家人，正在商量着乔明娇的婚姻大事，看情形，她马上就要领证嫁人了，不禁急得满头大汗。

“好，既然两家都没意见，我暂时就不回去了，等明娇的婚事办完再回去。”

乔老夫人拍板决定了，满脸期待，只要把乔明娇的婚事给定下来，那么她的心事就算是真的了了。

乔明娇支起身子，推开旁边不动声色的傅淮生，有些气恼，他以为她乔明娇是这么容易被人摆布的女人吗？

“这是明娇和淮生自己的事情，让他们再考虑考虑吧。”

唯一保持中立的是乔津帆，虽然这份中立或许不会起到任何作用，但是乔明娇还是明白，这里只有大哥最了解她。

听到这里，门外的吴强悄然走开了，到队长的病房门口时，有些不想进去。

这个消息可怎么汇报啊？吴强正抓耳挠腮时，突然被一个人拍了一下头。

“你小子做了什么亏心事，在这里鬼鬼祟祟的？”

张朝阳的声音响起，他打开病房门，把有些心虚的吴强给推了进去。

这边病房内，乔明娇一双大大的眼睛，再度睁开时，周围寂静无声，幸好乔老夫人走了，傅夫人走了，乔、傅两家的亲戚都走了，不然她或许已经听到乔老夫人和傅夫人开始讨论她结婚后要生几个孩子，要生男孩还是女孩这种深奥的问题了。

她忽略掉了傅淮生的狡猾，还有他骨子里属于男人的骄傲，才会让他趁这样一个机会，达到提前举行婚礼的目的。她并没有在乔老夫人和傅夫人兴高采烈时破坏气氛，但内心深处对于这桩婚姻，绝对没有两位当家主母那样乐观。

乔明娇在傅淮生也被人叫出去之后，睁开了眼睛，一个强烈的念头支配着她下了床。她无法在知道聂轻鸿为她受了伤的情况下，却当做什么都没有发生。

或许，她只要偷偷看他一眼，就已经足够了，尽管在她和聂轻鸿之间有一道坎，早已注定逾越不过。

脖子处传来丝丝的疼痛，止痛药的药效已经消失，不过这份痛，乔明娇还是忍受得住的。

轻轻打开房门，看到护士刚刚从走道拐角处过去，正准备询问一下子聂轻鸿的病房在哪里，就看到一位在一队人马簇拥下，显得十分威严的军人，他大概六十岁的样子，一脸严肃，因为过于绷紧，双唇抿出一个向下的弧度，任由身边的人小心翼翼地陪着。

“司令，聂队长已无大碍，您不用太担心了。

“司令，这一次聂队长只身救人，是功劳一件，您……”

聂司令冷冷地看了身边的中年男人一眼，那男人再也没有说话，而是嘴角扬起一个尴尬的笑容，领着聂司令朝聂轻鸿所在的病房赶了过去。他们身后还跟着好几个军官模样的人，声势十分浩大，让乔明娇轻易地就知道了聂轻鸿所在的房间，但同时也让她清楚地了解到，她想看聂轻鸿一眼，犹如痴人说梦。

她压下内心深处的那份遗憾，悄然转身，却一脚未着地，另外一只脚已经感觉到了什么，虽然脖子很疼着，让她不方便向下低头，但是凭借直觉，就知道自己踩到了谁。

虽然乔明娇没有穿高跟鞋，但还是狠狠地踩了一脚，身后的人却一把抱起了她纤细的腰肢，让她再也没有办法用力。

乔明娇开始挣扎起来："傅淮生，你放开我！"

她对于傅淮生还是有几分排斥的，并不是因为傅淮生对她不够好，而是因为傅淮生显然低估了她有多叛逆，他以为趁这个机会她就会答应嫁给他吗？

"乱动会扯到伤口的！"

傅淮生显然知道乔明娇在生气什么，但是他并不认为自己哪里做错了。说这话时，他俨然已经把乔明娇当做自己的女人一样了。若是别个女人，得到他如此的照顾，或许早该幸福得疯掉了吧，可惜他要面对的是乔明娇，原本轻松的事情，却变得没有那么容易了。

"聂夫人。"

乔明娇正想说话，却听到一名护士喊了一声，她不自觉地望了过去，正好与站在走道拐弯处的聂夫人目光对接。聂夫人的眼里，多了一份厌恶和鄙夷，目光落在乔明娇的脸上，就像是刀子，割破所有的无谓。乔明娇不禁愣住了。

当傅淮生成功地她抱到床上后，她似乎还没有回神过来。

"乔明娇。"

头顶低沉的声音，带着一种隐忍的情绪。乔明娇迎上傅淮生那张英俊的脸，一双不甘心就此被忽略的眸子，却是毫不畏惧，看了他一眼，然后若无其事地转开了视线。

并非傅淮生对她不够好，而是无论他在身边、在眼前，内心深处依然没有准备给他留一个叫做丈夫的位子时，他已经强行坐了下来。

下巴被有力的大手给捏住，傅淮生将她的脸强行转过来，他眼里有一丝火气，只是乔明娇毫无畏惧。

"傅淮生，我忘了告诉你，我并不是一个愿意牺牲自己而成全别人的人，尤其是在爱情方面。"

乔明娇不在意被傅淮生捏疼了下巴，目光坚定地看着他。

"是我做得不够好，还是你先入为主把我判了死刑？"

傅淮生终于开口，口吻里带着一抹淡淡的冷酷，他目光里有着不容动摇的光芒，似乎乔明娇早已是他的囊中之物。

“你没有在我该爱上你的时候，做你该做的事。傅淮生，我现在想要自由，你敢给我吗？”

傅淮生这么着急地想要把她娶进傅家大门，或许是因为所谓的爱，但仅仅是因为爱吗？

乔明娇说到了重点，她并不是笨蛋，在马来西亚丛林不是他救的她，他不曾坦白过，他在用尽所有的方式和手段，让她靠近他，让她留在他的身边，又试图俘获她的心，这样的男人，很聪明，但是她却不喜欢。

乔明娇又岂是一个因为这个男人百分百优秀，就着迷疯狂的女人？

他做得足够好，却不懂她。

“给你自由，然后去靠近聂轻鸿，在聂家，以及外人的有色眼光下，去做自认为无愧于心的事情吗？别忘了聂轻鸿已经结婚了，你的无愧于心在外人的眼里，未必如此！”

傅淮生被乔明娇目光灼灼地盯着，他脸色阴沉下来，每一句话都反驳得合情合理，可是让乔明娇哑口无言的同时，多了一份难以言喻的疼痛来。

所以，傅淮生在阻止她犯错吗？还是他的眼里，她就是一个大胆无谓到会不顾一切而犯错误的人呢？

第十五章 多少勇敢，止于一步之遥

与傅淮生足足对峙了将近十秒钟，乔明娇却笑了，笑得傅淮生脸上多了一抹古怪的严肃来。

“你出去吧，我现在想一个人好好休息休息。”

多余的争执没只是徒劳，傅淮生很聪明，很会利用形势，可惜却错看了她。

乔明娇说完这句话时，伸手就去推开傅淮生扣住自己下巴的手，那言语间的淡然让傅淮生的眼里多了一抹晦涩与暗沉。

“做我傅淮生的妻子，就那么委屈吗？”

傅淮生定定地看着乔明娇，口吻中多了难以抹去的质疑。

乔明娇知道自己挑衅了傅淮生的自尊，却是没有再看向他，闭上眼睛，轻轻地吐了两个字：“出去。”

但是傅淮生并没有出去，乔明娇忽地感觉到有灼热的呼吸喷在自己的鼻头时，睁开眼睛，发现傅淮生的脸近在咫尺，他只需要稍稍俯下身子，就可以吻到她。乔明娇的脸上立刻浮现一抹防备的神情，如同是警惕的松鼠，即便弄痛了脖子，也没有关系。

傅淮生那凛冽的目光，随着乔明娇因疼痛和紧张而皱起眉来，渐渐暗淡下去。

“我会让你明白，选择我是没错的。”

傅淮生自信一笑，俯首在乔明娇的唇边印下一吻，然后起身离开。

乔明娇伸手抹了一下傅淮生刚才吻过的地方，脸上有片刻的失神，如果她再不逃，就会陷入傅淮生布置好的包围圈里，到时候更没有办法脱身了。

于是，她叫来了 Leo，等吩咐好他所有的事情之后，不理会他那惊讶的目光，努力将食物递到嘴巴边，吃得津津有味。想要离开傅淮生，她必须让自己拥有足够的体力和耐力。

“Jioce，傅总对你——”

Leo 还想开口，乔明娇却截住了他的话：“因为他所谓的好符合众望所归，所以我就要感激并接受？Leo，或许他适合做我老公，或许我有一天会爱上他，但是不是现在。”

现在她的心，还没有完全收回来，他太急切了。

至少也要等她将聂轻鸿从心里拿掉之后，才可以考虑别的男人。

只是，拿走得了吗？

凌晨三点钟，乔明娇醒了，陪护的床上没有人，她快速地换上 Leo 送来的衣服，然后在脖子上轻轻地套上一条柔软的围巾，在这初春时节，她看起来很精神，完全没有经历了生死劫难的萎靡和胆怯，明亮的眼睛里，眸光流转，充满灵气，似乎这世间的一切，任由她来掌控。

乔明娇知道或许她的离开会引来短暂的风波，或许她的离开背离了责任，但是如果委屈了自己的心意，而成全所谓的责任，那太苦了。直至后来的努力，都不能够挽救的后果，她不想要。

悄然打开房门，走道上一片安静，夜晚有着别样的柔和。乔明娇并没有第一时间走向电梯口，而是走去了那间在白天就已经知道了的聂轻鸿的病房。

聂轻鸿躺在病房里，乔明娇看着病房门，眸子里闪现一抹淡淡的晦涩。

或许，对于聂轻鸿的救助，连一个道谢的机会都没有，诚如傅淮生所言，她的问心无愧，在别人的眼里未必坦荡荡，今天聂夫人的眼神，她还记得呢。

喜欢一个人，却因为不得已的理由，要藏匿自己的感情，连一声道谢、一句关怀的话都不能给予，这样的感觉，让乔明娇觉得很无奈。

房间的门露出一条缝隙，就像是一个黑洞一样，吸引着乔明娇。她心想着，看他一眼也好。默默地放在心底里的喜欢，与别人无关，她乔明娇何必畏畏缩缩的呢？

轻轻推开门，乔明娇便愣住了，大大的眼睛里充满了好奇，因此没有多想就走了进去。

就在这时，傅淮生高大的身影出现在安静的走廊上，他目光不自觉地变得冷冽。就在乔明娇刚刚跨入病房的那一刻，傅淮生的双腿已经迈开，但有一个人挡住了他前进的步伐。

傅淮生的眸子里多了一份错愕，在看着面前的男人时，不自觉地眯起了眼睛。聂轻鸿的脸色因失血过多而显得有些苍白，但整个人看起来完全没有颓废无力的感觉，依然挺拔昂扬，那种军人的威仪，无论何时都难以掩盖。

乔明娇疑惑地打量着这个半夜无人的房间，床头柜上，漂亮的白瓷杯子，垫在橘子皮上，有些倾斜，角落里放满了鲜花和水果，可见白天来看望聂轻鸿的人很多。

一切都静悄悄的，不曾有聂轻鸿的影子，难道是她走错了房间，还是老天爷也不想让她再看他一眼？

乔明娇伸手扶正了白瓷杯子，然后将那边没有完全拉好的窗帘拉上，脸上带着淡淡的失落，转身就准备离开。

迎面险些撞到一个人，吴强准备直接使出擒拿手和来人格斗，幸好他反应快，看到是乔明娇后，迅速收回快掐到她脖子的手，然后满脸惊讶后又有些了然地看着乔明娇。

乔明娇没有料到会遇到吴强，觉得有些尴尬，正准备找个借口离去，却听得吴强直接揭穿了她的意图："乔小姐，你来看队长的吧？"

乔明娇故作无所谓地笑笑："我梦游，我梦游……我走啦。"

吴强被乔明娇那调皮的模样给逗笑了，就在她转身就要离开时，大胆地说了一句话："乔小姐，给我们队长一次机会好不好？"

就在乔明娇不想为聂轻鸿添任何一点麻烦而准备快速离开时，吴强的话让她一愣。

此刻，早已经为自己这份感情画上句号的乔明娇的眼里，冒出来的不是兴奋，不是期待，而是一种费解。

吴强的神色黯淡下来，看来乔明娇真的不打算给队长一个机会了。他的欲言又止，让乔明娇的表情变得肃穆起来。

"为什么这样说？"给他一个机会？聂轻鸿有什么资格问她要这个机会呢？

乔明娇的语气有些严肃而认真，眸子里清明而澄澈，让吴强更是坚定了心中的想法，于是，一口气把想要表达的话全说了出来。

“虽然我们队长已经下了命令不让我说，但是这么憋着，我可受不了。乔小姐，是不是即使我们队长离婚了，你也不会给他一个机会？

“队长这一次执行任务，出了如此大的失误，不仅影响到他的升迁，还影响到本年度的功勋评比，更让聂司令大发雷霆，但队长对这些都不以为意，只对自己当时的失手很在意。我跟了队长这么久，还没有见他出现过这么严重的失误。如果那个时候队长不是那么在意乔小姐，子弹有一百种可能打穿那个浑蛋的脑袋，怎么也不会出现偏差，而打草惊蛇。

“乔小姐在国外拍电影失踪时，队长从斯蒂芬那里得知情况后，第一时间动员了我们所有的人去找你。队长和斯蒂芬以前可是在同一个国际集训营里参加过训练的，他们是生死之交，乔小姐的梦想，队长其实挺在意的！

“上次给乔小姐打电话要见面的人，不是队长，是苏若慈，她也给队长打了电话，但是当时队长选择成全苏若慈，也是那一次，苏若慈同意和队长离婚了。当时我觉得队长那么做太过分了，完全不顾及乔小姐的感受，但是现在想想，如果队长那一次选择了乔小姐，乔小姐也不会喜欢那样的队长吧？

“乔小姐希望队长做的，队长都在做。队长和苏若慈没有一点感情，队长结婚我们都不知道呢，听说是家里逼的。

“队长即使离婚了，也不会兴冲冲地去找乔小姐说，更不会让乔小姐担负破坏别人家庭的罪名。

“乔小姐，男人的脸，有时候比什么都难折，但我知道队长不是不会折，是他不想让乔小姐有心理负担。只要乔小姐和那个姓傅的过得好，队长想必也会高兴的。但是乔小姐，请你问问自己，你真的想要那样的结果吗？”

吴强就像是一个慷慨陈词的演说家，乔明娇看着他唾沫横飞的样子，眸子里却冒出来了淡淡的光芒和笑意来。

他无非就是想表达一个意思——聂轻鸿喜欢她，在乎她，一直在关心着她，但却以她想要的方式，远离，且不求回报。

又或者说，他求回报，只是站在更远的位置，等待，且沉默。

“你的意思我明白了，再见。”乔明娇这一次没有了刚才逃之夭夭时的慌张。

吴强还要继续开口，准备索性把能说的都说出来，却看到乔明娇轻盈的身形已经离开了。

“喂！乔小姐，我们队长除了闷骚点，真的是个好男人啊！你能不能给他一次机会啊？”

吴强的叫声，听到最后，有些怪怪的，乔明娇有些想笑，可是脖子疼，只好一路忍着朝前走。

乔明娇长这么大以来，离经叛道的事情做得多了，唯独这一件她小心翼翼，不肯越雷池半步，宁愿自己吃亏受苦，也不多言，一路隐忍，只为对得起“责任”这两个字，妈妈的悲剧，她不让它再次上演，更不愿意做受人唾弃的小三。

聂轻鸿对于她的关心和在乎，让她欣慰的同时，又心情复杂，原来他一直都看得透她，懂得她在想什么，似乎从刚开见到第一面时，他就在关心她，这种感觉，让乔明娇有些欣慰于命运的巧合，又酸涩于命运的纠结。

诚如聂轻鸿所理解的，她希望他是一个尽职尽责的男人，然而当他对另外一个女人尽职尽责时，注定要伤害到她。

如果聂轻鸿真的因为她而摆脱了婚姻的桎梏，兴冲冲地跑过来说他单身了时，乔明娇知道，自己不一定会给这样的聂轻鸿一个机会。

但是当他已经决定离婚，并且妥善地处理好后续问题之后，仍旧没有告诉她这一切，这让她更加明白，聂轻鸿或许连那一点点心理负担都不想给她留下，哪怕她可能选择傅淮生，开始另一种生活。这样的聂轻鸿，若不是特别在乎、特别懂她，或许早已失去了吸引她的魅力。

聂轻鸿，因为你，乔明娇离经叛道又如何？

但是聂轻鸿，难道你真的这样宁愿我远去，也不会说出口吗？

乔明娇觉得聂轻鸿这个男人有时候又闷得有够讨厌的。

但偏偏自己喜欢的就是这样一个闷闷的男人，乔明娇这么想时，已经来到了一楼。一晃而过的高大身形，她没有看清楚，而是快速地向门口走去。此时此刻，见不见得到聂轻鸿似乎都已经不再那么重要了。

“Jioce，刚才傅总上去了。”

Leo 略微疑惑地提醒着乔明娇，难道他们没有遇到吗？乔明娇听了也不由得微微皱眉，傅淮生对她不是不够好，傅淮生不是不够优秀，但是傅淮生却不是她所爱的人。

“走吧！”

乔明娇可以预见自己的离开会造成乔、傅两家有多尴尬，也可能让奶奶生气，让傅夫人难堪，但是如果不走，她要因为双方家长的乐见其成而被迫与自己不喜欢的人结婚吗？

不！乔明娇知道自己要什么，更知道自己该离开的时候，一定要离开。

乔明娇脖子上的伤口，随着百花开放，早已经愈合复原，一道细微的伤痕，她并没有当做一回事，只是为了演戏的需要，她不得不注意一下自己的形象，做了一下美型修复的护理。

躺在SPA会馆里的她，因为美容师手法高明，舒服得快要睡着了，脑袋里空荡荡的，就像回到了曾经无所牵挂的那段日子。乔明娇是她一个人的乔明娇，我行我素，无所畏惧，从好莱坞退出来不可怕，被圈里的艺人嘲笑不可怕，只要这里还有一条路，她相信自己会闯出属于自己的那一片天。

和事业上的信心相比，乔明娇知道，内心深处，更期待着感情会柳暗花明，虽然她没有着急，虽然她用心地等待，但是偶尔会忍不住去想一些关于过去的那些惊险的镜头，关于曾经那些唐突而执着的画面。

从北京医院离开之后，乔明娇没有第一时间给乔老夫人打电话，只是和傅淮生发了一条信息，说她已经离开，这其中的意思，以傅淮生的聪明才智，应该是知道的。

事后，她并没有接到任何傅淮生打来的电话。

后来，她打给乔老夫人时，也没有像往常那样受到批评教育，乔老夫人反而有些无奈地道：“明娇啊，以后谁能这么宠着你呢？到时候后悔了，你可别怪奶奶没有提醒你啊！”

想必傅淮生帮她在奶奶面前说了一些好话，不然以奶奶的性子，肯定会非常生气的。

从此，乔明娇便过上了逍遥自在的日子。

做完SPA后，乔明娇换了一身清爽的春装，正准备去吃点好吃的东西祭祭五脏庙，就听到衣柜里的手机欢快地响了起来。

“喂。”

乔明娇一看是个陌生的电话号码，觉得有些奇怪，但等听到电话那边的声音和说出的内容时，她的脸色瞬间就变了。

“奶奶不慎在后面假山摔倒了，昏迷了过去，现在正在医院抢救！”

乔明娇挂断乔津帆打来的电话后，马不停蹄地往家里赶。一路上的担心和着急让她明白，奶奶在自己心目中的位置，曾经叛逆过，讨厌过，甚至故意让奶奶不高兴过，但正因为这样，才会觉得这份亲情早已融入了骨血。

她匆匆赶到医院时，乔老夫人刚刚脱离危险，因为失血过多，乔老夫人脸色苍白，躺在床上闭着眼睛，似乎随时都会这样睡去一样。

“怎么会伤成这样？”

乔明娇满脸的关切，只听得晚晴解释道：“这两天天气好，奶奶说要让昊昊晒晒太阳，看看乔家的房子。他们去假山那边的时候遇到了蛇，奶奶一时间惊慌，为了保护昊昊，把昊昊抱得紧紧的，自己却摔倒了……”

对于乔老夫人，晚晴因为那件事情，一直有些难以释怀，但是现在因为孩子的关系，让她明白乔老夫人是疼爱心切，那种心情是可以理解的，这世上有一个乔津帆对她好就已经很足够了。

乔思昊是晚晴的双胞胎儿子之中的老大，才几个月，却长得虎头虎脑，乔老夫人爱得不得了，每天起床后的第一件事，就是要看看两个小孙子，睡觉之前也要陪一会儿，因为这个，原本单住的晚晴和乔津帆，也不得不在祈园住下来了。

“昊昊有没有伤到？”

乔明娇有看过小侄子乔思昊、乔思韩的照片，两个小家伙都虎头虎脑的，很是可爱。若以乔明娇之前的性格，早就跑回家里看一看了，但是因为自私地决定离开傅淮生的行为，让她还是有些忌惮奶奶的，所以只是通过E-mail和大哥、嫂子交流，当然有时候也会和夏岚视频，她想等到乔老夫人气消了再回去。

“昊昊没事，只是奶奶当时流了很多血。”晚晴皱着眉解释道。

乔老夫人每次抱着孩子就不肯松手，这人啊，年纪一大，无论在人前多么严肃，但是一看到曾孙，就立刻把什么都给忘了。

乔明娇想到自己小时候很淘气，手指被割破的那一次，奶奶惊慌失措，于是，不由自主地握紧了乔老夫人那保养得虽好，但依然有岁月留下的痕迹的手。

以前觉得奶奶丰满威严，就像是一个古代家庭里的老祖宗，不知不觉，如今奶奶变得这么瘦了。

乔明娇不知道傅淮生是怎么得知奶奶入院的消息的，当她趴在乔老夫人的床边睡着时，感觉有人为自己披了一件外套，缓缓睁开眼睛，发现身边已经多了一个傅淮生。

她一下子就清醒了过来，再次面对傅淮生，乔明娇还是有些心虚的，那天她走得突然而决绝，以傅淮生的本事，肯定会知道她人在哪里，若真想找她算账，肯定不是难事，但是他没有这么做，所以乔明娇多少还是感到欣慰而心虚的。

她不喜欢欠别人的债，尤其是人情债，男人的债。

“我只是来看望奶奶的，别紧张。”

傅淮生这声“奶奶”叫得比她还亲切，也难怪乔老夫人会喜欢他。

就在这时，乔老夫人的手动了动，乔明娇一阵欢喜，但当她听到乔老夫人醒来后，说出的第一句话后，忍不住惊讶到皱眉——

“既然回来了，淮生也在，就把婚礼举行了吧。”

乔老夫人脸色苍白，声音无力，但愿望很强烈，在看到她皱眉后，又补充了一句：“奶奶怕再往后拖，也许没有机会看到你穿婚纱的那一天。明娇，你自私了一回，还能再自私一回吗？”

乔明娇被奶奶给问得愣住了，原本抓住了乔老夫人的手不自觉地想松开，却被乔老夫人反手给抓住了，虽然乔老夫人的力气没有很大，但是乔明娇一时间也不好挣脱。

“奶奶，我的婚事不着急，以后再考虑这个问题吧，现在您身体恢复健康才是最重要的……”

乔明娇话还没有说完，乔老夫人已经把脸转了过去，带着一种有些不满的情绪道：“以后？多久？是三年，还是还是五年？真的要等我入了黄土看不见了再说吗？”

乔明娇知道这一次奶奶是真的和自己置气了，如果没有人催，或许她的婚事真的会搁个三年五年，或许还会更久。老人的心情可以理解，但是若真的按照乔老夫人的意思嫁给傅淮生，乔明娇是不会答应的。

“奶奶，给我几个月的时间准备准备。”乔明娇只能找一个折中的办法。

乔老夫人听了方才转过头，看到乔明娇似乎真的有认真考虑这个问题时，才又看了一眼似乎转身就准备离开的傅淮生，说：“好，就给你们两个三个月的时间，好好谈恋爱，拍戏什么的，先搁一搁。”

乔老夫人的思维模式完全固定，乔明娇知道这个时候不答应下来，又会起一番争执，索性沉默。而身后的傅淮生却淡淡地补充道：“奶奶，一切顺其自然吧。”

好一个顺其自然，这个傅淮生怎么好像变了个人似的，从刚一开始就步步为营逼得那么紧，现在突然间摇身一变成为老好人，她还真的不适应。

所以，在走出乔老夫人的房间后，乔明娇好奇地询问起傅淮生来：“为什么？”

她可不认为傅淮生是那种轻易放弃目标的人，但是傅淮生这么做，显然是有原因的吧。

乔明娇迎上傅淮生那冷峻如当初相逢时的脸，听他说道：“是不是我无论怎么做都比不上他？如今，我只不过是按照他的方式在处理罢了。”说完，傅淮生转身就走。

乔明娇突然间明白了傅淮生说的那个“他”，指的正是聂轻鸿。从什么时候开始，傅淮生拿自己和聂轻鸿对比起来了呢？想到聂轻鸿时，乔明娇脸上还是有些恼怒的，难道这个男人真的等她嫁给了傅淮生，也不会说一句话吗？

自从她离开北京之后，就真的断了与聂轻鸿的联系，只因为内心深处明白，只要他真的在乎自己，当他结束了自己的婚姻和责任时，在合适的时间，他应该会出现。

但显然奶奶的伤，让她没有那么多的时间再等待了。

“Leo，帮我查一查，最近有没有参加慈善义演之类的行程，最好是北京的。”

乔明娇把这个任务交给了Leo时，Leo显然不会愚蠢地以为她只是为了义演，于是立刻行动起来。

很巧的是，就在这个星期周六、周日，有一个大型的义演，在各个军区巡回，乔明娇主动提出要参加，让主办方有些惊喜。

当然，乔明娇在知会了乔老夫人去参加北京的义演时，乔老夫人只是深深地看了一眼她一眼，然后直接打电话给傅淮生，让傅淮生陪着她去。

这一点让乔明娇非常头疼。好在傅淮生并没有在机场出现，乔明娇松了一口气的同时，倒是真的有些负疚感了，傅淮生或许面对她这个挑战，有太多的不甘心吧。

北京的机场早有人迎接，乔明娇一身剪裁得体的春装，让她看起来比春天还要明媚几分，当然，白雪一般的肌肤，配上一副很是摩登的墨镜，爱马仕的包包，让她看起来既优雅，又时尚，有一种明星们无法比拟的沉敛从容。

主办方见到乔明娇这么积极主动，索性也不客气，给她安排了不少节目，为的是弥补那些传统美声歌曲的枯燥，更能够激发军人们的豪情和兴趣来。

乔明娇自然是不负众望，无论何时，她都会做到最好，不为敷衍，不为虚名，不为沽名钓誉，为的只是爱好，将自己喜欢的音乐，带给每一个人，活着，就活在阳光里，无论多么阴霾，总要笑着面对。

这样的乔明娇，自然是迷人的，静若处子，动若脱兔，无论新曲、老曲，独唱、伴舞，她的表现都令主办方欣慰，下面的掌声如雷，如同一面绿色旗帜的军人们，每一个人的脸上似乎都露出满满的笑容来，甚至当乔明娇唱到脍炙人口的歌曲时，一起跟着唱了起来。

“队长，真的是乔小姐呢！”

吴强已经是第三次从旁边的围墙一跃而过，跳进了集训区刚刚搭建的模拟演习现场来，而刚刚掐灭了一支烟的聂轻鸿，目光明亮地看着吴强。

“队长，他们几个都在那边听着呢，就差你了。大队长说了，这边的事都停了，难得有娱乐时间，演习也是到明年年底呢！队长，再说了，你……”

吴强话还没说完，被聂轻鸿扫了一眼后，声音就弱了下来，他小声地补充道：“队长为乔小姐做了那么多，乔小姐一定会感动的。队长，你现在是自由之身啊！”

吴强喋喋不休，尤为聒噪，但是聂轻松似乎没有听见一般，大步向外走去，似不经意间往远处的舞台望了过去，远远地看到一个身形，她的声音早已传了过来。

“该隐瞒的事总清晰，千言万语只能无语，爱是天时地利的迷信，哦，原来你也在这里……”

乔明娇的目光不由自主地朝场外看去，聂轻鸿可以听到她的声音吗？聂轻鸿还要将沉默持续多久？

那个高大的身形，是他吗？

一场表演下来，乔明娇没有喊半个累字，而是快速地卸妆，恢复成清新自然的模样。她淡然又爽快的性格，让那位来自中央文工团的谭女士非常喜欢。

“走，带你去参观参观咱们军区的风貌。”

显然谭女士是这里的常客，但从那些见面对她行礼的士兵就知道，她是有军衔的。乔明娇和她一起走着，也有种女中豪杰的感觉，一路上两个人说说笑笑，很是投机。

“我看你这么喜欢这里，干脆嫁给我们这里的大将军们好了！”

谭女士健谈豪爽，乔明娇也不客气，很是直接地回答道：“如果大姐给我做红娘，我可以考虑考虑在这里安营扎寨。”

谭女士看着乔明娇既认真又坦诚的模样，倒是眉毛一挑，立刻就开口道：“真的啊！那我带你去见识见识，别怪大姐王婆卖瓜，自卖自夸，绝对给你介绍的是一等一的帅哥！”

虽然谭女士也知道一个如此大红大紫的女明星，不太可能心归军营，但是看着乔明娇真的想留下来的样子，还是有几分期待的。她正好给小叔子张朝阳一个机会，看看能不能英雄配美人。

当然，有聂轻鸿那么帅的中队长给挡着，张朝阳是稍微逊色了一点，但谭女士还是很有信心的。

乔明娇自然不知道谭女士心中的打算，但是当她看到真的被领到了熟悉的房屋前时，还是不由得一愣。

聂轻鸿看到她会是什么样的反应呢？会不会一声不吭地就直接转身离开呢？

难道真的要她再一次开口，把他掳回去救急不成？

乔明娇正在发愣，那边谭女士已经在催她了。

“还愣着干什么，快点啊！”

谭女士一催，乔明娇自然加快了步伐。

等到了张朝阳的办公室时，张朝阳看到乔明娇，一脸惊讶地道：“嫂子！”

张朝阳有种丈二和尚摸不着头脑的感觉，他看了看乔明娇，又看了看谭女士。谭女士看张朝阳看乔明娇的眼神，不禁有些疑惑。

乔明娇开口解释道：“我和张队长以前见过。”

这句话让谭女士更加开心了，于是眉开眼笑道：“那更好了！这样吧，我先去你大哥那里坐一会儿，朝阳，你带小乔四处参观参观。”

乔明娇对于谭女士的称呼有些不敢恭维，但是嘴上也没有多说什么，听得谭女士要走，乔明娇没有挽留，张朝阳也没有挽留，谭女士更是一脸满意地离开了。

“我嫂子这人，就是热情。”

张朝阳在乔明娇面前倒是一副大将风范，没怎么当一回事般，看了乔明娇一眼后就往外走。

“张队长。”

张朝阳听到乔明娇叫自己，也不含糊：“你来不是为了看聂队吗？还愣着干吗，我带你去吧！”

乔明娇见张朝阳说得这么直接，倒是不好意思起来，不过想到马上就可以见到聂轻鸿，倒是步伐加快，跟着张朝阳一起走了，只想早一点见到聂轻鸿。

“喏！远在天边，近在眼前，过去看看吧，祝你马到功成！”

说完，张朝阳并没有跟着乔明娇一起过去，而是转身就走了。

乔明娇看着张朝阳离去的背影，不觉间笑了出来，她自然明白张朝阳是想给她一个和聂轻鸿单独相处的机会。

但是还没有到达聂轻鸿办公室门口，看到迎面而来的女人，乔明娇就愣住了。那个提着手袋，一脸斯斯文文的女人，正是苏若慈，她低头间脸上似乎还带着淡淡的微笑。苏若慈一步一步从聂轻鸿办公室门口的台阶上下来时，似乎没有看到乔明娇，等蓦然抬头，看见她后，顿时脸色变得难堪起来，提着手袋的手不自觉地收紧。

乔明娇也愣住了，她万万没有料到会在这里遇到苏若慈。他们不是已经离婚了吗？苏若慈来这里干什么？各种念头一闪而过，乔明娇想后退却已经来不及了。

“乔小姐就这么迫不及待地想找我老公吗？我们还没离婚呢！”

苏若慈的脸上浮现出一种淡淡的犹如冷漠，又犹如悲伤的情绪，眼里的嘲讽和恨意，让乔明娇顿时有种无地自容的感觉。她显然一厢情愿，自以为是了。

“我知道你喜欢他，但是这样光明正大地勾引别人的老公，是不是太不知廉耻了？你好歹也要等我们真正离婚了啊！”

苏若慈如同是受到了莫大委屈的小妇人一般，乔明娇只觉得如坠冰窟，平日的伶俐更是找不到半点了。

“苏小姐……”

乔明娇找不出只言片语，只觉得自己狼狈到了极致。

“乔小姐，我答应了他，会离婚的，不过至少也要两年之后，你就慢慢等着吧！”

苏若慈似乎柔弱到不堪一击般，抿唇低头，与乔明娇擦身而过，步伐匆忙，犹如逃亡一般。

乔明娇只觉得浑身血液倒流，只差没有给自己两巴掌，在心里斥责自己——

乔明娇，你都自以为是地做了些什么啊！

她转身就走，感觉这辈子从来没有如此不堪和尴尬过。

匆匆离去的她，连吴强喊她都没有听到，自然更没有注意到吴强说出的内容。

“唉！乔小姐……”

吴强看着匆匆而去的乔明娇，完全不听自己的呼喊，便知道大事不好了，又看看那边关闭的办公室的门，匆匆推门而入。

“慌慌张张地干什么？”

聂轻鸿的声音里带着训斥，吴强懒得理会，而是直接开口道：“那个苏若慈怎么跑来了？刚才乔小姐一脸尴尬地走了……”

吴强的话还没有说完，只见原本坐在办公桌前，正敲打着键盘的聂轻鸿，脸色终于变了。

第十六章 云开雾散，多少情事尘埃落定

刚刚下了飞机的乔明娇，还没有来得及收拾自己的心情，一双黯淡的眸子还没有恢复往日的清明，抬头看到了面前，微笑着似乎等了她许久的人——傅淮生似乎守候多时。

乔明娇要嫁给傅淮生这个消息，不用娱乐记者们做媒介，早已在娱乐圈里不胫而走。当然，那些关心乔明娇的粉丝也早已在网上议论纷纷，但是结婚的地点什么的，一直弄得很神秘，这也是正常的，因为明星们的婚礼，想图一个清净浪漫，神圣庄严的意境，被狗仔队跟着，实在是影响心情。

北京香格里拉酒店，今天的气氛有些神秘，经过三天的布置，让这个酒店看起来十分奢华气派，又生机盎然，宛如一个明眸善睐的公主，既优雅气派，又灵动迷人。

而酒店最高层的总统套房内，乔明娇一张略施淡妆的脸庞，不必再赘述的美丽，犹如一个精灵，更如一位翩跹的仙子，当那双从来都灵动婉转的眸子，看着镜子里穿上洁白婚纱的自己时，有一种说不出来肃穆，嘴唇不自觉地抿紧，身子许久不曾动一动，一直端坐着。

“小姑姑，你真漂亮！”

可惜，有人破坏了这幅宁静的画面，夏岚小大人似的评价着，小脑袋还点得有模有样。今天她是小花童，打扮的时间比乔明娇还要久，一张粉嫩嫩的小脸上，涂了些许腮红，大眼睛一眨一眨，真的可以和画里的娃娃媲美了。

“嗬！小宝贝，你懂什么？”

乔明娇看着夏岚那张小脸，即使心情再不好，一切都可以变得风轻云淡。如果她也有这样一个可爱的孩子该多好啊！

想到这里，乔明娇的眼里闪过一丝忧伤。

夏岚继续说道："妈妈说，女生做新娘的时候都是最漂亮的！"

她一本正经的模样，把乔明娇逗笑了。她忍不住在夏岚的额头上亲了又亲。

"好了，现在最漂亮的新娘想要一个人静一静。小宝贝，你去告诉坏叔叔，让他晚点进来。"

香格里拉酒店的安保工作做得相当到位，傅家在京城的声望不低，人脉也很广，这结婚场地就是此家酒店的大老板免费提供的。傅淮生选择如此奢华但又低调的婚礼，很是明智。

当然，乔明娇还记得那天从机场出来时，傅淮生所说的话。

她答应了他的求婚要求，也把自己的幸福给押上了。她乔明娇不是一个非理智到忘乎所以的人，所以她如此选择，乔老夫人一下子伤都好了很多，整个人也越发精神起来。

只是，为何此刻，外面的一切让她感觉离自己是那么的遥远呢？

北京的那一幕，还像是一把刀子，刺在心上。这是乔明娇有生以来最尴尬的一次，也是最心静如水的一次。

她所谓的爱，从头到尾都是一场玩笑。

乔明娇趴在阳台上，双手托着下巴，看着楼下一辆辆名贵的车子开进香格里拉大酒店的停车库里，无聊地数了起来。

"聂轻鸿，就算你是块天鹅肉，本小姐也不准备吃了！"

乔明娇喃喃自语，像是一个迷茫的孩子，带着一种傲气与自负，说出来的话，让人有些忍俊不禁。

"嗯？这是什么车子？"

乔明娇眨巴着眼睛，看到几辆军绿色的吉普车停泊在不远处，略微有些讶然之间，心头一动。

"如果你现在来，我肯定送你一巴掌。"

乔明娇微微眯起眸子，有些娇纵的模样，却是别样的泼辣活泼，完全没有新娘的自觉，任由头纱随风起舞，掀起一派潇洒与肆意。

她着一袭合身的婚纱，却在弯腰趴在阳台上时，胸前露出一条完美迷人的沟壑，香肩裸露在空气中，一阵春风吹来，微微有些冷，她忍不住想回头去披上外套，却险些撞到一个结实宽广的怀抱里，惊得她忍不住想后退，但是后面是阳台，退无可退，更何况，乔明娇从来都不是会后退的人。

聂轻鸿的穿着和第一次在丽江旅馆相遇时，基本上差不多，乍一看，还以为突然间进入了谍战片现场，只是谍战片没有这般的静谧与诡异，没有这般的真实与怪异。

"披上。"

还是那个熟悉的声音，简短的两个字，没有说明他凭什么，为什么来这里，却是将不知何时已经拿在手里的乔明娇的小春装外套递了过来。

"聂轻鸿……"

乔明娇有些愣住了，喊了一声他的名字后，表情严肃起来。他这是做什么？难道还要在这个时候表现对她的关怀和柔情吗？

就在聂轻鸿伸手准备亲自为她披上外套时，乔明娇快速地出手了。

啪——

冷峻帅气的脸上，似乎没有什么反应，她这可是货真价实的一巴掌啊。

等乔明娇反应过来时，肩头早已多了那件小外套，而聂轻鸿本人，却没有看她，只是向阳台外略微眺望了一眼，似乎在观察下面的地形一般，然后转身就准备走。

乔明娇觉得有些莫名其妙，一把抓住聂轻鸿那比自己结实许多的手臂，一本正经地问道："聂轻鸿，你这是什么意思？"

聂轻鸿转过脸来，看了看被乔明娇抓紧的手臂后，没有动，而是将耳朵边的蓝牙麦克风拉长，对着那边说道："都布置好了吗？

"好，不要关掉总电源，安全出口要保证通畅，不要吓到了来宾。"

乔明娇听着聂轻鸿吩咐着，眼里露出来更多的疑惑，她有些难以置信。

当她再看聂轻鸿时，聂轻鸿略微有些尴尬地道："吴强说，还是直接点比较好。"

这句话让乔明娇已经猜到了他的意图，她有些难以置信地瞪着他。他这是来破坏她的婚礼的吗？为什么？凭什么？

"你们这是来阻止我的婚礼？"

乔明娇的眸光如同璀璨的星火一般射在聂轻鸿的脸上时，聂轻鸿又恢复了波澜不惊的样子。

“你不爱他。”

聂轻鸿沉稳笃定的声音，让乔明娇顿时来了火，看着这个在自己面前从来不善于表达的男人，又气又恼地道：“我不爱他，所以不能嫁给他？难道我要嫁给你吗？聂轻鸿，你管得太宽了！我乔明娇爱嫁谁就嫁谁！”

她说这话时，真的是生气了。对于聂轻鸿，她一直刻意努力地与之保持距离，不让自己去喜欢他，不让自己去在意他，可是谁让他又默不作声地关心她，又一直努力地为她做那么多，甚至让她产生了不该有的念头，才会热血冲头地向他靠近？而他倒好，让她误以为他离婚了，让她误以为他用心良苦，到头来却受到了最尴尬的挖苦，那不仅仅是苏若慈的挖苦，更是她对自己的怀疑和检讨。

乔明娇，你是傻了吗？怎么能干这种傻事呢？居然傻乎乎地去找聂轻鸿！居然做这种破坏别人婚姻的事情！这种自责与惭愧的心情，她虽然表面上很快恢复了，可内心深处还是狠狠地被伤到了。

那种伤，是闷伤。

所以，在下了飞机，当看到等待她许久的傅淮生，他向她求婚时，她答应了。

“乔明娇，我们打一个赌怎么样？”当时的傅淮生脸上是严肃的。

乔明娇淡淡地反问道：“赌什么？”

“赌你一辈子的幸福。马上举行婚礼嫁给我，你有这个胆量吗？”

傅淮生问得有些迟疑，但是乔明娇却一口答应了。那个时候，乔明娇已经放弃做一个跟着感觉走的人。是的，跟着感觉走，只会让自己狼狈，大嫂不是没有如此劝过她，是她自以为可以跳出某个定数，某个轮回，但现实无情地嘲笑了她，让她险些和大嫂一样，走了弯路。

所以，在或许对傅淮生没有那种感情的情况下，乔明娇还是答应了他的求婚；所以，才会有这场隐蔽而奢华的婚礼。

但在内心深处，她也曾赌过，聂轻鸿是否会在意，是否会阻止。

乔明娇以为自己够洒脱，够淡然，可以在婚礼即将举行时，无聊地看着窗外的风景，不去想关于聂轻鸿的一切。

却不知道当那一份猜测与臆想成为现实，当聂轻鸿居然真的在婚礼还没有进行就出现的时候，当她亲耳听着他的话，亲眼看他阻止自己嫁给傅淮生后，没有开心，只有恼火。

如此一想，乔明娇转过头去，泪水不受控制地流了出来。不愿意在聂轻鸿面前显出脆弱，可是在任何人面前都不会哭的她，此时，却特别想哭，觉得特别憋屈，特别不爽快。

“嫁给我的话，得准备一下，不能用这里的东西。”

一只大手，粗糙的指腹，抹去了乔明娇脸颊上滚烫的泪水，但动作有些小心翼翼，毕竟乔明娇那肌肤太多柔滑白皙。

顿时，乔明娇便愣住了，想转过脸去，却被他的大手挡住，聂轻鸿的动作或许不够温柔，但绝对够小心翼翼，而他的话更是让乔明娇瞪大了眼睛，一双盈满泪水的眸子，不自觉地看向聂轻鸿，有些疑惑和惊讶。那副可怜楚楚的模样，落在聂轻鸿的眼里，他不自觉地移开了视线。

“我离婚了，只是有些问题还没有完全解决而已。”

聂轻鸿没有看乔明娇的脸，而是打量了总统套房的环境，除了乔明娇的行李箱，床上还散落着小孩子的衣服。

乔明娇被聂轻鸿说出的内容给镇住了，以她对聂轻鸿的了解，自然相信他不会说谎。若以她平时的理智，如果有别的女人那么对她说话，她绝对会毫不客气地反击回去，但是当面对苏若慈那样嘲讽和质疑自己时，她真的不能保持理智了。

所以，是苏若慈骗了她？

但是苏若慈当时的语气、神情都那么逼真，难道是假的？

“离婚时，我们有一条协议，就是在她嫁人之前，我不得结婚。”

聂轻鸿看着乔明娇明明哭得梨花带雨，但满脸疑惑的样子，补充道。

乔明娇霍然抬头，第一次看见聂轻鸿的那双眸子里露出心疼和愧疚来，可她毫不客气地挥过去一拳，又挥了一拳，砸在他结实的胸肌上，有种怎么都宣泄不得的气恼。

“聂轻鸿，你这个大笨蛋！”

乔明娇的拳头虽然不如男人的那么有力，可也用尽了全身力气，真恨不得把聂轻鸿的胸口给捶出个窟窿来。从小到大，她何时如此吃瘪过？不是因为他，她会这么难受吗？她会如此纠结吗？可是他却什么都不说！与那些整日甜言蜜语，鲜花、水果不停赠送的男人相比，他简直就是个闷葫芦，而且还是个讨厌的闷葫芦。

乔明娇捶得都快没有力气了，聂轻鸿仍然没有一点反应，连眉头都不曾皱一下。

“再捶手会肿的。”

轻轻一语，一只大手已经抓住了她的手，果然乔明娇的骨关节处，一片通红。

乔明娇抽回手，不自觉地瞪了他一眼。

“肿了也是我的事！”

她忍不住变得蛮横起来，扭头就走。

就在这时，刚刚长到门把手那么高的小人儿，瞧瞧探进一颗小脑袋，眼睛好奇地眨着。

“妈咪。”

夏岚看着乔明娇，突然间语出惊人。这让乔明娇一下子顿住了脚步，她瞪大眼睛看着夏岚，这小鬼精又无师自通了吗？

夏岚声音稚嫩而纯真，模样天真而可爱。对于电视里吓走坏叔叔的桥段，她是过目不忘的，更何况之前姑姑还教过她一次呢，这个天生似乎就具备了表演细胞的小家伙，此时惟妙惟肖地扮演着拖油瓶的角色。

装作怯怯的小人儿，可怜兮兮地望着乔明娇身后高大的身形。显然用过这一招对付傅淮生的夏岚，此时更懂得其中的精髓，乔明娇不知道该欣慰，还是该抚额。

总而言之，刚刚还因为聂轻鸿而产生的郁闷纠结的情绪，却因为夏岚的这一嗓子而变得有些哭笑不得，娇蛮却不娇纵的乔明娇抱起了跑进来的夏岚，自然地在她脸颊上亲了一口。

“小宝贝，你怎么跑回来了？”

此时，夏岚早已圈住了乔明娇的脖子，带着好奇地问道：“妈咪，他是谁？”

乔明娇抱着夏岚，转头看向身后的聂轻鸿，她还记得当日傅淮生看到夏岚叫自己时的情景，想必是内心深处受到了震动的，不然当天他不会那么快就离开了。

那么现在聂轻鸿呢？乔明娇没有了当初恶作剧的心思，反而抱着夏岚，一脸正经地看着聂轻鸿，似乎这样才是真正的乔明娇一样——不仅是个女艺人，而且还是一个带着拖油瓶的女艺人。这样的她，即使自己想嫁，估计聂家也不会接受吧。

想到这里，乔明娇当真般地看着聂轻鸿，一脸凛然而不可侵犯的样子，完全没有了刚才的骄纵。

聂轻鸿的脸色果然黑了，似乎有些不能接受这个情况，只见他眸子里闪过一抹错愕后，有些无奈地蹙眉。

将他一系列的反应看在眼里，乔明娇心头居然生起一股莫名的凉意，以及不甘和气恼。她转身抱着夏岚就要出去。

“如果不能接受她的话，你现在就可以离开这里了。”

乔明娇有些倔强地开口道。她并不是有心想要这样，可是却没有料到第一关考验就失败了，她以为自己看错了，她以为聂轻鸿会说些什么。

但聂轻鸿居然没有开口阻止，而是任由乔明娇就这么打开房门离去。

乔明娇走出房门后，并没有立刻离开，而是不可思议地站在门口等了一会儿，但是聂轻鸿并没有追出来。

难道是她看错了人，聂轻鸿骨子里其实既传统又保守，既木讷又窝囊？

她憋着一肚子气，走得虎虎生风，哪怕是婚纱，裙摆一体，也照样拉着夏岚就往外走。今天她的情绪是真的没有办法平复了，聂轻鸿的出现让她所有的淡然都被打破。

她知道自己的行为可能过分了一些，但是聂轻鸿的反应真的让她很失望.

“小姑姑，走慢点。”

夏岚两条小腿都跑着还是有些跟不上，乔明娇只好放慢了速度。

乔明娇一口气走到了楼梯口，却是有些不甘，气得拳头都握了起来。

就在这时，整个酒店突然间一暗，原本还明亮的楼道，顿刻间变得昏暗许多，安全通道的指示灯亮着。乔明娇听到有人叫了一声：“停电了！”

见此情景，乔明娇没有半分欣喜，而是心里有口气堵着。

聂轻鸿来了，她有些高兴；聂轻鸿真的离婚了，她又喜又怒，但聂轻鸿刚才那黑着脸的样子，让她郁结，他估计是被打击到了。

就在这时，一楼大厅里，大家面面相觑，新郎官傅淮生面色严肃，从容地走向供电室。

“启动备用电源。”

傅淮生很聪明，自然早就料到了某些事情，只是不曾想到会来得这么早。此时，他眉心紧蹙，赶紧转身走向监控室。

“乔小姐自己走出去了，没有看到有人走进乔小姐的房间，只有一个小孩。”

在监控室看到的画面很清楚，傅淮生却是二话没说转身就走了。

但是刚走进电梯，就发现了某种异常，电梯合上之后，每一处的按钮都失效了，被困在电梯内的傅淮生狠狠地踢了一脚电梯门，拿出手机准备拨打电话，却发现自己处于没有信号的区域。

他的脸抽筋了，聂轻鸿还真是狠呢！

自然，傅淮生被困在电梯里，成了一件很吸引眼球的事情，就连新娘子快走到一楼也没有人发觉，包括乔老夫人都以为乔明娇这个时候乖乖地在上面等着呢。

“乔小姐，别往下走了，队长让你在这里等着。得把小朋友留下来，不然她爸爸妈妈会担心的。”

只见吴强突然倒挂着从窗口露出一颗脑袋来，说出的内容让乔明娇的脸都僵住了，聂轻鸿他什么都知道了？

乔明娇气得牙痒痒。

聂轻鸿，这个闷葫芦，真讨厌真讨厌啊！

“小姑姑，蜘蛛侠叔叔！”

夏岚完全没有乔明娇那种要撞墙的自觉，而是小手指着戴着面罩的吴强，一脸好奇和兴奋地道。

“嘿嘿，小朋友，快去跟爸爸妈妈说啊，小姑姑有事情要去一趟外星球。”

眼看吴强就要说出太空计划了，幸好旁边的萧卫戳了他一下，他连忙止住嘴。

“队长已经到达三楼。乔小姐，把小朋友留下来吧，我帮你把她送回去。”

吴强吹了一声口哨，不知道从哪里变出来一个毛茸茸的小兔子布偶，纵身一跃，居然直接把小配角夏岚给领走了。

只留下乔明娇一个人站在那里，脸上红一阵白一阵，心里有种说不出来的郁闷和不爽快。

明知道聂轻鸿马上就会追上自己了，此刻，乔明娇却是憋着一肚子闷气，提起裙摆，向着楼下继续跑去。

干脆让他沉默到底好了，哼！

走到一楼，乔明娇顿住了脚步，左边是一扇被锁上的角门，右边沿着走廊过去是一楼大厅，她要如此堂而皇之地走出婚礼现场吗？

她知道肯定是聂轻鸿拦住了傅淮生，不然，傅淮生不会到现在还不出现。傅淮生，你输了，但请不要难过。乔明娇的眸子里闪过一抹愧疚，这一次，即便是傅淮生心甘情愿地和她赌，她也还是感觉到愧疚，因为在那个时候，当他出现在自己面前时，傅淮生确实拯救了狼狈的她。

正当乔明娇站在一楼踌躇时，左边的角门被人打开了，黄三一张讨喜的脸露了出来。

“嫂子，这边请。”

她和聂轻鸿还没有半毛钱关系呢，黄三就已经叫她嫂子叫得这么亲热了，乔明娇明明唬着的小脸上，多了一道黑线。

意识到大厅那边有人走过来了，乔明娇毫不迟疑地提起裙摆从角门走了出去。

外面繁华而热闹，喧嚣而拥挤，乔明娇却感觉松了一口气，就像是刚才聂轻鸿说娶她需要准备准备一样，那种霍然轻松的感觉，此刻她才明白，自己一旦爱上一个人，是如此的矢志不渝。

但是现在呢，她却气呼呼地不想理那一个令她矢志不渝、纠结太久的闷葫芦。

“哎！嫂子，车子在这边呢！”

乔明娇看了一眼十分殷勤的黄三，小手一伸道：“有没有带现金，借我一点。”

黄三略微一愣，觉得有些莫名其妙。

乔明娇看了一眼身后的楼道，有些着急地解释道：“我现在不想理那个闷葫芦，又不能回去，需要放松一下，所以有的话，你就接济一下。如果找不到我，你就去找我的律师，或者我大哥，或者我经纪人，再不行，你也可以找闷葫芦报销的！”

黄三被乔明娇说得一愣一愣的，但是最后还是从裤袋里掏出了一沓百元大钞，递了过去。

“谢了哦，我会加倍奉还的！”

刚才还凶巴巴的人，一拿到钱，脸上立刻就露出了开心的笑容。乔明娇数也没数钱，不理会还没反应过来的黄三，扭头就从一边的石阶上跳了下去。

“哎！嫂子，闷葫芦不会是我们队长吧？”

乔明娇头也不回，拿着钞票挥手道：“答对了！”

任由黄三的嘴巴张成夸张的O形，乔明娇开开心心地走了。

黄三身边那个高大的人，一脸沉默，眸子里露出一抹淡淡的温柔，望着那个娇小的身形离去的方向。

“队长……”

黄三很小心地想问一下，队长什么时候得了个外号，叫闷葫芦？

“收队。你跟‘清洁工’他们回去！”

回答他的是一道命令，黄三一脸惊讶之余，敬了个军礼。

“是，闷葫芦中队长。”

说完，黄三没等队长大人的脸变黑，噌的一声，如猴儿似的跑开了。

乔明娇身形轻快，索性把婚纱里面的裙撑拿掉，然后将价值不菲的婚纱裙摆往一边一系，裹紧了小外套，钻进出租车。

“师傅，十渡拒马乐园，麻烦快点，我赶场。”

乔明娇不理会司机那惊讶的目光，她穿得确实怪异了点，长得又太漂亮了点，又面熟了点。

“据知情人士透露，日前娱乐界大亨，超级大帅哥傅淮生就要与一线当红明星乔明娇走进婚姻的殿堂。”

司机听到电台里播报的娱乐新闻时，忍不住把目光落在乔明娇的脸上。

“认错了，我是参加模仿秀的哦。”

乔明娇把那司机唬得一愣一愣的，直到她下了车，那司机还有些怀疑地摸着后脑勺。

“是啊，大明星怎么可能单独出现在我的车上呢？”

乔明娇心情颇好地走下了车子，任由司机想破脑袋。

“哎！帅哥，你不觉得刚才那个美女很像乔明娇吗？”

司机连忙挥手，很想向那个下了吉普车的帅哥求证一番，但是得到的答案却是：“你认错人了，她是参加模仿秀的。”

司机一脸惊悚，真有这么像的两个人？可是冷冰冰的大帅哥，不像是会撒谎的人。

乔明娇拿着鲜红的钞票，蹦极、索道、峡谷飞人，样样都完了个遍，直到最后发现买了一张鬼屋的门票后，手里只剩下二十元才罢手。

“哎！小姐，你这样行吗？”

这一天，有几个负责娱乐项目的管理人，都看到了一个疑似乔明娇的美女，身着奇怪的行头，穿梭在各个娱乐项目间，她就像是一个快乐的天使，露出璀璨的自信的笑容，似乎可以从她的身上感染到那种抛开一切的放松和快乐。

当乔明娇钻进鬼屋时，刚刚连蹦极时都不曾有过的恐惧感和紧张感向她袭来。

实在是因为这个时候游玩的人并不是特别多，乔明娇又只身一人，刚刚流了些许汗的她，融入黑暗之中后，毛骨悚然的声音不可怕，鬼一样的面具也不可怕，可怕的是当真的有鬼一样的东西在你身上抚摩着。

“啊——”

尖叫出声的乔明娇后悔莫及，一不小心险些撞到墙壁上，但却有一个温热的胸膛挡在了墙壁和她的脑袋之间。

“鬼啊！”

这一次乔明娇更怕了，只听得身后的“鬼”很无奈地开口道：“别怕，是我。”

聂轻鸿的声音犹如穿越时空而来，让乔明娇甚至忘记了自己身处鬼屋。

忽然一闪，聂轻鸿手中的小灯，照亮了他那张沉默而冷峻的脸，他眉心紧蹙，一双原本冷酷而波澜不惊的眸子里，露出淡淡的温柔。

乔明娇望着这张熟悉的俊脸，依旧是一副沉默似金的表情，却是不受控制地扑进了他的怀里。

“聂轻鸿，你真讨厌！”

眼泪一下子夺眶而出，被她突然间抱住的人，僵硬着身子，一动不动，任由她把泪水抹在他的胸口上。

乔明娇没有嫁成傅淮生，成为娱乐记者们烘培烤烧的一条火爆新闻，至于为什么没有结成婚，众说纷纭。

有人说傅淮生另结新欢，有人说乔明娇脚踏两只船，有人说是乔明娇不得傅家主母喜欢……总而言之，随着时间的推移，人们渐渐明白了一个事实——乔明娇和傅淮生应该是从此分道扬镳了。

乔明娇依然在绯闻的烟雾弹刚刚消散之后，又踏上了演戏的舞台，更让人惊讶的是，她成了一位名副其实的自由人，由之前问鼎好莱坞的辉煌，到眼前自由人的逍遥，似乎最适合乔明娇，只是在有些女星眼里，乔明娇无疑是落魄了。

这自由人做了三个月，却依旧没有接到一部像样的戏，倒不是乔明娇真的无人问津，而是她对戏的品质要求很高，再加上她那无拘无束的性格，让很多准备和她合作的公司，有些望而却步。

当然，因为她没有嫁给傅淮生的关系，记者们一度预测，她从此将会被雪藏，在娱乐圈再想闯出一片天地来，是难上加难。

今天，这个月以来第二次有人邀请乔明娇去演清宫戏。

Leo 不像乔明娇那样慵懒淡然，说："Jioce，这个剧本可是根据最新流行的网络小说改编的，最近清宫戏回潮了，这个角色很适合你啊！"

乔明娇看着那被扔在一边的剧本，没任何反应。

见此情景，Leo 可不干了："Jioce，你之前是赚了很多，但是如果长期这样下去，不是钱的问题，而是你将会把自己逼入尴尬的境地。从去年到现在，已经八个月了，媒体报道的全都是你的负面新闻。"

乔明娇依旧纹丝不动。

"你知道贺芸娇昨天在新闻发布会上是怎么说的吗？她说你是因为高攀豪门不得，而郁郁不得志，从前获得的那些奖、那些辉煌，含金量有多高，让观众们自己去想想。"

乔明娇终于坐了起来，看着 Leo 道："是不是拿了个金马奖，就真当自己是奖杯女王了？

“给我联系一下王导演，就说戏我接了，要演那个气死女主角的女二号！”

乔明娇是什么人，又怎么会随便被人欺负，尤其是这个贺芸娇，好像她们之间还有账没算呢！

片场。

身穿紫色华服的贵妇人，半弯着身子向面前高贵红妆的女人行礼。

啪的一巴掌打过来时，乔明娇一愣，没有料到贺芸娇会真打，还偏偏把那可恶的长长的护甲给用上了，在她的脸上刮出一道鲜红的血痕来。

“哎呀，对不起！王导演，我忘了要假打。这怎么办啊？Jioce，你没事吧？我给你找人处理一下伤口吧，真对不起！”

王导演自然意识到了这双娇不和，没有料到贺芸娇真的出手这么重，他倒是不好说什么。

“王导演，下一个镜头拍这边脸吧，喏，这儿还好好的呢！”

乔明娇一脸淡然镇定的模样，完全没有要退下去休息的意思。

王导演想想也行，但是看了看乔明娇的脸，有些不忍心。

“好了，咱们开工吧！”

乔明娇不理会导演的意见，直接走到那边的石桥上，半蹲着身子等待贺芸娇过来。

“妹妹，你先走吧，不用管我。”

戏里，捂着膝盖，一脸痛苦的姐姐好不娇弱。

“姐姐，走吧，我怎么能丢下你一个人呢？”

乔明娇坚持着，看到贺芸娇真的走了过来，毫不客气地压在自己肩头时，她吃力地将她背了起来。贺芸娇显然怕被乔明娇给摔下来，直接紧紧地搂住她的脖子，乔明娇却是不动声色。

一步一步地爬上石桥，眼看就要下去的时候，乔明娇突然伸手，往贺芸娇的胳肢窝挠了一下。贺芸娇突然笑场了，身体靠桥边上一甩，当她意识到不对劲，连忙想双脚着地，以让自己保持平衡时，乔明娇已经伸手连推带搡地直接把她从石桥上推了下去。贺云娇掉进了旁边的池塘里，等到导演以及几个助理反应过来时，她已经在水里扑腾了一会儿。

“哎呀！对不起，王导演，我刚才没有力气，突然间就身子歪了，快来人救人啊！”

乔明娇不理会王导演瞪着眼睛看自己，已经拍了拍手道：“导演，脸上火辣辣的疼，我得去看看伤口了，先走别人的场吧，我得休息两天。”

乔明娇这么说时，已经在王导演结结巴巴的不知道说什么好的情况下，向这边的车子走了过去。

“乔明娇，你这个歹毒的女人，我要告你蓄意谋杀！”

贺芸娇真的是撕破了脸和乔明娇吵了起来，但是乔明娇却好像没有听到一般，径直走向了这边停了许久的黑色轿车。

“没事吧？”

晚晴一边问着，一边递过来湿巾和创可贴。

乔明娇顺手接了过来，用无所谓的语气道：“没事。”

她擦拭着伤口，再看看那边如同落汤鸡的贺芸娇，不自觉地开心地笑了起来。

“把脸收拾一下吧，待会儿聂家的长辈都会过去。”

晚晴还是好心地提醒了乔明娇一声。果然一听到这个，乔明娇的脸上就露出了一抹淡淡的紧张来。

“不是只有靖媛和小严过来吗？”

聂夫人的态度，乔明娇还是清楚的，因为上一次主动带着苏若慈要求她离开的事情，聂夫人对乔明娇是有看法的。

“是聂老爷子提出要过来的，我想聂家是真的在考虑和乔家的这门亲事了。”

晚晴如此回答着，也是往好的方面想，希望聂家不要横加阻挠才好。

本来不怎么在意脸上那道伤疤的乔明娇，在得知聂家长辈会过去后，有些紧张起来。她不自觉地照了几次镜子后，还是有些不太满意，直到对上晚晴那双露出笑意的眸子，才讪讪地压制住了想再照一次镜子的冲动。

靖家，许多年没有像今天这么热闹过了，尤其是在靖媛结婚以后，靖家只剩下靖荣以及靖家二老，更显得整座大宅都没有了往日的活力，这也是靖媛何以如此受到靖荣宠爱的原因，人丁稀少的靖家，和聂家相比，实在是满堂清静，死气沉沉。

所以今晚靖道珩最大的感慨就是，还是生儿子好啊，生了女儿嫁给人家，就被霸占了，偶尔回来两趟，比得上贾元妃探亲了。

当然，像今晚这样，两个孙女都回来的情况，不仅让靖道珩夫妇满脸欢喜，连靖荣都没有外出，为的就是陪外孙、外孙女们。

坐在婴儿床上的两个一模一样的小家伙，一个正在吹泡泡，两只眼睛盯着夏岚拿的粉色气球，好奇而又茫然。

另外一个在看到外公一张又酷又帅的老男人脸后，居然依依呀呀地笑了起来，整个客厅好不热闹。至于荣娟和靖道珩两口子，眼巴巴地想亲近外曾孙，可两个小家伙认生地哭了起来，害得他们只能在外围可怜兮兮地看着。

倒是聂浅浅拿着自己的玩具，谁也不理会，玩得不亦乐乎，偶尔有谁如果要抢她的玩具，直接巴掌奉上，管你是将军还是司令，全都给拍走。

午饭时刻，喧嚣已经不再，毕竟从早上就开始折腾，坐了飞机又换了轿车的乔家三个宝宝们，都累了，晚晴和乔明娇回来的时候，三个孩子已经被安置去睡觉了。

就在这时，一辆A字开头的轿车停在了靖家门口，一脸威严的聂司令、富贵端庄的聂夫人，以及提着礼物的警卫员，走了进来。

一阵寒暄过后，多了几分热闹，靖家客厅里鲜有的人气高涨。

“吃顿便饭罢了，带什么礼物啊！”

靖荣倒是实在，看到那边警卫员带来的礼物，都是货真价实的人参和虫草，自然是比平时厚重了许多。

“难得与二老一起吃饭，应该的。”

聂司令倒是客气，而聂夫人的目光已经落在了坐得端正的乔明娇身上，乔明娇礼貌地喊了一声阿姨。

聂夫人听了后倒是点头微笑道：“听说你来了，阿姨和你伯父特地过来看看。以前阿姨有什么做得不对的地方，请不要放在心上。”

聂夫人这么说，乔明娇自然得对她客气一点。

“阿姨说的哪里话，我都给忘了呢！”

虽然忘不了，虽然乔明娇最讨厌说谎话，但是现在她必须这样说。

所谓丑媳妇见公婆的心理，漂亮媳妇也会有的，总想让自己得个高分。

“这脸是怎么回事？受伤了？”

聂夫人见乔明娇态度很好，却惊讶地转移了话题。

乔明娇只好再次撒谎："拍戏时不小心碰到的。"

聂夫人听了，目光微微一滞，安慰道："女人的脸就是门面，以后要小心些，伤着了哪里，轻鸿那孩子嘴上不说，心底里肯定会挂念的。"

这聂夫人态度很好，倒是让乔明娇有些受宠若惊呢。

那边，用人早已把饭菜摆好，靖道珩一摆手，大家没有多说，都去吃饭了。

饭桌上，聂夫人又特别选在乔明娇身边坐下，让乔明娇的脸上多了一抹惊讶。

"既然轻鸿喜欢，那么阿姨也喜欢，以前是因为轻鸿和苏家有婚约，阿姨得给苏家人一个交代，所以那一次阿姨想得简单了些，请别放在心上。"

既然聂夫人把话拿到台面上说了，乔明娇自然也不会再和她计较。

只是一边的聂小严开口道："妈，还提那些干什么？以后大哥的事情，您别自作主张就好了。"

听聂小严这么一说，聂夫人顿时脸上有些尴尬，瞪了他一眼，聂小严也不在乎。

乔明娇没有料到聂夫人会变通了，倒是有些欣慰的，只是她没有料到聂夫人如此微笑着把前面铺垫完毕之后，会有后话。

"轻鸿做的事情，咱们在家里就不多说了，但是在外人看来，咱们是军人的后代，要讲究军风军纪，对不对，老头子？"

聂夫人说这话时，转脸向聂司令求证。聂司令脸上略微有些尴尬，咳了一声，但并没有反对。靖荣脸上没有多少表情，似是已经猜到了什么，靖道珩和荣娟更是明白聂夫人会说出什么话来。

至于乔津帆和晚晴，也是略微一顿，把目光从聂夫人的脸上移到了乔明娇的脸上。

当然，乔老夫人没有来，如果来了的话，估计会支持聂夫人接下来说的话的。

自然，乔明娇也料到了，聂夫人一说到军风军纪，肯定是别有目的的。

"阿姨就开门见山，当着亲家的面，还有你大哥大嫂的面说清楚了。轻鸿从小就是聂家重点培养的对象，他从开始读大院里的小学，到高中、大学，然后去国外集训，这一下子就过了快三十年，在别人的眼里，他就是个尖子兵，就是个模范，执行了这么多年的任务就没出过岔子，当然，那次为了救你，把自己的半条命都给搭进去了。”

聂夫人说到这里时，有些哽咽了。

乔明娇的心跟着一颤，聂轻鸿这个闷葫芦，真是笨，如果当时他不紧张，根本不会出现那种失误吧。

“轻鸿出身于军人世家，咱们不缺吃的，不缺喝的，但是这个声誉和做派，不能随便给人影响了。演戏没有什么不好，但整天要和三教九流的打交道，那些个记者黑的能写成白的，白的能写成黑的，若你真的在乎轻鸿的话，阿姨想让你考虑考虑，暂时先息影吧。”

聂夫人前面唠唠叨叨地说了一大堆，但最后那五个字，乔明娇听了以后，觉得震耳欲聋。

原来嫁给聂轻鸿，还是有条件的。

第十七章 准军嫂的幸福生活

这一次聂夫人没有私底下找乔明娇谈条件，却是当着这么多人的面说这件事，无疑是想要乔明娇屈服，如果她真的在乎聂轻鸿，一个女人为了男人牺牲事业，是没有什么的。在聂夫人的眼里，乔明娇似乎就该如此。

但聂夫人显然忘了一句话，那句话是这样说的——若为自由故，两者皆可抛。

饭还没有吃，难题就已经抛了出来。

乔明娇素来是个爽快的人，但是现在呢，她该直接拒绝聂夫人的这个要求吗？还是咬一咬牙委屈自己算了？

乔明娇的犹豫，让聂夫人的脸色变得有些冷漠起来，那眼神似乎在说，如果你真的爱轻鸿，为他牺牲这点算什么呢？

“妈，有些事情，能不能不要在吃饭的时候说呢？先吃饭吧。”

聂小严出来打圆场，却被聂夫人一眼瞪了回去，连一边的聂司令都瞪了他一眼。

晚晴看了乔明娇一眼，又看了乔津帆一眼，刚想说话，却看到门口站着一个身影，眼里不由得露出一抹惊喜来。

“聂大少爷来了！”

那边，用人响亮地报着来宾的名号，登时整个餐厅的人都惊讶起来。不光乔明娇觉得难以置信，就连聂司令、聂夫人，以及靖荣等人都抬头，露出一抹难以掩饰的惊讶来。

“轻鸿，你怎么来了？”聂夫人的脸上有些难堪。

只见聂轻鸿把手中的礼盒交给用人后，面无表情地道：“请了半天假，看到家里没人，才知道都来了靖叔家。”

若说他是闷葫芦吧，现在说话倒是利索了。

乔明娇还没有消化聂轻鸿突然间出现的事实，只见聂轻鸿就势将用人赶紧补上来的椅子，放在了聂夫人和自己之间。

“挪一挪。”

聂轻鸿这话是向乔明娇说的。

乔明娇刚站起来，聂轻鸿就把她的椅子挪过去了一点，又开口道：“坐吧。”

乔明娇那屁股坐得可实在了，旁边聂夫人见状，也只得起身挪了挪。

虽然靖家的餐桌又大又长，本来聂夫人和乔明娇中间插一个人应该没有什么问题，但是聂轻鸿很高大，所以有些拥挤了。

他之所以这么特别声明，聂夫人想必也明白了儿子的意思——

难道又在嫌弃她多此一举吗？

聂夫人的脸色不自觉地变得难堪起来。

“轻鸿，你可不是随便能出来的人啊！妈是为你好，所以和明娇商量商量。”

聂夫人正要说明，聂轻鸿已经拦截了她的话：“妈，这是我们自己的事，是我娶妻，不是妈。”

聂轻鸿的语气其实并不是咄咄逼人，但谁让他说得简洁而明呢？乍一听就像是在赤裸裸地挖苦似的，直接将聂夫人堵得脸上黑一块白一块的。

“好了，现在先不说这些事情。轻鸿说得对，这是他们的事，咱们先吃饭，吃完饭再说。”

靖道珩一发话，还有什么要说的也得搁下来了。

“爷爷说得对，我们先吃饭，阿姨的提议，我会认真考虑的。”

或许刚刚还觉得有些委屈和为难，倔强如她，怎么甘于被人摆布呢？可是当聂轻鸿来了之后，乔明娇的心，就像是突然间被人灌满了蜜汁，那满满的幸福的感觉，没有人能够明白。

聂轻鸿会保护她的，她不自觉地瞥了一眼聂轻鸿，说出来的话，换来他的一愣，却是看到她明媚如春的小脸时，他又无动于衷地把头转了过去，倒是一边的聂夫人听了乔明娇这话后，脸色好看了些许。

原本一触即发的气氛，此时却又奇妙地变得和谐起来。

“啧啧，大哥终于知道疼老婆了。”

聂小严的脸上露出好像发现新大陆似的新奇表情，刚说了一句话，就被靖媛瞪了一眼，他耸耸肩吃了一块酱牛肉后，对乔明娇道：“准嫂子，我哥这人没什么情趣，话又少，十天半个月见不到他也是常事。”

聂小严眯了眯眼，这一次靖媛却没有阻止他。显然，看起来是那么崇尚自由而我行我素的乔明娇，能不能为聂轻鸿就此尘埃落定，是一个让人不得不思考的问题。

“准小叔子，如果你喜欢一个人，你是不是喜欢了二十多年，都觉得还不够？”

乔明娇也不是一个忸怩的人，这个时候正面对上聂小严，自是毫不含糊，声音清脆地反驳道。

聂小严一脸惊讶，随后又笑了出来。

“吃饭。”

聂轻鸿吐出这两个字来，略显严厉。

乔明娇侧脸看了他一眼，却是笑了出来，坏坏地用臂肘碰了碰他道：“闷葫芦，我想吃那个。”

声音虽小，但是足够旁边的聂夫人听到。聂夫人真没有想到会有谁敢这么叫自己的大儿子，正一脸惊讶地想说话时，那边聂司令咳嗽了一声，聂夫人只得作罢，却见得坐在一边的靖荣那冷酷的脸上露出淡淡的笑容来。

“吃饭的时候少说话。”

聂轻鸿冷冷地开口，近乎命令道，但是长臂已经伸了出去，夹了乔明娇爱吃的笋片，放在她的面前。乔明娇吃得那叫一个爽快、幸福。

晚晴和乔津帆对望一眼后，笑了出来。

饭后，乔明娇被聂轻鸿带走了，只留下聂夫人干瞪眼，想说什么，却被聂司令给阻止了。

“轻鸿自己有分寸，你操的是哪门子心啊，回家！”

聂司令双手一背，一脸威严地走了。

聂夫人脸上又一次青白相交，看来，今天不论怎么做，她都里外不是人了。

跟着聂轻鸿离开靖家的乔明娇真的有在考虑聂夫人的提议，只听她果断认真地道："聂轻鸿，我息影吧！"

息影，这两个字眼，对于普通人而言，或许无关痛痒，但是对于一个艺人而言，意味的实在是太多太多，那是她的理想、兴趣、爱好，甚至是一辈子为之而奋斗不息的信仰。

如今，她却就这样轻轻地说出"我息影吧"这句话来。

明亮的眸子，抿紧的红唇，认真的表情，这是一个怎样的女人呢？

聂轻鸿的目光落在乔明娇的脸上时，冷峻的脸上，多了一份坚决："不必。"

就这么简单，比乔明娇的决定还要干脆。乔明娇刹那间愣住了，眉眼里都是浓浓的纯真，她一只手拉住聂轻鸿握着方向盘的右手。

"可是聂轻鸿，我爱你！"

车子一震，险些开到了安全岛上去。驾车的人，脸上红了黑，黑了红，但是表情却是更加冷酷漠然了。

"这有什么关系吗？"

是啊，爱和息影有什么关系呢？

"我总觉得这世上的事情，是有得必有失的，如果拥有你，需要付出代价才可以安心，那就付出吧！"

她说得如此清楚，仰着脸庞看向他时，像是一个虔诚朝拜的教徒。

车子嗖的一下子闯了红灯，乔明娇一愣，看着身边表情依旧冷酷到极致，好像一尊雕塑的家伙，不由得捶了他一拳。

"好好开车啊！"

聂轻鸿声音有些无奈而沙哑地道："别说话。"

再说话，估计要出车祸了。乔明娇撇撇嘴，然后笑了出来，猛地靠近他，在他英俊的脸颊上，浅吻一下，随后快速逃离开来。

天啊！吉普车在以更快的速度狂奔，直到在京都的某个酒店门口停了下来。

乔明娇有些后悔自己吻了聂轻鸿，他冷着脸开起车子来，可真是不要命啊！

中午在靖家吃了饭后，下午来到酒店门口。进了酒店，一群精英似的男人，个个气派十足，身材保持得很好，看到聂轻鸿和乔明娇进来时，全都行了诚意十足的注目礼。

当然，这些人有几个还携带了老婆或者女朋友，颇有点老朋友聚会的意味。

乔明娇不由得重新打量起聂轻鸿来，却见他面上没有什么表情，犹如赶赴刑场似的。

“哟，我们班长终于遇到女中豪杰了！”

“啧啧，班长，没有料到你这么好的眼光啊！”

“班长，喝酒！”

“班长，让嫂子给我们唱首歌吧！”

“班长，你又输了，满上，喝！”

乔明娇这才知道聂轻鸿请了半天假，是因为他之前的同学都来了，美其名曰是被聂轻鸿邀请过来的，但怎么看着都像是特别赶过来凑热闹的呢！

“班长，听说你上次为了救嫂子，自己活生生地挨了一刀？”

有个比较活络的家伙，眼神闪烁，这话一说，众人都洗耳恭听，原本正儿八经的一群人，喝了几杯后，个个都原形毕露了。

“班长，行啊，过命的爱啊！”

“嫂子好福气！”

聂轻鸿转脸看了一眼那笑眯眯的小伙子道：“想说什么，直接说吧。”

喀喀——就知道聂轻鸿会直来直往。

那男子也不含糊，说：“这么着吧，我们大伙儿也不知道什么时候能再凑在一起，天南地北的，你们几个见着容易，我们几个跑回来可难了。班长的洞房，我们哥儿几个是闹不成了，那今天，班长，来，表示一下诚意吧，把这个含在嘴里，然后对着嫂子喊十遍‘我爱你’，不许咽下去哦！”

不知道何时，众人便看到有几瓣剥了皮的大蒜，被盛在一只纸杯里，摆在聂轻鸿的面前。顿时，大家全都哦哦地叫了起来，房顶似乎都快要被掀起来了。

乔明娇没有料到他们会这么闹腾，这些人天南地北地赶回来，感情就是来捉弄聂轻鸿的啊！

“班长，我毕生最大的愿望，就是想看看你能有超越自我的那一天。您老天天这张脸，胡子都不长，这脸皮太硬了！”

“是啊是啊，班长，难得抱得美人归！嫂子，我敢保证班长肯定没有喊过‘我爱你’这三个字，你想不想听一下呢？”

果然够聪明！乔明娇当然想听啊，可是聂轻鸿怎么可能会说呢？

她看到聂轻鸿的眼睛似乎红了起来，从刚才到现在，他已经喝了很多了。

“呃——轻鸿已经喝得太多了，让他喊口号还差不多。这个不是他的强项啊！”

平时总会忍不住欺负聂轻鸿，但是现在看他被别人这么挤对着，乔明娇忍不住同情起他来，如果真的让他说，估计比要了他的命还要严重。

爱情，在乔明娇的字典里，是理论贯彻实践的，敢说敢爱。

但是在聂轻鸿的字典里，是沉默似金的，是爱之于无言的。

“那不成啊，嫂子，你怎么能这样呢？”

“就是就是！每个女人都渴望听到吧三个字啊，除非队长不爱你！”

乔明娇有些无奈，扯了扯聂轻鸿的衣袖，然后看着那些大蒜，开始挑三拣四：“就算要说，也不能用大蒜啊，换换。”

听她这么一说，众人便来劲了。

“好，换糖果！那班长就来个长长久久的吻吧！”

显然这些人吃准了默不作声的聂轻鸿不会说那三个字，索性做了个顺水人情，又改了另外一种方式。

别说聂轻鸿，乔明娇都有点受不了了，早知道过来是被人捉弄的，她就不来了。

乔明娇显然没有料到，和大声说“我爱你”相比，让聂轻鸿含十块糖果吻她，简直是易如反掌的事。她都还没有反应过来呢，便感觉到后脑勺被一只大手扣紧，一个吻落了下来。

“可以了吧？”

任凭乔明娇驰骋娱乐圈那么多年，依旧没有料到聂轻鸿会有如此彪悍的表现，当然，他本人的脸，不知道是因为喝酒红的，还是因为吻她而红的，她只知道，他的大手很热，暖暖地攥着她的，能够感觉到那伴有粗糙的茧子的手掌，将她实实在在地抓在了手里。

“班长，行啊！”

半天，才有人如此接上了一句话，如同是看动物园里的猩猩似的打量着聂轻鸿。

“今天就到这里吧，我们还有事。”

喝到差不多时，聂轻鸿拉起乔明娇便离开了。乔明娇有些没有回过神来，从聂轻鸿吻她到现在，她老实得像一只猫咪，当聂轻鸿把她拉出去后，她才算是从那场震惊中惊醒过来。

“聂轻鸿，你不会是平时不好意思亲我，所以找到个机会就……”

乔明娇坏坏地说出来这样一句话时，果然见得本来严肃地走路的聂轻鸿，身形一顿，转脸看向她时，眸光一闪，然后把头转过去，步伐更叫矫健敏捷，害得乔明娇都快要跟不上他的步伐了。

“喂，喂！被我说中了吧！”

乔明娇一边急急地跟上，一边带着一抹促狭似的，嘴巴里还有着淡淡的糖果的甜蜜味道，那聒噪的劲儿就像是一只阴谋得逞的小狐狸。

如果刚才被他那些朋友知道，还不是要笑话死他了。

乔明娇正笑得得意，忽然感觉到聂轻鸿转身一顿，害得她一下子就撞到了他怀里。

她还没有来得及问他怎么回事，只感觉到唇上一软，原本那似乎粗糙而没有多少技术含量的吻，突然间就这么覆盖下来。乔明娇的眼睛瞪得大大的，感觉到一只大手微微用力，就将她抱了起来，害得她只好伸手攀住了他的脖子，才有一种有所依赖的安全感。

“嗯——”

悲剧了，当乔明娇发现聂轻鸿又凛冽又严肃地啃噬着她柔软的唇时，她发现旁边有观众。

“哎呀，帅哥亲美女了啊！”

有人叫了起来，还有人吹口哨，乔明娇窘得满脸通红，等到发现聂轻鸿的手放下自己时，只见他眸子里潋滟着炽热的光芒，和他冷酷的外表形成了鲜明的对比。

“走了。”

拉着失神的她，转身就走的聂轻鸿，一脸冷酷，似乎刚才吻她的人不是他一样。

“喂，聂轻鸿，你、你怎么可以这样？”

聂轻鸿又突然间转脸，乔明娇被吓了一跳，还以为他又要突然间抱着她就亲昵。

就在这时，聂轻鸿的脸上露出一抹淡淡的笑容来，那笑容帅得一塌糊涂，却听得他声音有些沙哑地道："我没有那么胆小。"

其实每一次看到她那红润粉嫩的唇，他都有一种狠狠攫取的冲动，只是每一次都担心自己会吻疼了她，她太柔软，太明媚，他太坚硬，太冷酷。

"那你是什么意思？"

乔明娇看着聂轻鸿那暗红色的脸，百思不得其解。

"聂轻鸿，我们去哪里？"

想了很久，看着聂轻鸿似乎还有别的安排的样子，乔明娇只得转移了注意力。

"买衣服。"

乔明娇一愣，买什么衣服？

只见聂轻鸿突然间转过脸来，打量了她一番后，盯着她的裙子道："太短了。"

乔明娇险些被聂轻鸿这个评价给惊到了。这还叫短啊？膝上三厘米，正好的长度好不好！她这身衣服，让双腿显得修长而笔直，把贺芸娇给羡慕死了。

"聂轻鸿，你不会把我打扮成修女吧？"

等乔明娇看到聂轻鸿为她挑选的那些裙子时，终于明白了什么叫做"可远观而不可亵玩焉"，聂轻鸿是军人出身啊，纪律严明，作风正派。

他显然也不太不满意自己挑选的那些衣服，于是对着那边的店员开始吩咐起来。

"换掉！"

聂轻鸿一本正经，吐出来的字眼就像是一道命令，不仅乔明娇，就连刚才那个还喜气洋洋地欢迎他们的店员，此时两眼都要直了，这看起来又帅又酷的大哥，什么品位啊。

"这件怎么样？"

乔明娇决定还是自己去挑好了。她选了一件波西米亚风格的长裙，免得半长不短的裙子穿在她身上，实在是显得太土气了。

但是回答她的是聂轻鸿让店员把小坎肩披在她肩头。

这一穿，整个香肩，整个清爽宜人的优雅，荡然无存，乔明娇索性鼓着腮帮子瞪着他。

“包起来。”

聂轻鸿直接无视乔明娇水汪汪的大眼睛，提着最后勉强过关的衣服，刷了卡之后，才转脸对着她说：“晚上有个篝火晚会，很多领导都在。”

原来是想要带她去部队啊，早告诉她不就好了嘛，这个男人真是的。

“聂轻鸿，你想要我怎么样，告诉我就是了。”

乔明娇有些哭笑不得，却挽着他的手，步伐轻快，声音甜美，正看着他默不作声的脸上露出淡淡的柔和时，只感觉到一只大手突然间抓了过来，搂着她的腰，轻轻一提，然后又放了下来。

“看着路。”他轻声吩咐道。

乔明娇回头看到有一个没有盖上井盖的井口，不由得愣了一下，她再一次相信，聂轻鸿多半时候宁愿是用做的，也不会说。

“聂轻鸿，晚上我们一起跳舞怎么样？”

乔明娇又憧憬地提议着，和心爱的人一起，载歌载舞，享受生活，那是她一直向往的，但是聂轻鸿却没有回答她，而是看了一眼时间，不自觉地蹙眉道：“生疏了。”

聂轻鸿一句“生疏了”之后，并没有给乔明娇一个具体的承诺，不过乔明娇还是准备着，就算是他不会跳，也要教他，以后两个人在一起时，可以当做一种情趣，在家里开着音乐，跳着舞，偶尔烧烤，然后带上孩子们。

不过乔明娇又觉得但凡这些浪漫点的事情，一旦和聂轻鸿挂上钩，又有种让她觉得在挑战难度的感觉，但越是有难度，她又越觉得有意思。

当乔明娇兴致勃勃地挑选了几支舞曲，来到聂轻鸿办公室时，她却找不到聂轻鸿的影子。

“队长好像去了那边营房，到训练基地去了。”

听了勤务兵的话，乔明娇赶紧往那边的训练基地走去，但是到处都是一片安静，哪里有人，天都要黑了，仍旧没有聂轻鸿的影子。

乔明娇不甘心地拨打了他的手机，但是那边回答她的正是“您拨打的手机不在服务区”。

乔明娇有些不解，莫非他突然间接到了什么特殊的任务离开了？

但是不对啊，自从两人决定要在一起后，聂轻鸿每次在出任务之前都会给自己发一条短信。再说了，以他的性格来看，他根本不是那种会随便失踪的人。

“呵呵，柳团长也来，真是给我们A大队面子啊。”

“别人的面子不给，你李队长的面子肯定是要给的。对了，聂中队长呢？听说他讨了个漂亮媳妇，人变得也活泛了，啧啧，这是待客之道吗？怎么不见几张熟脸啊？”

那柳团长颇多抱怨，乔明娇确定聂轻鸿不在这里后，也发现了吴强以及黄三等人都不见了，不由得有些奇怪。

难道全部执行任务去了？可看着李大队长那劲儿，不像啊。

“就是啊，这小子，人跑哪里去了？”

乔明娇悄然退了出来，无限纳闷，看了一眼时间，正毫无头绪时，看到不远处一路狂奔着的吴强，犹如逃命似的模样，从一边的巷子口里跑出来。

乔明娇赶紧叫住了他。

“嫂子，嫂子，救命啊！”

吴强一副受不了的样子，让乔明娇有些摸不着头脑，只见他跑得气喘吁吁的，脸上一片绯红，很是怪异。

“怎么了？你们队长呢？”

乔明娇越发好奇起来。

“嫂子，快去拯救拯救我的那些兄弟们，他们要被队长给虐待了！”

吴强有些哭笑不得的样子，但是绝对像是给憋的。乔明娇更是纳闷，就在这个时候，黄三突然间也从巷子口飞奔而出。

“苍天啊，大地啊！平常心，平常心！”

黄三正仰天长啸，等到一脸内伤地看到了乔明娇时，马上比吴强还要激动。

“嫂子，嫂子，快去拯救我的那帮兄弟们！”

乔明娇更是一头雾水，但是她知道这件事绝对和聂轻鸿脱不了关系。在黄三和吴强的带领下，她终于来到了一间像是用橡胶板隔离的房间内，乍一看像个巨型碉堡似的，就是这个位置，打电话不在服务区？

乔明娇正纳闷，就听到巨型碉堡里隐隐传来了音乐声，然后随着黄三和吴强探头，看到了一幅让她差点没有忍住笑的画面。

一脸严肃的聂轻鸿，正搂着萧卫，两个人在机械地挪动着脚步。

聂轻鸿表情冷漠，无动于衷，似乎正随着节拍而认真地温习，但是那边萧卫已经一脸涨得通红，在不太明亮的灯光下，整个人如同僵尸一般，被队长大人拉扯着，左右左，蹦蹦卡。那边几个如同正在受难的队员正瑟缩在一角，既看得兴致勃勃，又担心下一个轮到自己。

只有张朝阳一个人靠在一边堆积成墙的砂袋上，悠然地欣赏着，那样子真的像在看音乐剧一样，谁也不知道他把手机正摆放在一边，打开了录像功能。

别说吴强和黄三，乔明娇自己都险些被这画面逗得扑哧笑出声来。

但偏偏她也是个有些坏心眼的人，尤其是看到聂轻鸿那宁愿拉着自己的队员练习，也不愿意在她面前出糗的样子，准备捉弄一下他。她蹑手蹑脚地走过去，准备吓唬一下聂轻鸿。

“看什么呢？集中精力！”

发现被自己当做女伴的萧卫目光游移，聂轻鸿很不满意，正要纠正他的步伐，却听得萧卫叫了一声：“嫂子！”

“哎哟，队长——”

一个不留神，被队长的大脚给踩了一脚，萧卫疼得龇牙咧嘴，抱着脚呼痛的同时，忍不住看看队长是啥脸色。

“你怎么来了？”

聂轻鸿看到乔明娇后，果然是面不改色，那样子俨然自己就在进行最严酷的集训一样，完全没有尴尬的自觉，但是那有些微拘谨的样子，明显有些尴尬了。

“我也好久没有练习，生疏了，想找个人陪我练习呢！”

乔明娇也不含糊，一边说着，一边抓住聂轻鸿的手，他的手大而有力，但粗糙得很，被她一抓后，自然地扣住了她的小手，一黑一白，尤为融洽。

“都出去吧，这里不用你们了。”聂轻鸿冷冷地命令道。

几个队员很识趣地赶紧离开了，包括张朝阳也跟着走了。可临出门前，他大声说道：“好好练啊，晚上要看你们表演呢！”

一群人走后，乔明娇在聂轻鸿的怀中睁着大大的眼睛看着他，眸子里都是笑容。

“笑什么？”

聂轻鸿依旧惜字如金，可是目光不自觉地落在了她的脸上，似乎看着她那笑意盈盈的样子，就是一种幸福，爱与不爱，自己最清楚。

“聂轻鸿，我爱你。”乔明娇突然开口。

表情有些不自然的聂轻鸿转过脸道：“喀喀——专心练习吧。”

乔明娇笑得更开心了，虽然她很娇小，但是带领着他，左右左，越来越和谐，和谐到外面的几个人看着艳羡得不得了。

“啧啧，这才叫男女搭配，干活不累。队长掉进桃色陷阱里了。”

“你说，队长抱着个大美人，能没有感觉吗？幸好遇到嫂子这样的，如果是个秀气的，还不闷死了！”

“啊！天哪！谁说队长不彪悍的，我靠，流鼻血了！”

捂着鼻子就跑的黄三，很彪悍，很夸张。

本来只是跳舞而已，但怎抵得过他轻声低喃，带着憧憬和期待的小脸贴在他的胸口上，幸福而享受。

“聂轻鸿，你知道吗，什么都不用做，就这样和你在一起，都很开心。

“等我们都老了的时候，我们去云南买一套小房子，然后再养一只斑点狗，种满院子的花。晴天的时候，我们一起去散步，去旅游；下雨的时候，我们躲在屋里看电视，或者陪我演话剧，不过你话太少了，到时候估计都是我在说，你在听，那可怎么办呢？

“聂轻鸿，我给你唱歌听，怎么样？”

乔明娇正在那里奇奇怪怪地想着，闭着眼睛，好不期待，却不知道她的每一句话，每一个动作，都落在了聂轻鸿的眸子里，成了一串串跳跃的音符，渲染着他们的未来，撩动着他的心弦。

或者说，乔明娇其实是一个浪漫主义者，但只在最爱的人面前浪漫，恣意挥霍着她的纯真。

身处娱乐圈多年，出身于豪门大贵之家，她的心却纯净得如同山间泉水，任世间繁华起落，却真诚而洒脱，没有半点矫揉造作之气，似乎他只要给她一个怀抱，那么她就可以当一尾鱼，将他比作大海，信任、依赖、真诚，对他不离不弃。

乔明娇喋喋不休地说着。平日犀利果敢的她，在他面前，犹如收敛了爪子的猫咪，漂亮的唇瓣自然地嘟起，如同一朵在春天里绽开的花朵，让人忍不住去采撷。

当然，在她意识到了搂着自己跳舞的人，步伐越来越自然，没有开口说一句话的时候，乔明娇霍然睁开了明亮的眼睛，看到他深邃的目光正落在自己的唇上，沉默不语的外表之下，有一种不可言传的着迷。

乔明娇的脸自然地一红，如灿烂的晚霞一般，让人忍不住想伸手抚摩。

但是她却在与他对视之后，轻轻地喊了一声“聂轻鸿”，然后闭上了眼睛。

长长的睫毛如同蝶翼，娇俏的脸颊上盛放着醉人的诱惑。

似乎还没有思考要不要去亲吻，唇已经覆上，那个面色如冰的人，眸子里一片错愕，连自己都没有消化掉这种高于意识的行动时，她的回应早已让彼此卷入了一个旖旎的漩涡。

这一刻，舞步似乎还在旋转，音乐还在流淌，一种自然的吸引力在不断地蔓延。

这个吻，不知道持续了多久，直到乔明娇气喘吁吁地从他怀中抬起小脑袋来，有些娇嗔地道：“聂轻鸿，你的肺活量有多大啊？”

那边早已被这个吻震惊得落荒而逃的队员们，个个有点后悔地想回去再观摩一会儿，却都有点讪讪的。

“太激情了！这次是队长主动出击的，我该把这有纪念意义的一幕给拍下来！”吴强说得煞有介事。

那边的张朝阳哼了一声：“等你想到，黄花菜都凉了。晚上再给你们看看是不是法国湿吻！”

张朝阳得意地离去，想着他的手机可还在里面工作呢，那个得意啊！

“张队，张队，你能转播？”

“嗷嗷——晚上偷偷看，不然队长会杀了我们的！”

“杀了你们是不可能的，但是整死你们是有可能的！”张朝阳恶狠狠地说道。

吴强第一个把脑袋给缩了回去。就在这时，他看到有一男一女从里面走出来，男的面如黑锅，女的面如红霞。

“张朝阳，手机没收，到操场领罚五十圈！”

正陶醉在运筹帷幄中的张朝阳，被这一道厉喝给惊住了。不是吧？他可是把手机放在一个死角里的！这都被发现了？

"不用了吧，聂队？"

"六十圈！"

"哎！聂队，这罚的没有理由啊！"

"军人的天职是服从命令，七十圈！"

张朝阳的国字脸即刻皱成了向日葵大小的菊花脸。

"我服从第一道命令。1，2，1，跑步走。"

张朝阳正儿八经地喊着口号跑了，那边吴强和萧卫，一看势头不妙，拔腿就跑。

乔明娇终于忍不住笑出来："哈哈！聂轻鸿，你——"

她笑着笑着，脸有些红，实在是因为她那本来薄厚适中的唇，被他那么一亲，肿了起来，此刻一笑，居然有些疼，想到他那么用力地吻自己，脸自然红了。

"手机给我。"

乔明娇试图去拿那部留下了证据的手机，只听得聂轻鸿冷声问道："要它干吗？"

她回答得直接又干脆："当我一个人的时候，累了的时候，困了的时候，乏了的时候，想你的时候，可以看到聂轻鸿喜欢乔明娇的证据，我一定很开心！

"哎！轻鸿，等等我！

"给我嘛……"

篝火晚会很是热闹，但是热闹之中的焦点，无非是冷若冰霜的聂队长搂着怀中的美人，舞步旋转间，他的静，她的动，煞是惹眼。

"喂！聂队，换个舞伴吧。"

聂轻鸿当做没听见。

"嫂子，能陪我跳支舞吗？"

乔明娇看了看那边走过来的聂轻鸿，正想说什么的时候，聂轻鸿已经开口道："她累了，我陪你跳。"

那队员直接落荒而逃。

谁说乔明娇累了，怎么又和队长跳起来了，还跑到角落里跳呢？

灯火照耀在她的脸上，两个人似乎不用说任何话，都有一种无声的甜蜜在流淌，直到夜色深沉，灯火渐渐暗淡。

“脚好累啊，轻鸿！”

低声撒娇，乔明娇懒散地一动都不想动。

远远的，有人看着高大的身形背着一道瘦小的身影，有个女眷很艳羡地说：“老公，你也背背我吧！”

老公：“老婆，你这身板……老公心有余，而力不足啊！”

老婆：“……”

不恋爱，或许就不会明白，山高水长的距离，一日三秋的时间。

恋爱有时候更是一种甜蜜的折磨，尤其是这句话放在乔明娇和聂轻鸿二人的身上，就变得尤为明显。

他们已经有五个月没有见到彼此了。或许，成熟的、兢兢业业的、从来铁面无私的聂轻鸿，本来不会表现出来什么，但是他身边的队员都发现了队长有些不对劲。

“队长，嫂子没说要过来吧？”

聂轻鸿一愣，看了吴强一眼，有些不解。

吴强有些无奈地解释道：“这是嫂子最喜欢翻的墙，你再敲几次，就要倒了，到时候会被人汇报上去，大队长就会让人弄成比那边的墙还高的高压电缆墙！”

吴强一脸得意。乔明娇喜欢走捷径，每次来都从这里蹦过去，时间久了，大家都认为这是为乔明娇准备的墙了。

“继续训练！”

聂轻鸿头都没有抬，看了一下时间，一如既往严肃地道。

“是！”

吴强肃然起敬，行了一个军礼，赶紧跑。

旁边几个队友有些狐疑地道：“你说如果嫂子再搁三个月不回来，队长会不会把那墙给踩碎了，碾成石沫子？”

会吗？

不会，因为第二天队长命令人把这墙又加高了一层，黄三第一个发表了疑问。

但队长大人没有说，只是眉毛一扬道："准备执行任务。"

正在韩国参加亚洲电影节颁奖典礼的乔明娇，一身优雅简洁的晚礼服，正在接受来自各国记者的采访。

"乔小姐下一步是不是就准备进军好莱坞了？乔小姐已经有两部电影，在戛纳电影节上获得了奖项。"

"传闻乔小姐有一个神秘的追求者，能不能给我们一点提示？"

镜头中的乔明娇优雅地笑着，很多问题都是避重就轻，好久没有见聂轻鸿了，这两天忙得连电话都没有打，现在，面对这华丽的舞台、闪亮的镜头、无限的注目，她却想他了。

怎么办呢？思念就像是汹涌而至的潮水，将她推向他时，一刻都不想停留。

"下面颁发国际慈善大使奖和特别风云人物奖。得奖者是来自中国的乔明娇。"

此时，颁奖典礼上发生一件很怪异的事，这位在韩国也备受欢迎的中国女明星，突然间就在会场消失了。

没有理会那些耀眼的头衔，以及因为她离开而引起的热议，乔明娇一路风尘仆仆地从韩国赶回北京。可当她下飞机后，得到的消息是，聂轻鸿在出任务中。

知道打他电话不会被接通，所以，乔明娇不甘心地还是决定跑到训练基地去找聂轻鸿。思念就像是一支离弦的箭，一旦想起，就如飞蛾扑火，誓不回头。

聂轻鸿那略微黝黑的皮肤，淡淡的笑容，任由她依靠的肩膀，趁她不知道而悄然收藏的照片，放在一个叫做军事秘密的文件夹里，若不是吴强告诉她，她可真的想不到。

只是这一次，和上一次有所不同，乔明娇喜欢爬的那面墙，怎么突然变高了？穿着高跟鞋的她自然不方便这么爬高就低，但她发现新加高的墙上，有一个指示箭头。

乔明娇沿着那个箭头，一直走下去。忽然，她看到墙壁上画着一个几米风格的年轻女子，拖着行李箱，长发飞扬，面带微笑，前进着。她看着这幅画，眼角眉梢都扬了起来，似乎整个人都沉浸了快乐的氛围中。

说，或不说，爱都在这里，聂轻鸿很爱她呢！

乔明娇迷迷糊糊地转头，就看到了一张涂满油彩的男性面孔。

“轻鸿——”

张开双臂就去拥抱，吓得张朝阳差点尖叫，可是乔明娇的双手已经搂住了他的脖子，想甩又不敢甩。

“嫂子，你怎么在这里睡着了？我不是聂队。”

顿时，乔明娇发出一声尖叫，从张朝阳身上下来时，用一种看待伪劣商品的目光，瞪着张朝阳。

张朝阳无辜地道：“我检讨，我这张脸其实比聂队是要帅那么一点。”

张朝阳灰溜溜地离去后，乔明娇看到了聂轻鸿那张平静的没有任何波澜的脸。

“怎么在这里睡着了？”

听说她来了，队员们个个都像打了鸡血似的。他们很久没有看到美女了，很久没有休息过了，他们很累啊，乔明娇再不来，他们快撑不住了，所以张朝阳一激动就跑快了，结果被乔明娇给鄙视了一眼后，自动退开了。

“我想你了！”

乔明娇自然地伸出手臂，习惯性地将脸颊贴在聂轻鸿的胸口上，聆听着他有力的心跳声，突然间觉得思念如潮水般将她淹没，有种想哭的冲动。

“傻瓜。”

聂轻鸿被她弄得有些不知所措，但双手却不敢抱住她，实在是因为他手上沾满了一路奔波的尘埃和血迹。

所以到最后，当他吐出两个不算清晰的字眼时，队员们纷纷撤退了。

队长刚刚追捕嫌犯时的那种果敢、勇猛，此刻荡然无存了。

因为心急，乔明娇从韩国飞回来，一路上饭没有怎么吃不说，穿的衣服也比较单薄，又在那墙壁边等着睡着了，结果不幸感冒了。

“去医院。”

聂轻鸿一脸严肃，乔明娇却揪住他不动，他看起来很累了，眼里都是血丝。

“不用，我冲个澡就好了。”

乔明娇边说着，又打了一个喷嚏。聂轻鸿的眉头皱得越来越深了。

“真的，不信你等着！”

说着，乔明娇抱着聂轻鸿的宽大衬衣，就向他的单身宿舍里简易的浴室走去。

可是等她衣服都脱掉了，正冲了半个热水澡时，发现没有热水了。

乔明娇的手心里还盛放着刚刚挤出来的洗发水，等意识到没有热水后，她立刻就打了个喷嚏。这种情况确实超出她的预料，这部队不像高档酒店那样，哪怕聂轻鸿家世不凡，在这方面也不能受到特殊待遇。

简单的卫浴设备，没有浴霸，灯光也不是极亮的那种，乔明娇瑟缩之余，将水龙头打开又关上，来回几次，确定没有热水后，真的是欲哭无泪了。

上一次她刚从外面赶场过来时，一脸的花旦相，聂轻鸿指了指浴室让她进去洗，然后等到她洗得香喷喷地跑出来时，聂轻鸿却不在房间里了。这让乔明娇知道，在没有结婚之前，聂轻鸿会努力保持着那道界限的。

但是此刻，乔明娇有些着急起来，若是聂轻鸿出去了，她该怎么办？身上还有一半的泡沫没有冲掉呢！

乔明娇伸出脑袋，向外一看，果然没有看到聂轻鸿的影子，有些着急起来。

“又走了……”

她忍不住嘟嘴抱怨，有些憎恨起他的正人君子来。她无力地呻吟一声，决定赶紧自救，看着那边挂着的军绿色浴巾，以百米冲刺的速度跑了过去，刚扯下毛巾，还没有往自己身上擦，就看到刚才蹲在那里不知道在干什么的聂轻鸿突然间站了起来。

聂轻鸿转过脸来，看到乔明娇一双眸子瞪大，头发湿漉漉一片，翘臀上还沾着泡沫，胸前两只白玉似的小兔子在跳动，一身晶莹的肌肤……再看下去，他肯定会流鼻血的。

两个人四目相对，乔明娇一时间忘记了羞涩和尴尬，而是很利索地打了一个喷嚏。

“阿嚏——”

她刚打完，还没有来得及遮掩自己的身子，就发现聂轻鸿已经以迅雷不及掩耳之势扯过那条浴巾，毫不迟疑地裹在了乔明娇身上，甚至最后收口将浴巾的一角掖了进去，像裹粽子似的把她娇俏的身躯包得紧紧的。

本来用在聂轻鸿身上并不宽大的浴巾，刚好将乔明娇裹得玲珑有致，雪白的小腿，裸露的香肩，湿漉漉的发丝，还有一张不正常地泛着红晕的脸颊，若是个正常男人，看到这幅画面，肯定会受不了的。

“怎么跑出来了？”

聂轻鸿一脸严肃，除了声音有些沙哑之外，甚至感觉不到他有任何情绪波动。

“没热水了。”

乔明娇实话实说的同时，有些气恼，聂轻鸿居然把她裹得这么严密之后，转身就去忙别的事情了，还用这种语气质问她是怎么回事？

但是很快她便发现，聂轻鸿从衣柜里取出了自己的军大衣，然后大步地走向她，将衣服披在她的身上，将她娇小的身形裹在其中。

“供热管道最近在修理，所以总是停热水。”

他们军人的身体都是经过特别锻炼的，天不是特别冷的情况下，直接冷水就洗了。现在看着乔明娇还湿着的头发，聂轻鸿转身走进洗手间，取出毛巾，顺手帮她擦拭起头发来。

“我才洗了一半，阿嚏——”

乔明娇有些着急，这该怎么办？头发刚沾了水，都没有用洗发水呢！

看着她一双明亮的眸子，有些尴尬无奈的样子，鼻头都有些红了，聂轻鸿帮乔明娇擦拭头发的手顿住了。

“过来。”

他面无表情地命令着，让她向他的单人床走过去。

只见他顺手一扯，豆腐块似的被子被拉开了。

“进去。”

乔明娇有些反应不过来，脸上有些潮红，并不是她胆小，她还没有那么矫情，可是第一次这样躺进聂轻鸿的床时，她还是忍不住会脸红心跳，有一种小小的幸福在酝酿着。

“自己擦。”

只是乔明娇还没有从这种小幸福中享受一下下，就听见聂轻鸿如此严厉地命令道。

乔明娇本能地用手抓住了头顶上的毛巾，擦了擦头发，却发现聂轻鸿已经转身走了。

她立刻顿住了。聂轻鸿真的是吃斋的吗？面对她好像是面对个木头似的，乔明娇不自觉地撅嘴，有一股坏心思在心里萌生。

“轻鸿——”

那一声又软又媚又甜又娇的叫喊，令聂轻鸿身形一顿，但他仍然头也没回地去了外间小小的客厅。

真是的，看到她都不想抱一抱吗？乔明娇正恨恨地想时，看见聂轻鸿手里提着一双宽大的军用拖鞋过来，绿色的，然后低头把拖鞋放到一边，拿出一条吸汗毛巾，抓住她还裸露在外面的脚，大手一托，便认真地擦了起来。

本来冰凉的双脚，因为沾满了水和香皂泡沫，乔明娇没有把它们放进被子里，现在被聂轻鸿这么一握，方知道那冷的暖的，对比何其鲜明。

痒痒的，暖暖的，酥酥麻麻的幸福感，乔明娇看着聂轻鸿那张蹙眉而低垂的脸，抿了抿唇，傻傻地笑着。

她乔明娇果然是得到上天厚爱的。或许没有了妈妈，生命中有所残缺；或许因为爸爸的不忠造成她在单亲家庭成长，脾气有些倔强，但是她此刻很满足，很幸福，因为上帝送给了她一个聂轻鸿。

就在聂轻鸿刚把乔明娇那冻得有些发红的小脚放进被子里时，一双柔软的手早已缠在了他的肩头。

“聂轻鸿，亲亲我。”

乔明娇眼睛里仿佛盛满了星光，带着微笑，等待着他的怜爱。

明明就是一只坏坏的故意蹭在他怀中撒娇的猫儿，可是这一刻她看起来那么可怜楚楚，那么娇小迷人。

“喂——”

他那么定定地看着她，乔明娇不高兴了，就在她撅嘴，脸红，娇嗔着要捶他那坚硬的胸口时，他还有些干裂的唇瓣，快速地覆盖了她柔软的如玫瑰花一样的唇瓣上。

“嗯——”

她格外享受，带着一种满足感，回应着他不太温柔熟稔的吻。

可是很快，她就被聂轻鸿给抽开了双臂，他呼吸粗重地命令道："乖点，别乱动。"

他眸子里明明有火海燎原，可是脸上肃穆一片，声音低哑，将她的双臂按进军绿色的被子后，帮她盖好，然后冷着脸转身就走了。

乔明娇有些难以置信，带着失落和气恼地看着聂轻鸿转身离开，差一点被气哭了，这个闷葫芦！

当聂轻鸿拉开单身宿舍的房门时，乔明娇听见哐当两声，顶着搪瓷盆的吴强和黄三因为被发现了，吓得手里的盆子落了地，洗浴用品稀里哗啦地都滚了出来，聂轻鸿冷冷地问道："看够了没有？"

不知何时，聂轻鸿的房门被吴强和黄三两个大胆的家伙给打开了一条缝隙，两个人正捂住嘴偷着乐，没有料到他们英明神武的队长立刻就发现了异常。

"啊，队长，我们什么都没看到！"

吴强干脆连自己的盆子和洗漱用品都不要了，转身就想跑，却发现黄三很没义气地揭穿道："队长，你的门不牢靠，吴强随便碰一下就开了。"

吴强一听，跑过来，一副恨不得踩死黄三的姿势，两个人立刻扭扭打打就准备跑，却听得聂轻鸿道："公用浴室洗澡的，让他们快点，给你们五分钟时间肃清。"

聂轻鸿这命令下得有些突然，吴强和黄三还没有反应过来，乔明娇却是已经听在了耳朵里。

"肃清？为什么？都是一群大男人啊！哦——"

乔明娇感觉心里有股暖流生起，还没有来得及细细品味，下一刻就发现聂轻鸿回来后，连着被子一起把她抱了起来。

"喂！聂轻鸿，我要换我的衣服！"

当乔明娇被当成粽子似的被聂轻鸿给抱了出去时，小脸躲在被子底下，通红通红的，可是聂轻鸿仿佛没有听到一般，大步地朝着公用浴室走了过去。

"不是吧，队长！"

刚刚狼狈地从浴室里爬出来的几个队员，还没有明白是怎么回事，就看到队长扛着一个人肉粽子，面无表情地走了过来。

"没事的出去，操场，领跑四十圈！"

呼啦一声，那些刚刚还兴奋得嘴巴张大得可以装进鸭蛋的峥峥男儿们，一个个跑得比老鼠还快。

“这个是热水，这个是冷水。”

聂轻鸿的声音，就像是冷冰冰的刀子一样，没有任何感情，可是乔明娇听在耳朵里，那都是天籁之音。

她脸上一片通红，看着他黑里透红的脸，又酷又冷，于是伸出手臂，抱着他，在他的脸颊上开心地吻了一口：“聂轻鸿，以后你要陪我一起洗！”

她总能语出惊人，谁让他总是那么坐怀不乱呢？当乔明娇看着黑着脸的聂轻鸿拿着被子，赶紧离开时，她快乐得像只小鸟一样。

“聂轻鸿，没有浴球吗？”

她露出一张小脸来，站在外面的聂轻鸿眉毛皱得死紧。

“聂轻鸿，我要香皂。”

他递过去香皂。

“聂轻鸿，我洗好了。”

当乔明娇再一次被裹成粽子抱出去时，那边躲在墙壁后面的若干队员个个表情精彩纷呈。

“你们说队长会不会故意洗干净了，然后，啊呜——一口？”

有个队员做出恶狠狠的模样来，立刻引起一阵笑声，却被人鄙夷道：“吃你个大头鬼！队长那样子，你给他个充气娃娃，他肯定也当不可再分解的污染材料。”

“队长真彪悍，脸皮真厚。”

“队长疼嫂子，脸皮算什么！”

正在兴高采烈讨论的队员们，忽然感觉到有冷飕飕的被风吹来，转脸，看着脖子上搭着毛巾，手中拿着搪瓷盆的聂轻鸿，正面无表情地经过。

“啊！队长真的是越来越神秘了！”

乔明娇窝在被子里，感觉暖暖的，嘴角不自觉地钩起，安然地像一只快乐的小鸟，在爱巢里感受着幸福。

聂轻鸿回来时，看到乔明娇缩在被子里，睡得香甜的样子。

军用的被子并不是特别厚，更何况这些身强力壮的特种兵们，个个火力十足。

但是对于习惯了温暖与舒适环境，已经感冒了的乔明娇而言，房子里自然是有些冷的。

“起来吃药了。”

原本冷酷的声音，终于没有了那种波澜不惊的味道，略微沙哑。当一只大手抚摩在乔明娇的额头上时，她睁开了眼睛。

“轻鸿，好冷。”

乔明娇开口时，声音已经沙哑了起来，聂轻鸿表情严肃，水和药都准备好了，但被她抓住了大手，有些不忍心抽开。

“先吃了药再睡。”

乔明娇看了外面的天色，早已黑了下来，聂轻鸿没说让她回去，本来还娇气的身子，顿时有了精神，乖乖地爬了起来，吃药。

穿着他的军绿色衬衣还有裤子，整个比她大了几圈的身形，让她显得更加娇小，恨不得让人有一种揉入怀中的冲动。

“啊——苦！”

最后一粒药丸卡在了喉咙处，苦得乔明娇脸都皱了起来，若是平时她是不爱吃药的，但是聂轻鸿喂的就算是毒药，她乔明娇也会乖乖吃下。

“喝口水就不苦了。”

水已经递到了嘴边，但是乔明娇仍旧是苦得要哭似的表情，头摇得像拨浪鼓似的，不愿意喝水。

她眨巴着眼睛，带着小女人般娇羞又懵懂的表情说：“轻鸿，好苦呢！”

聂轻鸿就算是一个钢铁战士，此刻也被她嗲得跟猫似的的声音，给挠得心猿意马了。

当聂轻鸿一脸严肃地俯首吻住她的唇时，乔明娇眯着眼睛，看到他英俊的脸近在咫尺，那双眸子正在打量着自己，带着一种特有的宠溺。明知道她是故意的，他也只能认栽了。

一个吻，可以慰藉几个月的思念；一个拥抱，可以让她在任何的寒冷与苦难中无所畏惧，坚持走得更远。有人说乔明娇是演艺圈里的一个奇迹，因为她吃苦耐劳的精神高于人们对于她的认知，娇滴滴的小女人，总有惊人的爆发力，她的脸上有着幸福的笑容，但是没有人看到她的恋人。

她可以在聂轻鸿这里汲取无尽的温暖和力量，自然也会给予他所有的真心与支持。

她说："聂轻鸿，我等着你，从一开始，就一辈子！"

还没有过年，京城已经飘起了大雪，整座城市，在第二天醒来时，已经是白雪皑皑一片，银装素裹中，最先苏醒的人，是某军区一支精英队伍。

"吴强！"

"到！"

"萧卫！"

"到！"

……

营房前整齐的队伍，队员们一个个如同是陆地猛虎，山间灵猿，快速地向着那边已经转动了螺旋桨的直升机跑过去，白雪皑皑的世界，晨曦未至之时，铁血男儿已经出发。

聂家。

聂浅浅正在吃着水果糖，却被妈妈靖媛给拿走了。

"谁给你的糖？"

小小年纪爱吃糖是正常的事，但是为了保证以后有一副健康的牙齿，父母亲在这个时候就该特别注意，靖媛对于女儿的教育，可圈可点，但偏偏会有一个经常不靠谱的老公给拖一下后腿。

"爸爸。"

聂浅浅望着被妈妈拿走的水果糖，脸上露出可怜的表情，这个家里她最怕妈妈了，虽然爷爷一直冷着脸，她却不是很害怕。

"不是告诉你不要吃糖了吗？知道不知道吃了糖，以后会怎么样？"

靖媛开始一脸严肃地，慢慢地由浅入深地说教起来，直到聂浅浅勉强可以接受。看来，她得准备晚上好好教训自己的丈夫一番，这个男人，说爱她，说疼她，却疼得过分了，尤其是对女儿，简直成了个孩奴，这样宠下去可不行，但是靖媛又想到了本来客厅里还应该看着孩子的聂夫人。

"奶奶呢？"

“奶奶在小黑屋呢！”

小黑屋，不过是聂小严随口取的名字罢了，但是他这么一叫，聂浅浅有样学样。

靖媛略微一怔，转身去到二楼最角落里的那间屋子。

“佛祖保佑，各路菩萨保佑，保佑我儿平安归来，阿弥陀佛……”

略微暗淡的灯光下，聂夫人一脸虔诚，手里握着香，拜了又拜，若是被人知道堂堂聂司令的妻子如此礼拜菩萨，估计要被笑话了，但是靖媛的脸上却是有些肃穆，因为连她自己的妈妈党敏那样的女人都拜，更何况聂夫人。

“妈——”靖媛叫了一声。

聂夫人转过头来，有些不高兴地道：“怎么又进来了？不是告诉你，妈拜的时候不要打扰吗？心不诚的话，菩萨是听不到的！”

聂夫人明明知道这不过是一厢情愿的自欺欺人，但还是忍不住要如此说。

“妈，与其拜菩萨，不如去拜乔家奶奶。”

靖媛这句话说得直接又犀利，聂夫人听了后表情一怔。

靖媛又继续道：“赶紧让大哥和明娇结婚吧！妈想要大哥平安，这个办法比什么都好用。”

“可是，之前答应了苏若慈的，现在……”

现在乔明娇也会经常去聂轻鸿那里，聂夫人这边自然也听到了一些风声。快两年了，乔明娇在演艺圈里越来越红，而聂轻鸿坚守在自己的位置上，下了几次调令都不愿意动。

“虽然答应了她，但是怕什么呢？妈不是认识民政局的梁阿姨吗？和她说说，先把证给领了，然后让大哥悄悄地把婚事给办了就好。”

靖媛这方面比聂夫人果决多了，当然她也看得更透彻，聂夫人还碍着面子，不想让乔明娇再在娱乐圈抛头露面，但凡有身家背景的，就算是有子女热爱演艺事业，也得是稳稳当当，四平八稳的。

可是乔明娇那么出名，听说在好莱坞一炮走红后，有几家娱乐公司约了她，要合拍新戏。乔明娇的人气高，自然绯闻也不少，虽然有些根本是无稽之谈，但是聂夫人对于这种情况仍然是有意见的。

戏子无情，这个观念已经在聂夫人的心里根深蒂固，难以改变。乔明娇不肯为了聂轻鸿放下自己事业的行为，让聂夫人不能接受。

“妈，现在时代变了，女人不必为了男人而放弃自己的事业。如果大哥舍得让她放弃自己的事业，那么大哥就没爱上乔明娇，也不值得和苏若慈离婚了。”靖媛一针见血地道。

聂夫人听了，脸上有些木然，却不得不承认靖媛说得有道理。

“实在不行，就等生米煮成熟饭好了。”靖媛索性丢出这么一句话来。

聂夫人脸色有些难堪，以前她自作主张逼着儿子结婚，结果弄得很难收拾。自从受到那一次教训后，难道她还不知道悔改吗？

但是现在情况不一样了，靖媛没有再说下去，转身出去了，对于自己的这个婆婆，她言尽于此了。

聂轻鸿出事的时候，乔明娇正在舞台上接受颁奖，下面的掌声和欢呼声不断，主持人也乘机八卦地问道：“Jioce，现在你的事业越来越蒸蒸日上，有没有考虑过自己的人生大事呢？听说你好像对自己的另一半没有任何想法？”

再过一年就三十岁了，就到了女人恨嫁的年龄。

乔明娇故意装出思考的样子，足足快一分钟没有说话。那主持人觉得有些尴尬时，却听到她说：“我刚刚考虑我的人生大事。”

台下的观众哄然大笑，更是喜欢她的诙谐。

那主持人也随着笑起来时，又听到乔明娇说：“如果不出什么意外的话，今年我就准备嫁给他了！”

台下再一次轰动起来，主持人也跟着激动了，但是面对无数疑惑的目光，乔明娇的答案是：“如果有一天我淡出了娱乐圈，请大家不要难过，因为我和我最爱的人在一起！”

台下的粉丝，一片感动，纷纷为乔明娇送上了祝福。

当乔明娇回到化妆间的时候，她看到Leo脸色怪异地站在一边，手里还握着手机，一副欲言又止的模样。

天塌了，地陷了，而爱人还在，那么即使是世界末日又如何？

但天还在，地还在，而爱人已经不在，即使全世界欢呼，你依然感觉到这世界寂静得可怕，孤单无常、悲喜如梦。

“肯定是骗人的。”

乔明娇的声音平静得让Leo有些难以置信，害得Leo想要解释清楚都没有了那份勇气。

不可能的。聂轻鸿怎么会出事呢？这多年以来，他出了那么多次任务，就像是天空中如同银色鲲鹏的飞机一样，哪里有那么多的空难？哪里有那么多的无常？任何的亡命之徒，在他面前都是纸老虎而已。聂轻鸿执行任务多年，那整整一盒子的奖章被她垫在枕头下，屡立奇功、备受敬仰的他，怎么可能会出事呢？

他们交往的这一年多以来，哪一次他不是平安归来的！所以说不可能。

乔明娇一脸平静地说完，继续着手里的事情——一边卸妆，一边看着自己的手机。

这个时候聂轻鸿是不会给她发短信的，怕他分心，所以她一再地要求他，执行任务时，不许想她，如果想，也只能是她想他。

当提出这样的要求时，聂轻鸿将乔明娇抱得紧紧的，快要把她的胸都给压平了。那样的感情早已如同多年的琼浆玉液，香醇浓郁，千年不朽。

拿下头上繁重的头饰，然后把散落的头发拨弄了一下，最后准备换衣服时，乔明娇看了一眼表情怪怪的Leo道：“我换衣服，你还在这里站着干什么，不怕长针眼啊？”

乔明娇中气十足的质问，让Leo一脸讪讪的，可是他却没有办法。他握紧手机转身离开的时候，眼里已经多了一层水汽。有人说，男儿有泪不轻弹，只因未到伤心处。

Leo鼻子有些泛酸，当他看着乔明娇那如同往常一样的动作和神态时，连他都怀疑是不是自己听错了。

可是刚刚才挂断电话啊，怎么可能听错了呢？

聂轻鸿率第三特种兵大队队员执行任务，遭遇恶劣的天气，地表震动，山体滑坡，飞机迷失了方向，在原始森林里需要被迫降落。聂轻鸿把自己的降落伞给了人质，成为唯一一个与飞机一起坠落的人。

经过三天三夜的搜查，找到了飞机残骸的同时，也找到了一具面目全非的尸体，身形高大，手脚已经被炸飞，让人不忍多看一眼。

目前有关部门已经将尸体运回了八宝山。

当听到这个消息时，聂夫人当场就哭晕了过去，而靖媛和聂小严，以及晚晴和乔津帆全都愣住了。

只有乔明娇一个人，当做什么都没有发生一样，完全把Leo的话当做了一场笑话一般，继续着自己的事情。

“Jioce，准备好了吗？还有最后一支曲子哦！”

那边的现场策划还不知道发生了什么事，连忙赶过来催乔明娇，Leo正准备阻止，却听见乔明娇声音明亮地回应道：“来了，就好！”

别上麦克风，一身绝对艳光四射的服装，乔明娇完全像个没事人似的，居然面带微笑地走了出去。

Leo伸出手还想阻止，却没来得及，只能眼睁睁地看着乔明娇上了前台。

远处的钟声回荡在雨里
我们在屋檐底下牵着手
幻想教堂里的那场婚礼
是为祝福我俩而举行
一路泥泞走到了美景
习惯在彼此眼中找勇气
累到无力总会想吻你
才能忘了情路艰辛
你我约定难过的往事不许提
也答应永远都不让对方担心
要做快乐的自己照顾自己
就算某天一个人孤寂
你我约定一争吵很快要喊停
也说好没有秘密彼此很透明
我会好好地爱你傻傻爱你
不去计较公平不公平

从来没有想到一首曲子，会这么适合自己；从来没有想到会有一天，歌声未尽，人已经沧桑千年；从来没有想到，这首歌会让自己唱到泪流满面。

起初，乔明娇的声音，清新透彻，下面的歌迷跟着轻轻附和，所有唱着的人或许不会明白，当面临生离死别时，再唱这首歌是什么感觉。

累到无力总会想吻你
才能忘了情路艰辛
你我约定难过的往事不许提
也答应永远都不让对方担心

唱到此处，乔明娇突然间一口气没有提上来，等到有人发现她哭的时候，场下一片寂静，那一刻世界都安静了，只剩下乔明娇的哭泣声，通过音响无限地放大，扩散到世界的每一个角落。

聂轻鸿怎么会有事呢？聂轻鸿不会有事的！

这个念头就像是疯长了整个墙壁的爬山虎，要淹没整个黄昏落日下的孤独。

如果聂轻鸿走了，那么乔明娇留在这个世界上的意义是什么呢？

不，他不会舍得她的。

“Jioce？”

当乔明娇晕倒在舞台下，如同一片要被晚风吹走的轻纱时，Leo 跟着泪流满面了。

世界上最遥远的距离是什么距离？谁又说得清呢！爱情，到达极致的幸福时，原来也可以这么悲凉而伤感。

“我没事。”

我没事，我不可以哭，乔明娇是这么告诉自己的，因为她哭了，聂轻鸿会心疼；因为她有事，聂轻鸿会担心；因为她难过了，聂轻鸿也会跟着难过。

所以，乔明娇不可以哭，因为在远处，他一直在守候着她，等着她回去。

但是她没有发现，自己早已泪流满面。

“明娇！”

当聂轻鸿的声音响起时，乔明娇露出一抹灿烂的笑容。

"我就知道，你不会舍得离开我的！"

乔明娇的笑容和话语，让走进来的乔津帆顿时浑身一颤，原本跟着乔津帆进来的晚晴，眼泪一下子就落了下来，扭头走了出去。

殡仪馆，一片肃穆，不管是聂家，还是靖家，都足以让这场葬礼变得更加严肃而隆重，更何况还有那么一队如同是兄弟的战友。

吴强和黄三低着头，眼睛早已肿了。从聂轻鸿那天出事到现在，两个人就没怎么吃过东西，没怎么合过眼。一个队里的人，他们两个哭得最凶，虽然平时聂轻鸿对他们最严格，但是哪一次的任务不是队长把最危险的环节处理掉了。有两次吴强险些丧命，都是聂轻鸿帮助他转危为安，由惊险变成了战功，由不懂变成了精锐，如果不是有聂轻鸿的指导和帮助，或许他吴强一直都只空有小聪明。

每一次的任务都是聂轻鸿掌控着全局，再危险，再困难的任务，只要有队长在身边，就可以无往不利。

俨然，聂轻鸿已经成了他们的精神支柱。

当这根支柱倒了时，他们才知道，自己的心里有多么敬重队长。

除了他们，其余的队友都默不作声，憔悴了许多。

还有两名被救下来的人质，庄严而认真地在灵堂前磕了几个响头。

晚晴由乔津帆牵着，眼睛早已红肿，她不是因为聂轻鸿而哭泣，是为乔明娇而哭泣。

乔津帆抓紧了妻子的手，想给她一些安慰，却是没有什么效果，包括他自己都觉得心痛不已，更何况是晚晴呢。

那边聂夫人昏过去了好几次，而聂司令一脸苍白，聂小严眼睛肿肿的，靖媛头低着也不忍看那张肃穆英俊的脸，在相框中凝聚成永恒。

在这场隆重的葬礼中，却没有乔明娇的影子。

"乔先生，Jioce 不见了！"

当乔津帆和晚晴带着沉重的心情，听着这个消息时，夫妻二人脸上都是一惊。

聂轻鸿的葬礼没有让她去，是怕她受到刺激，现在她突然间不见了是什么意思？以乔津帆的认知来看，乔明娇的状态明显很不好，根本还有些神志不清呢！

“她说她去找聂轻鸿了！”

Leo 拿过来一张卡片，上面有乔明娇的笑脸，后面写着一行字：“大哥，我知道轻鸿在哪里，我把他找回来。”

如果这辈子找不回来，那就找到下辈子！这种信念，在乔明娇的心里，如同是疯长的野火，一发不可收拾。

当她在没有完全睡着，不经意地听到乔津帆和晚晴说到聂轻鸿葬礼事情时，其实乔明娇就已经明白了一个事实。

可是她不相信，不相信聂轻鸿就这么离开了自己。

所以在聂轻鸿丧礼的当晚，乔明娇只身去了那个事发的地方，当地的天气和自然环境依然恶劣。

当乔津帆赶过去时，发现乔明娇早已消失在了森林中。

那一次在马来西亚丛林发生的事，乔明娇还记得呢，所以聂轻鸿一定也是那样在等着她的，她只要早到一步，她只要坚持，他肯定会等着她的。

她相信在世界的某一个角落里，当自己蓦然回首时，就会看到他，发现他。

所以，当乔明娇在山坳里那个塌陷的地方，险些被卷入顺流而下的泥水中时，她完全没有感觉到畏惧，她只知道必须找下去，直到找到聂轻鸿为止，即使花光自己所有的力气，也要找到他；即使用掉自己所有的时间，也要找到他。

嘴唇干裂，已经几天几夜没有好好睡过觉的乔明娇似乎感觉不到疲惫，只知道要找到聂轻鸿。

当一只黑熊出现在她的上方，嗅着她的气息时，乔明娇居然感觉不到半分的恐惧，或者说她的眼里根本没有看到黑熊的影子，就像是一个失去了魂魄的碎布娃娃，没有聂轻鸿的世界，乔明娇的生命之花，将会枯萎。

当几名投机倒把的猎象人在原始森林里没有猎到野象而发现一个奄奄一息的女人时，他们带着最后一丝人性的怜悯把她救了出去。

当地人说话，乔明娇听不懂，她只知道当她醒来时，一个一身黝黑，穿着少数民族家居服装的中年女人，正在推搡着一个精瘦矮小的男人，咿咿呀呀地叫骂着，似乎眼看就要厮打起来一样。

而那个精瘦矮小的男人一边被推走的同时，目光里露出一种贪婪而野性的光芒，乔明娇知道，这意味着什么。

所以在那个女人推走男人的时候，她用尽了最后一丝力气爬下竹床，捡起一边的竹管，撑着身子离开了。

聂轻鸿在哪里？乔明娇的世界一片灰暗晦涩，她要找到他，一刻也不能停息，因为一旦停息就会心痛，就会绝望到不能呼吸。

所以，聂轻鸿，如果你真的走了，就把我也带走吧！

乔明娇蹒跚着从山脚的一条小道上往下走时，后面传来了听不懂的叫声，那声音带着愤怒和着急。她转脸看到了那个精瘦矮小的男人追过来时，不顾一切地往前跑去。

当时已经筋疲力尽的她哪里能够和一个壮年男人相比。

所以很快，乔明娇的胳臂就被抓住了。那男人叽里呱啦地说了一大堆话，她一点都听不懂，但是她看得懂他的表情，就在他弯腰准备把她抱走时，她用尽了最后一丝力气，将竹管砸了过去。

鲜血顺着那个男人的额头流了出来，那男人一愣，更是如凶狠的野兽一般向她扑了过来。

“聂轻鸿，救我！”

乔明娇知道自己完全不是这个男人的对手，这一刻的恐惧，在绝望之上。

就在她如此喊了一声之后，草丛里正准备离开的高大身影，猝然止住了脚步，不可置信地看着被一个傣族男人给抓住的女人，那张脸熟悉得不能再熟悉，

一向冷然无波的眸子里，刮起了一场暴风雨，整个人身上都散发出凛然的气息来。

结局

就在乔明娇用尽所有的力气抗拒着厄运的降临时，本能地喊了一声聂轻鸿的名字，或许是冥冥之中早已注定，乔明娇看着眼前这个精瘦矮小的男人，突然像是停了电的机器一样猝然两眼一瞪，有些狰狞地看着自己，然后缓缓倒下。

当乔明娇看到穿着少数民族服装，因为身形太过高大，而衣服绷紧，脸上挂着一块触目惊心的伤疤的聂轻鸿时，她既没有尖叫，也没有哭泣，而是有些难以置信地伸出手摸了摸，从心跳，到鼻子、嘴巴、眉毛、眼睛……她就像是一个忠诚的信徒一样仰视着神祇，抿了抿唇，无声地笑了出来，然后轻轻靠近他，抱住他，眼泪哗啦啦地流了下来。

她声音平静如常地道："我就知道你没事。"

但聂轻鸿却没有反应了，刚刚毫不迟疑地将精瘦矮小的男人打晕时的犀利，早已不见，任由乔明娇拥抱着，如同雕塑般。

直到乔明娇怀疑自己是否产生幻觉而抬头想看个究竟时，他仍然是一副严肃冷酷的样子。

"谁让你来这里的？"

他平静地说出这句话后，将乔明娇紧紧地拥在怀里，心跳声如此有力。

可是乔明娇一副狼狈的样子，就像是随时会失去呼吸般，脆弱得令人心疼。她乖乖地抱着他，任由他冷酷严厉，只要他还在，打她骂她都可以；只要他还在，即便让她死去都无所谓。

但是聂轻鸿又怎么舍得让乔明娇受到一丝一毫的委屈和痛苦呢？

没有大喜大悲的喧哗，没有过分激动的表现，就像是，我在这里，被你找到了，一样简单，其中的艰辛，其中的心疼，她不说，他早已明白。

聂轻鸿的脸部神经极度绷紧，是因为心疼而绷紧的，连脸上的伤口又裂开了都不知道。

脸上横着一块巨大伤疤，身形高大的“傣族”男子，背着他的女人，出现在了边防小镇上。

聂轻鸿直接从一个路人的手里夺过手机，拨打了一个北京的电话号码，那正准备惊呼的路人，在看到两个人的样子时，惊得连手机都不敢要就准备跑了，但刚跑了两步，就被手机给砸到后脑勺了，他疼得喊了一声“妈呀”后，跑得更快了。

实在是因为由聂轻鸿脸上结了痂的伤疤、充满血丝的双眼、如同原始人一般诡异的装扮，还有他背着的似乎没有了呼吸的乔明娇组成的画面，太过惊悚。

所以，当当地有关部门接到电话，第一时间赶到现场时，也有些不敢相信，那个没有通信，甚至已经无法正常抵达的森林深处，会走出来这样两个人。

聂轻鸿背着乔明娇去医院，不假任何人之手。直到她注射了营养液缓缓地睁开眼睛时，他才猝然闭上眼睛，这一睡就是三天两夜。

吴强和黄三看着面容略显狰狞，似乎要长睡不起的队长，又看了看一边带着笑容握住聂轻鸿手的乔明娇，眼里却有些湿润。

“嫂子真的把队长找回来了！”

是啊，当看到那个刚巧被飞机砸死的猎象人面目全非的身形，聂轻鸿破烂的制服落在一旁时，所有的人都认为聂轻鸿已经罹难了。

但只有一个人不信，确切地说，不是不信，而是根本不能接受这个事实，那个人就是乔明娇。

当聂夫人以及聂家上下所有人，在得知乔明娇就那么去寻找聂轻鸿时，他们无不动容。

那是种什么样的爱，才会让乔明娇有这样不顾一切的冲动，执着地认为他还在呢？

还好，这只是上天在跟他们开一个玩笑，虽然开得够大，够险，让所有人哭了又笑，笑了又哭。

哪怕是曾经执着于聂轻鸿的苏若慈，知道了这件事情后，脸上也露出讪讪的神色来，她自认为对聂轻鸿的爱，达不到这个程度。

当聂轻鸿睁开眼睛，第一眼看到的是黄三那张惊喜的脸时，冷峻的脸上刹那间又恢复了严肃与冷酷，犹如一具僵尸似的，有些吓人。

黄三张了张嘴，却没有说话，而是盯着聂轻鸿的每一个表情看，脸上露出无辜来。

果然，聂轻鸿在环视了一周都没有看到乔明娇后，猝然间变得紧张起来，一下子就坐起来的他，显然头还有些晕。

“她呢？”

聂轻鸿的声音干哑到了极致。

“谁啊？”

黄三的声音有些颤抖，他迎上聂轻鸿那想杀人的眼神，有种想往角落里躲的冲动。

“明娇呢？”队长的脸色更难看了。

黄三转身就想走时，被队长猛地拉了回来，那力道俨然把他当成了歹徒一般，因为勒得过紧，黄三呼吸苦难地咳嗽起来。

“队长饶命！咯咯——队长，你、你要灭口吗？”

随着聂轻鸿手上的力道减轻，黄三终于得以喘了口气，说了一句话，整张脸憋得通红。天哪，真要命！看队长苏醒后的反应，真不是一件让人期待的事情。

“说话！”

聂轻鸿明显地感觉到了一种诡异的气氛，以他对乔明娇的了解，她怎么会在他醒来的时候不出现呢？

一种从骨子里冒出的惊悚感让他失去了判断力，没有注意到黄三那脸上淡淡的促狭。

“嫂子好像是在这个地方，五点之前你最好找到她，否则……”

黄三的“否则”还没有说完，聂轻鸿已经抽走那纸片夺门而出了。

当在外面喧嚣的世界，都在没有找到乔明娇时，聂轻鸿变得安静，他神经高度绷紧，仿佛周围的一切都如同无声电影里的一草一木，那种感觉，很惊悚。

聂轻鸿在下楼时，发现自己连车钥匙都没有带，但已经没有时间返回去拿了。天上的斜阳，一点点落下，现在是四点钟方向多一点，他的表情肃穆得可怕，当一辆出租车被他这个不要命的男人给拦下时，他毫不客气地把司机给扯了出来。

“喂！你干什么？光天化日之下，你抢劫啊？我告诉你……啊——”

出租车司机还没有来得及搞清楚状况，车子已经飞速地开走了。他站在喧嚣的街道上欲哭无泪，这、这是怎么回事啊？

京城的路况一度变得让人心惊胆战。

“来自40856朋友的最新消息，他的出租车在马路上突然被可疑男子抢劫，目前正在朝东直门方向开去。”

“40856超车，闯了红灯。”

京城的司机们都变得高度紧张起来，唯恐突然间冒出来一个恐怖分子劫持了自己的车。

聂轻鸿虽然驾驶技术娴熟，但是超车后仍然闯了红灯。这个时候的他，或许根本不知道自己在做什么。

平时完全靠理智生存的人，此时已经放弃了理智。

当前面有交警封住路口，试图拦截这辆愤怒的TAXI时，他却双眼一眯，用一种傲视生死的态度，毫不减速地开了过去。被吓得纷纷让开的交警，立刻向组织汇报情况。

当那些挂着警示灯的警车追到京城的民政局门口时，他们有些摸不着头脑了——打开车门的男人，显然还没有意识到自己到达的地方有什么异常，而是第一时间寻找乔明娇的身形。

“喂，不会是要劫持民政局的人吧？”

“不像是打劫的啊！”

警车里的两位警察下来后，继续追踪聂轻鸿，但是越发觉得情况不对劲了。

当然，聂轻鸿也发现了不对劲，因为当他看到端坐在那里，只留给自己一个背影的乔明娇，根本没有出任何状况时，他的理智又回来了。

乔明娇转脸时，看到两名严肃的警察跟随在聂轻鸿的身后，还没有明白是怎么个情况，就见两个警察掏出手铐就要往聂轻鸿的手臂上套去。

而聂轻鸿在发现乔明娇安然无事之后，心终于缓缓地放下来了，冷酷的表情还没有完全放松时，那伸手想抓住他的警察悲剧地被一个过肩摔，嘭的一声摔倒在了地上。另外一个见状，马上就要行动时，却发现对手的擒拿格斗是大神级别的。

“啊——”

那警察疼得叫出声来时，乔明娇已经站了起来，看着聂轻鸿那严肃的样子还没有松弛下来，终于笑了出来，可是眼泪不知不觉地流了下来，明明是很让人想笑的情景，可是她却哭了。

“你没事？”

在确定乔明娇没事后，聂轻鸿紧绷的神经终于完全地放松了下来。看着面前被自己抓着直叫唤的警察，他才意识到了自己之前都做了什么。

当另外一名警察爬起来时，他发现刚刚冷酷如同修罗的男人，一把抱住了面前的大美女。另外一名警察好不容易挣脱了束缚正准备出击时，却听得那美女道：“两位帅哥，有什么事情，等我们领了结婚证之后再说好吗？他们快要下班了。”

乔明娇看着沉默不语的聂轻鸿，似乎并没有要责备她的意思，仿佛只要她在身边就好，粗糙的手指，抚摩着她的脸颊，原本没有了生气的小脸，早已笑靥如花。那一刻心跳停止的感觉，他没有说，可是他的表现后来常常被队友们取笑，当然队友们每每取笑队长大人平生最疯狂的那一次时，都忍不住怅然若失，因为队长高升了，再也不做他们的队长了。

当然，乔明娇在知道自己大胆的创举引来的后果时，也有些忍俊不禁，看了一眼冷峻如山的男人，发现他根本没有意识到自己的行为有什么脱轨似的。

身份证、户口本，一应俱全，当她开口说“聂轻鸿，我要结婚”时，他什么都没有说，直接接过户口本，就向那边的办公室走了过去。只是在拍照片时，聂轻鸿的脸上略微一紧，有些迟疑。

“我一刻都不愿意等了。”

她表情认真，语气却那么娇憨，像是一个执拗的孩子，触动着他的每一根神经。一刻都不愿意等了，她要作为他的另一半，刻在生命的里程碑上，这辈子与他相偎相依。

美与丑，早已不重要。

民政局的两位工作人员，包括摄影的那位小伙子，其实他们早就收到了聂夫人给局长写的信，就等着聂轻鸿过来领证。现在看着他一脸严肃地牵着如花的女子，面对镜头，之前又听了他们的故事，他们不由得感动了。哪怕之前，聂轻鸿开着车在马路上狂飙的事迹很闹场，但没有一个人觉得那是一场罪过。

“老公，你居然笑了！”

当乔明娇拿到结婚证，看着照片上聂轻鸿的表情时，难以置信，一向冷酷的聂轻鸿，那一刻眼里盈满了笑意。

“走了！”

聂轻鸿收走了乔明娇手中的相关证件，不给她继续欣赏的机会，可才一转身，就发现外面早已站了好多人，而且都是熟人。

“怎么样，办好了吗？”

最着急的是聂小严了，他觉得这个结婚方式蛮有创意的，比他当时还要刺激得多，但是当他两眼冒光地等待答案时，聂轻鸿却是牵着乔明娇的手，向两名警察走了过去。

聂司令这边得了信，赶紧一个电话一个电话地打了出去。

还好，乔明娇跟着聂轻鸿坐上警车后，只走了一半，便被送了回来。

聂轻鸿与乔明娇的婚礼，是在领了结婚证之后的第三天举办的。

就当乔、聂两家紧锣密鼓地准备着，恨不得举办一个世纪婚礼时，乔明娇和聂轻鸿却选择在部队里举行了一个仪式。

“队长、嫂子，恭喜你们！祝你们百年好合，敬礼！”

当向来调皮捣蛋的吴强，第一个用一种严肃而认真的语气向乔明娇和聂轻鸿道贺时，乔明娇脸上带着幸福的微笑，手紧紧地扣着聂轻鸿的大手，眼里却是满满的泪水。

“谢谢！”

乔明娇从来没有想到自己的婚礼会如此简单，如此满足，如此永生难忘。

之前，聂轻鸿答应离开这个岗位的时候，聂夫人看了一眼靖媛，靖媛则是无所谓地转移了视线，脸上带着淡淡的微笑，还有一份说不出来的羡慕和妒忌。或许她和妈妈都不曾拥有最爱，可是她们都是清醒的女人，执着之外，没有那么的狼狈不堪罢了。

这一年，乔明娇息影了，因为她很不幸地在结婚第一天就中奖了，又很不幸地在怀孕第一天反应很明显，害得整个剧组都一片动荡。

“嗯？乔明娇未婚先孕了？”

当这个消息从剧组传出来时，人们看到一辆军用吉普车停在了外面，一个威仪的男人，如同大外来客一样，抱起脸色苍白的乔明娇就走。

“哎！先生，你是她什么人啊？”

顿时，聂轻鸿的脸色就有些阴沉了。婚结得太低调，再加上为了保护乔明娇的隐私，害得老婆被人冠上未婚先孕的名声，他还真是始料不及。

“需要拿结婚证给你们看吗？”

聂轻鸿这话一说出来，导演都跟着摇头了。哪需要啊！看人家肩头上那杠那星，他能是说谎话的人吗？再看着他旁边跟着的兵，腰上挎的枪匣，这绝对不是在拍戏啊！

“怎么吐得这么严重？”

聂轻鸿的声音有些严厉，乔明娇也不管他的那一身拉风的将军服装有多么笔挺，直接靠在他结实的怀里，懒得说话。

“老公，不是说好了要先过二人世界的吗？这小子怎么自己就跑出来了？”

快到家的时候，乔明娇还是有些没有力气的感觉，眉头微微蹙着，郁闷得不得了，明明做了措施的，还是怀孕了，还是结婚第一天就中奖了。

“事实证明，杜蕾斯没有大哥威猛啊！啊啊啊！老婆，你干什么，别拧耳朵！”

当聂小严得知乔明娇怀孕后，忍不住调侃道，可结果被靖媛扯着耳朵给拉走了。

后面还跟着一个小人儿，不耻下问地追着夫妻二人问道：“爸爸，杜蕾斯是什么东西？”

聂夫人刚端了一碗鸡汤出来，听到孙儿这么一问，惊得险些把汤碗都给扔了。

乔明娇直接回到卧室，打开抽屉，把那整齐的还没有用掉的杜蕾斯给扔掉了。

“伪劣产品！”

杜蕾斯躺在垃圾桶里，无辜地、无声地，抗议着！